U0070595

激情和荒唐

(美) 洗陽升／著

目錄

第一章　同學少年，動盪歲月 5

第二章　廣闊天地，荒蕪青春 123

第三章　風雲突變，風華遲茂 257

第四章　輾轉新途，背水之搏 383

第一章　同學少年，動盪歲月

一

　　早晨萬啓開始背誦毛主席的詩詞，總共三十七首，如今已能背出其中的二十首，桌子邊上還放著李季的《崑崙行》和從舊書店買來的《革命烈士詩抄》。萬啓喜歡詩，尤其是激昂的詩，在遭受打擊的情況下，特別需要情緒的宣洩和激奮。這時他聽到了熟悉的腳步聲，是從二樓下來的，他馬上收起聲音，拿起毛筆練起字來，時不時地抬頭望一眼房門外的過道，期待著樓上人的出現。萬啓坐的位子正好對著門，因爲是夏天，門是開著的，所以對外面是一目了然。樓上住的是王家，下來的是王師母，今天是她的休息日。王師母個子偏高而健壯，穿著白色的短袖衫，下面緊裹著一條紅色的運動短褲，從而顯出了兩條白白結實的大腿，腳下是一雙硬底風涼鞋，踩得老式房子的木樓梯咯咯作響。自從王師母穿起了這條短褲，頓時吸引了萬啓的目光，同時加快了心跳，並激起了從未有的異樣感覺。通常上海的夏天又潮又熱，不管男女老少都穿薄薄的短褲，男的還打著赤膊，都是司空見慣的，只有外地特別是北方來的遊客總會感到驚奇。現在之所以引起萬啓的注意，是一般穿的短褲都比較寬鬆，但王師母現在穿的非常緊身，褲腿也特別短，使身體曲線畢露，特別是大腿。一般小孩看人都只注意臉，來評論好看難看，幾乎不計較身體的敏感部位。而萬啓正進入青春期，生理和心裡都在發生微妙的變化，所以有了特別的感受。

　　王師母下了樓就進了一樓的公用廚房，手裡端著一個臉盆。廚房裡有一個大的水泥水池，用來洗菜和洗衣服的。水池正面在廚房

內，側面靠近大門口，與萬啓家大的房門在一條直線上。大家一般都是站在水池正面用水的，有時也會站在側面。王師母開始是在廚房內洗衣服，萬啓只能聽到洗衣服的聲音看不到人。過了一會王師母拿著火鉗走出門外，捅了捅陰溝後又走了進來。這時萬啓正盯著門外，不期與王師母四目相對，羞得萬啓趕緊低下頭來。不一會，王師母端著臉盆又出了門，這回是倒水，萬啓再也不敢抬頭了。等萬啓臨完字帖，再次抬頭時，他吃了一驚，原來王師母正站在門口水池的側面在洗。萬啓穩了穩神，就放大膽地注視起來，鮮紅的短褲和白白的大腿。而王師母埋頭專心洗她的衣服，沒有旁顧。洗完後她走到樓梯，一腳踏了上去，一腳卻停住了，轉過頭來望著萬啓問：「你媽呢？」「去買菜了。」萬啓吶吶地回答道。王師母抽回踏上去的一個腳，轉身走近萬啓身旁，看著萬啓寫的大字，嘖嘖讚道：「你的字寫得真不錯，就像印出來的。」萬啓沒有回答，重新翻開字帖，又寫了起來。王師母低下頭湊近了仔細來看，使萬啓感到了她的氣息。

這時門外傳來了萬啓媽的聲音：「買了一隻剝皮蹄膀，滿好的。」她是在和隔壁的強師母講話。王師母挺起了身，回頭對萬啓母親說：「回來了，你家萬啓真用功，覺悟也高，還在讀毛選那，以後會有進步的。」萬啓母親只是歎了口氣：「哎。」王師母又問：「身體好點了？」「還是吸收好轉期。要休學一年。」「吸收好轉期應該不傳人的。」「是啊，他一心要上學，又去仁濟醫院看了，開出了可以上學，只要免體勞的證明。但這裡的結防站就是不答應，學校只聽他們的。都是選飛行員惹出來的，本來畢業時的體檢都沒啥的，飛行員體檢一查，就說有問題，還拍了 X 光片。」「聽

7

說他們用的是德國進口的透視機，連很小的鈣化點都能看清楚。飛行員檢查要求高嘛。」「開始還很高興，其他檢查都通過了，說是初步合格，想不到跌了這麼個大跟斗。」

「體檢報告說啥了？」「飛行員的體檢報告沒下來，所以孩子一直揪著心，怕轉到學校，只要一看到衛生室的老師就怕得要命。」「後來報告也一直沒來？」「沒有。忙著升學考試也就不管它了。」「那又怎麼出事了？」王師母顯得興趣十足地不斷追問，背靠向桌子，幾乎要碰到坐著的萬啟了。母親談起兒子的事總是滔滔不絕的。「考上了，這才想起來，就到結防站檢查，才確定的。當時醫生問他是哪個學校的，他說畢業了，又問考上了沒有，這死腦筋就告訴了他。說沒考上不就完了。一邊上學，一邊自己看病，不耽誤讀書。他好強，休學不等於留級嗎，他面子受不了，再說了一聽有肺病，大家就會躲著他了，像受歧視一樣，這對他來說簡直是兩重天，過去被捧著，現在就被看不起了。」「孩子怕沒面子。倒也是，我家老大、老二都檢查說自己鈣化了，年紀輕能頂過去。」「是嘛？他姐考上大學體檢時也要拍Ｘ光片複檢，結果也是鈣化了。」「說不定我們兩家互相傳染的，嗨嗨，你家萬啟卻自己撞槍口上了」王師母一樂，扭了扭身子，腰在萬啟頭邊輕輕擦了擦，一種從未有的酥麻又帶點痙攣的感覺從萬啟心頭閃過，他不由得微微將身子向王師母站的那面傾了傾。「啊呦，我得晾衣服去了，要不今天幹不了了，天氣預報說明天要下雨。」王師母突然想起來似的，急急走了出去，留下一陣橐橐的樓梯聲。

下午，天氣熱起來，萬啟午睡渾身出汗睡不著，就起來到廚房洗臉，然後把頭埋進水盆練憋氣，再後開始洗起頭來。這時王師母

也走下樓來，說：「今天真熱，是秋老虎。」她走到水池旁，看了看萬啓正往頭上擦肥皀，拿過萬啓手上的肥皀說：「肥皀自掉頭頸裡了。來，我幫你吧。」王師母貼近萬啓，給萬啓洗起頭來。洗完後，她又拿梳子給萬啓梳了梳說：「你該剃頭了，鬍子也該刮刮了，小孩子都長鬍子了，日子過得真快呀，記得你小時，我還給你洗過澡呢，不記得了？那次你媽給你洗，不知為啥吵翻了，你媽一氣不管你了，你就一個人在哭，我在廚房洗衣，聽到了就進來了，幫你洗完了。你呀，太倔，你媽脾氣也不好，不過她也太忙了，所以你也要體諒點。」

梳完頭，王師母又仔細端詳了一會說：「小夥子長得不錯了，你家你是最登樣的了。個頭也很壯的，怎麼攤上這個病了。也沒啥，好了照樣行，現在醫學發達了，肺病很好治的，我家兩個都自己好的。」萬啓呆呆地站著，任王師母擺布和嘮叨。停了一會，王師母摸了摸自己的頭，想起來說：「你會剃頭吧，你就給我剪剪頭髮吧，省得去店裡做了。」萬啓暈乎乎的不知王師母在說什麼，沒有反映。王師母輕輕推了他一把，「想啥啦，我叫你幫我剪頭髮。」萬啓這才回答：「我沒剪過頭髮，不會的。」「沒關係，很簡單的，只要剪的一樣平就拉倒了。你去拿個凳子來。」萬啓從家拿了一個凳子，又取了理髮工具。王師母坐在凳子上，挺了挺身：「剪呀，剪壞了也無所謂的。」萬啓只得給王師母圍上罩單，打量了一下問：「剪多長？」「短一點，跟耳朵一樣齊。」

雖然是第一次剪，但萬啓總算沒有太出洋相，就像第一次給同學剃頭，也是硬著頭皮上的，結果對方還挺滿意。王師母照著鏡子，左看右看的，時不時指點一下，要萬啓再加加工，萬啓已是滿

身大汗了。最後王師母放下鏡子說：「滿好的，你真聰明。」萬啓解開圍單，抖了抖，然後收起工具和凳子，王師母就掃起地來。萬啓放好東西又出來說：「我來掃吧。」王師母揮動著一隻手臂，似乎要阻擋萬啓來搶掃帚，另一隻手仍在掃，嘴裡說：「不用，不用。」萬啓站了一會，也就回到房間坐下看書。王師母掃完地，走到萬啓家門口，扶著門框叫了一聲：「啓啓。」萬啓仍低著頭，沒有應。王師母提高聲調說：「啓啓，抬起頭來呀。」萬啓一抬頭，見王師母笑瞇瞇地看著自己，輕聲說：「你真好。」這時外面有人哼著調，走了進來，王師母迅速退回廚房去了。來的是王師母的小兒子。王師母問：「今天放學這麼早？」兒子回答：「最後一節課老師請假沒來。」

　　傍晚，萬啓的叔叔請他們全家去做客，萬啓是不會去的，從小就對走親戚的事兒就不太起勁，如今更是足不出戶了。全家走時，母親對萬啓關照說：「晚飯在飯鍋裡，你自己就炒個青菜，再煎個荷包蛋。」萬啓說：「你們走吧，我自己會弄的。」一家子走了，萬啓得到了一個完全屬於自己的空間和時間。先是要解決吃飯問題，他把青菜浸在臉盆裡，回到房間又看起書來。不一會王師母從外面回來了，穿著白襯衫和藍色的長裙，手裡還拎著一個裝滿菜的大包。她把包放了廚房，就到水龍頭盛水。萬啓急忙出去要把放在水池裡的臉盆端出來，但手被王師母按住了，「不用拿，你先洗吧。」萬啓既拿不出來，但也沒有立即放下，在僵持了一會還是放下了。王師母雙手托著自己的盆，打開水龍頭放起水來，萬啓在旁邊等著，盯著王師母伸出的手臂，心裡有一種想去摸摸的衝動，最後還是控制住了。王師母打完水，端著盆子上了樓。萬啓趕緊洗好

菜，放在砧板上準備切。這時王師母又下來了，恢復了在家的著裝：短袖汗衫和紅短褲。她喊了一聲：「啓啓，今天你自己做飯呀。」萬啓「嗯」了一聲，繼續翻動著鍋裡的菜。「來，這給你。」萬啓回過頭，王師母手裡拿著一個黃金瓜，送到萬啓面前。萬啓忙用雙手捧著王師母拿著瓜的手推，「不要了，我不吃瓜的。」兩人推來推去的，王師母小聲說：「拿著吧，外面有人看著，不好。」萬啓只得接過瓜來放在廚房臺子上。王師母又拿起瓜，走進萬啓家，放進了小菜櫥裡。出來後，一邊煮飯，一邊看萬啓切菜。她對萬啓說：「你刀拿的不對，不能直切，應該稍微向外一點，這樣不會切到手。」說著就過來把著萬啓的手作示範。隔壁的強師母走過，朝裡張了張就站在門口說：「萬家老二今天學做飯了，好乖的。」王師母放開手，往後退了退：「他很聰明的，一學就會。」「你媽呢？就讓孩子一個人待在家裡，也真是的。」王師母說：「不是小孩了，成年了。」「也是，不過在大人眼裡他們總是孩子，我家的幾個死丫頭現在也強起來了。」「都是大姑娘了，要在過去的話都要出嫁了。」「嘿嘿，你多大嫁人的？」「我不算早，十九。」強師母沒有要走的意思：「我早一些，十六，我們那裡最早的才十四呢。現在要晚婚多好，不用養這麼多小孩，孩子多，吃苦頭。」「你家都是女孩，好多了，我家都是光頭，幫不了我的忙，整天野在外面。」強師母突然轉過話題：「我家老強，真是一頭豬，只知道吃睡。我每天累得要死，夜裡還要來事，我又不能鬧，怕鬧醒孩子，都在一個房間裡。你家老王怎樣？」王師母笑了笑，又望了望萬啓，含糊地說：「還好，這是正常的生理需要嘛。喔，我的飯焦了。」「我也得做飯去了，不知丫頭替我做了沒有。」王師母取下飯鍋放上水壺，就上樓去了，強師母也走了。

　　吃完飯，萬啓總心神不定，不知做什麼好，低著頭在房裡來回走著，有時站在天井裡仰望星空。當聽到樓梯響起，立即轉過身來背靠著桌子，面對著廚房一動不動地站著。是王師母下來了，手裡拿著碗筷，走進廚房就在水池側邊用水洗著。她沒有望一眼萬啓，萬啓也不出聲地看著。洗完後，王師母就目不斜視直接上樓去了。萬啓很失望，但仍期待著。不一會王師母又一次下樓，重複著相同的情況，只是這次是洗飯盒裡的米。洗完了，走到樓梯口卻站住了，與萬啓來了個面對面，但卻不看萬啓一眼。她一手拿著飯盒，一隻手在擺弄著電燈開關的拉線。此時，在燈光下，萬啓一覽無餘地直視著王師母，不只是短褲大腿，還有從來沒有關注過的微微凸出的胸部。萬啓也看到了王師母臉上露出的微笑，他期待著王師母能走過來，或者只要與他眼神接觸，他也會走過去。結果什麼也沒發生，王師母關了燈，轉身後彎著腰慢慢上了樓。萬啓仍站著，把雙臂交叉在胸前，他能聽到樓上王師母的說話聲，但再也沒有下樓梯聲，一直到家裡人回來。

二

　　上課前的德立中學高一（1）班的教室裡人聲鼎沸，有同桌的在交談，也有幾個人圍在一起爭論著什麼。忽然有人大聲喊：「上課了，上課了。」馬上也有人說：「還沒打鈴呢。」那個喊要上課的同學朝教室門口指了指：「看誰來了！」幾個人不約而同地扭頭看去，原來萬啓進來了，大家會意一笑，便各自回到自己的座位上。

等萬啓坐下把書包塞進課桌，鈴聲立刻響了起來。「眞準那，像康德一樣。」有人感歎道。「像誰？」「康德。」「康德什麼人？」「哈哈，你連大名鼎鼎的康德都不知道，很無知呀。」「康德是外國人吧，對外國人沒必要知道。」「馬克思、列寧都是外國人吧，你不知道？告訴你吧，康德是馬克思的老師，德國大哲學家。」「嘿嘿，你瞎說一通，馬克思的老師是黑格爾。」「康德是黑格爾的老師，所以康德是馬克思老師的老師。他平時出行都是按一定時間的，分秒不差，所以那裡的人都看康德的出行來對表。」「這是虛構出來的，我不信。」「信不信由你，不關我事。」這時老師進來了，班長喊：「全體起立！」

課間時，同學們紛紛湧出教室，萬啓往往就留在座位上，當座位靠窗時就站在窗旁看窗外，把班級裡的一切留在了身後，以求得安寧。座位離開窗戶時就埋頭看課桌內的書，目的也是一樣的。這次，他們一排換到了靠門牆的一邊，萬啓就從書包取出一本書來看。但馬上聽得有人在喊：「這位同學，課間休息時不要看書了，要保護視力。」萬啓雖然低著頭，但耳朵還是能聽到的，覺得這應該是衝他來的，於是抬起頭來，果然有一位女同學正對著他微笑。她是班級的團支部書記，叫林桂枝，一張圓圓得臉上架著一副淡色的眼鏡，五官端正，聲音雖高但並不響亮。萬啓愣了一愣，裝出無奈的樣子，慢慢闔上書。這時有一個鄰排的男同學伸過頭來，瞄了一眼萬啓手中的書，是劉少奇的《論共產黨員的修養》，不禁吐了吐舌頭。萬啓枯坐著直到上課鈴響起。

這一課是語文課，上課的周老師是一位中年男教師，矮矮胖胖的，臉色黝黑，表情既不威嚴也不親切，穿著也隨便，看上去普普

通通的一個人。走在街上，沒有人會想到他是名牌大學畢業的高中老師。他講起課來也是慢慢悠悠的，缺乏一點熱情。大多時間是一邊念一段，然後解釋一番，如果課文內容平淡無奇的話，整個課堂的裡只有一個單調的聲音在迴響，聽講的人不是感到昏昏欲睡，就是埋頭做數學作業。周老師也不在乎，按部就班地完成他的教學計畫。

今天他要講的是關於大慶的事蹟。大慶作為中國工人的標竿，在輪番的強力宣傳下，也早已家喻戶曉了。於是周老師改變了以往的教學方法，改由討論式的。在概述了課文內容後，他向同學們提出了一個問題：「大慶的精神是什麼？」這為課堂帶來了些氣氛。有同學說是艱苦奮鬥，也有同學說是愛國主義精神，也有同學認為是對工作的一絲不苟。周老師總結道：「大家說的很好，大慶精神就是敢想敢幹，有條件上，沒有條件也要創造條件上。」這時一向沉默的萬啓按捺不住了，不斷扭動著身子，最後舉起了手。周老師還未來得及示意，萬啓就自動站了起來，聲音高了一點，還有點顫抖：「大慶精神應該是胸懷祖國，放眼世界，為全人類的解放做出貢獻。」

周老師看了一眼萬啓，默想了一會，緩緩地說：「大慶人想的是怎樣多打井，多出油，至於這位同學說的，我想他們還沒有想得那麼遠，是否有點拔高了？」周老師的話音剛落，萬啓就衝口而出：「你這是對大慶人的汙衊。」「你說啥？」周老師頓時漲紅了臉，難得激動起來：「你也太自以為是，還目中無人。你不願聽我的課，就出去好了。」萬啓正處於情緒亢奮狀態，也剎不住車了，他把頭一偏說：「你沒有權力不讓我上課，我上學是黨和國家給我

的權利，也是我的任務。」「你出去，出去，我不要你這樣的學生。」周老師還真沒遇到過這樣高調又出言不遜的學生，平時的好脾氣被氣跑了：「班長呢，去把你們的班主任叫來。」

等班主任方慧思趕來，也正好下課了。周老師收起教案，餘怒未消地和方老師交代了幾句，就匆匆而去了。方老師與周老師差不多年紀，除了是女的，氣質上卻有很大差距，方老師顯得成熟和優雅一些。中等偏高而又勻稱的身材，稍長的臉上點綴著些微雀斑。說話溫和，舉止自然，穿著上也頗有品味，一眼看去就給人一種有知識有修養的感覺。他走到仍坐在座位上的萬啓旁邊，輕輕地說：「萬啓，剛才周老師和我說了一下，班長也介紹了情況，我認為你的看法沒錯，只是在方式上有點不妥。你或許是激動了，但在課堂上不能由著性子來，有意見可以通過課後提，也可以向學校領導反映。對老師也要多尊重為好。我建議，」上課鈴聲響了，方老師收住話說：「先上課吧。」然後快步離開了。

最後一節是數學課，數學成老師是一位剛畢業的年輕女教師，白白的臉很秀氣，眼睛大大的，說話走路都很快，煥發出青春的氣息。她一進教室就開口問：「昨天的作業都交上來了吧。」「我交了。」「我也交了。」有幾個同學做了回答。「有沒有沒交的嗎，課代表？」數學課代表忙不迭地數起疊在他桌上的作業本，一時沒有回答。成老師等不及了：「不用查了，沒有交的就自己舉手看看。」沒有人舉手，「好，都交了。」這時萬啓滿不在乎地舉起了手。「就你一個，那就等下了課來說說原因。」

對於數學萬啓沒有什麼興趣，所以並不用功，實際上，對其他

課也是如此。小學時喜歡體育，尤其是在容國團奪得世界冠軍後，迷上了乒乓。還特地把積存下來的零用錢買了一副乒乓球拍。聽同學說世界比賽規定只能用牛筋球拍，所以買的是牛筋球拍，但商店只有一副長柄的，為了能符合世界比賽規則，他也不在乎了。他不知道那是橫拍，仍直握球拍，長柄就成了累贅，最後只得大動手術不僅把柄鋸短了，還換上了海綿。不過在輸了一場比賽後，萬啓的乒乓球夢很快就放棄了。到了初中，他對作文下起了功夫，起因是由於一次作文成績太差而發憤起來。多看範文，特別是專門備了一本本子，用來摘錄辭彙和精彩句子，後來發展到分類，如人物描，景物、議論等等。功夫不負有心人，他的作文成績突飛猛進起來，以致常常被老師在課堂上宣讀。從此也奠定了萬啓語文尖子的地位和萬啓的專攻方向。

至於其他課，萬啓雖然不上心，但成績都不錯，曾經在一次期末考試中，幾乎達到全優。特別是數學，當時的數學老師也是新任班主任，與成老師也很相似，但比成老師要胖一些，脾氣溫和一些。儘管第一次上課，就給萬啓來了個下馬威，由於萬啓不好好聽課，盡做小動作，被老師罰了站，但下了課，老師卻和氣地與他交談，還為他整了整衣領。這些小動作，雖然贏得萬啓的好感，但對萬啓的行為並無作用。淘氣還是淘氣，甚至更甚，因為萬啓知道老師並不討厭他，反而會故意搞些怪來引起老師的注意，猶如孩子的撒嬌。當然你不能太出格，同時模樣也要討人歡喜。人的長相具有不小的影響力。但萬啓並不以為自己長得如何，儘管小時受到親戚們的誇讚，小學時鬧事被老師留校，還通知家長來領。在等其母親來的這段時間裡，辦公室的兩位老師竟然評論其他的長相來。他的

班主任說他好看，但另一位不以為然，說他的頭上面小下面大，還做了一個比喻，引起一陣笑聲。中學了，萬啓也注意起自己的形象了，但一旦照鏡子看到自己滿臉的青春痘，就特別沮喪，特別是一次，他和幾個同學一起議論某老師的鼻子，萬啓說「這是導彈鼻子」時，有一位同學冷不丁地插話說：「不要說別人，看看你自己的妖怪耳朵。」回到家，萬啓照了照鏡子，才發現自己的兩個耳朵大小不一，有一顯得小了點，而且耳垂翹起，顯得怪怪的。這幾乎引起了他的恐懼。他對長相是非常看重的，因為聽慣了周圍對醜模樣的取笑，如今自己也成了被取笑的對象。他感到自己成了棄兒，對前途包括愛情異常的悲觀起來。實際上，人對自己的判斷往往失準，有盲目自戀令人討厭的，也有過度自卑而束縛了自己。與萬啓自己的判斷相反的是，旁人對他的態度並不壞，雖然也有寒心的時刻，如有人會看著萬啓的臉而不經意地摸摸耳朵。這也要歸咎於萬啓的敏感。後來事情一多，就把耳朵的事忘掉了。對於人的長相本來就是一個見仁見智的事情，個人的審美標準往往差異很大。同時，還有局部和整體的搭配問題。某一部位的不佳，雖有影響，但還是整體的觀感更起作用。當然還有感情的因素，感情的好壞，也會左右觀感。所謂情人眼裡出西施，子不嫌母醜。

　　或許更重要的還是聰明，聰明的小孩有更多的機會獲得關愛，而大人就不一定，如果不善關係，不解人性，可能更會惹禍。萬啓貪玩、好動。在家時常在弄堂裡野，凡是那時男孩玩的他都玩得來，高雅點的如象棋、撲克，俗的更不在話下，如玻璃彈子，他一直玩到初中，還有頂麻將牌，刮香菸牌子，滾鐵圈，喜歡打刀，即拿著竹棒對打，說是練武術。他也熱衷參加弄堂裡的集體活動，跟

著大孩子一起踢球、打排球，與鄰近弄堂開戰等。與同齡和小一點孩子，進行一種叫「不許動」的遊戲，分成兩隊人馬，互相穿梭在七橫八拐的街道，或埋伏或跟蹤，能在對方背後出其不意地用玩具手槍頂住，喊「不許動」就算俘虜了，就像打游擊似的，特別來勁。夏天不可或缺的就是游泳，每個區都有公共游泳池，學生半價，一場才八分錢。有時會到市裡的跳水池去，路較遠，但一幫人頂著烈日穿著木拖鞋劈里啪啦而去，回來再把游泳褲頂在頭上，到家也就乾了。考初中時，就是因為那個學校有一個小小的游泳池，而放棄了報考五年制的重點中學。而對於功課則談不上用功，不像有的孩子整天捧著書本，成績雖不會獨占鰲頭，但總是名列前茅。或許人們存在著對「用功」的誤解，以為結果與出力多少是正比的，這與中國傳統文化重苦幹輕巧幹，崇規矩貶個性有關。什麼「頭懸梁，錐刺股」之類，實際上，「功夫在詩外」，多面的平衡發展，可事半功倍。

　　根據萬啓的經驗，他喜歡年紀大的老師和年紀輕的老師，老老師和學生像是祖孫關係，隔代親，年輕老師和學生更像長幼關係，壓力不大，多些認同和熱情。唯有中年老師對學生最為冷漠。或許是由於自身的壓力和對職業的倦怠。小學的第一個老師就是老教師，而且是單身，所以很喜歡孩子，萬啓在她培養下從小隊長跳到中隊長，但後來又失寵被貶為中隊委員。從此萬啓走了下坡路。五年級時整個班級被發配到一所新學校，條件與原來的重點小學相差甚遠。一切都換了，老師也都是新畢業的女老師。這些新老師缺乏權威，一次班級集合時，許多男生不聽指揮，仍散落四處，萬啓卻被老師抓住，萬啓怕被同學孤立，掙脫了老師，跟隨了他們。這個

頭一開，就越來越任性，成了班裡最調皮的學生，叛逆性十足。不過他的成績卻仍保持在班級的一流水準。到了六年級時，萬啓的調皮全校聞名，在一次音樂課上，老師打破過去的做法，要座位的前後兩位同學上去唱，這觸動了萬啓的神經。因為新的班主任為打破班級分男女生的陋習，安排男女同桌，因班級男多女少，萬啓把一男生拉到自己旁邊，成了全班唯一男男同桌。萬啓是分男女生的死硬分子，現在要和一個女生同唱，這個女生又是被班裡男生最討厭的一個，他不幹了，抗議過後就是坐著不動，老師就給他打了零分。但後面的男同學也跟著罷唱，最後驚動了教導主任來壓陣，把萬啓叫到臺前，狠批了一通，還揚言要處分，這才嚇住了他。事後班主任家訪得知萬啓在家喜歡課外看書，同學傳的萬啓吃補腦糖漿的原因是經常頭痛後，態度有很大變化，給予了特別關照，還主動借書給萬啓。不過，老師借的書都是萬啓不愛看的。之後萬啓也有所收斂，老師也會給萬啓機會表現。畢業時，萬啓第一志願填了區裡最好的五年制學校，又引起了副校長的家訪，還特地邀請他隨學校組織的參觀該校的活動。但萬啓發現去的都是班幹部，就打了退堂鼓，回家了。事後撒了個謊，說時間來不及，跑著去還摔了一跤。

萬啓對成老師的觀感自然要好過周老師，也讓他想起了初中時的老師，所以有點滿不在乎地走到講臺旁站著，成老師正在和林桂枝講話，完了正要走，看見了萬啓，就問：「你有什麼問題？」萬啓說：「不是你要我留下的嗎？忘了？」「嗨，嗨，」成老師有點不自在了：「事啊，為什麼不交，全班就你一個，你頭上有角啊。」萬啓也感到不舒服，冷冷地丟了一句：「有事，沒空。」

「你有多大的事呀，貪玩了吧。嘴上說的好聽，爲革命而學，還要解放全人類，實際行動連作業都不做，像話嗎？」萬啓沒料到來了這麼一頓訓斥，人頓時凝固了，一股強烈的委屈情緒突然湧了上來而無法控制，他竟然失聲哭了出來。這也把成老師驚的不輕，絕對不會想到自己這麼幾句話竟會把他說哭了，這學生也太脆弱了。林桂枝剛走到教室門口，也聽到了動靜，就走了回來，對成老師說：「大概有事吧，我跟他問問。」成老師默默點下頭就走了，林桂枝輕輕拉了萬啓一把說：「我們一塊走吧，順路的。」

兩人慢慢走出校門，萬啓的情緒也平靜了下來，但對自己的失態很羞愧。林桂枝先是隨便聊了幾句，然後問：「昨天忙什麼了？」萬啓沒有馬上回答，過了一會才說道：「我在寫一篇東西。」「是語文作業，老師沒布置呀。」「是我自己要寫的，是關於海瑞罷官的討論。」「什麼海瑞罷官？我一點也不知道。」「現在報上正開展討論呢，你沒看報？」「我眞是兩耳不問窗外事了。」林桂枝喃喃地說。萬啓覺得自己有點唐突，忙改口說：「學校作業多，你還要做團的工作，忙不過來嘛。」「也好，你就給我講講，省得我去看報了。」

萬啓的情緒好了起來：「有個叫姚文元的發了一篇文章，是批判一出新編歷史劇《海瑞罷官》的，引起了熱烈爭論。」「我沒看過，海瑞是什麼人？」「我也一樣沒看過，但對清官的看法很有意思。」「海瑞是清官，我只知道包公。」「包公有點神話，主要是辦案打貪官。海瑞是明朝的，他應該比包公更厲害，還敢罵皇帝，這在古代是要殺頭的。」「那怎麼皇帝不殺他？」「這個我也不太清楚。」「那報上爭啥呢？」「一個是清官好還是貪官好，有的認

為清官比貪官更壞。」「這不對吧,清官對老百姓好。」「說清官
壞的是說清官延長了封建社會的壽命,更有欺騙性。貪官可以在內
部搞垮封建社會。」「好像有點道理,但我還是搞不太明白,搞垮
了就一定能有好社會?」「新的朝代開始會對農民讓步的,這又是
一個爭論問題。有人反對,說統治階級從來不讓步的,只有反攻倒
算。」「啊呀,太複雜了,我聽得頭都大了,不過還是很有意思
的。」「不過,姚文元的文章還有更厲害的,他把戲和現實的階級
鬥爭聯繫在一起了,說是鼓吹單幹和翻案。我叔叔說,文章大有來
頭,一定要有大事發生了。」

三

　　離放學還有半小時了,萬啓開始整理起收發室內的物品,如報
紙、訪客登記還有自己帶的書等。班級同學都下鄉勞動去了,因
「免體勞」的醫囑,萬啓被安排在學校收發室幫忙,主要負責按時
上下課打鈴和收收發發,雖然非常輕鬆,但也需專注,不能把鈴打
錯了。這時從教師辦公室走出一位年輕男老師,手裡拿著一大卷白
報紙,還提了一桶漿糊,匆匆走到門口的牆壁前放在地上後又返回
搬了一架梯子,爬了上去。萬啓以為是什麼告示,但等他貼完才知
是一張大字報,有著醒目的標題:「向我校的資產階級教育路線猛
烈開火」。不一會又有幾個老師也貼出了類似的大字報,很快就把
一面牆貼滿了。突然萬啓記起了時間,慌忙看了看鐘,離打鈴時間
還差三分,這才鬆了口氣。他注視著電鐘的分針在不緊不慢地走

21

著，等它一到時間點就拉起鈴閘。鈴聲打破了寂靜，學生如流水般湧出，立即被大字報所吸引，圍觀著。

　　第二天，另一面牆上也貼滿了大字報，不同的是指名道姓的，矛頭指向了貼第一張大字報的年輕教師，寫大字報的都是學生，揭發該老師的「反動言論」。萬啓問校工阿姨：「這老師你知道？」阿姨說：「怎麼不知道，是學校的優秀教師，他的班級還是區裡的模範班。」「那為什麼他班裡有學生反他呢？」「我也不知道，大概對學生太嚴了得罪了他們。」

　　下午，下鄉的班級同學提前返校，教務處的老師問萬啓：「你會騎車嗎？」萬啓點點頭。「那好，你就去總務處那裡要一輛黃魚車，到汽車站接他們，用來裝行李。」到接站點等了一會，就見一輛專車開了過來停下，車門一打開，同學們紛紛下車把萬啓圍上了：「學校貼滿大字報了？」「大字報裡寫什麼了？」「誰倒楣了？」大家七嘴八舌地問個不停。「你們怎麼知道的？」萬啓反問道。「是趙老師來通知我們返校時說的。他說現在學校可熱鬧了，可把我們急死了。怕趕不上形勢。」「不用急，聽說明天全校開動員大會，傳達中央文件。全國要開展文化大革命了。」萬啓安慰道。

　　這天，學校全體師生員工集中聽學校黨支部楊書記作報告，人們的神情都很肅穆、緊張，還有一種神祕的興奮。對許多學生來說充滿著期待：轟轟烈烈的生活正是年輕人所嚮往的。「國際悲歌歌一曲，狂飆為我從天落。」萬啓平靜的表面也難以掩蓋內心的洶湧澎湃。他聚精會神地聽著報告，腦子也在快速轉動著。突然他激動

地喃喃自語道：「不對不對！這不符合中央精神，《十六條》裡說要發動群眾，在學校學生是文化革命的主體，楊書記卻說要在黨支部的領導下，有組織地開展。」同桌的同學卻一臉茫然，不置可否。坐在後排的宗立煌附和道：「我看過《十六條》是這麼說的。楊書記的說法有問題的，我們貼他大字報吧。」「好。」萬啓受到鼓舞。五大三粗的宗立煌是個急性子，立即起身對萬啓說：「你文筆好你寫稿，我去總務處拿紙和筆。」

　　等到宗立煌取了紙筆回來，萬啓已擬定了底稿：「你看看。」「不用看，馬上抄上去，紙夠不夠？不夠我再去拿。你字漂亮，還是你多勞了，我管跑腿。」萬啓攤開紙說：「夠了。」就一邊看稿一邊用毛筆寫。幾個同學圍在旁邊看，小聲議論著。不大一會，一張針對楊書記的大字報完成了。最後萬啓簽上了自己的名字，又把筆遞給宗立煌：「你簽不簽？」「那還用說！」宗立煌接過筆坐下，緊挨著萬啓的名字簽了自己的名字。有一個同學發話了：「你這是寫的啥呀，這是你的名字嗎？怎麼看不清呢。」「管他呢，誰還真看你的名字了。」「你這是想蒙混過去吧。」「你囉嗦個屁，來，該你的啦。」宗立煌起身把筆送到那位同學面前。「我不敢，哈哈。」那位同學退後說。「我來，怕什麼嘛，有中央文件在，裡面說得清清楚楚了。」從人群後擠進一個瘦小的同學來，從宗立煌手裡一把拿過筆來，就站著簽了名：韋君夏。宗立煌喊道還有人要簽的嗎？這時方老師走了進來說：「我能不能也算一個？」宗立煌沒有回答，萬啓說：「當然可以。」方老師仔細看了一下內容，臉色頓時凝重起來：「這內容是否合適？發動群眾不是不要黨的領導，這是不矛盾的。群眾有誰來發動，還不是由黨來發動。沒有黨

的領導，就是無政府主義了，會亂套的。」她看了看大家又說：「這只是我的個人看法，你們可以考慮考慮，要慎重為好。」說完就走了。」

「別理她，她拍馬屁都來不及，敢貼楊書記的大字報？」華耀旺回頭吐了一口口水，不屑地說。「怎樣，萬啟你決定吧，反正我會捨命陪君子的。」宗立煌大聲說。韋君夏笑了笑：「嘿嘿，反正我都簽了名了，逃不掉了。不過萬啟是主犯，我是脅從。」「你這啥意思？還想反戈一擊保自己？」宗立煌在韋君夏背上拍了一巴掌說。「開個玩笑，開個玩笑。」韋君夏說完退到了一旁。這時一直站在後面的盧有銘帶著好像喘氣不過來的聲調說：「還，還是小心為好，許多事情都是難料的，開始與結果常常是相反的。明哲保身，萬事不變。」「哈哈，我們的哲學家發言了，」「你們在討論什麼，這麼一本正經。」教室外進來的是（2）班的耿傑，他與（1）班的不少同學是初中同班，都是老德立的。「給楊書記的大字報，該不該貼出去。」耿傑擦了擦額頭和鼻尖的汗，滿不在乎地說：「我以為什麼了不得的大事了，北京高校都喊出了踢開黨委鬧革命了，你們還在嘀嘀咕咕的。太保守了。」「你的消息可靠？」萬啟問。「我也是小道消息聽來的。不過你們的大字報貼出去也沒啥意思，文縐縐的沒有一點鋒芒。」「是啊，萬啟，你是兩頭不著，膽大的看不上，膽小的怕惹事，算了吧，還是走著瞧看形勢的發展。」華耀旺說。萬啟把大字報捲了起來，用力往課桌上一拍說：「不貼了。回家。」

大夥默默地隨萬啟走出教室，當走到校門口時，耿傑打破沉默說：「去不去復旦，那裡有許多大字報，消息很靈通的，待在這裡

啥也不曉得，瞎折騰。」「這主意不錯，去開開眼界，你們去不去？」萬啓贊同說。「現在？怎麼去？」韋君夏問。「不急，找輛黃魚車來，大家輪流騎，現在很流行的。」「那還不容易，想想哪裡有黃魚車的，就去借，革命串聯誰能不支持。」宗立煌說。「街角有家糧油店，一定有的。」華耀旺說。「對，那裡肯定有，走去問問。」等他們去一問，店員老張帶著歉意說：「你們來晚了，剛才有人騎走了，大概也是你們學校的吧。」「好熱門啊。算了吧，不去了。」盧有銘打起退堂鼓。「你是洩氣包，你不去最好啊，省得總潑冷水。宗立煌，你路道粗，想想辦法。」華耀旺要將一軍宗立煌。宗立煌瞪了一眼華耀旺，想說什麼，萬啓拍了拍他的肩：「能者多勞吧。」「好，好。這樣吧，大家吃完晚飯就來學校門口等我。」宗立煌禁不起激將法，擺出了高姿態。「定個時間，你不要放鴿子。」華耀旺緊盯著。「七點。那我先走了。」「他靠得住嗎？」盧有銘充滿疑惑。大家也想想辦法，車到山前必有路的。

晚上七點，萬啓第一個到，耿傑和韋君夏差不多同時到的。半小時過去了，宗立煌沒有現身，華耀旺一走一回頭也來了，一見面就嚷嚷：「宗立煌這傢伙一定不會來了，怎麼辦？」萬啓進了校門到收發室看了看鐘說：「再等等。到八點不來再說。」耿傑說：「我們沿街走著看，看到了就去借。」韋君夏說：「到菜市場去碰碰運氣，那裡運菜都用黃魚車的。」「天都黑了，沒人了，有車你也騎不了，都上鎖的。」正當他們議論著，遠處傳來了一陣車鈴聲，大家抬頭看去，在路燈下，有一輛黃魚車搖搖晃晃地衝到了他們面前。「你要瘋了，會不會騎。」華耀旺喊道。宗立煌按下剎車，跳了下來：「你騎騎看。這和騎自行車完全不一樣，龍頭很

硬，很難把的。」「是的，」萬啓笑說：「那次來接你們我也領教過了。自行車要保持平衡，黃魚車三個輪子不會倒，用不著控制平衡。還是我來吧」萬啓坐上騎車位，其餘的紛紛爬上車，坐在兩旁。「走吧？盧有銘不會來的。」華耀旺說。萬啓轉過龍頭，人站了起來用力往下蹬，車慢慢動起來。在車上的人一陣歡呼聲中駛向前去。

初秋的夜晚微風陣陣特別涼爽，大家都感到特別的新鮮，同時也有一種擺脫了令人厭煩的常規，能自由自在而興奮，學校放假，原來的組織體系已渙散，從學校的黨書記、校長，班級的班主任、團書記、班長都形同虛設。現在的學生就靠私人之間的關係，中央的兩報一刊傳達的最高指示，以及小道消息來指導自己的行為了。即使是家長，也無法管教自己的孩子，在革命的名義下孩子有了自決權，過去血緣的親情讓位於階級鬥爭和革命造反的狂熱。一路上，他們時而大聲呼喊，時而高唱革命歌曲。許多臨街的單位貼出了鮮紅的大字標語，有些牆上也布滿了大字報以及圍觀的路人。一路上，不少這樣的黃魚車行駛在大馬路上。有些誇張的還打起了紅旗。

復旦座落在楊浦，離市區要兩個小時的車程，這種靠人蹬的三輪車，就要三、四小時，他們只能輪流換班騎，不過他們並不在乎路的遠近，也不在乎去的目的，只是好玩就像一場秋遊，特別是在過去從未出門的晚上。到達復旦時已是夜裡十點了，但學校燈火通明，人流如織，十分熱鬧。大門是敞開的，來自各校的參觀者紛紛湧入。萬啓曾經來過，所以不算陌生，他把車騎到停車處，招呼大家下車說：「這裡是宿舍區，我們去教學樓那裡吧。」一行人東拐

西轉，不一會看見前面一片燈火，宗立煌喊道：「前面就是了。」大家加快了步伐，走近一看，在路兩旁臨時立起了一排排的報欄，糊滿了大字報，顯得有點凌亂，上面掛著小太陽燈泡，把大字報照得清清楚楚。大字報前人流在慢慢移動，有的地方圍滿了觀看者，有的就稀稀拉拉的。儘管人不少但卻很少有人說話，一片靜靜的氛圍。宗立煌快步走到人群稠密處擠了進去，不一會又擠了出來大聲招呼：「快來這裡看，有最新的首長講話。」立刻有人對他噓了一聲：「別大叫大喊的。」宗立煌並不理會，拉著萬啓又擠了進去。

這是中央政治局擴大會議上毛主席和劉少奇等中央領導的講話記錄，會上劉少奇做了自我批評，承認派工作組到學校去的錯誤，說是老革命遇到了新問題。毛主席說，你在北京專政嘛，專得好！在前清時代，以後是北洋軍閥，後來是國民黨，都是鎮壓學生運動的。現在到共產黨也鎮壓學生運動。說的輕一些，是方向性的問題，實際上是路線錯誤，違反馬克思主義的。說反對新市委就是反黨，新市委鎮壓學生群眾，為什麼不能反對！規定班與班、系與系、校與校之間一概不准來往，這是鎮壓，是恐怖，這個恐怖來自中央。北大聶元梓等七人的大字報，是二十世紀六〇年代的巴黎公社宣言——北京公社宣言。貼大字報是很好的事，應該給全世界人民知道嘛！葉劍英說我們有幾百萬軍隊，不怕什麼牛鬼蛇神。毛主席說：牛鬼蛇神，在座的就有。宗立煌附著萬啓的耳朵說：「你說，誰會是毛主席說的牛鬼蛇神？」萬啓搖了搖頭。

這時華耀旺擠過來悄悄對萬啓說：「那裡有毛主席給清華附中紅衛兵的信，很刺激的。」兩人跟著華耀旺到另一處人堆裡，韋君夏正好出來，舉著手臂說：「毛主席說要造反了。」萬啓和宗立煌

站定，認真看了起來，華耀旺和韋君夏又轉到別處了。起由是清華附中的紅衛兵在北京的一次會議上，請到會的江青把兩張大字報轉給毛主席，這兩張大字報是：《無產階級的革命造反精神萬歲》和《再論無產階級的革命造反精神萬歲》。觀點是：革命就是造反，毛澤東思想的靈魂就是造反。還引用了毛主席過去的語錄：「馬克思主義的道理千頭萬緒，歸根結柢，就是一句話：造反有理。」

毛主席就此回了信：我向你們表示熱烈的支持，同時我對北京大學附屬中學紅旗戰鬥小組說明對反動派造反有理的大字報和演說表示熱烈的支持……不論在北京，在全國，在文化大革命運動中，凡是同你們採取同樣革命態度的人們，我們一律給予熱烈的支持。

離開復旦時已是第二天凌晨了，大家並無倦意，伴隨著黃魚車吱吱嘎嘎的聲音，萬啓他們你一句我一言的議論著。常常也會遇到相同的坐滿了年輕人的黃魚車駛過，有一輛對著他們大喊：「革命無罪！」還是宗立煌反應迅速，站了起來揚臂高喊：「造反有理！」於是一陣爆笑打破了夜的寂靜。

四

盛夏的中午，烈日炎炎。萬啓正在睡午覺，朦朧中聽到有人喊，急忙坐起，有人已走到房門口了：「萬啓，下午兩點到學校開會，一定要來的。」是林桂枝的聲音，還未等萬啓反應過來，她就走了。萬啓看了看鐘，一個翻身跳下床來，急急忙忙穿上衣服，洗

了把臉就出門了。只聽得母親說：「這麼熱的天，還開會！」

到了學校，林桂枝已在校門口等他了。萬啓擦著臉上的汗問：「開什麼會？」林桂枝說：「是成立學校文革委員會的籌備會。應該是各班的文革代表參加的，我班還沒有選呢，一些同學說就讓我和你暫時出席，會後再正式選。」兩人走進會場，裡面已坐滿了人，會議已經開始了。他們就在門口的角落裡坐下。主持會議的是楊書記，她說：「每班選三名文革代表和文革小組，再由班代表推出年級代表，有年級代表組成校文革委員會。」

楊書記最後強調道：「班級團支部要注意，掌握情況，不要亂了套讓落後同學選上來，要引導選團員，保持文革成員的先進性。總之，」楊書記提高了聲調：「一定要在黨支部的領導下進行。」萬啓聽了覺得刺耳，都什麼時候了，還在老調重彈，忍不住脫口而出：「《十六條》說的文化革命是要在有群眾直接選出的文革委員會領導，並沒有說要由黨支部領導。」楊書記立刻繃緊了臉：「誰說得，站起來。」萬啓遲疑了一下站了起來，林桂枝輕輕拉了他一下，小聲說：「快坐下。」萬啓彎腰想坐下，楊書記追問到：「那還要不要黨的領導啦！」萬啓又挺直了身，理直氣壯起來：「黨的領導體現爲毛主席和黨中央的指示，而不是黨的哪一個組織。爲什麼要成立文革委員會，就是要擺脫具體黨組織的束縛，因爲現在許多黨的組織已成了文化革命的阻力。開展文化革命就是要群眾自己解放自己，自己教育自己，用不著別人來指手畫腳。」「你是要造反了！」楊書記額頭青筋暴漲，吼了起來。萬啓更是毫不示弱：「造反有理！」林桂枝用力把萬啓拉了下來：「少說點。」然後對楊書記說：「名單什麼時候交上來，我們班級剛從鄉下回來，怕一

時集中不起來，能不能晚幾天？」楊書記雖然怒氣未消，但也不想對峙下去，林桂枝給了她一個臺階，於是回答說：「盡量要快，不要拖全校後腿。

散會後，同學們並沒有離開，而是自發地展開了討論。林桂枝對萬啓說：「你說話太過頭了點。」「一點也不過頭，北京現在都鬧翻天了，我們這裡還像溫吞水。」「你怎麼知道的？」「我們去復旦大學看的大字報，那裡消息很靈通的。」「是嗎，我是閉塞了，有空也去看看。」有人湊了過來：「還有什麼消息，給我們講講，聽說北京成了紅衛兵組織，這是怎麼回事？」「嗯，是的。最早是北大附中祕密組織的，是爲了保衛毛主席。他們寫了兩張大字報，提出革命無罪，造反有理的口號。」「革命無罪，造反有理。」有人重複著，馬上吸引了許多人圍了過來。「這兩張大字報轉給了毛主席，毛主席親筆寫了信表示熱烈支持。」萬啓繼續道：「這樣不少學校都成了起來。」「既然是毛主席支持的，那我們也成立吧。是不是也像團支部那樣要申請和批准的？」「這我也不清楚了，大字報上沒說。」萬啓抱歉地說。

「我聽說上海也有紅衛兵了，我還在街上看到他們的宣言。」一個高高瘦瘦戴著眼睛的男同學說。「我也看到過，不大，就像書頁那麼大小，是油印的，貼在電線桿上。」一個女生馬上予以證實。「是哪個學校的？我們可以去串聯。」萬啓問。「我沒注意。」女生不好意思地說。「好像是延安中學的，對，是延安中學。」「那好，我們就去延安中學去取經，怎樣？」萬啓建議道。「好！」大家一致贊同。「誰知道延安中學在哪？」有人自告奮勇地說：「我去過，我帶路。」於是大家一起跟著這位同學湧出了學

校，直奔延安中學。

　　延安中學的確有一個紅衛兵組織，但接待他們的負責人很謙虛：「我們也是依樣畫葫蘆，究竟怎樣也是不甚了了。我們也是看到了北京紅三司的成立宣言後成立了的。」「什麼紅三司？」萬啓問。「全稱是北京紅衛兵第三司令部。」「好威武，稱司令部了，規模一定很大了。」同去的人中有人讚歎道。「誰知道來，或許牌子很嚇人，實際沒幾個人就像過去的土匪，人人都自封司令。」也有人調侃道。但馬上招來批評：「你說話不三不四的，這能和土匪比嗎！這是革命組織。」「沒啥，我只是隨便說說，瞎說。」

　　「那麼組織呢？」「實際很簡單，大家自願就可以了，不過必須要講出身成分，只有紅五類的可參加。」「哪五類？」「工人、貧下中農、革命軍人、革命幹部，還有……」「貧農和下中農該算兩類的。」「反正黑五類是絕對不能參加的。」「黑五類包括那些？」「這簡單，地富反壞右。」萬啓聽後不再發聲，悄悄地退到了後面。

　　回校後大家聚在教室裡，一個叫梁國棟的高三學生，有一張四方臉，眼大嘴闊，用帶著鼻音的嗓子喊：「是紅五類的留下。」林桂枝留下了，萬啓則離開了，一同離開的還有幾個初中生。其中一個對萬啓說：「我們是否也成立一個組織作為紅衛兵的周邊怎樣？」萬啓覺得不錯，於是一幫人來到另一個教室，圍坐在一起商量著。萬啓說：「我們先應該表態一下，祝賀我校紅衛兵成立。」「對，你就快寫吧。」萬啓迅速草擬了一份大字報，然後說：「誰去看看那頭有什麼動靜了。」不一會，打探消息的人回來報告說：

「他們已貼出了成立宣言，名稱爲「德立中學毛澤東思想紅衛兵，頭頭就是那個梁國棟。」「好快呀，我們也貼出去吧。」「落款呢？」有人問。「就叫德立中學紅衛兵外圍吧。」萬啓猶豫起來：「去問問梁頭，這樣行不行。既然是外圍，必須得到他們的同意的。」「好，我去，我和梁國棟認識。」一個小個子說。過了好大一會他才回來說，手裡還拿著一疊紅袖章，興高采烈地說：「梁很爽快，不但沒意見，還把他們多餘的袖章給了我們。」萬啓取過袖章一看，上面印著毛主席手跡：紅衛兵三個黃色大字。「他們這麼快就弄好了？」「延安中學給了幾個樣品，一回來就讓總務處照樣做了。現在到處方便的。不過，我們的有點不一樣，就是在大字下面還有兩個小字：周邊。梁還說了。參加周邊的必須是勞動人民出身的。以後還可以加入紅衛兵。」有人問：「勞動人民包括那些，開菸紙店的算不算？」萬啓說：「這好辦，除了紅五類和黑五類其他都算。」

接下來是報名，填寫申請表，又是送到梁國棟那裡，獲得批准後舉行成立儀式。大家戴上紅袖章，站立著高唱「大海航行靠舵手」。唱完後舉手宣誓：「我們是毛主席的紅衛兵，毛主席是我們的紅司令。我們永遠忠於毛主席，誓死捍衛毛主席和他的革命路錢。誰反對毛主席，我們就要把他打翻在地，再踏上一隻腳，叫他永世不得翻身。我們要緊跟毛主席幹革命，解放世界上還有三分之二的受苦受難的人民，把毛澤東思想的紅旗插遍全球。」

一切停當已是半夜了，萬啓走在回家的路上，臂上的紅袖章帶給他特別的感覺，他邁著大步，揮動著手臂就像接受檢閱似的。儘管這紅袖章不是貨眞價實的，但在黑黑的夜裡沒人能看清袖章上的

字，這火紅的顏色足以引起旁人的敬畏目光。一路上看到幾處火光熊熊，那是在破四舊，凡是帶有封資修內容的都要砸爛燒掉。這是一個涵蓋十分廣泛，沒有明確定義的目標，於是古的、洋的、奢侈的都難以倖免。這種景象使萬啓想起了大躍進時代，那時他還是小學生，學校裡、街道上也是紅紅火火的，那是在用土高爐大練鋼鐵。他記得先是各家被動員獻出「廢銅爛鐵」作為煉鋼之用，小學生們則是到處撿，送到廢品回收站，還要記錄個人撿的份量，作為品行考核的一項，也像「消滅四害」時，要送拍死的蠅一樣。後來就挨家挨戶地拆窗上的鐵框，門的鐵把手之類。共產黨的動員能力和人民群眾的積極性真是驚人。

除了破四舊，更引人注意的是遊街和批鬥牛鬼蛇神。萬啓走著走著就遇見了一隊遊街的，三男一女都帶著白色的紙高帽，被繩子牽著，隊伍前頭有人拿著一個破鑼，一邊敲著一邊不斷地喊：「牛鬼蛇神遊街了。」在街道兩旁，時不時也有一群圍觀的人，中間有人站在凳子上，有戴高帽的，但大多在胸前掛個大牌子，上面寫著打上大叉的名字，低著頭。底下不斷有人高喊著口號。這顯然是從毛主席《湖南農民運動考察報告》中學來的。拐過大街，進入一條小巷，這裡難得的安靜，再走過去就是萬啓家的那條弄堂了，也沒有什麼熱鬧情景。他轉身進了弄堂，立刻吃了一驚。就在自己的家門口圍著一群人，雖然沒有喊口號，但也不會是好事。萬啓的心揪了起來，他擔心父親是不是出事了。走近了才看清牆上貼的大字報是樓上王家的，他是商業局的副科長，這才鬆了口氣。

萬啓想往裡擠，卻被一個五大三粗的漢子擋住了：「你要做啥？他媽小狗崽子好好待在一邊。」萬啓一愣，結結巴巴地說：

「我，回我的家，我住樓下。」那人扭過頭來瞟了一眼萬啓臂上的紅袖章，馬上換了一副腔調：「啊，你是紅衛兵小將呀，我當是王家的人了，進吧，進吧。」他挪了挪身子，讓開了。萬啓剛進的門來，樓上響起一陣雜亂的樓梯聲，隨後湧下一群人來，其中就有王家夫婦，男的被人押著，頭髮凌亂，低著頭。後頭跟著王師母，也是低著頭，頭髮凌亂，神情緊張，身體在微微顫抖著。

其中一個人向萬啓借了一張凳子，放在門口的弄堂裡，喝令王科長站在上面，但沒有掛牌子。造反隊的一個頭頭開始批判道：「王東明身為國家幹部，卻惡毒攻擊社會主義，汙衊說，過去的乳牛屁股方墩墩，現在都是尖尖的。」圍觀者中響起了一片笑聲。王科長辯解道：「我這是隨便說說的，」「你還不老實！你明明是在說今不如昔，懷念舊社會，想復辟資本主義。」那個罵萬啓是狗崽子的大模子怒斥道。「對，他還說過，現在人的臉色都發青，是營養不良。鄉下還有人餓死的，你說過沒有？」有一個人接著發問。王科長急了：「我沒說過餓死人，說臉色發青是說小劉的，叫她不要捨不得吃，把錢花在衣服上。」「你再狡辯，給你掛牌遊街！」大模子狠狠地說。王科長萎了：「好，好，我認罪，要好好改造。」有人轉向了王師母：「你要和他劃清界線，好好揭發，不能包庇。」「是的，是的，我一定和他劃清界線。」她用求救的眼光看著萬啓，萬啓扭過頭去，過去的感覺一掃而光。

這時隔壁的朱師母，在下面揭發說：「我經常看到陰溝裡有米，他們是在浪費糧食。」她的話音剛落，弄堂裡又開來一隊人馬，直奔朱家而來，二話沒說，就在門上糊起了大字報。標題是「揭發批判右派分子朱松林的反動言論。」人們的視線一下子轉了

過去，朱師母臉色變得煞白，偷偷溜走了。

五

　　萬啓和林桂枝被正式選為文革代表不久，林桂枝又被推舉為校文革委員，還成了第一批去北京接受毛主席接見的紅衛兵代表。臨走時她對萬啓說：「我走了，班級工作由你負責，你要依靠團員，有事多和他們商量。」萬啓只是聽著，心想團組織都要解散了，團員起不了作用了，再說萬啓本來對團員也有看法，覺得他們都是些聽老師話的保守分子，平時與他們從不搭架的。

　　這天學校開文革代表會，會間休息時，班主任方老師先是探頭往會議室裡張望了幾下，然後畏畏縮縮地走了進來，對老師代表鄭老師說：「鄭老師，我班學生今晚要我交代什麼資產階級生活方式，你看我應該怎麼辦？是否你陪我一起去，我怕他們……」鄭老師問：「是高一（1）班吧？」接著問恰好在旁邊的萬啓：「你班的事你知道嗎？」「我，沒聽說呀，啥事？」萬啓回答。鄭老師又對方老師說：「你跟小萬說吧，他也是文革代表。」

　　方老師從包裡取出一張紙來，很不情願地對萬啓說：「你看看吧，他們把它貼在我辦公桌上了。」萬啓拿過一看，上面用毛筆寫著：「勒令方慧思今晚七時來班級交出資產階級生活用品，交代腐朽的生活方式，不得有誤。如不服從，一切後果自負。」下面落款是「高一（1）班革命群眾」萬啓把「勒令」還給方老師，淡淡地

說：「既然同學們要你去，你還是去的好，要相信同學們是講道理的。不會有街上那樣剪頭髮剪喇叭褲的。」

在一般同學的印象中，方老師還是滿有水準的，會做思想工作。平時說話也比較和顏悅色，不像年輕的前任班主任那樣在班會上火氣十足，不是批這就是責備那，但又不直接點名道姓，搞得大家心裡慌慌的，不知是不是在說自己，至少萬啓就是有這種體會。所以方老師的接任很受歡迎。她走馬上任的第一把火是搞了班幹部輪流當，而且盡量讓更多的人分擔班級工作。這使萬啓很受鼓舞，在周記上表達了自己的看法。事後方老師還來徵求他的意見推薦人選，萬啓卻說不出來。她對工人出身的學生特別關照，據說經常借自行車給他，甚至送飯票，說她是黨員的就是這位同學傳出來的。

方老師經常還到同學家訪，也到過萬啓家。那天萬啓全家剛吃完飯，坐在一起聊天，突然聽到有腳步聲，看到有一個人從開著的大門直接穿過關著燈的廚房走到了房門口。萬啓一看吃驚地站了起來叫了聲：「方老師。」萬啓的父親也立即明白了來者的身分，忙著招呼方老師坐下。簡單寒暄後方老師開門見山地問：「你在周記中寫說要像馬克思那樣生活，你是否想做第二個馬克思呀？」萬啓紅著臉低著頭，好長時間沒回答。這是萬啓看了梅林寫的《馬克思傳》後為馬克思的獻身精神所感動，特別是看到馬克思說他為了他的書犧牲了幸福、家庭和健康時，呆呆地默坐了好長時間。方老師接著說：「有第二個馬克思當然很好，但你是不是有成名成家的思想，這就不好了。黨和國家需要的是普通勞動者，我們應該成為革命的螺絲釘，一切聽從黨安排。」方老師侃侃而談，而萬啓則始終低著頭，一言不發。還是萬啓的父親詢問了萬啓在校的其他表現，

兩人談了一陣後，把老師送出了家門。

方老師走了，萬啓繼續開會。散會了，在走廊裡碰見了宗立煌，萬啓問：「是你組織要搞方慧思的？」宗立煌揮了一下手，用他慣常的語氣說：「關我屁事，是華瘸嘴搞的鬼。我也是才知道的。」「是華耀旺發起的。」萬啓想了想說：「有可能。華耀旺平時對方慧思很不滿的。」「還不是方慧思把他的學習委員撤了。現在乘機報復一下。」「走，去看看，不要出什麼岔子來。」萬啓說。「現在是什麼形勢，這麼點小兒科的事還怕出岔子？哎，你是文革代表，應該管管的。你先去，我還有點事要辦。」

萬啓來到教室時，教室已改變了模樣，課桌靠牆圍成一圈，中間空了出來，當中放了一張椅子。同學們都圍坐著、議論著，方慧思就呆呆地坐在中間的椅子上，微微低著頭，目不斜視，膝蓋上放著一只鼓鼓囊囊的包。華耀旺站在她對面的桌子後，兩手撐在桌面上，正聲色俱厲地指控道：「方慧思出身資產，父親是大資本家，解放前殘酷剝削壓迫工人，解放後不好好改造，仍過著資產階級的腐朽生活。父親有小老婆，家裡有傭人。方慧思不和父親劃清界線，也和父親一樣墮落。她有數不清的奇裝異服和化妝品，她給孩子吃補品，還每天都要給孩子稱份量。還經常打罵傭人。你要老實交代，接受批判。」全場立刻靜了下來，目光聚焦在方老師那裡。

方老師挪了挪身子，椅子發出了輕微的吱吱聲。她沒有抬頭，張了張嘴：「我，」又停下了。「快說！」華耀旺催了起來。萬啓說：「不急，慢慢說，有什麼就說什麼。」又悄悄地問華耀旺：「這些你怎麼知道的？」華耀旺笑笑回答：「和她教研室老師串聯

時聽來的。」「確實嗎？」「這時你還這麼溫吞水，難道其他老師會說謊？」華耀旺不再理會萬啓，又高聲對方老師喊道：「你休想蒙混過關，你不老實交代，今天就不放你回去！」

「好，我說，我爸不是大資本家，只是開了一個很小的廠，工人不到百人。我爸也沒有討小老婆，我後媽是在我親媽沒了以後娶的，爲的是照顧我的弟妹們。我也沒有打罵阿姨，不信你們可以叫她來對質。」

「你還狡辯！」華耀旺狠狠地打斷了方老師的話。「方慧思你要老老實實地交代，你如不老實就砸爛你的狗頭！」不知是誰，在後面大喊大叫起來，這引起了一些笑聲。萬啓平靜地說：「不管多大多小，你爸是資本家總不能否認吧，是資本家就要剝削工人，難道這你還要翻案？」「是，是，我爸是剝削工人的資本家，他有罪。」

「那你呢，有沒有罪？」華耀旺繼續他的攻勢。方慧思抬了頭四下望了望，最後把目光落在了萬啓身上。萬啓就說：「你沒有很好劃清界線，對你爸的階級本質沒有深刻的認識，這是要好好檢討的。」「是的，是的，我一定認眞學習毛主席著作，加強自我改造，脫胎換骨，站穩階級立場。」「你！」華耀旺不滿地看了萬啓一眼，馬上又對方老師說：「你根本就是資本家的小姐派頭，過著小姐的腐朽生活。但你還假裝積極，拍楊書記馬屁，想混進黨內，你就是一個危險的兩面派。」

「好啦，不要多囉嗦了，讓她把東西交出來。」是宗立煌的聲音，不知何時他回到教室。「對，交東西！」韋君夏附和道。方老

師已經鎮定下來了，慢慢打開包，一件件地擺在地上。這有兩雙高跟鞋，三件旗袍和兩件花連衣裙。此外就是一些化妝品。「這些都是過去用的，解放後我就不用，你們應該知道我平時穿什麼的，也從不化妝。」方老師不慌不忙地說。

「那你還留著幹什麼？等著資本主義復辟？」華耀旺毫不留情地上綱上線道。方老師一下回答不上來了。「這些東西也算不上啥，你是不是把東西都藏起來了？」宗立煌蹲了下來，翻了翻地上的東西。「對，她一定把要害的東西藏起來了，」華耀旺停了一下，轉身對同學們提議：「要不要去抄她的家？」這一下教室裡炸開了鍋，各種聲音頓時爆發出來。支持的喊：「抄她家！」也有反對的說：「算了，沒多大意思。」但更多的是沉默。華耀旺對方老師說：「把你家地址寫下來。」方老師這下慌了：「我父親身體不好，你們去了他會受不了的。」「寫！」華耀旺把筆和紙遞給了方老師。方老師顫抖著寫了自家地址。華耀旺拿過地址揚臂高喊：「走，去抄家了。」一群人跟著他湧出教室，留下方老師一人癱坐在椅子上。

剛出校門，遇到了耿傑，他問萬啓：「你們去哪？」「去抄家。」「是嗎，我班也要去抄周學龍家，一起去吧。」「哎，校革委會批了？」「這要革委會批啥，群眾的革命行動！」萬啓無語。耿傑揮了揮手：「算了。」剛走幾步又回頭喊：「革命不是請客吃飯，不是繡花做文章，不能那樣文質彬彬，那樣溫良恭儉讓。」萬啓心裡彆扭得很，但還是跟上了華耀旺那幫人。突然他想起了什麼，大聲說：「聽說中央有指示，要進行全國大串聯。」拖在後面的盧有銘問：「真的？」「有人在復旦看到的首長講話中傳達了毛

主席的最新指示。」馬上前面的人也圍了上來，七嘴八舌地議論開了。有的信，有的不信，萬啓建議：「要不去復旦看看？」「對，對，去復旦。」大家立刻回應。萬啓說：「走，先去找一輛黃魚車來。」「去菜市場看看，那裡肯定有的。」盧有銘和萬啓轉向菜市場，其他人也跟著了。華耀旺呆呆站了一會，也跑了過來。

　　在回來的路上，大家的情緒特別亢奮，遠超過第一次去時，因爲對於從未離開過上海的年輕人來說，串聯的吸引力要遠超過起來造反。實際上，對大多數學生來說，造反很模糊，而串聯則很具體。還是華耀旺首先提出立刻準備去串聯，這時已把方老師的事忘得一乾二淨了。「去哪裡？」有人問。「當然是北京了，去見毛主席！」宗立煌以不容置疑的口氣說。「能見到毛主席？」「嗨嗨，你忘了毛主席已接見過紅衛兵了，林桂枝不是已進去了嗎。你沒看大字報上說的，現在主席說了要更多地接見紅衛兵和學生。」宗立煌說。「是的，毛主席說了，在蘇聯，見到列寧的人很少，所以變修了，所以他要大量與群眾特別是年輕人見面，可以把毛澤東思想深入人心。」萬啓說。「好，就去北京。」華耀旺說。突然韋君夏問：「那方慧思交的東西怎麼處理？」「嗨，你還記著那，不管它了，燒掉不完了，你想要？你拿去吧。」宗立煌回答道，引起了一陣笑聲。韋君夏喃喃地說：「你不要瞎三話四。」

　　回到學校已是深夜了，但校園裡還是燈火通明，人來人往的。萬啓對大家說：「車就放這裡吧，明天我去還」華耀旺提醒道：「明天一定要來的，把串聯的事搞定了。」同學們都散了，萬啓把車推到操場的一邊正要上鎖，有人拍了拍他的肩膀。回頭一看是耿傑，就問：「你們去周老師家了，戰果如何？」「好極了，從他的

箱子裡發現了國民黨的郵票，上面有蔣介石的像。他藏著就是想等蔣介石反攻大陸。我們把他押到學校來，關進牛棚了。」耿傑一副得意洋洋的神態，接著反問：「你們不是也去抄方慧思的家了？有何收穫？」「我們沒去。」「沒去？」耿傑驚訝了。「我們去復旦看大字報了，準備去串聯。」

「串聯？怎麼個串聯法？傳達傳達有什麼新聞。」耿傑充滿期待地望著萬啓。萬啓正在鎖著車，說：「等會。」鎖好車，兩人坐在車上聊了起來。萬啓說：「中央發通知了，號召學生來北京取經，北京的紅衛兵到各地去煽風點火，要北京和各地做好接待工作。」「誰都可以去？去哪都行？怎麼去，乘車、吃飯要花錢的，我們哪有錢那。」「這你不用擔心了，一切由國家來包，你只要帶上學生證就萬事大吉了。憑學生證乘車，吃住有接待站。起先周總理擔心會亂，說要好好組織，毛主席說，那裡都能有飯吃，有地方住，怕什麼，我們過去幹革命不就是這樣的。」「還是毛主席氣魄大。」「不過說是這樣說，具體的還是總理管。」「有這樣的好事，做夢也不會想到吧！」「這是要把文化大革命的火燒遍全國，也是毛主席的偉大戰略部署呀。」「是呀是呀，毛主席太相信我們了，我們就要做到毛主席揮手，我前進。刀山敢上火海敢闖，哈哈哈。」

六

在提出申請後不久，萬啓他們獲得了批准。但令他們失望的

是，給的車票是到徐州。上面的解釋是由於進京人數暴增，使得北京不堪重負，所以開始有所限制。大家商量一下，決定不管哪裡走了再說。第一次出遠門，第一次坐火車，每個人都異常興奮。不過也有少許擔憂，不知會遇到什麼情況。好在是一夥人，互相可以照應、壯膽。

他們登上了直達徐州的串聯專列，隨著列車的飛馳，第一次看到了祖國大地的遼闊，也體會了上海的優越，相比上海，外地就顯得十分破落。尤其令萬啓驚愕的是沿途看到了一些乞討的小孩。已是初冬時分，寒風颼颼，但這些小孩竟赤膊著。車停下後，萬啓特地下車走到一個孩子跟前，給了他一個饅頭，又摸了摸他的胳膊，卻是熱熱的，有點驚奇。這時走過一個中年男子，穿著一件破舊棉襖，大聲苛責孩子，孩子們紛紛跑開了。萬啓問中年人：「他們怎麼不怕冷？」中年人回答：「習慣了。」

列車走走停停，終於到達了徐州站。但一直停著，沒有人下車。宗立煌說：「怎麼搞的，我去打聽打聽。」不一會他從其他車廂回來說：「前面一車廂都是解放軍，是軍事院校的學生，他們正在和鐵路部門談判，一定要去北京，否則就不下車。」「好哇，還是解放軍厲害！」韋君夏說。「鐵路能聽他們的嗎？」華耀旺懷疑道。「說不定的，反正我們隨大流，等著吧。」萬啓說。

時間慢慢流逝，老半天了列車仍是紋絲不動，車廂裡的人開始焦躁起來。有人在車廂走來走去，也有人不斷把頭伸出窗外探望。宗立煌也站了起來，說：「我再去打探打探。」當他剛挪動腳步，一聲尖銳的汽笛聲突然響起，把人嚇了一跳。大多數人還沒反應過

來，車廂慢慢移動起來。「車開了！」「車去北京了！」「我們勝利了！」車廂裡是一片歡騰。在隔壁車廂裡傳來了嘹亮的歌聲：「我愛北京天安門，天安門上太陽升……」在此起彼伏的歌聲中，列車一路狂奔，直抵北京。宗立煌說：「我們運氣真好，借了解放軍的光了。」

　　列車到達北京站時已是傍晚了，車上的人紛紛下車，湧出車站。在暮靄中還能看到北京站高聳的鐘樓，聽到它奏起了《東方紅》的樂曲。諾大的廣場上人群洶湧。萬啓他們站定了，緊張地張望著。宗立煌問：「往哪走？」華耀旺指著左前方說：「下車的人好像都往那裡去了，我們也跟著就是了。」果然有一排公車等在那裡，迎面走來一個穿著軍大衣的中年人，大聲說：「歡迎來到偉大首都，請問從哪裡來？」宗立煌回答：「上海。」「啊，是上海小將，我們是四機所接待站的，請跟我來。」

　　來人把他們帶到一輛車旁，對司機說：「上海來的，一共五人，讓他們上吧，我再去接幾個來。」華耀旺帶頭爬上了車，其他人也隨著上了車，忙著搶位子坐下。不一會那人又帶來一批人，這時車上開始擠了。司機說：「夠了，走吧。」那人跳上車把門關上後對車廂裡的人說道：「我們四機所的接待站在公主墳那裡，離這裡一個半小時的車程，到了那裡先辦一下手續，馬上就開飯，同學們一定餓了吧。」「四機所是啥子單位？」一個濃重的四川口音問。「就是第四工業機械研究所。」「這地方咋叫公主墳來著，是墓地？」有一個來自東北的問。「哈哈，北京是京城，王公貴族多的是，他們埋在那裡，那裡往往就以此得名，這裡過去有一個公主的墓。別的還有叫王爺墳的呢。」

　　車開始開得較慢，走過了天安門廣場，天安門上已是華燈閃耀，人民大會堂雄偉挺立，人民英雄紀念牌像一把巨劍直刺天空。車上的人都貪婪地緊盯著車窗外，不肯放過任何一點景色。北京對當地人來說，或許習以爲常，但對外地人來說卻充滿著神奇色彩，就像宗教中的聖地。過了天安門廣場車就加速前進，天漸漸黑下來，燈火也稀落下來，最後駛進了一片黑暗中。車上開始竊竊私議起來：「怎麼離開北京了？」「北京也這麼荒涼呀？」接待的人解釋：「這還是北京城裡，只是不在市中心，北京很大的。」

　　最後車開進了一個大院，停在了，大家下了車隨接待人員進了一棟樓裡，排著隊辦手續。登記完後，每個人發給了飯票，北京吃飯是不要錢和糧票的。食堂裡已是收攤的樣子，服務員還是很熱情地招呼著大家，發給沒人三個白菜肉餡的包子，油油的，也很香。吃完後又被領到了宿舍，一大間裡擺著八頂雙層床，住進了十六個人。每個人一上床就呼呼大睡了，實在也夠累的了。

　　第二天，大家還在熟睡中，一陣嘹亮的軍號聲把人驚醒。萬啓霍地在床上坐了起來，在朦朧中看到窗外一片紅紅的，他問：「哪裡著火了？」華耀旺也醒了，看了看窗外笑了：「這是雲霞。」「我還從來沒有見過這樣火紅的早霞。」「在家都被房子擋沒了，你當然看不到。」這時門被打開了，有人在喊：「起床了，起床了，馬上到操場集合。」大家匆匆穿好衣服跑了出去。

　　操場上已有人在那裡了，已經排成一行，後到的就向他們靠近。站在隊伍前面的是兩個穿著沒有領章的軍裝，其中一個喊起了口令：「排好了，立正，向右看齊，稍息。從今天開始，你們組成

一連，有我擔任連長，我姓張。」他又轉過身子指了指身後的一位說：「這是指導員，以後有事可以直接與我們聯繫。現在請徐指導員講話。」說完退到後面，徐指導員走前兩步開始講話：「同學們，紅衛兵小將們，熱烈歡迎你們來到偉大首都北京。你們是毛主席請來的客人，我代表四機所的革命群眾，向你們致敬，向你們學習！」隊伍裡響起了稀稀拉拉的掌聲。停頓了一下，徐指導員繼續道：「你們來京的光榮任務，就是接受毛主席的檢閱。」隊伍裡一陣騷動，大家交頭接耳，異常興奮，接著又響起了掌聲，但這次要熱烈的多。

「什麼時候啊？」隊伍中有人問。「到時會通知你們的。」「哈哈，軍事祕密。」又有人調侃說。「現在你們每天上午要接受訓練，為毛主席接見做準備。下午可以自由活動。好，我就講這些，希望你們遵守紀律，生活愉快。」張連長喊起口令：「立正，向左轉，跑步走！」宗立煌一邊跑一邊說：「這麼向左跑，兜圈子了。」「你不懂了，不能向右轉，只能向左！」

訓練的內容就是排好隊，一邊齊步走，一邊揮動手上的《毛主席語錄》，口裡喊著：「毛主席萬歲！」頭幾天，大家有一種新鮮的神聖感，訓練時很有規矩，但慢慢就懈怠下來。缺席的人不斷增加。到後來，連長和指導員不得不來到宿舍，從床上拉人，才勉強保證有足夠的人參加。整整兩個星期過去了，除了每天的操練，一絲風聲都沒有，大家都有點心灰意懶了。這天上午，隊伍中沒見宗立煌，萬啟問旁邊的韋君夏：「你看到宗立煌了？」「吃飯時我還見過他，轉眼就不見了。」「他會上哪呢？天安門我們都去過了，也照了相。」「等回來問他，他怎麼一個人去了，也不打聲招呼，

夠鬼的。」前排的華耀旺回過頭來不滿地說。這時後面傳來了連長的聲音：「不要開小會了，有話練完了說。」三人擺正了姿勢，不斷揮動語錄，喊著：「毛主席萬歲，毛主席萬歲。」

傍晚，宗立煌笑嘻嘻地回來了。韋君夏問：「去哪了？我們差點要報告你失蹤了。」「我告訴你們，天安門右邊的軍事博物館很好看，有坦克、大炮什麼的。」「你一個人吃獨食去了，有沒有組織性？」華耀旺嗆道。宗立煌沒有看一眼華耀旺，對著萬啓說：「是那個小四川帶我去的，你們也可以去參觀參觀，很有看頭。」「上次去關門了，明天該開門吧？」萬啓問。「開。」宗立煌肯定地說。一向少言寡語的盧有銘提議道：「我們去吧。這幾天也太悶了。」「去。」大家一致贊同。

第二天吃過午飯，大家就直奔天安門廣場，到了博物館門口，大家拿學生證取了票，正要進去，一輛頂上架著兩個大喇叭的麵包車緩緩駛進廣場，開始不斷喊話：「來京的紅兵小將們，請注意了，請你們馬上回到自己的接待站，有重要通知，有重要通知。」麵包車沿著天安門廣場繞行，使得整個廣場都能聽到。萬啓把剛跨進門檻的一條腿抽了回來，站著細聽，其他人也停了下來。華耀旺說：「可能是毛主席要接見了。」他的話音剛落，宗立煌馬上大叫一聲：「快走。」拔腿就跑了起來。「不錯，是毛主席要接見我們了。」韋君夏追著宗立煌也跑了起來。「我們也快走吧，晚了就完了。」萬啓說。「別忙，你看他們跑哪去了，20路在那頭，像沒頭蒼蠅似的。」華耀旺卻老神在在地說：「讓他們瞎跑去，我們朝這兒去。」剩下的人就跟著華耀旺轉向另一個方向。萬啓留在最後朝宗立煌喊話：「你們走錯路了，回來呀。」宗立煌聽到喊，站住

了，但也沒有回來，他與韋君夏嘀咕了一陣，還是繼續他們的方向。「不要睬他們，他們是好馬不吃回頭草，死要面子等著活受罪吧。」華耀旺拉了萬啓一把說。

華耀旺把大家帶向20路車站去，正好有一輛車停在那裡。「快奔呀。」華耀旺一聲喊，大家就使勁朝車跑去。大家氣喘噓噓地跑到車前，車門卻啪的一聲關上了。華耀旺急忙拍打著車門道：「我們要上車。」車上的年輕售票員說：「等下一班吧。」「怕來不及了，毛主席要接見了。」萬啓說。售票員笑了笑，按了一下開關，車門又重新打開了，幾個人馬上擠了上去。萬啓連說：「謝謝，謝謝。」售票員說：「用不著急的，還早著那。你們那兒下？」「公主墳。」華耀旺答。「遠著那，往裡進。」車開了，宗立煌和韋君夏匆匆趕了過來，拚命揮著手。華耀旺得意地笑了起來：「活該！不聽老人言，吃虧在眼前了，哈哈哈。」

果真，趕回四機所時，所有串聯學生都集合在了一起。萬啓他們東張西望地尋找自己的隊伍，一位接待人員走了過來問：「是那連的？」華耀旺回答：「一連的。」「一連在那頭，從這裡繞過去。」萬啓等繞過其他連隊，看到了連長和指導員熟悉的面孔，就悄悄地站在了後排。

「下面宣布一下紀律：一，一切行動聽指揮，任何人不管任何理由不得自行行動；二，隨身不得攜帶任何鐵器和堅硬的東西，如鑰匙、水果刀等。三，如發現任何可疑行為，要立即向我們彙報。」指導員講話一結束，連長就扯開他的大嗓子問：「大家聽明白了嗎？」「聽明白了！」底下齊聲吼道。「好，解散！」人群散

開去，華耀旺上前對連長說：「我們才趕回來，前面沒聽到，不知什麼時候出發。」連長說：「明天，具體時間再會通知的，從現在開始不能再外出了。」「知道了。」華耀旺高高興興地回到同學那裡說：「回去睡覺，養精蓄銳。」

　　儘管躺在了床上，誰也睡不著，於是就天南地北地聊開了。突然隔壁有人在嚷嚷，還不止是一人，慢慢聲音越來越大。韋君夏說：「是不是在吵架？」宗立煌坐了起來細聽了一下說：「聽不出來，這房間隔音真好。」「你去偵察偵察的幹活？」華耀旺翻過身來對宗立煌說。「要去你自個去，關我屁事。」宗立煌說完又躺下了。不一會說話聲戛然而止，隨著是劈里啪啦的打鬥聲，還有桌椅板凳的碰撞聲。「好傢伙，打起來了，哪裡來的，火氣那麼大？」韋君夏吃驚地說。「你去報告連長去。」華耀旺挑動說。「少管閒事為好。」韋君夏說。「自己躲在後面，又老喜歡差人，什麼意思嗎。」宗立煌表露了不滿。

　　「好、好，我去，丁點兒的事還要推三阻四的。」華耀旺真的要起身，隔壁又傳來了連長的大嗓門，這回聽清楚了，他在喊：「住手，都給我住手。多大的事值得動手呀。明天是什麼日子，是毛主席接見你們的日子，今晚還打架，像話嗎？真他媽的混蛋透頂。都給我上床睡覺，再鬧明天就不讓你們去了，熄燈。」「連長都罵人了，一定氣壞了。」韋君夏說。隔壁一聲重重的關門聲後，一點聲音也沒有了。「我們也熄燈吧，」萬啟說著起來把燈關了。很快大家進入了夢鄉。

七

第二天大家都起的早早的，眼巴巴地等著，但卻遲遲沒聽到集合號。宗立煌又躺下了，嘴裡還嘟囔著：「早知道何必起那麼早，白白少睡了兩小時。」華耀旺說：「這是吊吊你們的胃口，看看你們的食欲有多大。」宗立煌馬上回道：「你不要你們你們的，那你算是什麼呢？是不是總想高人一頭？難道你沒有胃口？」說著翻了個身：「抓緊時間再睡會吧。」萬啓和韋君夏則站在窗前看著外面，小聲說著話。只有盧有銘獨自一人在看著一本書。

直到晚上九點，期盼的軍號終於響了起來，這次不用連長和指導員來動員，大家都很自覺地來到操場排好了隊。連長也沒有多說話就喊起了口令：「向右轉，去食堂。」進了食堂，每人給發了三個糖三角包和兩個梨還領了一件軍大衣後，又回到操場。指導員簡單地作了一番動員：「今天偉大領袖毛主席要接見你們了，這是對你們的最大的關心和信任，希望你們不要辜負他老人家的期望，奪取無產階級文化大革命的勝利。」然後，連長再一次重申了紀律，最後發出了出發的口令。隊伍肅穆地離開了四機所，走了有四十分鐘的光景，在一個拐角處停下了，前面是望不到頭的隊伍，連長喊：「就地休息。」大家散開了，紛紛坐在了馬路邊上。一等就是兩三個小時，夜已深了，深秋的夜風颼颼的，人人都穿上了大衣。有人問連長：「要等到什麼時候？這裡離天安門有多遠？」連長回答：「一切行動聽指揮，上面會有安排的，大家耐心一點。」「他也不知道呢！」宗立煌悄悄說。突然前面想起了歌聲，接著就有人

開始拉起歌來：「一連的，來一個！」連長忙站了起來喊道：「一連注意了，我們唱一個〈在北京的金山上〉好嗎？」「好！」「預備，唱！」歌聲響起：北京的金山上……

　　唱完，連長喊：「二連的來一個要不要？」「要！」接著是一陣掌聲。就這樣在此起彼伏的歌聲中，驅除了等待的無聊和焦慮，也平添了一份暖意。萬啟感到一陣肚痛，遲疑了一下，問身旁的盧有銘：「你知道哪兒有廁所？」盧有銘回答：「要小便？隨便找一個沒人的地方就是了。」「不是，我拉肚子了。」「這？」盧有銘也束手無策了。「往前再右拐，那裡有一個街頭小公園，那裡有一個公廁，走個六七分鐘吧。」宗立煌插了進來。「你怎麼知道的？」盧有銘問。「他是遊民，到處亂轉知道的。」韋君夏打趣道。「好，好，我就去，哎，誰有紙，快！」「別著急走錯路。」萬啟接過遞過來的紙，急匆匆而去。果然看到了一個小小的公園，沒有圍牆，他走進公園，還算幸運，看到了路牌，按著箭頭所指就找到了廁所。

　　從廁所出來，在暗淡的街燈下辨別方向，雖然只有一條路，但他常常會走錯方向。究竟朝那頭走，他吃不準了。正在疑惑之際，忽聽到有說話聲，他一驚，回頭看去在公園的一處有兩點火星在閃爍，是有人在吸菸，話音正是從那裡傳來的。萬啟放鬆下來，確定了方向，才走了幾步又停住了。「主席搞這麼大動靜，究竟要幹嘛？」那裡有人問。但沒有回答，沉默了一陣，有一個略顯蒼老的聲音吐出了三個字：「劉少奇。」「主席要動劉少奇？可能嗎？劉少奇可是二把手，國家主席。」這是一個較為年輕的聲音。「你沒看懂主席的大字報『炮打司令部』？那就是劍指劉少奇的，只是沒

有點名而已。」「劉少奇不是主席親自選的嗎？」「不錯，但主席現在大權旁落，要奪權呀。自主席退居二線後就被架空了，他能忍下？」「不是主席自己要退的嗎？記得那時中央還發了文件，說主席爲了有更多時間做些理論工作。許多人不理解，還說要做好解釋工作。」「實際上，主席是被逼的，一般老百姓哪知道內情。」「被逼的？」

萬啓乾脆坐在了路邊不走了。一顆火星滅了，然後是一道火光閃了幾下，火星又亮了起來。「主席豎了三面紅旗後，出現了自然災害，實際是把經濟搞砸了，劉少奇經過調查發現了問題，說是三分天災，七分人禍。雖然他把自己也算在人禍裡頭，但豈不也在暗指主席。下面的意見也是一大堆，主席坐不住了，在七千人大會上，做了自我檢討。以後就提出要退居二線，讓劉少奇當家。」

「主席打仗行，但不懂經濟。」「是的，馬上得天下，他還想用這一套治天下可不行。」「主席雄才大略，但過於浪漫，心急了點，什麼十五年趕上英國的。」「那是主席從蘇聯回來說的，因爲蘇聯要十年趕上美國，所以中國就來個趕超英國，世界兩個陣營的對決，一是意識形態的引導，二是根本上不了解世界，對現代化幾乎是一無所知，以爲社會主義制度優越就可以爲所欲爲，以爲搞建設也像過去搞革命，靠群眾運動，靠覺悟，靠幹勁。」「那靠什麼？」「靠科學，歸根結柢靠知識，靠專家。」「主席有詩人氣質，他的詩大氣磅礡，蘇辛都比不上的，文章也不錯，洋洋灑灑的，沒有一點八股氣，但對科學、經濟好像沒有興趣，卻特愛好中國歷史。中國的傳統，農業經濟自然憑經驗就可以了，而歷朝都是以史治國。好像主席的世界知識也是缺缺的。」

　　「那你說說，劉少奇的命運會如何？」「這不好說，據說劉對錯誤自擔責任，請不要整其他人，還向主席提出告老回鄉。」「主席怎說？」「好像是主席還安慰他了，要他多學習，下去搞搞調查研究。」「主席還是寬容的。」「也許，但中國的傳統，在權力之爭中，和平落幕的鳳毛麟角，殺功臣是必演的戲碼，只有宋太祖趙匡胤例外。」「杯酒釋兵權。」「主席和劉少奇的恩怨還牽涉到兩家夫人的恩怨呢。」

　　「江青和王光美？」「劉少奇吹捧王光美的桃園經驗，還有訪問印尼時帶著王光美出風頭，江青很是難受，自己處處受壓，而她如此風光，妒忌是不可免的。如今主席把江青放了出來，報復也是人之常情。」「傳說，主席和江青結婚許多人反對？」「是的，那時江青從上海來延安學習，以前是個演員明星，背景很複雜，所以那些老革命不喜歡。還有就是主席那時還沒有和賀子珍離婚。他們兩人鬧了彆扭，賀被送到蘇聯去了。賀，不管如何也是老革命了。大家對她挺同情的。」「我聽說，為此主席大發脾氣，說我愛和誰結婚，別人管不著。」「張聞天是反對的，總理也不贊同。康生是支持主席的，還有賀龍，拍著桌子吼，誰反對主席結婚他就一槍崩了他。大家只得同意，但有一個決議什麼的，江青對外不能說是毛主席的夫人，不能過問政治，只是照顧主席的生活。」

　　「這樣說來，主席和劉少奇之爭僅是個人恩怨？不是什麼路線之爭？」「現在流行動不動就上綱上線的，無非是想致人於死地。客觀來說，兩者都有，既有個人恩怨，又有路線之爭。個人恩怨也會導致路線之爭，或者牽強附會地把對手往一邊靠，或者自己獨闢蹊徑地標新立異，以示區別。也就是用新的一套來貶通常的一套。

當然看法不同，路線不同也會產生個人恩怨。在中國權力是核心的東西，凡與權力有瓜葛，必定要走到你死我活的地步，而且非得斬草除根。這也是傳統，有權就有一切嘛。赫魯雪夫反史達林也為主席敲響了警鐘，怕重蹈史達林的覆轍，所以他一再說要防止身邊的赫魯雪夫。」

「現在讓學生起來造反，會有什麼作用呢？」「這確是主席的魄力無人能及，因為現在從權力結構上，劉少奇因為主持一段時期的工作，比較有優勢，所以主席只能用這種辦法來衝垮劉少奇的權力基礎，也就是整個官僚體系。主席憑藉的是自己的威望和正統的君主象徵，所以能一號召就應者如雲。至於內中的緣由和對錯，老百姓是不知道的，也不會去追究的。不過讓學生鬧，總不能持久的，俗話說請神容易送神難，將來一定會有麻煩的。」

「如此下去國家不會亂嗎？」「主席不是說了，大亂之後必有大治，這應該不錯的，就像分久必合，合久必分一樣，這是一個循環，不以人的意志為轉移。至於會有怎樣的亂和達到怎樣的治，只有後人知道了。」「好像那裡有人在偷聽。」「哪兒？」「在路邊那頭，有個人影在動。」萬啓慌了，站了起來撒腿就跑，等跑了一段回頭看，沒見有什麼動靜，才緩過氣來。但慌不擇路，不知跑到了哪裡，他急得轉來轉去就是找不到回路。這時天開始亮了起來，天空中出現了一片紅紅的火燒雲，就像第一天看到的那樣。他滿頭大汗，就把大衣脫了，這時不遠處傳來了陣陣號角聲，萬啓仔細聽了會，就順著聲音的方位奔了過去。他看到了昨晚的浩浩蕩蕩的人流，經過幾番打聽，終於找到了自己的隊伍。

「你跑哪去了？我當你掉茅坑裡了。」宗立煌哈哈笑著問。「我迷路了，走錯方向了。」萬啓回答，但沒有說起偷聽的事。「你來的還算及時，不然隊伍一出發，你就慘了。」華耀旺說。萬啓趕忙擠進隊伍，連長喊：「整好隊伍，出發。」隨著望不到頭尾的隊伍開始移動了，走走停停的來到了長安街。寬闊的長街上有兩支隊伍同時行進，中間站著一排帶著袖章的解放軍。高音喇叭裡播放著《大海航行靠舵手》的樂曲，人人揮舞著《毛主席語錄》，喊著「毛主席萬歲」的口號，整個場面十分壯觀又激動人心。

「前面就是天安門了。」宗立煌說。「哪裡，我怎麼沒看見。」韋君夏踮起腳尖向前看了看說。「算了，你個子矮看不到，反正要走過去的。」「我看到了」萬啓說。隊伍加快了步伐，天安門就在眼前了。突然，就像一陣狂風刮過，人潮洶湧地向天安門衝去，維持秩序的軍人怎麼也抵擋不住這樣的狂潮。萬啓看了看左右，只有盧有銘跟在自己後面。他問：「怎樣？」盧有銘答：「還好，我們再往天安門擠擠？」「好。」兩人緊挨著使出渾身的勁，擠到了金水橋邊了。盧有銘拿起他帶的獨眼望遠鏡，向天安門城樓望去。「看到什麼了嗎？」「看不清，你來看看。」萬啓接過望遠鏡，瞇起一隻眼從左到右掃了一遍，只依稀地看到有些人頭在動，但看不清誰是誰。「沒有毛主席，有一個倒像劉少奇。」他說。盧有銘再要看，但人越來越多地湧來，使人難以動彈。

萬啓感覺不妙，拉了一把盧有銘說：「快走，這裡危險，怕要出事。」於是兩人逆流而動，拚命離開金水橋，直到筋疲力盡。這時人已身不由己了，只能隨著人潮飄來湧去，就像在大海裡。萬啓是經歷過這樣的人潮的，那年國慶在上海人民廣場看煙火。只要稍

一不慎，腿一軟就會倒下，而一旦倒下，那就是被眾人踩在腳下，發生不死即傷的悲劇。他叮囑盧有銘：「注意腳下，千萬不要被絆倒，也不要硬擠，順著來。」兩人滿臉是汗，胸口像被堵住似的，透不過氣來。盧有銘的眼裡還充滿了淚水。

經過漂流中的掙扎，萬啓脫離了險境，但盧有銘不知去向。他轉來轉去尋找，就是不見盧有銘的身影。但另一幕情景震驚了他。他看到有人彎腰撿起掉落在地的鞋，挺身又往天安門城樓上扔去。再往上看，空中有許多被拋起的鞋子，此起彼伏，就像飛過一群烏鴉。萬啓感到匪夷所思。他不再多想，趕緊逃離這個是非之地。過了天安門。人群就散開了，不再擁擠。萬啓一個人慢慢地走回了接待站。還好，同學們都安全返回，盧有銘稍後也回來了。每個人的嗓子都是啞啞的，累得倒頭便睡。

八

在又悶又熱的車廂裡，每個人都是滿臉的汗，就盼著列車能開起來，至少可以透進風來。這是一趟從北京開往廣州的專列，車上擠滿了離京的串聯學生，不但座無虛席，連過道上都坐滿了人。有就地而席的，也有下面墊個包什麼的。特別是行李架上也躺著人，宗立煌就是其中一個。他爬上了行李架，把為數不多的行李推到一邊，騰出空來就躺在了上面。哈哈笑著對下面的人說：「你看我坐臥鋪了。」行李架下面坐著的韋君夏驚恐地說：「你下來，這危險！」宗立煌不以為然地哼了一聲：「危險，有啥危險？怕我掉下

來砸你頭上了？」「真的，這行李架吃不起一個人的重量的，不要開玩笑。」華耀旺也支持韋君夏，要宗立煌下來。坐在過道上的萬啓望了望宗立煌，又四下瞧了瞧，最後低頭朝座椅下看了下，說：「我也有臥鋪了，永遠不會掉下來的。」「哪裡？」與萬啓坐在一起的盧有銘問。「就在這兒。來你先讓讓。」盧有銘困惑地站了起來，萬啓把身子往後挪了挪，把兩隻腳伸進了座椅下，然後又慢慢地往裡挪動直到把整個身子塞了進去，只有頭露在了外面。盧有銘笑了：「地上多髒呀。」「嗨！能把腿伸開來了，太舒服了。髒有什麼要緊。」萬啓回答。「當心走過的人踩你的頭。你不要命啦。」華耀旺說。「現在哪有人過啊，都水洩不通了，沒人能過。現在上廁所都是從座椅背上去的了。高空作業。」不過他還是關照盧有銘說：「你幫我看著點，啊。」「行了，行了，要有人過來，我就對他說下面有人，讓他抬抬腳就是了。不過等你睡夠了，也讓我進去睡一會。」

　　萬啓剛躺下不一會，傳來一個驚人的消息：「前面車廂有人暈倒了，被抬下去了。」整個車廂驚慌起來，議論紛紛。宗立煌從行李架上跳下來，急急忙忙地說：「快走，快走，再待下去也要撐不住的。」「怎麼走？現在動都不能動，根本出不去。」「我說你們笨不笨呀。」說著就把腿伸出窗外，慢慢爬了出去。他站在車廂下喊道：「來呀，爬出來就是自由！」韋君夏緊跟著也爬了出去，他個子小，所以出去容易些，但卻搆不著地，宗立煌上去把他托住後放下。兩人在下面不斷招手喊話。華耀旺猶豫了一下也從窗口爬了出去。盧有銘拍了拍萬啓露在外面的頭問：「他們都下去了，走不走？」萬啓睡意朦朧地說：「讓他們走吧，我想睡一覺。」「你捨

不得你的地鋪啊。但這裡空氣不好，時間長了要得病的。」盧有銘勸道。

車外宗立煌在喊：「快下，幹嘛拖拖拉拉的，就等你倆了。」盧有銘把頭探出窗外說：「萬啟想睡覺。」「嗨，他不怕睡了起不來？把他拉起來！」宗立煌說的很乾脆。盧有銘立刻來了勁，真的去拉萬啟。萬啟忙說：「別拉，別拉，我自己起來。」於是就兩手撐在地上，一點點把身子移了出來，盧有銘也架著他的胳膊，幫他往外拖了出來。萬啟拍了拍身上的灰，兩人把行李扔了下去，這時列車鳴響了汽笛，接著車身一動。盧有銘說：「糟了，車要開了。」「快呀，快呀。」車外一連聲地喊。萬啟推了一把盧有銘：「你先下，我動作比你快。」盧有銘還在推讓，萬啟即刻抱起他，把他的兩腿塞出窗外往下放，窗外的宗立煌和華耀旺馬上伸手來接。等到萬啟爬出窗外時列車開動起來，他兩手死死抓住窗框不敢放手，下面宗立煌已經抱住了他的腿，喊著：「放手，快放。」萬啟就是不敢放，隨著列車的運行，宗立煌不得不也放了手，在列車後跟著跑。車內的人也伸出手拼命拉住萬啟，想把他拉進車，但都沒有成功。車速不斷加快，萬啟懸空掛在了車外晃動著。車裡車外都在喊：「撐住，千萬不要鬆手。」萬啟的手越來越麻木，「這下要完蛋了。」一種絕望的情緒在他心頭蔓延。好在車廂裡有人用捆行李的帶子，綁住了他的兩個胳膊，這大大減輕了萬啟的用力，也有了一份保險。不過沒有人知道車要開多久才能停下，也沒有人知道車上有緊急制動閘，而列車員也不見蹤影。

「我不行了。」萬啟自言自語，手已沒有勁了。但車卻來了個急剎車，車廂劇烈震動了一下，把萬啟的手掙脫了，但仍在帶子上

掛著。列車憑著慣性慢慢滑行。這時大家看清前面有人站著不斷揮動著一面小紅旗。原來是一位扳道工發現了萬啓，向列車發出了緊急停車的信號。車終於停下了，扳道工一個箭步上前抱住了萬啓，這時的萬啓幾乎昏了過去，趴在扳道工身上一動不動。車廂裡發出了一陣歡呼聲，還有人在喊「李玉和來了。」李玉和是樣板戲《紅燈記》裡的主人公，也是一位扳道工。

萬啓被安置在扳道工的小屋裡，躺在床上。等華耀旺他們趕來時，萬啓已恢復過來。大家對扳道工千恩萬謝。扳道工卻板著個臉說：「你們也太由著性子來，都被寵壞了。這次算運氣好。還有人爬貨車的，給活活凍死了。」大家戰戰兢兢起來，不敢出聲。扳道工這才緩和了語氣：「你們去哪？」華耀旺答：「本想去廣州的，因車廂太悶車又停著不開，就下車了。」「老師傅，這車怎麼要停那麼長時間？」宗立煌接著冒冒失失地問。

「等重要的車通過唄！」「什麼重要車？」韋君夏也開口了。「運貨的車，煤啊、油啊的。」「難道貨比人和革命重要？我們是在革命大串聯，是毛主席的號召！」韋君夏不服了。扳道工瞪了他一眼：「難道不要『抓革命，促生產了』！你們鬧革命，不能影響生產，鬧來鬧去把經濟鬧得一團糟，對國家對老百姓有什麼好。」「你，」韋君夏一時說不出話來。宗立煌把韋君夏推到一邊，笑著對扳道工說：「還是工人階級覺悟高，我們應該向工人階級學習的，」然後指了指韋君夏，「他不懂事，只知瞎鬧。」「學生本應該在課堂好好讀書的，現在都像放鴨子了，我看這長不了，毛主席一定會管的。」「對、對，毛主席會管的。」華耀旺附和道。

　　這時萬啓從床上起來了，搖晃了一下，他想說什麼又說不出口，就一把抱住扳道工哭了起來。扳道工這時也改變了語氣：「多危險那，你爸媽要知道了該多擔心啊。你們也不容易，年紀輕輕到處跑，也遭罪呀。」「毛主席教導我們要經風雨見世面，接受大風大浪的鍛鍊，才能成為革命接班人。」韋君夏又來勁了。扳道工沒理他，拍了拍萬啓的肩膀說：「今天廣州是去不了了，沒有去廣州的車次了。」「這裡是什麼地方，怎沒有看到車站？」宗立煌問。「這裡是株洲，車站就在前面。如果你們要去韶山的話，可以從這裡坐車到湘潭，再從湘潭去韶山。」「好，我們不去廣州，就去韶山，參觀毛主席故居。」華耀旺說。大家都贊同。扳道工建議到：「今天你們在株洲住下，每天上下午各有一趟車去湘潭。」「謝謝師傅，你救了我們同學，工人階級就是偉大。」宗立煌甜甜地說。

　　大家告別了搬道師傅，按照師傅指的路直奔株洲城裡。韋君夏回頭望了一下扳道工的小木屋說：「仗著他是工人，又是在我們面前亂說話，要是在他單位這麼說，早就被批鬥了。」宗立煌說：「你幹嘛這麼頂真，我們出來不就是來玩玩的嘛，你還真要煽風點火啊，你能煽什麼風點什麼火啊。」「嗨嗨，我也是一時衝動，脫口而出的。」

　　突然華耀旺指了指前面說：「你們看，前面有一隊人，還打著旗。」萬啓仔細看了看說：「紅衛兵長征隊，是步行串聯的。」「我們跟過去看看。」宗立煌說著加快了步子。走近看清了，一共八人，五男三女，一律的綠色軍裝，帶著軍帽，胸前別著毛主席像裝，背著背包，真像一支小部隊。宗立煌用羨慕的目光盯著看了好一會，回頭對萬啓說：「還真像回事的。」這時隊伍停了下來，坐

在路邊休息。宗立煌過去問一個站著喝水的女同學：「你們是從哪來，又要去哪？」女同學放下水壺，擰上蓋回答：「我們是成一中的，要去井岡山。」「成一中？」華耀旺擦了擦汗，脫口而出。女同學回過頭來看了他們一眼，笑了：「你們不是成都的吧，不知道成一中就是成都第一中學。」「我們是上海的。」韋君夏說：「從這到井岡山有多遠？」「我也不太清楚，問我們隊長吧。」她轉身指了指前面坐著的一個男生，「就是他。」然後喊道：「董林生，上海同學想了解去井岡山的情況，你來給他們說說。」那男生站了起來，盧有銘驚呼了一聲：「哇，好大的個子。」韋君夏也說：「夠威武的，像個隊長的樣。」

隊長迎上前來伸出手：「我姓董，很高興與上海同學會面。你們也要去井岡山，好哇，毛主席和朱總司令在井岡山會師，我們和上海同學在這裡會師。」握過手後，他蹲了下來，用一根樹枝在地上畫了一根線和兩個圓圈，指著圓圈說：「這是株洲，這是吉安，井岡山就在吉安。從株洲到吉安有公路，大概要走幾天，如果抄小路翻山，路程可以短一些，但容易迷路，道也不好走。」「那你們要怎麼走？」華耀旺問。隊長又在地上畫了一條線，說：「我們準備從這走，翻山過去。」接著他一屁股坐在地上，拍了拍手上的土，繼續道：「走小路的話可以訪問一些村子，可以向他們做宣傳，我們想那裡比較閉塞的，我們要把文化大革命的火點燃起來。毛主席不是說，長征是宣傳隊、是播種機嗎？」盧有銘有感慨道：「真有氣派。」

華耀旺對萬啓說：「那我們跟他們一起走吧。」「韶山不去了？」韋君夏問。「先去井岡山吧。」「好吧。」萬啓點了點頭，

宗立煌也贊同。於是華耀旺對隊長說：「行，我們跟著你們就是了。」

看著人家整齊的裝束，再看看自己一幫人的樣子，華耀旺不好意思地對大個子隊長說：「你們是正規軍，我們算是游擊隊了。」大個子笑笑說：「不礙事的，你們有啥需要，說一聲，看看我們能不能幫一把。我們趕路吧，天不早了。」

走不大一會，隊伍拐進了一條小路，開始進入山區，隊伍沿著山路前進。周圍林木繁茂，路也較平坦，路邊還有不少坡地，有整塊的也有零星的。走到半山腰，看到了一個村落，一群農民就在附近收割完要收工。大個子隊長興奮不已地喊：「戰友們，讓我們進行宣傳吧，小林你來。」被叫小林的是一個很斯文的人戴著一副眼鏡，聽到隊長招呼走了過來。大個子說：「你給他們傳達最高指示和文革首長的講話吧。」小林接受了任務後，用一個鐵皮喇叭筒大聲向著地裡的人大聲喊話：「鄉親們，我們是成都一中的紅衛兵，首先我們向貧下中農致以革命的敬禮！下面我向你們傳達我們偉大領袖毛主席的最高指示，毛主席教導我們說：你們要關心國家大事，要把無產階級文化大革命進行到底。」隨後他又宣讀了中央文革首長的講話和二報一刊的社論。歷時半小時。等他講完，大個子和他的隊友紛紛走到田頭，開始分發學習材料

收工的農民們嘻嘻哈哈地接過材料就放了起來，也有一個矮矮瘦瘦的中年漢子卻不接，說：「我不識字的，看不懂的。」遞材料的女同學就說：「給你家裡人看吧。」他仍一口回絕：「我家都不識字。」說完就離開了。但還沒走幾步，又回來說：「給我吧。」

小林奇怪了：「剛才你不是說不識字嗎。」那人不好意思地笑了笑說：「我正缺捲菸紙呢。」「什麼？」大個子聽了睜圓了眼睛，厲聲說：「你要把毛主席的最高指示用來抽菸，好大膽的反革命分子。」那人嚇了一跳，轉身想走，被大個子一把抓住衣領不放。大個子對自己的隊友說：「活生生的階級鬥爭啊。」又對回村的人喊話：「誰是隊長？過來。」一個有點年紀的人慢慢走了過來：「我是。」「你回去馬上通知開社員大會，批鬥這個反革命分子。」「他咋的啦？」「他要把毛主席指示做菸紙！」「嗨嗨，夠混蛋的。」隊長不在意地說。「你開不開？不開我們可要造你的反了。」隊長懵了，在圍過來的人群中，一個年輕的說：「他糊塗，他不知道上面印的是毛主席語錄。他真的不識字，平時我們常用學生的作業紙。不過，他家祖祖輩輩都是貧農，我們村裡的人都和他一樣的，不會反革命的。」「是嗎？」大個子問隊長，隊長這才緩過氣來：「一點不假，他還是烈族呢，爺爺是八路軍。」大個子的手鬆了，就說：「既然這樣，今後要注意啊。」盧有銘悄悄地在萬啟耳邊說：「都是貧農搞什麼階級鬥爭呀。」

　華耀旺對小林包裡的材料很有興趣，湊過去問：「你們還帶了這麼多材料，都是些什麼內容？」小林得意地把包裡的所有材料都抖落了出來，在華耀旺面前展示。華耀旺一邊翻看著一邊又問：「這都是你們翻印的？」「是的，我們有一套油印設備。」華耀旺對一份材料看了又看，小林說：「你喜歡就拿去吧。」華耀旺連說謝謝，就把材料放進了自己包裡。宗立煌好奇地問：「拿了什麼寶貝，也讓我過過眼福。」華耀旺看是宗立煌，頓時來了勁：「是得給你開開竅」說著又把那份材料拿了出來，宗立煌一看題目就還給

了華耀旺：「什麼亂七八糟的材料，還當寶。」「這是批譚力夫的出身成分論的，你不是也很起勁的嗎，什麼『龍生龍，鳳生鳳，老鼠生來打地洞。』你看總理也講了不唯成分論，一看成分，二看表現。你們紅衛兵還想把班級同學分成紅五類子弟和黑五類子弟，我要把這份材料翻印出來到班級裡，讓大家好好學習。」「你發吧，這是你的事，分紅五類黑五類我們根本沒搞，是耿傑說他們班把出身不好的坐一邊，我們只是聽聽。你自己整方慧思算什麼？」「嗨嗨。」華耀旺乾笑了幾聲沒再說話。

翻過山後來到小鎮，一行人在一家居委會的接待站過了一夜，第二天一大早，隊伍又出發了，大家這時感到了兩條腿特別的沉重。盧有銘說：「昨天還沒啥感覺，睡了一覺反渾身痠痛起來。」韋君夏也不無擔憂地說：「再走下去，我可要吃不消了。」「這說明你們平時缺乏鍛鍊。」宗立煌插話道。「少說話，省點力氣吧。」萬啟說。現在疲勞代替了昨天的新鮮感，同時期盼著能早日結束這種折磨人的旅行⋯⋯

前面是一個縣城，遠遠望去就看到車來人往的比較熱鬧，董大個喊道：「排好隊，打起精神，不要丟了我們成一中的份。」大家強打起精神來，使隊伍整齊些。走進城裡，董大個又喊：「把旗舉高點，來，唱支歌。」於是在歌聲中，長征隊走進了街道，引起了旁人的注目。走過一家飯館時有人說：「董大個，該吃飯了。」董大個看了看手上的錶回答：「好來，就這家」。這家飯館雖然不小，但一下湧進這麼多人還是擠不開。有些人就離開去找別家了。

華耀旺等吃完飯，走出飯館，看到不遠處停著一輛解放牌卡

車，車上也插著一面旗，上書「湖大東方紅兵團。」大家正議論著，宗立煌跑了過來，急匆匆地說：「走，我們搭他們的車去。」「能行？」韋君夏問。「我跟他們的人說好了，他們也是去井岡山的。」「走、走。」韋君夏和盧有銘高興的大呼小叫著跟著宗立煌向解放車跑去。萬啓和華耀旺遲疑著，宗立煌又過來拉著萬啓說：「走呀，讓他一個人去繼續長征吧。」萬啓問：「你怎麼搭上的？」「我去另一家吃飯，在飯桌上認識的，他也是上海人，在湖大上學。」「原來是老鄉。」這時車上已擠滿了人，韋君夏和盧有銘等在車下，宗立煌到後對車上喊：「李阿哥，我們來了。」一個斯文清秀的人探出頭來往車下看了看，認出是宗立煌，就說：「你們上吧。」宗立煌帶頭爬了上去，接著是韋君夏和盧有銘。萬啓回頭望著還招著手，是在等華耀旺。宗立煌不耐煩了：「讓他去。你快上呀！」萬啓沒動，直到華耀旺跑來後，兩人上了車。本來很擠的車顯得更擠了，有人在嘀咕：「都動不了了，哪來的人？」李阿哥忙解釋：「是上海的中學生，步行串聯走累了。照顧照顧小同學吧。」車開了，萬啓不無遺憾地說：「沒說一聲就跑了，不太夠意思吧？」「不要想太多了，機不可失，時不再來。」宗立煌不在意地說。

九

　　搭著順風車直接到了井岡山的腳下井岡山市時，已是日薄西山了。好不容易找到了一家接待站，正要辦理手續入住，盧有銘突然

發現宗立煌不見了。他對萬啓說：「要不要等等他來？」華耀旺撇了撇嘴說：「管他呢，像匹野馬似的到處亂竄，他自有去處的。」萬啓說：「我去找找，說不定又發現新大陸了。」

　　萬啓走出接待站大門，正好和宗立煌撞了個滿懷。還沒等萬啓開口，就被宗立煌一把抓住肩膀：「我帶你去見個人。」「什麼人？」「見了就知道了。」萬啓跟著宗立煌在幽暗的街道上拐了幾個彎，來到一所學校門口。門口站著一個人，見他倆過來就說：「快走，天要黑了。那人走在前面，宗立煌和萬啓緊隨在後。萬啓看清那人就是李阿哥，就問宗立煌：「你和他現在這麼熟了？」「都是上海人嘛，在外地遇老鄉會是很熱絡的。」

　　李阿哥對這裡很熟，七轉八拐地出了城。面前是一條不算小的河，他們在一個碼頭邊停住了。宗立煌問：「我們要過河？」「是的，我伯伯就住河那邊不遠的村子邊上。」「那怎麼過去？」「應該是有渡船的。」「是不是太晚了，收工了？」「通常都有人守著的。」李阿哥四處張望了一會說：「對面好像有條船。」接著就大聲喊：「有船嗎？我們要過河。」聲音很快在空曠的河灘上散開，又消失了。「你聲音大，幫我一起喊。」宗立煌立刻也大吼起來：「老鄉，我們要擺渡。」霧靄中有水的響動，像魚跳水的聲音，隱隱約約地看到有人撐船過來了，等船一靠岸，三人前後跳上了船。撐船的是位駝背的老人，沒有一句話，只是費力地把篙頂的彎彎的，向對岸撐去。上了岸，天已經黑了，眼前是一座漆黑的大山，在朦朧的天空下矗立著，彷彿一道屏障。山下則墨黑一片，黑暗中突然閃現一點火星，再走過去又消失了。「那就到了。」李阿哥說。

又走了一段，那火星又出現了，屏障沒有了，眼前是一片開闊地，只有和腰一樣高的松樹苗和荒草。走近了才看清有一幢怪怪的茅屋，屋簷很低，那燈光就像在地面上。李大哥剛要上前敲門，草叢裡跳出一條狗來，發出低沉的吼聲，嚇得三人同時向後退去。李阿哥再也不敢靠前，只得大聲喊：「大伯伯，大伯伯，我是李子。」在寂靜的山野，聲音顯得特別響亮。

茅屋的門吱呀一聲開了，露出了一片亮光，門口出現了一個人影，喊道：「誰呀？」「我，李子。」「呵呵，是李子，咋深更半夜的跑我這來了？快進屋。」「你那狗擋著那。」屋裡人向外探了探頭，喝道：「去，去！」那條狗搖了搖尾巴，走了幾步後又蹲下了。李大哥三人這才小心翼翼地走了過去，進了門。

這是一個五十開外的人，個子不高，稍有點胖，屋裡點的是油燈，忽閃忽閃的，看不太清他的臉。「坐、隨便坐，我去燒點水給你們泡茶。」「不用了，來時剛喝過。你養了狗啦，上次來時還沒有。」「老鄉送的，說是有條狗安全些。」「這倒是，這兒有野獸吧？」「沒啥的了，都跑光了，偶爾會來一兩隻狼什麼的。」

「這兩位是上海小同學，路上碰到的，就帶他們來，想聽聽你講講井岡山的歷史。」「去過博物館了？」「剛到，還沒來得及呢，聽說館裡有了大變動，門口的毛主席和朱老總的會師畫，據說變成林彪了？你是老館長了，應該知道內情的。」「我早被擼了，現在是閒在家裡了。」「怎麼回事？你十五歲就參加紅軍了，誰能動你？」「這有什麼用，現在是要站好隊，跟對人，其他都是假的。那些老紅軍不照樣被打倒，讓靠邊嗎。」「那你沒站好隊，跟

錯人了？」

　　老人沒回答，起身挑了挑燈芯，又坐下：「還不就是你剛才說到的畫，我當時沒有同意換，說這不是篡改歷史嗎，明明是朱老總和陳毅來井岡山和毛主席會的師，要改成林彪不是太……太，」他停了下來，在琢磨合適的詞。「是啊，當時的林彪只是個連長，根本排不上號的。」「歷史就是歷史，不能為了眼前的需要就隨便改來改去的，這以後還會有人信嗎？但造反派硬說我反對林副統帥。我說林副主席是後起之秀，雖然緊跟毛主席，也功勞很大，但說明事實並不會有損他的威望。而且這是世界上大家都知道的事，隨便就改，造成的影響多不好。後來古巴的一位外交官，看過展覽後就很有意見。他的意見傳到了毛主席那裡，毛主席作了批示後才改了過來。」

　　「你就是在井岡山長大的，也加入了紅軍的，應該對這段歷史很熟悉，給我們講講真實的情況吧。」李阿哥央求道。老人沉默了一陣，慢慢地說：「現在我一身輕了，就和你們隨便聊聊吧，不過你們不能到外面亂講啊。」「當然，當然的。我能害你嗎！」李阿哥打著保證，又對宗立煌和萬啓說：「你們也一樣啊，是吧。」「是的，是的。」宗立煌和萬啓忙不迭地回答。

　　老人從桌上拿起菸袋，剛要點火，李阿哥突然想起來一件事，低頭從挎包裡取出一條菸來說：「這是我爸給你買的菸，他知道你的菸癮很大。」老人呵呵笑了笑：「他自己也是個菸鬼呀。」說著把菸放在桌上，點著了，深深吸了一口，吐出一團菸來：「先說秋收起義吧，這是開創井岡山紅色根據地的前因。實際上秋收起義的

原定目標並不是要上井岡山，而是攻打長沙，但失敗了。毛主席也並沒有直接參加起義，雖然他是前敵委員的書記。等他趕到第一線時。起義已經爆發了，晚了一天。毛主席就收拾殘局，這和朱老總很相似的。毛主席的英明就體現在這裡了，他立即改變計畫，帶隊伍去了贛南，經過三灣改編後上了井岡山。井岡山的紅軍不僅僅是朱毛的部隊，最早的應算袁文才和王佐的地方武裝，袁、王是綠林出身，他們占有井岡山的地盤。毛主席帶領秋收起義的部隊說服了袁、王，並與合作才站住了腳。」「我聽我爸說，袁文才和王佐後來被彭德懷殺了，有這回事嗎？」李阿哥問。

「是的。袁是寧岡人，王是遂川人，他倆是把兄弟本是土匪出身，應該說是綠林好漢，像水滸傳裡的好漢差不多，殺富濟貧，但性情高傲，作風不檢點，也看不起當時的寧岡縣委書記和永新縣委書記。不過毛主席對他們不錯，送槍什麼的。袁、王對毛主席也很敬服，曾說：『我只聽毛委員的。』還說：『毛委員有帝王相，跟著他會有出息的。』」「眼光不錯，很會看人。」宗立煌說。「所以也主動巴結毛主席，賀子珍嫁給毛主席就是他們做的媒。」「呵呵，會來事，這樣就有了靠山了。毛主席一定會幫他的。」宗立煌笑著說。老人又裝了一袋菸，李阿哥忙給點上火。「毛主席為此把寧岡書記調到蓮花，又任命袁文才為紅四軍參謀長。在井岡山一帶存在著土客籍的矛盾，袁、王是客籍人在解決矛盾時往往偏向客籍人，這也就和土籍的邊界特委負責人直接發生了衝突。後來毛主席帶著紅四軍離開了井岡山，袁卻私自跑了回來，因他看到了中央要解決紅軍中原土匪的文件，很害怕。這時正好中央派的巡視員帶來了中共『六大』上關於鎮壓土匪的決議案，又聽了地方上的報告，

於是在聯席會上通過了武力解決袁、王的決議。由於袁王手下有部隊，所以請彭德懷的紅五軍幫忙，彭輕信了就派兩個連去了。結果是他們騙袁說毛委員來信要他帶部隊到永新，到了永新就被包圍了，白天麻痺他們，還請部隊大吃大喝的。到第二天拂曉就行動，袁還在睡覺，當場被打死在床上，王翻牆後騎馬逃時掉河裡淹死了。他們手下的四十多幹部也被殺了。

「造成的後果是袁王的舊部和族親『通電反共』，編入反動民團，掌握了井岡山根據地，後來紅軍幾次力圖恢復，但都沒有得手。真是成也袁王，敗也袁王。毛主席爭取到了他們，才有了井岡山根據地，殺了他們就丟了，還是毛主席英明。然後是朱老總帶兵上了井岡山，成立了紅軍第四軍，朱德任軍長，毛主席任黨代表，王爾琢是參謀長，陳毅為政治部主任。後來彭德懷帶著平江起義的人也來到井岡山，他任副軍長。所以朱彭兩人是老搭檔了。不過把朱老總說成是南昌起義的主要領導也是不太準確的，當時他根本不在領導核心裡。實際上，南昌起義是國共合作的產物，打的是國民黨左派的旗號。名義上的領導是革命委員會，委員會裡有國民黨左派如宋慶齡等也有共產黨員，有明的也有暗的，主席是譚平山。所以他應該是最高領導了。下有軍事參謀團，這是真正具體運作的。總理是我們黨內的最高領導，是前敵委員會書記。參加起義的主要有賀龍的二十軍、葉挺的一個師，這是主力。朱德只是一個軍官教育團部分。名義上仍沿用國民革命軍第二方面軍的番號，賀龍兼代方面軍總指揮，葉挺兼代前敵總指揮，可見這兩人的分量。所屬有第11軍，葉挺軍長，聶帥也不簡單任黨代表，第20軍，軍長是賀龍，朱德是第9軍的副軍長。」「軍長是誰？」宗立煌問。「我也不

記得了。1957年8月1日《解放軍報》第一次正式介紹南昌起義，起義領導人的排名定的是周、朱、賀、葉。送審閱時，朱老總笑笑說：『我不能排在前面，當時我的人馬主要做一些協調保障工作，作用不大，應排在葉挺將軍後面。』總理的批示是要加上劉伯承，他是參謀長，所以後來正式排名爲周、賀、葉、朱、劉。」

「朱德還是比較實事求是的，不像那個。」宗立煌插話道。「這也不能怪林副主席，都是下面拍馬搞的，還有一個目的就是要在歷史上抹去朱老總。朱老總的偉大在於南昌起義失敗後，群龍無首，部隊渙散時，只有他站了出來，把隊伍重新整合起來，指出了光明前途，並帶部隊上了井岡山與毛主席會師，創建和壯大了紅軍，後來一直任總司令。如果說南昌起義還算不上我黨獨立搞的，井岡山會師建立的軍隊才是百分之百的共產黨武裝，所以稱朱老總爲『紅軍之父』是實至名歸的。」「實際毛主席的作用更大，有人說朱德的總司令是象徵性的，主席做決定，朱德發命令。就像遵義會議，說確立了毛主席的領導地位，但在名義上，張聞天是總書記，張主持會議，主席作報告。在軍事上，三人領導小組中，總理是最後決策人，主席是協助總理的。但結果也是一樣，起主導的還是主席。」李阿哥說。

「這是有人要貶低朱老總，毛主席是大的運籌，也是和朱老總還有總理等商量出來的，具體的朱老總應該多負責一些，畢竟他是軍人，而且是科班出身，雲南講武堂的，要比黃埔正規的多，黃埔像個短訓班。再說了真正指揮的還是靠參謀長和底下的作戰部隊，如林副主席、粟裕等。不過，你們不知道，毛主席和朱老總在會師後出現了矛盾，本來嘛，這兩人無論在出身、經歷還有性格方面有

很大差異，是要經過一段磨合後就珠聯璧合了。」

「現在有傳單說朱德早期是反對毛主席的，而林彪是堅定站在毛主席一邊的，是這樣嗎？」李阿哥問。老人沒有立刻回答，起身問：「要不要吃點東西，我去給你們下點麵條，是苞米麵的，能吃？」「不用，不用了，聽您講真是開眼界，再講講吧。」宗立煌央求道。「天不早了，你們怎麼回去？擺渡也沒人了。」「那乾脆在你這裡過夜得了，我們三個就在你的小間擠一擠，今天難得來一次，以後不知有沒有機會了。」李阿哥說。「你們願擠就擠吧。」「快說吧。夠刺激的。」宗立煌催了起來。

但老人並不急著說，而是吩咐李阿哥：「你去燒點水來泡茶，提提神。」這時李大哥才想起說：「你一向是早睡的，這會真打擾了你。」「沒關係，難得難得的。」李阿哥燒完水後給老人泡了一壺茶。老人喝了口，清了清嗓子後說：「本來的矛盾僅僅是不同意見的交鋒，後來激化是由一個叫什麼來著的人引起的？我一時記不起了，他是後來的，嗷，叫劉安恭，在蘇聯學習，因懷疑他是『托派』被遣回中國，又被中央流放到蘇區來的。但蘇區的人並不知道內情，還以為是中央派來的大員，所以對他很是恭敬，爭論的雙方也都想把他拉到自己一邊。毛主席提議成立臨時軍委，讓劉當書記和政治部主任。而原來就有的軍委是被毛提議撤銷的，那時的書記是朱，當時朱老總雖有想法但沒說出來。但這個姓劉的並不感激毛主席，反而支持朱老總，因為他倆是四川老鄉，又都去過德國留學。同時對毛主席的做法也看不慣，說毛主席有家長作風、農民意識等等，搬出一大套馬列說詞。鬧到後來毛主席辭了職，由陳毅代替。就在這時林彪給毛主席寫了信，批朱挺毛。毛主席就把這信公

布了出來，也使朱毛的矛盾公開化了。在這種情況下，紅四軍召開了『七大』；由陳毅主持。陳是各打五十大板，但對朱輕一些，最後會議給毛主席『嚴重警告』的處分，對朱老總是『書面警告』。在前委書記的選舉中毛朱都落選，陳毅當選。陳去上海彙報時就由朱老總代理。朱老總寬厚不像毛主席那麼『專制』，但前委失去了權威，變成了聯席會議，為了本位利益，大家爭來吵去的就難以開展工作。於是朱老總就聯名寫信給毛主席，要他回來重新主持工作。實踐證明離開了毛主席就是不行，戰爭期間需要集權。朱老總的無私心，度量大，所以能一直成為毛主席的副手。」

　　「那賀龍、葉挺去哪啦？他們怎麼沒上井岡山？」宗立煌又問。「他倆去廣州了，搞了廣州起義，結果也失敗了。」「三大武裝起義中，好像廣州起義不太出名。」宗立煌說。「是的，一方面結果不好，不像秋收和南昌起義最後能開花結果。還有一層可能是廣州起義是由共產國際插手的。好啦，該休息了，李子你好好安排他倆去隔壁睡，你睡我這兒，再聊一會家常，說說你家情況。」

十

　　帶著一身的蝨子和疲憊，還有一天沒有解的小便，萬啓回到了家。母親忙著在他的內衣和毛衣裡尋找蝨子加以消滅，然後用開水泡。萬啓是從未見識過這類小動物，即使有那麼多寄生在他身上，他卻毫無察覺。或許就是俗話說的「蝨多不癢。」最使他擔憂的是到了家，小便竟解不出來了。在擁擠至極的列車上，他熬了一站又

一站，最終竟熬到了家裡。回家第一件事就小便，但毫無動靜。他害怕了，想等到第二天還不行，就要去醫院了。第一天一早，他憋著了勁，稀稀拉拉地尿出來了，這使他鬆了口氣。

吃過早飯，他就去了學校，校園裡空蕩蕩的一片蕭條。牆上的大字報也已斑斑駁駁，有的已破碎不堪，在初冬的寒風中悠閒地飄舞著。但兩條大字標語還是十分醒目。一條是「打倒資產階級教育路線在我校的代理人譚文仙！」另一條是「打倒資產階級反動路線的代理人楊和政！」他正看著，聽到身後有人在說話：「你什麼時候回來的？」萬啓回過頭來一看，是林桂枝，就轉了身問：「楊書記和譚校長都被打倒了？」「早就被批鬥了好幾回，還遊過街，現在關在牛棚裡。」「變化真大啊！」萬啓感喟說。

「天翻地覆了，市委的曹市長也被打倒了，陳書記靠邊了。」「那現在誰掌權？」「現在是造反派掌權。原來的赤衛隊被工人造反隊一天就解決了。」「一天就解決了？」萬啓有點吃驚。「赤衛隊是保市委的，大多是黨員和先進分子，鬥不過工人造反隊，他們都是，」林桂枝說到這裡停了停，接著說：「造反隊都是些敢衝的人，見到赤衛隊就上去把他們的袖章摘了。」「他們不反抗？」「赤衛隊都是規規矩矩的人，沒有鬥志，所以都退回家了，現在是王洪文的工總司控制了局面，所以上海沒有兩派。紅衛組織兵倒有許多，派仗打得也很厲害，但有工總司在，翻不起大浪。」「那你們的紅衛兵組織呢？」「垮了，文革會也一樣解散了，現在學校有好幾個組織，最大的是造反兵團。頭頭是高三的梁樂和。」「兵團，好大呀，他們有多少人？」「這我不清楚了。」「那你現在幹嘛呢？參加造反兵團了？」「我才不參加呢，都是些調皮搗蛋的。

我現在屬於最大的派——逍遙派，做馬大嫂。」「馬大嫂？」一向嚴肅的林桂枝露出了頑皮的笑容：「就是買菜、淘米、做飯，嗨嗨。」然後又補充道：「我媽病了，我得擔起家務來。」突然林桂枝轉換了話題：「谷文靜，你知道吧？」「她就坐在我前面的，好像很長時間沒見到她了，她有腸結核。」「後來變成癌了，最近去世了。」

「她沒了？」萬啓吃了一驚。雖然谷文靜在班級並不活躍，又養病多時，但在萬啓的記憶中還是占有特別的意味。來到新的班級，萬啓大致觀察了一下，在所有的女生中，除了林桂枝，谷文靜也給他留下較深的印象，除了有點雀斑，還是萬啓能看得上的。雖然兩人近在咫尺，除了收作業時，萬啓從後傳過去，或發作業時她從前傳過來，但從未有過直接的接觸。而每次放學時，萬啓夾在人群中走下樓梯時，在轉彎處會看到她站在那裡，不知在等什麼。當他病時，林桂枝和小組的同學去看望她，別人都進去了，萬啓卻站在了門外。宗立煌出來硬把他拖了進去，還喊道：「萬啓來看你了。」萬啓看到谷文靜坐在床上正含笑望著他。接著是同學們說說笑笑的，只有萬啓乾坐著。林桂枝在聽了一個同學的幽默後與大家一起大笑了起來，又看看了萬啓說：「還是萬啓修養好，一點不笑。」沒有多久，谷文靜就復學了，性格也變得開朗了。在一次語文課上，當老師朗讀一篇學生作文時，谷文靜情不自禁地說：「這是萬啓的。」因為，在前一次的作文課上，老師走到萬啓旁邊看萬啓在寫還念了一句句子，所以谷文靜由此判斷。但萬啓總是沉默以對。文革開始後，就再也沒有見到過她，也幾乎忘記了，現在林桂枝提起了她，不禁有點感傷：「這麼年輕就得癌啊，太殘酷了。」

　　這時華耀旺走了過來，把一份油印傳單遞給林桂枝：「送給你看看，這是我們在串聯時翻印的。」萬啓說：「算啦，你把過時了的東西還當寶。」林桂枝說：「謝謝，我一定好好學習學習。好，我回去了。」望著林桂枝的背影，華耀旺眨了眨眼說：「他們團員的時代過去了。」萬啓說：「不一定吧。」「那走著瞧吧。」

　　兩人在校園走了一圈，華耀旺指著一張「成立宣言」說：「耿傑他們也有組織了，我們也應該搞一個的。」「好的，我們也成立一個吧。」「我去串聯人，你就起草一份成立宣言吧。」華耀旺匆匆走了，萬啓就去找耿傑。在一間原來的教師辦公室門口，貼著《刺破青天戰鬥隊》的紅紙，這就是耿傑他們的組織了。萬啓正在猶豫時，耿傑正好走了出來，一看是萬啓就樂了：「我正想找你，你自己送上門來了，來進去坐一會。」

　　室內很簡單，中間是由幾張辦公桌拼起來的，就成了一個會議桌，四周放了幾把椅子。唯一引起萬啓注意的是，牆上貼著毛主席的詞：「山，快馬加鞭未下鞍，驚回首，離天三尺三。山，翻江倒海卷瀾，奔騰急，萬馬戰猶酣。山，刺破青天猶未殘，天欲墮，賴以柱其間。」「你們口氣不小啊，要刺破青天了。」萬啓說。「哪裡哪裡，現在不都是那樣嗎，嗓門越大越革命，調子越高越有闖勁嘛，我們不過是隨大流。怎樣，出去開眼界了？去了哪幾個地方？」「北京、廣州，還有就是井岡山了。」「見著毛主席了？」「沒有，根本看不清。你沒出去？」「嗨，錯過了，現在想去卻停止串聯了。只能待在這裡了。」「所以搞起組織來了，也行啊。不過怎麼學校裡冷冷清清的。」「實際也沒啥事了，該打倒的打倒了，能揪得也揪得差不多了，上面好像鬥得好厲害，下面都是走過

場而已，更多的人都待在家裡，成了逍遙派。」「你們揪了幾個？」「我們哪有這本事，我們就批鬥了周老師一次，其他也插不上手，都是他們造反兵團幹的。」「周老師怎樣了？」萬啓關心起來，儘管在課堂上與他發上過衝突，但都是一時衝動，實際上對他並沒有惡感，而且作為語文課代表，兩人互動密切。周老師對萬啓的作文是很欣賞的，曾批語：「文思橫溢，文筆老練。」還常常在課上朗讀和點評。一次寫作文時萬啓心血來潮，寫了一首詩，平時周老師總要走到萬啓那裡看看，見情況也不責備，回到講臺低頭在一張紙上寫了一會，又過來擺到萬啓桌上。萬啓一看笑了，原來也是一首詩，與萬啓的是同一題材的。萬啓興起，又寫了首給周老師看，周老師擺擺手說：「行了，這次我不給你評分了，因為這不屬於作文要求。」萬啓成立語文興趣小組時，周老師還帶了語文教研組的組長來參加，萬啓還得知周老師還是副組長，過去發表過一些詩文。

　　「周老師也正是的，這麼想不開！」「怎麼啦？」「他自殺了。」「自殺？怎麼自殺的。」萬啓揚了揚眉毛，睜大了眼睛，不過也沒有太吃驚，因為因運動自殺的已不是什麼新聞。耿傑從桌子裡拉出一張椅子對萬啓說：「先坐下吧，我慢慢講給你聽。」等萬啓坐下後，他又拉出一張椅子，面對著萬啓坐下後說起來：「周老師被隔離審查，就關在一樓樓梯下的小房間裡。那天正好是我值班，中午給他送飯去，敲了敲門沒有一點動靜，喊他也沒有回答。我預感要出事了，就到窗口去看，這房間本是放清掃用具的，只有一扇很小很小的窗，玻璃反光看不清，我就趴在窗上擋住光線往裡仔細看，總算能模模糊糊看見他躺在了地上，我就喊了起來：裡面

的人倒下了，快拿鑰匙開門，沒人應。我就跑到教革會去報告了，他們就和我一起去開門，但推不開，因為周老師的腳頂住了門。」「他是故意的吧。」「是的，前幾天他就自殺了一次，被發現救了。他是用水果刀割手腕，不深，只不過出了點血。」「那怎麼還關他。」「不但關他，還為此批鬥了一次，說是抗拒交代。現在凡是自殺的都要罪加一等，叫以死對抗，自絕於人民。」萬啓不語，耿傑接著說：「這次顯然他是準備一死了之的，幸虧被我發現得早，還是救了。」「沒死？」「還活著。」「那你是他的救命恩人了，不過害他的也是你們，他到底有啥問題，就幾張郵票？」「嗨，對他來說，生不如死，熬不住了。但你也不要冤枉我，我們只是去抄了家，隔離審查是他們教革會幹的，與我無關。」

這時，有人進來對耿傑說：「教革會的陳老師要你去一次，有事跟你說。」「好，知道了，我馬上去。」耿傑說著站了起來又對萬啓說：「怎樣，參加我們組織吧？我聽說你們班把你稱作萬克思，很有水準，是筆桿子，我們正需要像你這樣的人。」萬啓也站了起來，不好意思地說：「我班的同學也要搞個組織，華耀旺已去聯絡人了，我就不好跑你這裡了。反正以後多串聯就是了。」「既然這樣，我也不好勉強，對，多串聯。我有事先走了。」耿傑前腳走，萬啓也後腳離開了。

第二天下午，萬啓帶著擬好的成立宣言和組織章程，來到學校，華耀旺已在那裡等了。萬啓問：「都通知了？」華耀旺答：「昨天先跑了幾家，就是串聯去的幾個，以後再擴大吧。你都寫好了？」萬啓要華耀旺看看，華耀旺擺擺手：「不用看了，到時你宣讀一下就行了，不會有什麼問題的。我們還是先去找一個落腳點

吧。」兩人在校園了轉了個遍，所有能用的地方都被占了。正好耿傑從教革會出來，看到他倆就問：「忙啥？」萬啓說：「找不著地方了。」耿傑說：「是啊，你們晚了。不如加入我們吧，有現成的，哈哈。」看到兩人沒反應，就走了。走了幾步，突然又回頭說：「我想起來了，原來的學校衛生室還空著，沒人想占，因爲這裡躺過死人。你們不忌憚就用那裡吧。這是唯一的空房間了。」

萬啓和華耀旺來到衛生室推了推門，門鎖了進不去。又去窗前往裡張了張，房間裡空無一物，牆角已布滿了蜘蛛網。華耀旺問萬啓：「怎麼辦？撬鎖？」萬啓沒回答，又到門口擰了擰把手說：「再想想辦法吧。」就這樣兩人圍著房間轉來轉去，還是找不到門路。

「你們在做啥，想偷東西？裡面會有啥好東西？」是宗立煌來了。萬啓說：「想占領它，但沒辦法進去，鎖了。」宗立煌二話不說抬腿就踹，一下，二下，第三下時，「唭擦」一聲門裂開了一條縫。「好！再加把力。」華耀旺歡呼起來，過去也用力踹了一腳，門縫擴大了。「不用踹了，別把門弄壞了。用力推就行了。」萬啓說著用肩膀頂著門，宗立煌緊挨著萬啓，「一、二、三！」兩人同時用力，門吱呀一聲開了。三人進了房間，引起了一陣灰塵撲面而來。「我去總務處領點用具來，好好打掃一下。」宗立煌說。宗立煌剛走，韋君夏和盧有銘來了，韋君夏說：「找了你們半天，你們原來在這兒。」「正好，你們來了，一起動手吧。」

花了一個多小時，總算打掃完畢，望著乾乾淨淨的房間，萬啓滿意地說：「眞還不錯。再去搬些桌椅來就萬事大吉了。」「慢，

找點酒精噴一噴，消消毒，畢竟放過死人的。」「啊，死人？」盧有銘驚訝地張大了嘴。「我去。」又是宗立煌自告奮勇地去了。「我們去搬桌椅去。」華耀旺招呼其他人說。

擺好桌椅，大家坐下開始討論組織事宜。首先是取什麼名稱。華耀旺說：「這簡單，現成的，我們都去過井岡山，就叫井岡山吧。」「對，井岡山。」「好。」大家都贊同。然後萬啓讀了擬定的組織章程，也不過是大路貨，大家也沒有意見。宗立煌又去拿來了紙和毛筆、墨汁，萬啓謄寫《井岡山成立宣言》的大字報，開頭就是一句已被廣泛引用的毛主席青年時期的話：「天下者，我們的天下，國家者，我們的國家。我們不說，誰說？我們不幹，誰幹？」。寫完了，韋君夏和盧有銘貼了出去。

萬啓突然想起來說：「耿傑他們把毛主席的詞貼在了室內，我們也可以抄一首貼在牆上，怎樣？」「用哪一首呢？」華耀旺問。「就用《水調歌頭，重上井岡山》吧。」萬啓答。「那就快抄吧。宗立煌拿過紙來，鋪在桌上。」「不行，要用紅紙的。」華耀旺說。「好吧，我再跑一趟。」一會功夫，宗立煌取來了大紅紙。萬啓把紙摺成一長條，再展開來，就有了無線的格子。沿著格子，萬啓小心地抄錄起來。

等韋君夏和盧有銘回來，看到牆上的詞，一句一句念了起來：「久有凌雲志，重上井岡山。千里來尋故地，舊貌變新顏。到處鶯歌燕舞，更有潺潺流水，高山入雲端。風雷動，旌旗奮，是人寰。三十八年過去，彈指一揮間。可上九天攬月，可下五洋捉鱉。世上無難事，只要肯登攀。」

　　念完，韋君夏感歎道：「好氣派，誰寫的？」「能寫出這種詞的，除了毛主席世界上不會有第二個人了。」宗立煌回答。「沒有發表過的吧，發表的37首中可沒有這首。」盧有銘說。「是沒發表的。」萬啓說。「那你從哪兒抄來的，能確定嗎？」韋君夏又問。「是李阿哥抄給宗立煌的，我想不會有假。」「不要去追究真假了，內容好就行了，也符合我們組織的名稱，就算是我們組織的精神好了。」宗立煌不耐煩地說。

十一

　　雖然沒有什麼大事可幹，但萬啓仍十分用心，把鋪蓋搬了過來，每天除了回家吃飯，整天就待在學校。這段日子裡。他很用心地在看一本沒有公開出版的《林彪講話摘錄》，裡面講了許多關於組織的內容，因爲比較具體，所以萬啓想活學活用，怎樣搞好『井岡山』。到了晚上，校園裡一片漆黑，只有少許的窗是亮著燈的，也有和萬啓一樣守夜的。一天萬啓剛躺下外面傳來了奇怪的聲音，「咚、咚、咚……」萬啓抬頭側耳細聽，好像是敲腰鼓的聲音，從辦公樓一路響到操場。正當萬啓納悶時，又聽到了有人在高喊：「奪權了，奪權了！」萬啓覺得好笑，這樣的奪權既不轟轟烈烈，又不光明正大，也許是誰在開玩笑，就又睡下了。

　　第二天起來一出樓，赫然看到了懸掛在大樓上的紅色標語：「歡呼德立中學造反派奪權成功！」「原來是真的呀。」萬啓這樣想著，又走到紅色通告面前細看，參加奪權的共有六個組織，但不

包括學校第二大的組織三聯，還有一些小的組織，「井岡山」自然被排除在外的。很快三聯發出了聲明，不承認奪權委員會，理由只有一個：它不是大聯合的產物。

對於如何表態，「井岡山」內也展開了熱烈討論。華耀旺憤憤地說：「這種偷雞摸狗的奪權，完全不符合中央精神。我們也應該和三聯站在一起反對。」韋君夏同意華耀旺的意見說：「實在是不夠光明正大，也沒有聯合所有組織，所以沒有代表性。」盧有銘則有點模稜兩可：「他們也說歡迎所有組織參加奪權，他們只是先走一步，如果大家都參加了，是不是也就算大聯合了？」宗立煌脫口而出：「這不成了先同居後結婚了？或者是抱子成婚？」大家發出一陣笑聲來。萬啓又徵求其他人意見：「你們怎樣？要不也來一個聲明？」「你就動筆吧，我們沒啥意見的。」其他人附和道，他們都是隨和派。

這時有人在外面敲窗，萬啓一看是耿傑正向他招手。萬啓就起身走了出去問：「找我有事？」但心裡明白，一定是談合併的事，前幾天他就和萬啓說過。果然耿傑說：「考慮得怎樣了？」萬啓說：「我跟他們提起過，但好像不太起勁，不過也沒有人反對。這事也不是火燒眉毛的，慢慢來吧。」耿傑抹了抹鼻子上的汗，提高了聲音說：「你們這要拖到什麼時候呀？合併了，人多力量大，說話也更有分量。現在分散了，就幾個人，沒人理你。你看人家起來奪權，就沒有我們的份。」「是啊，我們剛才正討論這事呢，他們也太過分了，我們準備反對。你們呢？要不現在開始聯合行動，為合併預熱？」耿傑遲疑了一下說：「我們還沒有決定呢。剛才我碰見了梁頭，他要我們去他那兒聊聊，要不，我倆現在就去聽聽他怎

麼說，然後統一口徑。」「也好。」

　　兩人來到奪權委員會總部，這是新設的一個組織機構，由參加奪權的幾個組織組成，每個組織派一名代表作爲委員會成員，由造反兵團擔任召集人。耿傑敲了敲門，裡面傳出了梁頭的聲音：「進來。」耿傑推門進去，萬啓隨後。梁頭正坐在桌子前在寫什麼，見他倆進來就熱情招呼道：「來啦，坐、坐，等我一會，我馬上就好。」梁頭是高三學生。他身材雖不高但也算魁梧，最大的標誌是在棱角分明的臉上，有一個發紅的鼻子。爲人謙和，臉上總是掛著笑，他竟然還是團員，卻成了學校最大造反組織的頭頭。這或許得益於他的人緣，還有他的出身：三代都是碼頭工人。對立派三聯的頭頭是他的同班。

　　萬啓四顧打量了一下，室內極其簡單，就是一張大的會議桌和幾把椅子，甚至沒有一點裝飾，諸如毛主席像和語錄以及標語口號等，看來是臨時弄起來的。梁頭寫完後，抬頭對耿傑說：「你們討論過了？現在加入還不晚，革命不分前後嘛。」耿傑沒有直接回答，只是指了指萬啓說：「他是『井岡山』的，成立不久，想了解奪權的情況，我就把他帶來了。」「『井岡山』？」梁頭望了望萬啓，笑了笑說：「我想起來了，你們辦了一個刊物叫？」「《星火》」萬啓回答道。「對、對，井岡山的星星之火的意思，對吧？我看過幾期，裡面的文章很有水準，是誰寫的？我早就想拜訪了，一直沒空，今天眞是難得。」

　　「就是他主筆的，他叫萬啓，班級裡稱他爲萬克思，理論一套一套的。」耿傑插話道。「萬克思，哈哈，自劉少奇自稱劉克思

來，稱克思的不少啊。」梁頭摸了摸他的紅鼻子說：「既然能稱克思，多少還是有點馬列的了。不過，是不是書生氣十足了？我班也有個於克思，文章不錯人也很正宗，就是陽春白雪，只能自賞。造反嘛，靠的是闖勁。」他看了看萬啓低頭不語，馬上改了口氣：「我也是，別看我是頭頭，實際上是被架著走的，很多時候我說的不頂用，誰激進誰就能呼風喚雨，與馬列、毛澤東思想搭不上界的。這次奪權，我也是後知後覺的，下面一幫人幹的，都是瞎來來，我也沒辦法。」梁頭摘下軍帽，抓了抓頭皮又戴上，攤開雙手繼續道：「現在生米煮成熟飯了，也只能吃下去了。」

「我聽到是說他們得到消息三聯要奪權，所以先下手為強了。」耿傑說。「中央說得很明白，應該是在大聯合的基礎上奪權，無論哪一派都不能單獨幹的。」萬啓開了口。「應該的事情多了，但在實際上大多是不應該的。如果大家按最高指示辦，共產主義早就實現了。」梁頭不以為然地說。萬啓想反駁，但還是忍住了。「好啦，現在只能來修補了，我們也歡迎所有組織加入，甚至我不當這個頭也行。不然怎麼樣，大家對立下去也沒什麼好處。」梁頭說完不無憂慮地抬頭看著窗外，不再說話。萬啓向耿傑使了個眼色，起身告辭。梁頭一直把他們送到門口，最後拍了拍萬啓的肩膀說：「能和你交流很愉快，期待與你並肩戰鬥。」然後看了看周圍，又貼近萬啓說：「有些話只是我們私底下說說而已，不要外傳啊。」梁頭的這番表白，使萬啓湧起一股熱流，感到了他的誠意。也就在這一剎那，萬啓改變了想法。他對耿傑說：「梁頭也真不容易，得幫幫他呀。」「你拿定主意了？」「你呢？」萬啓反問道。「我們不是要合併嗎？就一致表態吧。」

回到『井岡山』，大家都在，華耀旺問：「這麼長時間你們去哪了？」萬啓答：「去梁頭那裡坐了會。」宗立煌說：「都談了些什麼？我想，肯定是奪權的事。對吧？」「是的，梁頭人不錯。」萬啓說。「你被他迷惑了吧？」華耀旺說。「我想過了，我們還是應該支持他，幫他補補臺。你們看呢？」萬啓說。盧有銘第一個表態：「我同意萬啓的意見，支持奪權。」韋君夏也說：「就支持吧，補臺總比拆臺好。」宗立煌：「我無所謂，你說了算。」其他的人本來都是隨大流的，也都贊同萬啓的意見。華耀旺登時臉漲得通紅，一句話也沒說就走了。

中午萬啓回家吃過飯就回到學校，一進門覺得有些異樣，他仔細環顧了一下四周，發現牆上貼著一張紙，還掛著一副「井岡山」的袖章。走近細看原來是一則聲明，僅僅八個字：「本人自即日起退出『井岡山』。」下面落款是華耀旺。萬啓輕輕地把聲明和袖章取下，然後坐下準備新一期的《星火》，他要寫一篇關於奪權的評論。同學們陸續來了，萬啓說：「人差不多到齊了，就討論一下與『刺破青天』合併的問題。」韋君夏說：「華耀旺還沒來，要不要等等？」宗立煌說「等他做啥！老是拖到最後，自以為是大人物了。我們歸我們討論，隨他什麼時候來。」萬啓慢條斯理地拿出華耀旺的聲明說：「他不來了，從今天起退出了。」

「不幹了？上午還好好的，下午就不聲不響地退出了，午飯他吃了啥東西，變得這麼快？」宗立煌雖然感到驚愕，但對華耀旺的退出無所謂。他一邊看著華耀旺的聲明繼續道：「大概是吃了生米飯，不好受了。哈哈！」盧有銘說：「上午你們沒注意到？他是一個人悄悄地先走的，我留意到他臉色很難看，猜想他不高興了，但

沒料到他會這樣。這人的脾氣也有點倔。」宗立煌說：「沒選他當頭，早就不痛快了，這次對奪權的看法沒聽他的，就發作出來了。他走了就走了吧，多他一個不多，少他一個不少。」韋君夏說：「他走了你最高興了，是吧。」宗立煌大聲說：「他要走，關我屁事。」

萬啓等他們議論的差不多了就說：「說正經的吧，要不要合併？」大家一時靜了下來，韋君夏說：「我是隨便的，和也好，不合也好。萬啓你的想法呢？」萬啓說：「萬事都有利弊，合了人多力量大，可以有更大的發言權。不利的就是人多是非也多，難以統一。」宗立煌把腿擱在桌子上，說：「我不反對合併，但我不喜歡耿傑，和他們一幫人也合不來，如果待在一起，弄不好要天天吵架的。」「你跟誰都合不來，這是你的問題。」韋君夏頂了宗立煌一句。「你瞎說，我和萬啓就不錯嘛。」宗立煌回擊道。「那是萬啓大度，不跟你計較。」韋君夏不依不饒。

萬啓說：「這倒是個問題，耿傑他們和我們班上的同學很多都是初中同班的，有關係好的，也有不對路的，天天在一起是會有點彆扭。我看這樣好了，合而不併。」「什麼意思？」韋君夏問。「就像國家的聯邦制，各自還是獨立的，還是老樣子，但有一個共同的組織名稱，必要時就以這個名稱聯合行動。」萬啓解釋道。「這好，不用跟他們整天混在一起。」宗立煌立即表示贊同。大家也沒啥反對，事情就這麼定了。餘下的就由萬啓去和耿傑他們談具體的事宜。

萬啓帶著盧有銘來到「刺破青天」，一進門就大吃一驚：周老

師正坐在那裡與耿傑交談，見萬啓來了，周老師主動迎了上來，還伸出了手，萬啓不習慣地和周老師握了握手。看上去周老師有點胖了，臉色也不錯，神情更是顯得從容而自得。萬啓最後見到周老師是在串聯前，抄家後被耿傑押到學校，那時周老師的神情十分沮喪，頭髮亂糟糟地覆蓋著，低著頭一步一顛地走在前面，後面跟著耿傑一幫人。

萬啓困惑地望著耿傑，耿傑立刻介紹說：「周老師現在是我們區教革會的頭頭了，他這次來是要發展組織，動員我們加入。」萬啓還是找不到該說的話，只是簡單地應了一聲。周老師卻笑嘻嘻地說：「聽說你們兩家要合起來，隊伍擴大了，好啊。」萬啓這才有了話可講：「還沒呢，就這十來號人。」「不是要號稱百萬了。哈哈。」耿傑插話道：「我開了個玩笑，說我們合併後就叫『百萬雄師』。」

「八字還沒一撇，你就放喇叭了。」萬啓活潑了起來。周老師也打趣道：「百萬雄師多響亮的名稱，不知底細的可一定會被嚇到的。武漢就有個『百萬雄師』，那可了不得，把中央文革的王力、戚本禹都打了。」「嗨嗨。」萬啓和耿傑都只能傻笑了。周老師收起笑容，一本正經地說：「來我們教革會吧，全市性的組織，可真有好幾百萬人那。」萬啓問：「這是教師組織，我們學生也能參加？」「當然可以，師生共同革命嘛。」「那我得和大家商量一下。」「你呀，就是少一點魄力，不能說志大才疏，但卻是心高情怯，被人情束縛了，難以特立獨行，殺伐決斷，導致心有餘而力不逮，這在動盪年代是難有作為的。」周老師感慨起來。耿傑插話道：「是啊，不能啥事都要聽大家的意見，人多主意多，很難會有

一致，就會錯過時機。要不，乾脆我們就把合併的事和參加教革會的是一併辦了，這也不是什麼壞事。」

「還是耿傑有決斷些，你倆合作到可以互補一下。你們就以集體名義加入吧。」周老師說著從包裡取出一份申請表遞給萬啓：「填下表吧。」萬啓接過表，坐了下來仔細看了看，然後抬頭問耿傑：「以什麼名義參加？」「就填『百萬雄師』吧，人數隨便寫，多一些也沒關係，顯示你們的實力。」沒等耿傑開口，周老師就代爲回答了。萬啓就照辦了。「還有負責人呢？」「就填你倆。」「這不好吧。」萬啓不好意思地說。「你謙虛就空著，我來幫你們寫上。」周老師拿過表格，在負責人一欄裡寫上了萬啓和耿傑的名字，又在最後審批一欄寫上「接受」，簽上自己的名。他把表格放進包裡後說：「過幾天全市會有一個大的行動，到時我會派人給你們送袖章和旗幟來的。好了，我還有事先走了，今後我們是戰友了，有事來找我。」說完就匆匆走了。

萬啓望著周老師的背影，對耿傑說：「周老師大變樣了，過去是文質彬彬的，還有點沉默寡言的，現在倒真有點造反派頭頭的樣子了。」耿傑說：「人經過大的劫難後是會不一樣的，你應該有體會的。」「他不是自殺了嗎？被你救了以後的情況你知道嗎？」「我只知道他被送醫院急救了，很快就好了，水果刀能割多深。以後我也不清楚了，或許平反後就起來造反了，但不是在我們學校，跑外面去了。」

十二

　　當萬啓和耿傑打著「百萬雄師」的大旗來到育紅中學時，有一個足球場大的操場上已是黑壓壓的一片了，紅旗揮舞，人聲鼎沸。萬啓和耿傑正不知如何站隊時，有一個年輕人跑了過來，抬頭看了看耿傑手握得旗幟，就大聲喊：「你們來啦，哪位是萬司令？」萬啓和耿傑都是一臉的困惑：「凡士林？要凡士林幹嘛？」耿傑問。「你們不是德立中學的？」「是啊。」「那誰帶的隊？」宗立煌反應過來了：「你找的是萬啓吧？」「對、對。」宗立煌把萬啓往前一推：「就是這位。」

　　那人迎上一步說：「你就是萬司令，我是小劉，周老師讓我告訴你，這次行動由你統一指揮。」萬啓惶恐地說：「我不是司令，周老師在開我玩笑？這麼大事我擔當不起的。」小劉笑了：「沒啥要緊的，就是上臺說幾句話，喊喊口號而已，具體的都已安排好了。」「那要我裝裝樣子做啥？」「嗨嗨，本來是周老師的事，他要參加市裡行動，所以就想起了你，說讓你見見世面。你不用擔心，一切有我安排。現在我們一起召集各校帶隊的開個碰頭會，我傳達一下上面的指示。」說完就拖著萬啓走。萬啓回頭望了望，宗立煌學著阿慶嫂的腔調說：「老胡當司令啦，恭喜啊。」盧有銘也來了精神回道：「是啊，鳥槍換炮了，闊多啦。」引起了一陣笑。耿傑揮揮手喊：「去吧，當你的總指揮去吧。」

　　一小時後，主席臺上出現了幾個人，萬啓也在其中。小劉走到講臺前拍了拍麥克風，開始說話：「大家注意了，各組織集合好你

們的隊伍，馬上就要出發了。下面請萬總指揮講話。」操場裡響起了稀稀拉拉的掌聲。萬啓走上前來，看了看手裡的稿子深深吸了口氣，舉了舉手中的《毛主席語錄》，說：「同學們，紅衛兵戰友們，首先讓我們敬祝毛主席萬壽無疆，敬祝林副主席身體健康，永遠健康。今晚我們要參加一個非常重要的行動，這是我們的光榮和責任。希望大家遵守紀律，聽從指揮。」隨後，宣讀了幾條行動紀律，然後就是高呼口號：「誓死捍衛毛主席的革命路線！誓死保衛新生的上海人民公社！偉大領袖、偉大導師、偉大統帥、偉大舵手毛主席萬歲，萬萬歲！」人人舉起了紅寶書，整個操場上頓時形成了一片紅海洋，刮起了一股海嘯。

口號過後，小劉宣布：「德立中學爲先，然後是明光中學、育紅中學、建業中學。外面有上運五場的車。」然後回頭和萬啓嘀咕了一下，大聲發令：「現在出發！」宗立煌推了一把耿傑：「發什麼呆，快走呀！」耿傑這才揮舞了一下旗幟，邁開步子向校門外走去，後面跟著各校的隊伍。校門外早已停了好幾輛卡車，大家紛紛上了車。隨著馬達的聲響，有的車上響起了嘹亮的歌聲。卡車一路飛奔，夜幕也漸漸籠罩下來，整個車隊也安靜下來。有人問：「去哪呀？」沒人回答，宗立煌用肩膀拱了一下耿傑：「你知道嗎？」耿傑搖搖頭：「不知道。」「萬啓跟你說了嗎？」「沒有。」然後又補充了一句：「我想，他也不一定知道。」

這時車上出現了不安的騷動，有個叫汪安寧的同學緊張地說：「不會去武鬥吧？我真的怕怕，我們不要白白去送死。」宗立煌馬上喝道：「汪狗，別亂叫！」因爲他的嘴往前突出，所以給他起了這麼個不雅的外號，但他的性格卻出奇的溫順，所以並不介意。汪

安寧閉了嘴，但也有人並不買帳道：「我們被蒙蔽了。」馬上有人回敬道：「受蒙蔽有啥不好，受蒙蔽無罪，反戈一擊還有功那，哈哈哈。吃你的麵包吧，沒事的。」耿傑看了那人一眼，不認識，就問：「你是哪個組織的？怎麼到我們車上來了？」那人說：「我是上三司的，誤上你們的賊船了，對不起，對不起，哈哈哈。」

「原來是麵包三司的」。宗立煌斜眼看了他一下說。「什麼是麵包三司？」盧有銘問。「就是紅衛兵上海第三司令部的，簡稱上三司，因為有行動每人發一個麵包，所以戲稱麵包三司，名聲不太好。」宗立煌解釋道。那人又說話了：「名聲好不好與我無關，反正待著沒事，出來混個麵包吃有啥不好。你們是第一次出來吧，所以那麼緊張，我可是老吃老做了，啥事也沒有。上海嘛，有工總司撐市面，太平得很。再說上海人大多娘娘腔，不敢冒險，但很會算計，動動腦，弄弄筆桿子在行，所以一般不會吃虧的。要動手，對不起，早就腳底抹油了，所以上海沒有什麼武鬥。你看北京紅衛兵多厲害，那些女的都能用皮帶抽，聽說北京打老師最厲害的就是女中，還打死人了。上海沒有吧？北京紅衛兵有五大領袖，上海有嗎？上海出名的都是工總司的，什麼潘國平，潘司令，後來搞了白毛女下去了，現在是王洪文，人家也不是上海人，是長春的。」

宗立煌插話說：「真正敢幹的還是耿京章，安亭事件就是他搞出來的。王洪文是占了他是黨員的光，不像耿京章他們亂來來，所以被張春橋看中的。」盧有銘也說：「上海人對經濟過日子感興趣，北京人喜歡政治，首都嘛。」「你們都是瞎七八搭，文化大革命不是從上海發起的？姚文元的文章不是在上海發表的。『一月革命』的風暴也不是在上海刮起的？上海才是文革中心，毛主席在北

京遙控。因爲上海有幾百萬的產業工人，北京多官僚，毛主席推不動。工人階級是領導階級，其他什麼地方只能說還是農民。」

說來說去倒也不寂寞，不知不覺地車停了下來。只聽見下面有人在喊：「下車，快下車，整好隊。」韋君夏說：「啊，到了。」盧有銘問：「這是啥地方？」宗立煌說：「好像是郊區了，周圍黑糊糊的看不清。」突然燈光大亮，照的如同白晝。耿傑說：「這是復旦蔡祖泉發明的小太陽，眞亮。」大家下了車，都四下打量著。宗立煌說：「這是農村的打穀場，肯定是到了鄉下，要做啥？」

這時萬啓過來了，宗立煌笑著說：「怎麼，總指揮下基層來啊，有啥重要指示？」萬啓說：「我是臨時工，周老師來了就沒我的事了。」耿傑問：「是什麼行動？」萬啓對圍上來的人群說：「其他學校的人去幫工總司的文攻武衛守碼頭了，我們的任務是監視前面的公路。」汪安寧又不安寧了：「辣裡媽媽得，這是要打仗啊？又是碼頭，又是公路的，好大的陣勢，不得了了。」

宗立煌斥道：「汪狗又要汪汪了。你害怕就回去！」汪安寧回嗆道：「我怎麼回去，你送我？」宗立煌也笑了：「回不去，那就躲起來，往草叢裡一鑽不萬事大吉。哈哈。」萬啓安慰道：「不會有事的，前面有一道防線，工總司的人把守著，黃浦江上還有軍艦巡邏呢。我們就是看看有沒有漏網的過來，及時報告。」

耿傑把萬啓拉一旁小聲問：「到底是爲啥，這麼大動作，你應該知道內情的吧？」萬啓也小聲說：「我也不太清楚，不過周老師透露說是砸聯司，由市裡統一領導，工總司打頭陣，其他組織協助。」耿傑驚呼起來：「一個柴油機廠的組織，要組織這麼大人

力，不是殺雞用牛刀了？」耿傑的聲音引得其他人都圍了過來。韋君夏說：「聯司是有點不識相，搞了那麼多支聯站，還叫板張春橋，在人民廣場搭臺要和張春橋辯論。太狂了吧。」盧有銘說：「支持聯司的人真的很多，總有點道理的。砸聯司不是武鬥嗎，毛主席說：要文鬥不要武鬥，有理不怕辯論。不是說真理越辯越明嗎。我常到人民廣場去的，真是人山人海，聽他們辯論很有勁的。聯司說，你有理就應該出來辯，不敢出來就說明你心虛沒理。他們每次這麼說時，臺下就歡呼鼓掌。」

「我弄不清事情的來龍去脈，但這樣的做法是不妥的，政府能和你老百姓隨便辯論嗎？要加罪名的話，就是煽動不明真相的群眾反對新成立的上海人民公社。或者說他們有野心，是要把上海搞亂，他們從中再奪權。」耿傑說。「什麼上海人民公社，怎麼起這個名，就像鄉下的人民公社了，我覺得名稱不好。」盧有銘不解地問。「是學巴黎公社的樣。」

「就是砸聯司，為啥還要跑這裡來，沒必要吧？」有人問。萬啓說：「據可靠消息，聯司正在聯絡鄉下農民，要他們進城支援。一旦他們的計畫得逞，大批農民湧進上海是很麻煩的，所以要守住進城的要道，把農民擋回去。好了，我們該出發了。耿傑，我們有多少人？」耿傑回答：「四十多一點吧。」「這樣吧，我帶我們『井岡山』的人埋伏在左邊，你們『刺破青天』在右邊，有車過來就攔下。」「好吧。」

公路離打穀場不遠，二十來分鐘就到了，兩撥人分別在公路兩邊找地方隱蔽起來。正是盛夏，即使是夜裡還是感覺悶熱，幾乎一

絲風也沒有。為了防蚊子，大家都穿著長衣長褲，熱的不斷冒汗。有幾個帶著摺扇的，就拚命搧。但很快就被別人搶去了，只好大家輪流用扇。宗立煌耐不住了發起了牢騷：「真倒楣，攤上這麼個折磨人的事，早知道就不來了，上了周老師的當了，把我們當擺設了。」盧有銘也突然問：「真要發生情況了怎麼辦，就靠我們幾個人能對付得了？」韋君夏跟著說：「是啊，我們赤手空拳的頂什麼用。」萬啓說：「我想不會有啥情況的，我們在這裡主要是為了防萬一。真有事了，就立即報告。就會派人來解決的。」「怎麼報告？往那兒報告？」「在打穀場旁邊是生產隊的隊部，那裡有電話也有人值班。」隨著時間流逝，再也沒有人說話了，有的乾脆躺在了田裡睡了起來。萬啓盯了一會也打起瞌睡來了。

終於熬到晨曦初現，傳來了撤的訊息，大家起身回到打穀場，一個個像偎灶貓似地爬上卡車。車一開動，晨風迎面而來，使得人精神清爽了許多。當車駛進了市區，迎面一排車飛馳而過，從最前面的一輛小車的車窗裡伸出一把指揮刀，頂著一個鋼盔，狂喊著：「勝利了！勝利了！聯司完蛋了！」後面的卡車上站著一排排手持長矛的文攻武衛隊員，也時不時發出歡呼聲。

學生們的車倆沿著前面車的駛過的路不緊不慢地開著，過了幾個街口，看到有一輛車停在了路邊，車下站滿了人。近了，站著的人走到路中間揮著手，學生車緩緩停了下來。這才看清站著的人就是剛過去的文攻武衛。其中一個像是頭頭的人對司機說：「我們車拋錨了，搭一下你們的車。」司機說：「你們去哪？」那人回答：「送我們去51路公車站那裡，行吧？」司機說：「打完仗了，上吧。」

　　這些手持長矛的人就紛紛擠上車來，滿身的油膩，有的還帶有血跡。車上的人互相縮成一堆，讓出了地方。車又開動起來，搖晃著。汪安寧一沒站穩，頭碰到了長矛，驚叫了聲：「哇。」站在他旁邊的文攻武衛，一個瘦瘦高高的壯年漢子笑了：「你這孩子，也夠膽小的，碰一下就把你嚇成這樣，要是到柴油機廠，不把你嚇死。」宗立煌來了興致，問：「怎麼打的？」瘦高個摘下頭上的柳條帽，理了理頭髮後又戴上，看了看宗立煌，只說了句：「好慘！」就沒有說下去。

　　這時站在他旁邊的一個三十來歲的年輕人，插話道：「真想不到聯司這麼頑固，工總司組織了幾萬人把只有幾千人的柴油機廠團團圍住，開始是喊話要他們投降，他們不理，後來就採取行動。開頭還較順利，把他們總部砸了，那些頭頭還算老實，沒有多大反抗。但有一部分卻退到廠房大樓抵抗。我們的人多也沒用，展不開。他們在樓上用強彈弓和螺帽攻擊，傷了不少人。後來開來了消防車架起雲梯，一邊用高壓水龍沖，掩護我們的人從窗口爬進去。他們就用棍棒打，我們掉下去了不少人。但到底我們人多，前仆後繼的終於進了大樓。接著又是一場肉搏，死傷不少。」另一個人接著說：「最慘的還是那些女的，她們光著身子躲在門後，見人進來就衝出來。我們都是男的，開始愣住了，她們就拿刀亂砍。萬不得已下，我們的人就動了手，捅倒了幾個，其他的也被打倒了。」說到這兒，他指了指瘦高個：「他的好朋友就是被刀砍破了動脈，送到醫院急救，但沒救過來。」

　　瘦高個揚起頭望著天邊的紅霞，輕輕地說：「做啥要這麼互相殘殺呀。」一顆大大的淚珠在他眼眶裡滾動著，他用手擦了擦，抱

著手裡的長矛低下了頭。車內沉默了下來，街上的高音喇叭響起了《東方紅》的樂曲，四周是一片紅色的海洋。萬啓輕輕地說：「雖然付出了血的代價，但也會使上海的局面安定了下來。」

十三

現在運動變成了雞肋，既沒有**轟轟**烈烈，也沒有爭鋒相對的鬥爭，就像船在無風的江中漂流。學校的奪權派和反對派三聯僵持著，各占一半地盤，各行其是，倒也相安無事。奪派曾有過砸掉三聯的念頭，也討論了幾次，因內部意見不一，最終不了了之。還有一派，沒有組織結構，但在人數上占絕對優勢，它有一個瀟灑的名稱，叫「逍遙派」。他們窩在各自的家裡，或遊蕩在街頭。大多數人都無所事事，一小部分變成尋釁鬧事的混混。也有少數人利用有閒的時間，培養出個人的愛好來。

這天，爲了出《星火》，萬啓一個人正在埋頭刻蠟紙，華耀旺走了進來，笑嘻嘻地說：「萬司令在忙什麼呢？怎麼就你一個人，成光桿司令了，哈哈哈。你們的『百萬雄師』呢？」「早解散了，但『井岡山』還在。」萬啓回答道，沒有抬頭，繼續刻著，然後反問：「好久不見，什麼風又把你刮來了？」

華耀旺用一隻手放在額前，一隻手放在身後，單腿提起，做了個孫悟空的標準動作說：「是妖風，齊天大聖來也。」「你來打妖怪來了？誰是妖怪呀？你的報復心很重啊，是你自己要走的，怨不

得人。」「哪裡哪裡，來看看你，我走並不是對著你的，我的頭都是你剃的，能得罪你嗎？嗨嗨，要說怨氣嘛，當然有，明明大家講好了的，你一說，他們就轉向了，這不是出爾反爾把我給賣了。不過真正的原因還是覺得跟這些人混在一起沒意思，不如到社會上去闖闖。」「闖出什麼名堂來了？」萬啓停下手裡的蠟筆，抬起了頭。「你先看看這個。」華耀旺遞給萬啓一張小報，然後在一張椅子上坐下。

萬啓接了過來，一行紅色大標題立刻呈現在眼前：「炮打張春橋」。「這是紅革會的報紙，你參加紅革會了？」萬啓問。華耀旺沒有回答，只是說：「夠刺激吧？」「你不要搞錯，張春橋是中央文革的副組長，上海的一把手啊。」「那又怎樣，劉少奇還是國家主席，一人之下，萬人之上，還不照樣被打倒。最早的彭陸羅楊、彭德懷、賀龍，還有那一批老革命，哪一個不比張春橋資格老，功勞大，現在不都被關的關，倒的倒。陶鑄，也是文革上去的，坐上了第四把交椅，是中央文革的顧問了，說完就完。張春橋算啥，一個叛徒，無恥文人而已，搖搖筆桿子，文革前不過是上海管文教的書記，主要還是被柯慶施提拔的。現在他和姚文元不就是靠批判『海瑞罷官』起家，攀附江青得寵的嗎？在安亭事件中他投機成功，更是跳了龍門。」

萬啓任由華耀旺嘮叨，只是仔細地看著報紙，然後問：「說他是叛徒，可有證據？以前復旦的《孫悟空》就炮打過一次了，也沒成氣候呀。現在再來炒冷飯會有戲嗎？不能懷疑一切，打倒一切。」「霍士廉可是拿腦袋擔保的。」「瞎講，人家說是以黨性擔保，這以前都提過了，一個人說的話不足為憑。」「那還要啥證

據，霍士廉人家是老革命了，當過省委書記，不能亂說吧。還有他三〇年代化名『狄克』攻擊過魯迅，這可是白紙黑字賴不掉的。」「這算不得什麼，那時攻擊魯迅的人多了，周揚、郭沫若都打過筆仗，只能說觀點不同。」「你呀你，有的紅衛兵組織還揭發了他老婆李文靜也是叛徒，他倆既是叛徒又是特務的雙料貨。」「嘿嘿，越說越懸了。他們爲啥盯上了張春橋，後面有沒有後臺？」

「有沒有後臺倒不清楚，主要是他的作派使人懷疑。」「什麼作派？」「十十足足的兩面派，你看他的臉相，陰絲絲的，一副奸相。」「呵呵，人不可貌相，你不能看相論人。」「哎，你不知道了，看相是中國歷來的傳統。古代你想當官一定要有一副好賣相，這是明文規定的。鍾馗考了狀元，不就是因長的醜而被皇帝否了，所以自殺了。」「這是傳說，你也當眞了。」「所謂『相由心生』，還是有一定道理的」「好啦，不要瞎扯，你就說說事實吧。」

「你知道安亭事件吧？」「聽說過，但具體情況不知道，你了解？」「在外面混，總比你們封閉在學校知道多了，外面是大江大海，大風大浪，你們這裡只是小河溝，只能坐井觀天。」「算了，出去了幾天，就魁起來了，去你的大海吧，當心淹死。」萬啓不耐煩了。「好好好，給你講事實。」華耀旺抬頭望了望牆上的鐘，講起了故事：

「安亭事件的起因是上海成立了工人革命造反總司令部，但上海市委根據中央不成立全國性和全市性組織的規定，不承認。他們就去北站上車要到北京告狀，但火車接到命令停在安亭車站不走

了，工總的人就橫了一條心，臥軌攔截14次列車，使滬寧線中斷了一天多。這事就大了，中央知道後，陳伯達就根據總理的指示，要華東局和上海市委頂住，不能承認工總司，又電告在安亭的工人，要他們改正錯誤，立即回上海。總理和陶鑄還派了張春橋來處理問題。陶鑄再三關照，不能承認工總司和肯定他們的行動。到了上海，張春橋和曹荻秋一道打電話請示陶鑄，陶鑄再一次表示中央不同意成立全市性的工人造反組織，當時張春橋也答應了的。但張春橋陽奉陰違，在上海文化廣場與工人座談時表態說，上海工人起來了，這是好事，是中央希望的。又說，上海的工人在這次文化大革命中，可能走在全國前面，上海應該創造好的經驗。最後還在工總司開出的五項要求上寫了『同意』並簽了名。」

　　「哪五項要求？」「我這記不清了，讓我想想。」華耀旺仰頭想了會說：「主要是要承認工總司是合法組織，還有就是承認上北京告狀是革命行動，再有就是要華東局和上海市委對造成的後果負責，曹荻秋要公開檢查。」「這不和中央唱反調了。」「是啊，所以說張是兩面派嘛。」「但張春橋也是擔著風險的。」「張自己也說是先斬後奏，他是在賭一把。結果他賭贏了，中央文革支持他，更重要的是毛主席支持。毛主席說，可以先斬後奏，明確表示承認工總司。一下子整個局勢就翻盤了。」

　　「我說這不能說張春橋是兩面派，反而顯出了張的魄力和眼力。他能看到運動發展的方向，必須要有工人參加，工人才是文革的主力軍，靠學生根本成不了氣候。而且敢於決斷，不簡單。」

　　「那總理和陶鑄被坑了。」「總理沒事，本來這也是中央的決

定，總理的地位是不可動搖的。陶鑄可能受點影響，他是不是為此被打倒不清楚。不過陶鑄也是屬於曇花一現人物，一下子成了常委，四號人物，沒多久就下臺了，還被搞死了。陶鑄是鄧小平推薦的，實際上陶鑄是比較正統的，與中央文革其他人不同。既然是鄧小平推上去的，勢必與鄧關係密切，至少有合拍之處，據說他倒臺的一個重要原因是搞了換頭術，就是把報上登的照片中的陳毅換成了鄧小平。」「這有什麼用意？」「不就是支持鄧，向外界表明他還在位。」「這樣的招也能想出來，有用嗎？」「是不是事實不清楚，現在的中國政治虛虛實實，充滿變數。有打著紅旗反紅旗的，有變色龍的，有兩面派的，應有盡有，很難看清。所以站隊的話很危險，站錯了就完蛋了。我想，張春橋的真正目的還是對著上海市委的，藉此把市委置於群眾的對裡面，工總司會放過陳丕顯和曹荻秋？而自己成了工總司的保護傘，工總司自然也成了他的鐵桿派。這一招真是夠厲害的。」「好啦，不和你說了，你好好想想，過幾天我再來。」

　　兩天後華耀旺又來了，因為走得急，氣喘吁吁的：「想好了沒有，紅革會聯合其他八個組織在復旦大禮堂開了『炮打張春橋誓師大會。』他們決定在人民廣場召開全市炮打張春橋大會。」萬啓他們正在油印《星火》，宗立煌一邊用滾筒刷著油墨，一邊不痛不癢地說：「怎麼吃起回頭草了？」華耀旺並不理會，盯著萬啓繼續道：「不要猶豫了，機不可失，時不再來。」「你要投機嗎？我告訴你，這不是鬧著玩的，弄不好要倒楣的。」宗立煌提高了聲調說。萬啓沉默了一會，平靜地問：「你要我們做什麼？」「把你們的人拉出去參加大會呀，也好揚揚你們的名。」

　　「我們不幹，社會上的事太複雜了，我們搞不清楚的，還是待在學校出出大批判專欄保險。上次聽了周老師的去了，雖然沒出事，但吃苦了，一個晚上沒睡，被蚊子都咬爛了。有什麼好處？」盧有銘用訂書機訂著印好的紙，不緊不慢地說。「怎麼沒好處，萬啓當了一回臨時司令，出足風頭了，哈哈哈。」韋君夏笑著說。萬啓的臉色有點不悅，重重說：「我們不去！」韋君夏馬上補上說：「我只是開個玩笑，別生氣。」

　　華耀旺看看動員不起來，就改換口氣說：「行，你們本來都是屬兔的，我多此一舉了。『豬圈豈生千里馬，花盆難養萬年松』你們就在這豬圈裡耗著吧！」「當心你被淹死！」宗立煌狠狠地說。華耀旺走到門口又站住了：「要不把這有關消息和材料，出一期專欄怎樣？我知道你們在外面牆上辦了個大批判專欄，這可沒有風險了吧？」萬啓說：「這倒可以考慮的，你們看呢？」盧有銘說：「這行，這一期已有一個多禮拜了，該換新的了。」其他人也不反對，萬啓就決定了下來。

　　接下來大家就忙開了，除了大標題需要美術字外，萬啓不得不擔起全部編輯和抄寫，雖然他並不太願意，但所有的人都不願接手，堅持要萬啓做，原因只有一個：「你的字好，我們的都是蟹爬。」宗立煌是這麼說的，其他人也附和：「第一印象好了才會有人來看，字就是第一印象，就像談戀愛，人的賣相是第一印象，一看是醜八怪，誰還願意談下去？所以我們不能出醜洋相。」於是萬啓一個人抄，大家在邊上看，也會有人幫著讀稿。

　　忙了半天總算搞定，一共八張大字報紙，內容包含了有關動態

和揭露張春橋的材料，但都是轉載，沒有任何自家的評論。左上角是一個大大的兩個字：「勁爆」用紅色圈成炸彈爆炸的形狀。中間是大大的標題：「炮打張春橋最新動態。」右邊是落款：德立「井岡山」。張貼的任務就歸其他人了，宗立煌提漿糊桶，韋君夏拿掃帚，盧有銘和汪安寧抱著大字報，一群人匆匆出了校門，萬啓則站在窗口看著。

宗立煌和韋君夏把舊的大字報撕下，然後用掃帚把漿糊塗到牆上，有人拿來了梯子，宗立煌爬了上去接過盧有銘遞給他的新大字報，按著順序一張張貼到牆上。韋君夏站在下面左看右看的指揮著：「再上去點。」「那張歪了，右面提高一點。」就在貼的當中，一些行人停了下來駐足觀看起來，不一會就圍滿了人。宗立煌跳下梯子，撥開人群出來，也站在後面看了看，得意地對韋君夏說：「這期熱門了。」

這時一個騎自行車的人過來，看到這麼多人圍著看，剎住車，一隻腳撐在地上，抬頭看了看大標題，突然喊道：「快把它撕了，中央有最新指示，不能炮打張春橋的。」圍觀的人都回過頭來望著那人，其中有人問：「是嗎？你怎麼知道的？」那人說：「去人民廣場就知道了，那裡在發傳單。我剛從那裡過來的。」「有沒有傳單，拿來看看。」宗立煌大聲說。「我騎車不好拿，聽發傳單的人喊的。」說完兩腳一蹬，騎車走了。

萬啓也聽到了，急忙奔出校門。宗立煌和韋君夏等迎了過來。萬啓說：「馬上去人民廣場！」正好耿傑騎著一輛黃魚車到了校門口，萬啓衝到他面前，二話不說就把他拉下車，自己騎了上去，宗

立煌和盧有銘緊跟著跳了上來。萬啓一邊打著鈴，用力蹬著車直奔人民廣場而去，把耿傑驚得愣在了那裡。韋君夏本也想同去的，動作慢了點沒跟上，就去向耿傑做了解釋。

到了人民廣場，果然見一輛卡車在緩緩行駛，車上站著幾個人在向四周散發著傳單，還有一個人拿著話筒在喊：「中央文革小組特急電報。中央文革發來了特急電報，要求停止炮打張春橋。炮打張春橋，就是炮打無產階級革命司令部。」宗立煌跳下車，從地上撿起一張傳單又回到車上。萬啓問：「電報怎麼說？」宗立煌看著傳單說：「電報嚴厲譴責了『紅革會』負責人，要紅衛兵幫助他們立即改正錯誤，停止一切活動。」

回到學校，韋君夏和耿傑正等著他們，見了萬啓焦急地問：「怎麼辦？」「撕了吧！」宗立煌說著就要動手。耿傑說：「這電報可靠嗎？要是假的呢？」「不會假的吧，誰敢冒充中央文革。」宗立煌站定了問萬啓：「你說呢？」萬啓想了想說：「這樣吧，把這份電報也加上去。」「你是想腳踩兩條船啊。」韋君夏說。耿傑說：「在沒有證實前，這樣也行。」「要不去問問周老師？」盧有銘提議道。「對，他應該知道的比較多，我去打個電話吧。」宗立煌說完就去了。

約有一個小時，宗立煌回來了，急急地說：「快撕了吧，周老師說上面已把事件定性爲『炮打中央文革的反動逆流』馬上要進行反擊了。」於是大家七手八腳地撕起大字報來。萬啓說：「把特急電報留著，明天看看有什麼動靜再補上新的內容。」宗立煌狠狠地說：「都是華耀旺亂搞漿糊，害人害己。周老師說『紅革會完

了』，他也跟著倒楣吧。」

十四

一鼓足氣，再而衰，三而竭，學校的運動正走進了這竭的階段。在這近於無政府狀態的局面下，學生享受著最大限度的自由，也感到無所事事的無聊，以及對前途的茫然。兩派熱衷於打派仗，而作為第三派的逍遙派的隊伍不斷壯大。有忙於家務的，有熱衷愛好如裝半導體、做沙發煤氣爐，也有做金魚缸養熱帶魚，也有埋頭看書的，包括禁書和手抄本。還有就是上街看各種大批判專欄，那裡有許多有關的小道消息。最為嚴重的，就是培育出一批街頭小混混和小流氓。他們結成團夥，橫行街道，打群架，男女廝混，或混跡於人群中做「充手」，社會治安令人憂心。曾有體校的「上體司」（上海體校造反司令部）擔起維持秩序的重任，但不久也墮落為肆意妄為，任意抓人，私設刑堂，侮辱女性等等。而政府就用「刮颱風」的方式，隔三差五地組織力量，「從快、從重、從嚴」打擊。抓了一批，也殺了一批。不僅是學生，全國的情況莫不如此，除了報紙上宣傳的大好形勢，到處鶯歌燕舞外，現實令人憂心。雖然對毛主席的忠心依舊，對文革的前途不存懷疑，但對運動已感到厭倦，對造反派也是大失所望。恢復正常，不再折騰，成了民心所向。

為了扭轉局面，毛澤東採取了一系列措施。先是對教育部實行了軍管，隨後北京市革會派出了三萬名工人組成「首都工人毛澤東

思想宣傳隊」，進駐首都重點大學，但卻遇到了抵制。在清華大學，蒯大富竟以武力圍攻工人宣傳隊，打死工宣隊五人，打傷731人。這次流血事件使毛澤東十分憤怒，但也為他解決紅衛兵問題提供了契機。

　　毛澤東和林彪、周恩來以及中央文革小組成員緊急召見了北京高校的五大領袖，嚴厲批評他們一不鬥、二不批、三不改。只是搞內鬥和武鬥。他警告說：學生最嚴重、最嚴重的缺點，就是脫離農民，脫離工人，脫離軍隊。你們再搞，就是用工人來干涉，無產階級專政！後來又對中央文革碰頭會成員講，靠學生解決問題是不行的，歷來如此。學生一不掌握工業，二不掌握農業，三不掌握交通，四不掌握兵。他們只有鬧一鬧。隨之，中央發出了『復課鬧革命』的通知。

　　『井岡山』作為一個可有可無的小小組織，是大海中的一粟，但萬啟總念念不忘要緊跟毛主席的戰略部署，但總是上不摸天，下不著地，只能自尋些不痛不癢的事來做，聊以自慰。「復課鬧革命」，給了他一個機會，於是他根據中央精神，解散『井岡山』，另成立了班級的紅小隊，為慎重期間，再加了一個「籌」，以此名義召集班級復課。但復什麼課，怎麼復，卻是一片空白。為此他與政治老師聯繫，開黨史課，還組織了編寫小組，也與語文老師商定上毛主席詩詞課，再就是找了數學老師來講課。俗話說萬事開頭難，這些卻不難，老師們積極回應，他們也是閒的慌了。但開了頭，卻難以為繼。黨史僅僅寫了個序言，毛主席詩詞開講了第一首《沁園春・長沙》，數學課更慘，只有七八個人來。老師們知難而退，萬啟卻還要撐下去。每天絞盡腦汁弄些東西來敷衍，防止班級

散夥。這裡沒有可依靠的權威和秩序，這正像一葉孤舟在獨自飄蕩，缺乏方向，又難以靠岸。

盧有銘常常對萬啓說：「散了算了，何必自找負擔。」萬啓說：「再堅持一下，等學校實行大聯合，成立了校革會，有了統一領導就好了，不用孤軍作戰了。」「這要等到什麼時候呀，我看兩派都不像要聯合的樣子。」萬啓突然產生了一個主意，說：「我們發個倡議，成立促聯會，一個班級一個班級先聯合起來，這對復課有好處，對兩派也有壓力，如果他們不想聯合，就甩開他們。」韋君夏眼睛一亮說：「哎，這倒是個好主意。你就動筆吧。」

帶著草擬好的「倡議書」，萬啓他們就去串聯。先是找了高二（2）班，也就是萬啓原來的班級，他們也在堅持「復課」。兩個班級舉行了討論會，萬啓讓韋君夏主持，方老師也參加了。討論比較熱烈，因為處境相同，幾拍下來就取得了一致。但對方班級中也有人發難問：「你們成立促聯會的目的是不是想成立另一個組織，是不是有野心，想在成立校革會時占個位子？」韋君夏難以回答，望了望萬啓。萬啓立即回答道：「我們只是起促進作用，而不是要搞另一個獨立的組織，我們的目的是為復課鬧革命帶來幫助，因為現在各自為戰的情況實在很難堅持下去。」散會後高二班級的一些同學還圍著萬啓在討論。在回家的路上，盧有銘對萬啓說：「這個頭開的不錯，這下總算做了像樣的事了。」

接著又去與教革會串聯，尋求教師的支持。周老師看了「倡議書」說：「寫的真是不錯，你的文風變了啊，從原來的抒情風格，轉向了政論分析了。」盧有銘笑了：「周老師還是三句不離本行。

給打打分，該得幾分？」周老師嘖嘖稱讚道：「你是想另闢蹊徑來打破僵局，有創意，有創意。我們當然支持的，現在許多教師都閒得很，盼著學校走上正軌，重上講臺。你把倡議書貼出去，也算上我們一份。」

倡議書貼出後，引起了反響，其他班級的人紛紛來串聯，甚至楊書記也來了。她對正在開會的班級紅小隊（籌）說：「你們的倡議很好，會有利於學校的大聯合。是得發動全校師生起來，如果兩派不願聯合，就以班級為單位先聯合起來，學校不能再散下去了。我們準備開一個大會，小萬做個發言再在會上呼籲一下。」萬啓對韋君夏說：「你去吧。」楊書記說：「小萬，不要推辭了。我們說好了，到時你一定要來的。」楊書記走後，盧有銘問：「到底誰去呀？」萬啓說：「韋君夏。」盧有銘說：「還是你去吧，楊書記都點名了，你謙虛個啥。再說，韋君夏上次主持討論時就講不清楚。」韋君夏也說：「是你的主意，還是你講吧，我怕講不好。」萬啓說：「沒關係，這種大會只是造造勢而已，只要表表態，講些客套話就可以了，我不太喜歡拋頭露面的。定了，你去吧，寫個講稿照本宣科就是了。」

第二天，萬啓和盧有銘去學校晚了點，一走進教室，發現教室裡亂哄哄的，韋君夏和嚴正心正在爭論什麼。魏樂喜看到萬啓就嘻嘻哈哈一邊用手拍著桌子，一邊像哼小調似的說：「第一把手來了喲，看好戲了。」萬啓走到自己小組的空椅上坐下，問旁邊的汪安寧：「怎麼啦？」汪安寧指了指牆上的一張大字報說：「嚴正心的聲明。」萬啓感到奇怪：「他怎麼突然鑽了出來，還發什麼聲明。」起身走到大字報面前看起來。

　　這時嚴正心走了過來氣呼呼地說：「你知道不知道，你們的紅小隊是非法的，應該解散！」「怎麼非法啦？」「第一，中央的指示是所有紅衛兵組織解散，回學校聯合成立紅小隊搞復課鬧革命，你們沒有實行聯合，排斥了其他紅衛兵組織。」萬啟不解：「我們排斥誰了？」「排斥我們了。」「你？」「還有李爭紅、張文娟。」盧有銘插話道：「你們是什麼組織？」宗立煌接上一句：「是『三家村』吧。」引得全班哄堂大笑。『三家村』是運動初期最早被批判的反黨小集團，指得是鄧拓、吳晗和廖沫沙三人。而嚴正心和李爭紅、張文娟因為整天黏在一起，所以就被戲稱為『三家村』。「這算什麼組織，是男男女女鬼混組織吧。」華耀旺補上一句。嚴正心的臉紅成了關公，一時說不出話來。本來坐著的李爭紅走來，手裡拿著一張紙，送到萬啟面前，不冷不熱地說：「我們參加了紅三司，這是證明。」又回頭對宗立煌說：「你不要亂講八講，我們是響噹噹的市級紅衛兵組織，不像你們是自己湊起來的算什麼！」宗立煌反擊道：「哈，原來一起去吃麵包了。」

　　這時韋君夏在發《星火》，走過來也給嚴正心一本。嚴正心接過來看也不看就往椅子上一放，然後一屁股坐了下去，笑嘻嘻地說：「正好給我墊屁股。」宗立煌怒了，一撸袖子就向前衝。嚴正心驚恐地又站了起來：「你要打人？」萬啟拉住了宗立煌：「算了，犯得著嗎！」然後淡淡地，但一字一句地說：「好吧，就讓你們吧，我們從此解散！」盧有銘緊跟著說：「好事，我們可以輕鬆了。走，萬啟，下棋去。」教室裡剎時靜了下來，嚴正心也不知所措地呆立著。盧有銘取出隨時帶著的圍棋，兩人在教室的一角坐下，攤開棋譜，盧有銘對萬啟說：「我執黑。」兩人就旁若無人地

擺起棋來。不一會，男同學們圍了過來看他倆下著。女同學則三三兩兩地離開了教室。這時嚴正心也走了過來對萬啓說：「我不是衝你來的，是方慧思的意思。」華耀旺狠狠地說：「方慧思淨搞挑撥的事。」

班級一下子變成了群龍無首，教室也空寂起來。但萬啓他們仍會常常來校下棋。這天幾個人正下著，耿傑在門口探頭探腦的，看萬啓在，就喊：「萬啓，出來一下。」萬啓放下手中的棋子，出來問：「有事？」耿傑說：「你們班散了？」萬啓笑笑沒有回答。耿傑說：「工宣隊要來了。工宣隊一來學校就會回到正軌了，你的促聯會也沒用了。」「這我知道，好事嘛。那你還搞不搞了？」「我也不知道，等工宣隊來了再說吧。」

很快工宣隊就進駐了學校，在工宣隊的強力干預下，學校開始走向正常。儘管學生怎樣鬧，在工宣隊面前，還是服服貼貼的，「工人階級領導一切」顯示出了巨大威力。學校的各級組織也建立了起來，班級有紅小隊，選出了班革會。方老師也恢復了班主任的地位。派來的工宣隊姓王，四十多歲的年紀，矮矮的個子，不胖但很結實，最明顯的特徵是一隻眼是永遠睜不開的。

正式復課已有一個多星期了，所謂復課並不是真正的上課，無非是把學生集中到學校，學習討論毛主席最新指示和中央兩報一刊的社論等，但更多時間還是在閒扯。王師傅和方老師召開班會和紅小隊頭頭的會，總結情況。方老師說：「女同學還可以，就是男同學表現很差，散漫的很。常常人不知去哪了，你們說說原因。」一時沒人開口，王師傅說：「大家不要有顧慮，有啥說啥，找出原因

就可以對症下藥了。」還是冷場。方老師就說：「嚴正心，你說說。」王師傅也加碼催：「對，嚴正心同學開個頭嘛。」

嚴正心扭了扭身子，看了看其他人後說：「男生他們都去萬啓那兒了，看他下棋呢。」方老師突然醒悟過來：「原來是這樣。」王師傅問：「那個萬啓有自己的地方？」方老師說：「周老師要我抽一些人去幫忙整理過去的大字報底稿，我就把萬啓、盧有銘和幾個女生派過去了。他們有一個小房間。原想把他派出去後，少一點影響，想不到反而給了他空間。」李爭紅說：「男同學都喜歡和萬啓在一起，跟在他後面做跟屁蟲似的。我聽說，就是進教室，也只有萬啓帶了頭，他們就跟著進，真是的。」王師傅有點好奇，問：「他哪來的這麼威信？」宗立煌回答道：「他對人家好，別人也就跟他合得來，再說他也是有水準的，也一直在搞運動。」

「你們在說誰呢？」大家回頭看，是周老師，現在是校委會的副主任。方老師說：「萬啓。」「哈哈，你們在議論小萬呀，我了解他，他實際是信有餘而威不足，你看他一副滿有修養的樣子。孔老二是要『克己復禮』他是克己悅人，不得罪人，甚至討好人求個好人緣。但他也不是純粹的老好人，是有志向的，還很高。說他志大才疏吧，不如說他心高情怯，用外國人的話來說，情商不夠。用中國人的一種說法，就是缺乏黑厚，心軟皮不厚，魄力也不夠，所以沒有做出什麼來。」

韋君夏有點不以為然，說：「他的批判文章還是很鋒利的，有時還很有魄力的。」周老師回答：「大批判是隔空開火，批判的人離他很遠，所以不怕得罪，對老師也比對同學來的凶，他就敢在課

上頂撞我，但對你們很少冒犯，是吧？」有人發出了輕輕的笑聲，「因為我離他還是較遠，不是朝夕相處的，所以少了顧忌。這可以說是一種聰明，是近交遠攻，也是一種局限。」周老師說得興起，坐了下來繼續道：「看一個人，要看他的格局」，「什麼局？」韋君夏問。「就是他的心理體積，我們知道體積怎麼算出來的？」「長乘以寬再乘以高。」「對，心理的長度就是他的遠見，他思考問題能有多遠。寬就是心胸有多寬廣，能容多大的事和人，所謂『有容乃大』，小雞肚腸的人就不行。高就是志向、抱負了。心理體積越大，人的素質就越高。但這三者也不會均勻分布的，可以某一方面很好其他兩方面不行，素質就不好了。如有的滿有才氣，但心胸窄小，有的人心胸很寬，難得糊塗，但目光短淺等等等等，三者的組合是最重要的，志大才疏和心高胸窄的組合就很危險。三者相當再與環境適合，則萬事順遂。所以講，格局就是一個人的潛力，格局大就是潛力大。」

宗立煌笑著說：「周老師來給我們上心理課了，你也成了心理學家了，嘿嘿。那你說說萬啓的格局有多大？潛力怎樣？」周老師望了望窗外，慢慢說：「一要看將來的變化，人也是會變的，二要看他選擇的職業是否適合，三要看所處的環境。」「你這是空話，誰都一樣。」宗立煌叫了起來。「本來人事難料，算命都是瞎貓碰死耗子的事，不過有一點我可以肯定，萬啓一定有內心的煎熬，人生路也不會順利。」

這時有人找來了：「老周，你這爛屁股，大家還等著你一起開會那。」周老師起身說：「來了，來了。」又回頭對王師傅說：「校工宣隊和校委會明天開下鄉動員大會，這次由老劉帶隊。好，

我走了有空再聊。」周老師一走，會也就散了，韋君夏和宗立煌剛走出校門，就聽見嚴正心在背後喊：「你們怎麼走這條路，是不是又要去萬啓家彙報了？」宗立煌頭也不回地說：「關你屁事。」

十五

　　全班同學都集中站在農民家的客堂裡，由方老師帶頭唱起了：「天上布滿星，月亮亮晶晶。生產隊開大會，訴苦把怨伸。萬惡的舊社會……不忘階級恨，牢記血淚仇，世世代代不忘本，跟著黨來幹革命。」唱完了，每人拿著自己的飯盒，排著隊到前面的一兩個大桶前，方老師先從第一個大桶裡挖出一大堆又青又黑的東西，放在每個人的飯盒裡。然後走到第二個桶前，由一個女同學加上一大勺野菜湯，這使得這又青又黑得東西立刻漲了開來，成了滿滿一盒。萬啓和盧有銘等幾個同學端著這一盒憶苦飯走出客堂，坐在外面的稻草堆上準備吃，但大家看著滿滿一盒都來了情緒。

　　一個同學說：「這麼多怎麼吃呀，不會傷胃吧？」馬上有人接上來：「是啊，每次開會都來這一套，我們已經吃了好幾次了，這有用嗎？以前最多吃個糠團就完了，今天卻來這麼一大盒，不是存心要折磨人嗎？」華耀旺憤憤地說：「這是方慧思在報復！」大家越說越來勁，一個叫田金黃的同學說：「不吃了，倒了它！」大家猶豫了。盧有銘說：「這好嗎？讓方慧思知道了，一定會上綱上線的。」萬啓卻氣上來了，說：「你們敢不敢？」田金黃說：「你敢，我就跟！」「好，一言為定。」正好邊上有一個豬食槽，萬啓

走過去，田金黃也同時走了過去。萬啓把飯盒伸向豬食槽，盧有銘大喊道：「慢！」萬啓停住了，回頭看了看。盧有銘也走了過來說：「來，大家一起倒，眞要追究起來，法不責眾呀。」田金黃說：「有道理。大家都過來吧。」

周圍的同學圍了過來，但華耀旺卻站在原地不動，盧有銘喊：「過來呀。」華耀旺說：「我就不湊這個熱鬧了，你們倒，我也不會說的。」田金黃罵道：「你這滑頭！」萬啓說：「他的紅革會事還掛著呢，怕方慧思整他，讓他待一邊吧。」萬啓看了看大家，說：「準備了，一、二、三，倒！」話音一落，只聽劈里啪啦的一陣響，竟倒滿了大半個豬槽。隨後是一陣笑聲。華耀旺悄悄地對萬啓說：「快走，離開這裡，讓人看見了有麻煩的。」

這一群人快速往前走，不會就走出了村子，然後放慢了步子，漫無目的地在田間閒逛。初春時分，有的地已經耕過，也有的地仍平坦坦地裸露著，布滿了一條條的裂縫。忽然一個叫魏樂喜指著不遠處的一塊地說：「你們看那裡有幾把鋤頭扔在地裡了。」萬啓馬上糾正道：「這不是鋤頭，是鐵搭。」「這有啥區別？」「鋤頭是除草用的，鐵搭是翻地用的。」畢竟萬啓的老家是本地人，現在還有許多親戚在農村，每年暑假都要去鄉下玩，所以對農村的事物並不陌生。

「過去看看。」大家就隨著一起走向那幾把鐵搭。魏樂喜撿起一把揮舞了一下，問萬啓：「怎麼用？」華耀旺笑著說：「城隍廟的小開要做農民了。」萬啓也拿起一把高高舉起，然後用力砸下去，鐵搭便深深扎進地裡，萬啓再往後一拉，翻起了一大塊泥土。

魏樂喜學著萬啓的樣做了一遍，笑嘻嘻地說：「這不是豬八戒的兵器嗎？我成了天蓬元帥了，哈哈哈。」有一個叫柯笙柳的從魏樂喜手裡奪過鐵搭，也饒有興趣地翻了幾下，田金黃說：「你不行，看我的。」說著向萬啓要過鐵搭，也動起手來。柯笙柳不服氣了：「看人挑擔不吃力，你這兩下好什麼！」「不服來比一下？」「怎麼比？」魏樂喜插話道：「我也參加，我和柯笙柳，你也找一個，我們就從這裡一直翻到那頭，看誰先到。」田金黃答應說，回頭在人群中掃視了一下說：「萬啓你來，我倆和他們打擂臺。」華耀旺走過來說：「我當裁判。」然後在地上劃了一道線，「站好了，開始！」

柯笙柳和田金黃掄起鐵搭。拚命向前翻土，不一會兩人都喘著粗氣，動作也軟綿綿的了。華耀旺不斷在喊：「這不能算，太淺了。」萬啓看田金黃支撐不住了，就把田金黃換了下來，那邊魏樂喜也接替了柯笙柳。一半過去了，田金黃和萬啓開始落後了，柯笙柳得意地說：「勝利在望了，哈哈。」萬啓只感到兩手乏力，雙腿發抖，氣也喘得厲害。就對田金黃說：「我們認輸吧。」田金黃說：「堅持，堅持就是勝利。」說完又撿了一把鐵搭，兩人同時進行。慢慢就趕了上去，搶先到達終點。萬啓把鐵搭一扔，一屁股坐在了田埂上。其他三人也不斷擦著汗，喘著氣，沒有力氣鬥嘴了。華耀旺一邊檢視著翻過的地，一邊說：「柯笙柳他們翻的品質要比田金黃他們高一些，所以我宣布，雙方應該算平局。」

田金黃緩過氣來了，說：「你這裁判不公，我們哪點差了？」華耀旺正要分辨，有人跑了過來喊道：「你們在這裡呀，出事了，快回去！」是韋君夏來了。「出什麼事了？」盧有銘緊張起來。韋

君夏說：「你們的行李都被扔出去了，隊長不讓你們住了。」「為啥？」「你們知道不知道，你們翻的地是其他隊的地。隊長說你們吃裡扒外，氣壞了。」「原來如此，我還以為倒憶苦飯的事。」盧有銘鬆了口氣。萬啟說：「我們根本不清楚這是哪個隊的地，只是好玩，想不到惹麻煩，嗨。」

回到住地，果然每個人的行李都在了屋子外，方老師站在一邊正和一位農民說話，看到他們來了就說：「都搬五隊去吧，這是李隊長，你們幫他隊裡幹活，他說願意安排，跟他去吧。」大家背起各自的行李，跟著李隊長到了五隊，在一家農民的客堂門口停下。李隊長說：「你們就暫時住這裡吧，從打穀場那些稻草鋪在地上。」交代完，李隊長就走了。大家忙了一陣，安排妥了，就各自躺下休息。

不一會華耀旺開口說：「躺著幹嘛，我看前面有條河很寬，水也清，不如去游泳？」魏樂喜贊同，田金黃說：「我剛學會，還不會換氣。」魏樂喜說：「怕啥，我為你保駕，走吧。」三人起來取了游泳褲要走，田金黃動員萬啟：「一起走吧，剛才出了那麼多汗，不去洗洗？」萬啟說：「我太累了。」田金黃過去拉起萬啟說：「水裡洗一下就輕鬆了。」華耀旺也說：「你本來就是游泳鐵桿分子，在上海我們經常去游的，還到黃浦江游了幾次。」「黃浦江？」田金黃吃驚了。「在黃浦江新開的游泳場池。」萬啟解釋道：「自己去黃浦江可不敢，我弟弟的同學膽子夠大的，還不會游泳，就抱著個籃球去了，結果撞上江上的浮筒死了。」柯笙柳插話道：「還有些游泳老手也淹死了。」汪安寧不解了：「怎麼會的？」「他們鑽進江邊的竹筏裡了，出不來了。現在就嚴禁在黃浦

江游泳，所以開了一個游泳池。」華耀旺說：「黃浦江裡游，浮力大，但有風浪的。」萬啓知道附近的那條江，剛來時一早就跑去站在江邊念「獨立寒秋，湘江北去……」現在該去中流擊水，雖然有點累，但抵抗不住擊水的誘惑。四個人走出門，其他人也就跟了出去。

　　一行人慢慢悠悠地走到河邊，萬啓記得他作為先遣部隊來時，就是從這兒擺渡過來的，當坐在船上，河水靜靜地流著，只聽得船櫓在水中划來划去的聲音，岸邊的柳樹已經爆開了芽，在微風中優雅地擺動著，好一幅江南水鄉的春光圖。萬啓體驗到了一種怡然放鬆的心情。他望著船邊近在咫尺的江水，不由得伸手去觸摸，感覺暖暖的，這時他正想跳進江裡去。

　　華耀旺指了指不遠處的橋，說：「我們去橋墩下面換游泳褲下水吧。」他們走到橋墩下脫下衣服換好泳褲，華耀旺又對汪安寧說：「你不會游，就幫我們看好衣服。」汪安寧說：「這還要你說，下水吧，丟了我負責。」魏樂喜第一個走進水裡，倒吸了一口氣說：「還有點涼啊。」華耀旺說：「游一會兒就好了。」說著也下了水。萬啓用雙手往胸前潑了幾下水，適應一下水溫，也跟著下了水。三人慢慢走到河心處，人就往前一撲，游了起來。田金黃只是靠近岸邊的水裡游一會兒，就站起來走一會兒，來跟上三人。

　　游了一段後，華耀旺說：「到對面去看看。」於是三人開始橫渡。他們到了對岸，田金黃卻仍在原地站著。魏樂喜喊：「過來呀！」田金黃說：「河太寬，我怕一口氣過不來。」「沒關係的，淹不死的。」華耀旺說。田金黃還是拿不定主意，華耀旺等不及

了，就說：「他不過來了，我們上岸去。」華耀旺和魏樂喜開始朝
岸上爬，萬啓站在水裡，回頭看了一下，發現田金黃正向他招手。
萬啓就又游了回去，對田金黃說：「游吧，我們一起過去。」田金
黃來了勇氣，開始向對岸游去，萬啓在後面跟著。眼看要到對岸
了，田金黃突然要站起來，但水還很深，沒過了頭。田金黃等腳踩
到河底時有力一蹬，人又浮出水面，嘴裡嗆著水喊：「我不行
了。」馬上又沉了下去。萬啓急忙游過去，等他第二次露出水面，
就一把抓住了他的胳膊，用力一推，田金黃借著這個力，飄向前
去，脫離了深水區，站穩了。萬啓說：「你很聰明啊，沒有亂掙
扎，不然我也沒有本事救你，甚至不敢救。不是說不會救人的話，
被救的人就會死死抱住你，你就動不了了，結果兩人都死。」

　　等萬啓和田金黃上了岸，看見華耀旺和魏樂喜蹲在一塊地裡，
華耀旺手裡拿著一個黃瓜，一口一口吃著。田金黃埋怨道：「你們
太自顧自了，要不是萬啓還在，我恐怕淹死了。等我成了落水鬼，
我一定來纏你倆。」魏樂喜笑著說：「我當你不過來了。我們已經
等你好長一會了，不信？你問萬啓，他可以作證。萬啓是吧？」萬
啓說：「是的，只是走慢了才看到你游過來。」「好啦，沒事就
好。來吃黃瓜。」田金黃問：「哪來的黃瓜？」華耀旺起身向後一
揮手：「過去有塊黃瓜地，過去摘了就是。」

　　萬啓說：「算了，叫人看到了不好。」「那沒人，你們啊，
好，我幫你們去摘。」華耀旺顯起殷勤來。他把吃剩下的一截瓜往
河裡一扔，就走去了。「難得華耀旺這麼熱心。」田金黃說。「他
是自己還沒吃夠。」魏樂喜說。這時小路上出現了幾個農民，正朝
前面匆匆而去。不一會，傳來了大聲的叫罵聲。魏樂喜說：「嗨嗨

不好，華耀旺被抓住了。」三人同時起身，果然看到華耀旺被人擰住胳膊，走了過來。三人迎了過去，魏樂喜問：「怎麼啦？」擰住華耀旺的是一個五十來歲的，帶著一頂窄邊草帽，大聲說：「這小赤佬在偷黃瓜！」魏樂喜說：「他口渴了，隨便摘了，算不了偷。」其中一個中年人，瘦瘦的臉，聽了大聲說：「你們是一幫的吧，來救他？」魏樂喜看那人氣勢洶洶的，便緩了口氣：「我們是同學，不知道他幹了什麼，過來看看，原來是偷了地裡的黃瓜，不應該！多少錢？讓他賠就是了。」

「不行，得遊街！」其中一個年輕的說。「什麼？遊街？多大的事啊，他又不是地富反壞右。」田金黃叫了起來。「嗨嗨，在這偷瓜就是壞分子，遊街還是輕的，重的就關你幾天，你不信？」戴草帽的說。魏樂喜的臉登時漲紅了，握著拳想要衝去，萬啟一把拉住了他，在他耳邊說：「他們人多，手裡還拿著鐮刀，認了吧。」魏樂喜這才放下了拳頭，又不甘心地瞪著眼睛。「做啥？要打架？你們上海人在城裡可以欺負我們鄉下人，在這裡還是老實點。」草帽揮了揮手裡的鐮刀說。「這人肯定在上海吃過虧，所以對上海人有仇，想報復。」萬啟對魏樂喜說。「好漢不吃眼前虧，討饒吧。」田金黃對華耀旺說。「我已經把好話說盡了，他們就是不依不饒的，隨他們便罷。」華耀旺委屈地說。這時韋君夏在汪安寧的陪同下找了過來，站在了對岸。韋君夏喊道：「快回去，工宣隊通知開會。」田金黃懊惱地說：「今天碰到大頭鬼了，倒楣的事都一起來了，逃不掉了。」萬啟說：「你們先去吧，我陪著華耀旺就可以了。」

等其他人走了，萬啟對農民們說：「放了他吧，他知錯了。」

117

那個年輕的嘻嘻笑著：「行，叫我聲爺爺，就放了你。」華耀旺氣得把頭一揚，沒說話但鼻子裡重重的哼了一聲。草帽推了華耀旺一把：「還不服，那就送到你們學校領導那裡，讓他們好好訓訓。」萬啓說：「就饒了他一下吧。」華耀旺擺出了一副破罐子破摔的架勢：「隨你們的便！」萬啓又求情說：「讓他穿上衣服吧。」「不行，就要出出他的醜。」草帽蠻橫地說。萬啓不由得來了氣：「你們這也太過分了！」年輕人開始衝著萬啓來了：「你要打抱不平？」萬啓不再示弱：「我也可以找你們領導，讓他評評理。」年輕人舉起鐮刀：「叫你凶！」萬啓兩眼噴出了火，一挺身：「來呀，你敢動一下！」年輕人舉起的手鬆了下來。他們中一個老農民說話了：「好好說嘛，不用火氣這麼大。」草帽說：「不要多囉嗦了，走吧。」

當萬啓和華耀旺回到住地，客堂裡已擠滿了人，全班都集中在一起，聽工宣隊的王師傅講話：「今天出了兩個大亂子，這不是一般的小事，雖然是少數同學的行為，但影響極壞。這是無政府主義的表現，無組織無紀律，極端的自由散漫。下鄉來是參加勞動的，不是來閒逛的。」這時有人喊了起來：「看，誰來了？」大家轉過頭去，立即發出了哄堂大笑。王師傅開始以為誰在搗亂，臉色十分難看，等到他看到來的人，竟愣住了，一下子說不出話來。

站在他面前的是一個只穿著游泳褲，頭頸上掛著兩個大黃瓜，走一步就不斷晃蕩著。「這是？」他認不出這是誰了。後面跟著的草帽對王師傅說：「這是你們學校的學生，偷了我們的黃瓜，我把他帶來了，請領導處理。」王師傅對華耀旺並不熟悉，只是說了句：「快去把衣服穿上了，你攤臺都攤到底了。」又看到了萬啓，

譏諷地問道：「你也會幹這種事啊，很來事啊。」萬啓反問道：「我能幹這種事嗎？」田金黃插話道：「這和萬啓不搭界的，我可以作證。」魏樂喜也說：「我們都能證明。」

　　一直站在邊上的方慧思突然問：「你們把憶苦飯倒了，是誰帶的頭？」萬啓說：「沒有人帶頭，大家吃不下去了就倒了。」王師傅說：「你不要狡辯，沒有人帶頭，怎麼會一起倒的，你不是威信高嘛，你不帶頭誰敢那。嘿嘿，好漢做事要敢做敢當，原來你也是一隻縮頭烏龜啊。」萬啓的臉刹的紅了，又由紅變白，連腳都在顫抖，一句話也說不出來。王師傅得意了：「沒話了吧。」田金黃看不下去了，大聲說：「眞的是一起倒的，我可以向毛主席發誓。一、二、三，大家就倒了。」客堂裡發出了輕輕的笑聲。王師傅轉過身來看著田金黃：「你倒很講義氣，要硬出頭？」

　　方老師說：「這可是大是大非的問題，是階級立場的問題，也是對工宣隊的態度問題，不能馬虎過去的。華耀旺，給你一個改過的機會，說說事情的眞相。」華耀旺剛穿好衣服出來，就被方老師將了一軍。華耀旺四顧了一下，看到魏樂喜正在向他眨眼睛，忙裝起糊塗來了：「什麼眞相？」「倒憶苦飯的眞相。」王師傅重重的說。「倒憶苦飯，我沒倒，眞的我都吃了。」「那誰倒了？」「我沒看見，只管埋頭吃了。」「沒看見？」「眞的沒看見。」「那你沒聽他們說啥了？你總不能又說沒聽見吧。」華耀旺緊張了：「有人說這憶苦飯太多了。」「誰說的？」「沒聽清。」

　　方老師說：「好，好，你們還滑頭，我告訴你們，要是不說實話，對錯誤沒有正確認識和檢討，後果你們要自己負責的，我們會

把這些都寫進你們的檔案，一輩子跟著你們，想想自己的前途吧。」這話可是鋒利無比，直刺到了所有人的軟肋。客堂裡頓時一片寂靜。王師傅補充道：「現在知道事情的嚴重了吧，大家說說吧，只要說了，我保證大家沒事。」方老師又說：「如果不願現在說，過後也可找我和王師傅個別談話。今天就這樣吧，王師傅你看呢？」「好的。」「那就散會。」

正當大家要散去，門口傳來了一聲喊：「慢，我有話說！」進來的是宗立煌。韋君夏說：「哇，上級領導來了。宗副營長有何指示？」盧有銘問：「宗立煌怎麼當上副營長了？」韋君夏說：「這次下鄉的組織是班級為連，校級就是營，工宣隊的劉副隊長是營長，他喜歡宗立煌的大炮性格，就拉他當副營長了。」說到這裡韋君夏看了看周圍，壓低了聲音說：「劉隊長對王師傅很看不起，曾當著宗立煌的面罵他王瞎子。王師傅在廠裡只是個班組長，劉隊長是車間主任，隊長是副廠長，只掛個名，一切由劉隊長說了算的。」「你怎麼知道？」「宗立煌告訴我的。」「那他是方慧思的頂頭上司了？」「是啊，你看方慧思不是吃癟了。」

宗立煌大大咧咧走到前面，先是對王師傅說：「王師傅劉隊長要你馬上回上海。」王師傅睜大了眼睛：「現在？」「是的。」王師傅對方老師說：「我走了，班級交給你了。」「你去吧，班級我來負責。」宗立煌揮了揮手說，然後對方老師說：「這幾天的情況劉隊長都知道了，他要我來傳達一下他的指示。」方老師沒有了剛才的氣勢，怯怯地問：「劉隊長有什麼指示？」宗立煌不客氣地說：「劉隊長對你們的處理很不滿意。你搞的是憶苦思甜，不僅是圖形式為自己撈取政治資本，更是藉此搞報復。今天的會我在外面

也聽了，這不是用階級鬥爭的手段來整學生嗎？你說同學們的立場有問題，我看是你的立場有問題！根據工宣隊的決定，今後的班級工作暫由我負責，請同學們給予支持。」萬啓帶頭鼓起了掌，客堂內的氣氛熱鬧了起來。魏樂喜對華耀旺說：「殺出個程咬金救了你。」華耀旺並不領情地說：「這是工宣隊的恩典，他不過是個跑腿的。」「情況是他彙報的，怎麼彙報也是很重要的。」「他是在幫萬啓，不是幫我，他不落井下石我就謝天謝地了。」

第二章 廣闊天地，荒蕪青春

一

　　火車站裡已是人山人海了，萬啓和來送行的同學在月臺的最頭上站定，以避開鼎沸的人聲。班級同學多已紛紛離去，剩下的已是散兵游勇了，除了病留就是決心不走的。前來送行的有魏樂喜和柯笙柳，這兩位班中隱士。梁頭也來了，如今也成了一位隱君子，他因對分配不滿而躲了起來不再露面。萬啓曾在宗立煌的帶陪下去他家拜訪過，臨走時也去告別，還在校門口兩人悄悄地合了影。他們的到來多少有點令萬啓意外，但也感到些許慰藉。

　　魏樂喜對萬啓說：「我記得你是班上，或許還是全校第一個表態擁護上山下鄉號召的，怎麼落到最後一個走？」「是啊，在主席發出指示的那天晚上，你們貼出了大字報，我看到過的。」梁頭回憶道。「那是騙騙人的吧？」柯笙柳笑笑說。「那倒也不是騙人，我想那是一時的情緒激動，是理想主義的反映，我們都是那樣的，一碰到實際問題就不一樣了。或許這是年輕人的通病。是吧？萬啓？」梁頭感慨地說。「我可從來沒有這種衝動，我一聽這消息就害怕，這不是像充軍嗎？」柯笙柳冷冷地說。

　　萬啓沒有說話，只是默默地陷入了回憶。這就是理想和現實的衝突在個人身上的反應。從「腳踩汙泥，胸懷全球」的董加耕，到鐵姑娘隊的邢燕子，鋪天蓋地的事蹟宣揚，曾打動了許多的熱血青年。而對萬啓感染最多的還數黃宗英的報告文學《特別姑娘》中的侯雋，還把文章中形容她面臨困難時的抒情段落抄下來反覆朗讀，激發出豪情來。在上山下鄉的熱潮中，用敲鑼打鼓送通知的形式，

以及用萬人夾道歡送的形式，也使旁觀者多少會動容的。每當萬啓看到這種景象，真的會熱血沸騰起來。對下鄉的真實情況卻是完全的無知，所以完全受外界的影響。能使人激動的，同樣也有使人顧忌的。在聽到周圍人另類的議論後，除非少數特殊信念和意志的人，再熱的血也會冷下來，甚至凍起來。這樣空中的熱流和地上的冷潮之間的對撞，會折騰起不少的人，萬啓就是其中之一。

從聽到最高指示的第一時間，萬啓串聯了自己組織裡的人，在自己草擬的大字報上簽名。那些勉為其難的簽名者，多少是為了應景而已。直到要付諸行動時就不一樣了。在徵兵動員會上，萬啓毫不猶豫第一個走到講臺，在報名參軍的同時又在上山下鄉的決心書上簽了名，這是必須的搭配。當兵在當時是最好的選擇，不僅可以躲開去農村，更是一種榮耀，也為今後的前途埋下伏筆。看著萬啓這種瀟灑，有人提醒：「不要風光一時，吃苦一輩子。」

正式的分配開始，真實的考驗就來了。有六個地方可選擇：江西、雲南、貴州、吉林、黑龍江和內蒙。發下表格，讓大家填，其中還有一欄可以提自己的要求。萬啓和同伴商議了一下，一起填了要求分在一起，地點是黑龍江軍墾。然後輕輕鬆鬆交了上去。一個星期後，方慧思走進教室，一句話也不說就在黑板上寫出了分配方案。萬啓和田金黃被分到了內蒙，而盧有銘則要去黑龍江插隊而不是軍墾。教室裡是一片寂靜，大家神情緊張地搜尋著自己的去處。突然一陣聲響，引起大家的目光，是盧有銘用腳猛推了一下桌子，萬啓則始終保持著沉默。散會了，除了一些同學圍住老師外，大家紛紛離開教室。萬啓和盧有銘和往常一樣並排著走回家，但誰也沒有說話。後面無聲無息地跟著一些同學，一直走進萬啓的家。萬啓

的母親看到這陣勢吃了一驚，忙問道：「出啥事了？」萬啓沒有回答，有同學回答道：「萬啓被分到內蒙了。」「爲啥要分到內蒙呀？」萬啓的母親呆立著問。「那還用說，分明是方慧思在作梗。」有宗立煌大聲說。「他毛病還沒有好呢。」萬啓母親帶著哭腔說。「但方慧思說萬啓通過了徵兵體檢。」另一同學說。大家於是沉默了。最後萬啓開了腔：「再說了，大不了內蒙就內蒙，總不會吃人吧？」在這六個地方中，內蒙是令人生畏的地方，而江西則是最受歡迎的去處，主要是離上海近。

第二天，萬啓去田金黃家，卻見他弟弟正在用草繩捆箱子。萬啓問：「這是你的行李，你也要下鄉？」「不，是我哥的。」「這麼快就要走？去內蒙？」田金黃弟弟站起身來，一邊理著剩下的繩子，一邊說：「去雲南。」「雲南？」「昨天我哥與方老師談妥了，改了，通知都拿到了。」萬啓突然感到一陣驚懼，原想與他一起下個決心搭伴去內蒙的，現在卻成了孤家寡人了。「雲南好，雲南比內蒙好多了。」萬啓喃喃地說，轉身就離開。「我哥去遷戶口了，馬上會回來的。」「我還有事。」「你也去和老師談談，說不定也會換個地方的，內蒙太可怕了，不能去的。」田金黃弟弟在後面說。

「來抽根香菸吧，時間還早。」魏樂旺打斷了萬啓的回憶。萬啓搖了搖手。「我敢斷定，你到了那裡肯定要抽的。」萬啓笑笑沒有回答，但在心裡說：「絕不會的。」浸潤在紅色書本和報刊宣傳中的萬啓，對於現實世界實在無知，柯笙柳曾說起社會上小流氓打群架的事，他是斷然不信的。至於柯笙柳，也曾被鎖定在課桌上刻「中華民國萬歲」的對象。這事還是由萬啓發現的，就在萬啓坐的

桌子上。他偶然看到桌面上有一行字，就一字一字看下去，他原本以為是中華人民共和國，但突然發現少了人民兩字。他驚出了一身汗，立即報告了正在上課的周老師，一場風波由此興起。但萬啓卻十分不安，神情憂滯是怕被懷疑到自己。他被方老師帶到一間辦公室，桌子後面已坐著兩個中年男性，萬啓則坐在對面的椅子上，前面也有一張小方桌，就像是審訊。萬啓被要求敘述了經過，然後又被要求寫下來。萬啓寫完交上去的時候，對面的一個人露出了笑容說：「寫的真快呀。」隨著文革的開展，這事就不了了之了。後來宗立煌曾對萬啓說，公安局從筆跡上斷定是柯笙柳所為。他還帶萬啓去看了被保留的桌子。在下鄉勞動時，在一次休息時，大家又談起了這件事，柯笙柳也湊了過來問：「你們在說啥？」萬啓冷不丁地朝著柯笙柳大聲說：「是你幹的！」萬啓本是無意之舉，因為近來與柯笙柳關係不錯，所以也常和他開開玩笑。沒想到柯笙柳聞聲臉色大變。萬啓自知失言，就把話題岔開了。但柯笙柳的變臉，給萬啓印象很深。

「後來怎麼要去吉林了？」魏樂喜吐了一口菸問道。田金黃走時把他住的小房間的鑰匙給了我，要我躲起來，他說只要不接通知就沒事。這樣白天我就到他的小房間待著，晚上回家。」「他那個小房間很小的，只能放一張床，還沒有窗，待在那多難受。」「還好，付杭生每天來下棋。」「呵呵，你的人緣夠好的了。」梁頭說。「方慧思也很鬼，她突然在晚上趕來了，那時我剛回到家，被她撞上了。付杭生就說別理她，又怎樣。事已至此，我也只能懶到底了。最後還是工宣隊出面跟我說，快走吧，過去的事情都是出在方慧思身上，我們給你寫個好鑑定。」「是王瞎子？」「王瞎子被

調走了，是新來的曹師傅。方慧思因爲挑撥工宣隊之間的矛盾，被開會批評了。」「聽說吉林是吃大米的。」「現在不管吃什麼，只能去了。」

這時萬啓的弟弟一路小跑地過來說：「快到點了，上車吧。」於是萬啓和送行者一一告別，然後隨著弟弟來到自己的車廂前。父親已等在那裡，萬啓接過父親遞給他的包，就登上了這趟知青專列。車廂裡早已坐滿了人，但都擠在了窗口，與車窗外的親友話別。萬啓把包打開檢查了一下，發現了一副太陽眼鏡心裡不覺一動。就在幾天前，萬啓提出要買一副太陽眼鏡，是付杭生說起東北冬天白雪覆蓋，容易引起雪盲症，所以要戴太陽眼鏡。父親立即說沒有必要，萬啓仍堅持要，父親竟生了氣說：「你也要的太多了。」但在來車站的路上，父親還是悄悄地買了太陽眼鏡放進了包裡。

突然汽笛鳴響，哇的一聲，車站瞬間爆發出雷鳴般的哭號，車廂外的人使勁往車廂前擠，車廂內的則拚命擠到車窗口。就在萬啓前面，一位胖胖的姑娘竟哭癱在地，窗口的男生則拚命探出身子，伸開手臂想要去拉，但列車已緩緩啓動，他的手臂離姑娘越來越遠了。無奈中，他一邊用力拍打著車窗，一邊哭喊著：「姐，姐。」萬啓就在空蕩的走道上走來走去，偶爾從窗前促動的人頭上瞟一眼窗外，他看到父親和弟弟木然地站在人群後面，雙眼尋找著萬啓的身影。他努力控制住自己的情感，不敢再去看父親和弟弟，怕一旦目光相接就會控制不住。這樣萬啓成了這節車廂唯一在車廂過道上離開車站，也是唯一沒有哭的人。

　　列車駛出了車站一路飛奔，哭聲漸漸停息，許多人哭累了趴在小桌上昏昏入睡。天也漸漸暗下來，窗外完全被夜幕籠罩，此刻車廂內非常寂靜，萬啓和所有人一樣進入了各自的夢鄉。不知什麼時候，車身一晃，把萬啓驚醒。列車停靠一個月臺後又慢慢開動。萬啓直了直身子，環顧一下車廂，驚恐地發現車廂內有了不少女生，有的橫躺在男生的腿上，有的相互偎倚著，還有的抽著菸和男生在一起打牌，車廂裡煙霧彌漫。來時是把男女生分開的，一個車廂為一個連，萬啓還被區裡下鄉辦指定為連長。但只是虛銜，除了本校的以外，萬啓誰也不認識，同樣別人也不認識他，實際上也沒有什麼事可做。但出現這種情況，也使一直處於學校和家兩點一線的萬啓始料未及的。他不能干涉也無法干涉，不然反會惹禍上身的。這時他才相信柯笙柳所說非虛。

　　經過三天三夜的奔駛，列車終於到達海蘭車站。月臺上有一群臉色黑瘦布滿皺紋，上了年紀的朝鮮族婦女，身著她們民族的白色粗布裙，光著腳穿著橡膠製的船鞋，翩翩起舞。這幅景象使萬啓大倒胃口。當地的領導解釋道，因為農忙輕壯年都下地了，無法來歡迎。但高音喇叭裡播出的歌曲《延邊人民熱愛毛主席》卻高亢又不乏優美，還有一種異域風情，頗能扣人心弦。列車停了好長一段時間沒有動靜，正當大家等得不耐煩時，前面一陣騷動，有幾個上海知青上了車，背著的包裡露出了斧子和刀把，一直嚷嚷著匆匆而過。「要打群架了。」有人驚呼，車廂裡的人都戰戰兢兢起來。不過只是虛驚一場，結果什麼也沒有發生。

　　在經過一番等待後，車廂裡的人流開始流動起來，大家提著自己的隨身行李依次下了車。車站廣場上已有一排排的軍車停著，車

頭插著牌子，寫著去的目的地。萬啟找到了明光公社的牌子，一位年輕的戴著一頂軍帽的男子迎了過來：「你是到明光去的嗎？」「是的。」「上車吧。」萬啟爬上了車，車上已有幾個人站在了車頭邊。隨後又有人過來上車。最後年輕男子在車上點了點人數，就對站在一邊的解放軍司機說：「到齊了，開車吧。」司機答應了一聲，就打開車門一躍而上。不一會車就發出了轟鳴聲，慢慢開出了車站。軍車越過幾條城市街道後，進入了鄉村的泥路，顛簸著前進。眼前展現出一塊塊平整但狹長的水田來，有的已插完秧，青翠的秧苗在微風中擺盪。還有的正在插，一群群男男女女正彎著腰忙活著，其中也有先來的知青。看到一輛輛的軍車開過，有幾個知青挺起身來對自己的老鄉揮著草帽致意，也有人在高喊：「你們是要到山溝裡去的，很苦的。」聞聲，車上的一位女生竟然哭了起來。還好，並沒有擴散開來。

車繼續前行，過了這片水田，果然進入了山區，道變得崎嶇，車也顛得更厲害了，車廂裡又有了哭泣聲。半個多小時後，眼前豁然開朗起來，在兩邊青山的中間出現了較大的平地，不遠處還有一排排的紅磚房，在夕陽的餘暉中十分醒目，引起知青的一陳歡呼。來領知青的是黃芪溝大隊的革委會委員，他指著另一邊一棟獨立但更高大的房子說：「這是咱們的俱樂部。」車廂裡又引發出了一陣讚歎。車繼續前行，紅磚房很快就隱沒在淡淡的夜色中，最後車停在了一處空曠地上，四周是黑幽幽的山林，不遠處能依稀看到一些歪歪斜斜的茅屋，還能聽到幾聲狗叫。「到了，都下來吧。」大隊委員喊道。「是這裡？」有人詫異地問。沒人回答，剛才哭的女生又抽泣起來，其餘的人木然地四顧著。軍車開走了，有三輛牛車相

隔一段距離停在前面。有一個看上去頭有點大，臉圓圓的知青，好奇地走過去，坐上了牛車前頭的架子上。那頭牛慢慢的走了起來，那人立刻跳了下來，惹得有些人笑了，這使氣氛有所改善。「去三隊的過來」「五隊的，在這裡。」「四隊的跟我來。」站在一邊的老鄉開始吆喝起來，於是人群散開，拖著沉重的腳步，向著各自的牛車集中。

三隊的牛車裝著三隊插隊知青的行李，趟過一條淺淺的但不算窄的溪水，然後在布滿石塊的小路向上爬。左面是喧囂的溪流和叢生的灌木，右邊是山坡，不見有村落的存在。車輪在石塊上壓過去，發出嘎嘎的響聲，以及牛蹄踩著石塊的有節奏的嗑嗑聲，在寂靜中迴響。知青們無言地跟在了後面。漫長的旅途已使他們疲憊不堪，所以也變得麻木了，一副聽天由命的狀態。十多分鐘後，右邊的山坡往後退了數十米，出現了一塊一壟壟狹長的農田。前面已有稀稀拉拉的燈光在閃爍，在已升起的月光中看到了類似前面看到的住房。總算到了，可以歇息了，也可以暖暖被初春的寒風吹僵了的臉和雙手，這時的知青們已不在乎前面是磚房還是土房，也不再惦記什麼俱樂部了。這插隊的第一夜，就臨時在老鄉騰出的空房炕上睡了，伴隨他們的是漆黑的夜和嘩嘩響個不停的溪流聲。

二

第二天一早起來，萬啓興致勃勃地奔向後山，想去爬山，跟著有兩個，一個叫何仲民，六七屆初中，細高個，牙有點暴，說話帶

點沙。還一個叫方國粹，個子稍矮，一張帶著稚氣的圓臉，說話很快也很多，會問起一些令人發笑的問題。就在來時的軍車上，他就問過：「兔子下不下蛋。」從未見過山的他們，對山有著極大的興趣，爬山就成了他們的頭一件事。周圍的山並不高陡，也不見巨石，實際上只是一個放大的土包，但長滿了樹木。他們撲向山腳使勁往上爬，雙腳立即陷入了厚厚的落葉裡，挪動很是困難。好不容易爬了幾步，一不留神就又滑了下來，整個人幾乎被樹葉埋上。於是大家就嘻嘻哈哈一陣後再出發，幾經折騰終於登上山頂。扶著樹幹往下看，整個村落盡收眼底。

這是一個極小的村落，這裡的人習慣叫部落，一共才十三戶人家，年輕人不超過六個。而上海知青組成的集體戶，總共有十一人六男五女，堪稱大部隊進村了。其中有三個高中生，兩個是六八屆，還有一個是六七屆，名叫尹秀蘭，身材特別嬌小，一張稍長略黃的錐子臉，帶著些許雀斑。說話輕聲細語，更為誇張的是走起路來一蹲一扭的，像走秧歌步。她是集體戶年齡最大的。其餘的都是初中生，大部分是德立中學的。作為帶隊的萬啟，也就成了集體戶戶長。

爬了一處，興趣未了，他們又再爬了鄰近的又一座，直到看見家家冒起了炊煙，這才走回住處去。還未到家，看見門前聚了不少人，有集體戶的知青，還有隊裡的政治隊長和老李。政治隊長姓金，有著朝族人典型的大餅臉，卻有著大大的眼睛。他是隊裡唯一的黨員，不苟言笑顯得很嚴肅，給人一種不好說話的感覺。老李中等個子，在朝族人裡算是高的了，很瘦也很黑，是個有病的人。據說他過去當過兵，還做過排長，所以漢語講的非常流利，被指定為

集體戶的貧下中農戶長。還未到門口老李就用沙啞的聲音問萬啓：「你們去哪啦？家裡出事啦。」萬啓這才看清門前有一堆行李。沒等萬啓開口，方國粹嚷了起來：「怎把我的行李扔在外面了，誰幹的？」「你爺爺幹的，怎樣！」隨著話音走出一個人來，兩手叉腰，滿臉怒氣。萬啓一看就是那天坐牛車，使人發笑的那位，名叫谷健強。當時看上去很憨厚，團團臉，肉嘟嘟的，似乎還有點靦腆，今天卻換了一副神態。方國粹頓時洩了氣，躲到一邊不吭聲了。何仲民看到自己的行李也在門口，本要說話，這時也就閉了嘴。

老李走近萬啓輕輕地說：「你是戶長，你好好說說吧。」萬啓見此陣勢，也心裡發毛，不知如何是好。他機械地反問老李：「怎麼回事？」「他們把自己的行李占了大半個房間，別人的怎麼放？」谷健強聽到了萬啓的發問，大聲說道，「讓他倆滾他媽的蛋！」金隊長和老李在後面蹲著嘀咕了好一陣後，老李走了過來對何仲民和方國粹說：「你倆就住到我那裡吧。現在就搬。」金隊長叫來了隊裡姓池的民兵排長來幫忙。行李不多，很快就辦妥了。當池排長走過萬啓面前時，斜眼瞟了他一眼，鼻子裡還哼了一聲。老李說：「他不滿意你管不了谷健強。以前在學校時他也這樣橫？」「他不是我們學校的，以前也不認識他，過去我們同學之間有問題都還是講點道理的。」這時方國粹走過來說：「他是劉家橋的黑老鷹，他和小獅子子和牛目王三個是結把兄弟，在那一帶是很出名的，手下還有一幫子人，沒人敢惹他們。現在都跑吉林來了。」「你咋知道這麼清楚？」老李問。方國粹沒有回答只是嘿嘿了兩聲。

　　一波剛平，一波又起。吃飯時尹秀蘭拿著個本子，挨個問：「你吃幾兩？」她是自告奮勇擔任集體戶的管家。然後稱好飯端給每人。當端到谷健強面前時，被他一揮手打翻在地，還惡狠狠地說：「分個屁，大家敞開了吃，不夠問隊裡要，還怕餓死！」「對，我們共產共。」有人附和，但沒有說下去。說話的叫熊明明，就是那個哭得倒地姑娘的弟弟，他高高胖胖的臉顯得有點浮腫，在谷健強面前畢恭畢敬的，但在其他人面前卻又神氣活現的，而且時時標榜自己和谷健強的密切關係。「你狐假虎威。」尹秀蘭衝著熊明明脫口而出後，馬上又嚇得躲進自己的房間。「走，跟我出去玩，在這裡要悶死的。」谷健強說完背起馬桶包揚長而去，熊明明急急地跟在後面。「走了？」尹秀蘭伸出頭來四面看了看問。「走了。」另一個叫施素芳的女生說，大家都鬆了口氣。萬啓就問：「還要不要分？」施素芳一邊打掃著，一邊說：「那就算了，弄不好他們回來還會鬧的。」施素芳中等個子，略胖，戴著一副厚厚鏡片的眼鏡，膚色比別的女生要白些。

　　「分，為啥不分，我想他倆不會回來的，在這裡他們是待不住的。」也是戴眼鏡的朱莉從自己房間出來堅持道。她瘦高個，背有點駝，有鼻炎所以常常鼻塞，說話就不清不楚。尹秀蘭坐在門框上說：「聽戶長的。」「還是聽大家的，我去把何仲民和方國粹叫來一起商量。」萬啓說著就去叫人。經過這場風波，何仲民和方國粹都溫順多了，沒有發表多少意見，都說了：「隨便。」討論的結果，還是每人的糧食定量各自分開算，這對胃口小的女生自然有利，還決定每人輪流做半個月的飯。但柴這麼辦，尹秀蘭提出了這個問題。「既然輪流做飯，柴也應該輪流砍。」何仲民說。「我們

女生沒力氣呀。」「吃的和我們一樣多，做事卻比我們少，這公平嗎？」這時老李進來了：「吵吵什麼呢？」「在說柴禾。」萬啓回答。老李看了看堆在門口的少許劈柴，這還是隊裡臨時動員老鄉送來的，這些最多還能維持個幾天。「我去和金隊長商量一下。」一袋菸的功夫，老李就回來了，沒進屋就坐在門檻上說：「打柴要等冬天，眼前嘛，金隊長說啦，去年隊裡留下的樹幹樹枝，打算作打穀場籬笆用的，你們先拿去用吧，救救急，等到了冬天，你們就要到山上自己打，隊裡不管了。」「我去看看，能不能拖回來。」說著萬啓就直奔打穀場。

打穀場就在村東頭，緊挨著小路。現在是春天，打穀場很安靜，但有一個人在踢球，是隊裡的民兵排長，見萬啓走來高喊起來：「老萬，來玩會。」萬啓走進打穀場一個球就飛了過來，萬啓後退了幾步等球落地，一腳踢了過去說：「別叫我老萬，我還不老。」「我們這嘎達都稱老，有職務的一定要叫職務的，不然會不高興的。你不讓叫老萬，那我就叫你萬戶長。哈哈哈。」「別、別，多難聽，你這麼叫，我可不會理會的。」「那叫啥？」「叫名字，萬啓不得了。」「好好，萬啓。」踢了幾個來回，萬啓看到路上有一輛牛車經過，趕車的是一位比池排長大一些的年輕人，不斷喊著；「咳、咳」，還遠遠的對萬啓揮了揮手。池排長走過來湊近了說：「這是老金，反革命分子。」「啥？他是反革命？」萬啓吃了一驚。「是的。」「為啥？」

池排長撿起了球，把球墊在屁股下，捲著菸講起了故事：「他原是大隊出納，因為生病要大隊拿錢買藥，大隊主任沒同意，他一氣之下就拿了大隊搞副業掙的錢去買了藥。」「他生的什麼病？」

「肝硬化。」池排長指了指自己的腹部說。「喝酒太多了吧。」
「誰知道。喝酒大家都一樣喝的。」「後來呢？」大隊主任知道
了，就說他是貪汙，他不承認說是借的，有借條。」「真有借
條？」「借條倒是有的，但這樣行嗎？」「他的膽子也夠大的。」
「他說，反正都是死，怕個雞巴毛。」說到這，池排長不願多說
了，把球放到腳上，上下踢著：「還玩不玩？」萬啓沒回答，他在
回憶剛來那時，老金是第一個來集體戶串門的。他中等身材，也是
瘦瘦的，但沒有朝族式的圓盤臉，倒像漢族的長臉，卻稜角分明。
那天他大談高舉毛澤東思想大旗，如何學大寨之類，一副左派腔
調，雖然都是些陳腔濫調，但也使萬啓驚奇，在這十三戶的迷你村
落裡也有這樣誇誇其談的人。見池排長不再說下去，萬啓就回集體
戶了。

　　老李還在集體戶，正在教朝語。他說：「趙思密達，是你好的
意思。」何仲民和方國粹，還有跟谷健強出去又獨自回來的熊明
明，就跟著念。熊明明突然笑了起來，「你好，就是找死你呀，這
不是在罵人嗎？」老李拿起笤帚打了熊明明一下後繼續教：「吃飯
是，把皮莫格。」熊明明又笑：「扒皮摸狗，哈哈，所以你們喜歡
吃狗肉。」其他人跟著笑，老李不悅了說：「沒得個正經，不教你
們了。」方國粹忙問：「前天在路上碰到幾個鮮族姑娘對我叫『奧
吧』，這不是罵人吧？」「這是好話，叫你哥哥呢。」「他們看中
你了。你撞桃花運了。」熊明明繼續打岔。

　　萬啓上了炕後問老李：「老金是反革命？」「你聽誰說的？」
「池排長。」「是由病引起的唄。」這我知道，池排長說了，但這
僅僅是貪汙問題呀。「老李攤開菸包，取出菸紙放上一些菸葉，捲

成喇叭狀，然後咬住細的一頭，用打火機打著抽了起來。方國粹伸手要拿菸包，老李說：「這辣。」「沒關係，我能抽。」方國粹不在乎地說。老李就把菸包給了他，方國粹學著老李的樣捲了起來。「後來他罵了董主任，拿了把斧子要砍，董主任就躲進辦公室打電話。很快來人把老金押走了。他媳婦知道了，就連夜趕到公社去，公社的楊主任人不錯，讓人把老金放了。放是放了但給戴上了反革命的帽子。」

「就這事？」「有人揭發老金有反動言論，把早請示晚彙報說成是念經，還說忠字舞像跳大神。」「啥叫跳大神？」熊明明問。「迷信，就是像巫婆一樣的，一邊跳一邊唱說是能驅鬼治病，是吧老李？」萬啓解釋道。老李點點頭說：「現在早沒了。」老李把菸蒂扔了繼續說，「還有就是他偷偷上山挖黃芪，這裡不是叫黃芪溝嗎？有的是黃芪，但不讓挖，說是搞資本主義。反動言論我不信，但挖黃芪我也挖過。」「反正是要整你，總有一套說法的。」熊明明說。「我看啊，主席的方針到下面就亂來了。不是有一種說法，經是好經，但被念歪了。以糧為綱是從全國出發的，不是還有因地制宜嗎，這裡能種多少糧？不如搞點副業，不是說靠山吃山，這裡那麼多藥材不開發，真是白瞎了。那天我還看了修的防空洞，有必要嗎？真打仗了，敵人會來這裡？就是來了，飛機能飛過來？飛過來又能炸什麼呢。」萬啓議論了一番。「都是木頭腦袋，瞎雞巴整。」熊明明跟著哄。

「老金老婆挺漂亮咯。」方國粹突然說。「哈哈，你動心了？」熊明明笑嘻嘻地說。「你才動心呢，老是往老金家跑。」方國粹反擊道。「你們小兔崽子懂個屁啊。不過董主任倒是……不說

了，不說了。」「實際上啊，我聽老康說的，老金所以要拿斧子砍，是因為董主任要搞他老婆。」「別亂說，要惹事的，柴的問題解決了，我走了。」老李起身下炕。「應該為老金平反的。」萬啓說。「誰敢呀？」老李看著萬啓又說：「你們倒可以為他說說話的。老金人挺好的，平時也喜歡幫幫人的，現在沒有人幫他了。挺可憐的，還有兩個孩子。」

三

　　當知青還在夢鄉裡遊蕩，外面傳來了池隊長的吆喝聲，因為是朝語大家不明白。熊明明翻了個身問：「喊什麼？」萬啓坐了起來聽了聽，又看了看窗外照進的陽光說：「估計是要出工了。」熊明明嘟囔道：「還早呢。」又睡過去了。萬啓起來穿好衣服走出屋子，正好碰上池隊長，看到萬啓就揮著手嘰哩咕嚕了一通。

　　池隊長是生產隊長，池排長的爸，朝族中不多的細高個，長臉上布滿臉皺紋，說話時像咬牙切齒，露出一排挺白的牙來。他幾乎不懂漢語，知青剛來時，他來看望，正好大家在吃飯，他講了一通話，能聽懂的就是一句：撲撲地吃，因為他還做了一個用手抓東西往嘴裡送的肢體語言，所以明白了他的意思。他也像金隊長一樣缺乏笑容。不過老李說，池隊長厲害，說一不二還會罵人，你看他說話像機關槍，容不得別人回嘴，隊裡人大多怕他。而金隊長是臉冷心還是溫的，只要你堅持他還是能商量的。平時少言寡語，只有在開會時傳達什麼文件或上級指示時，聽到他滔滔不絕響亮的聲音。

　　不用翻譯，萬啓也知道池隊長是要集體戶出工。老李及時過來，再把池隊長的話翻譯給萬啓：「池隊長說，今天隊裡都去北山鑴地，集體戶也去。」「知道了，但⋯⋯」萬啓攤開手做了個無奈的表示。「走去把他們叫起來。」老李徑直走進集體戶，喊道：「起來，起來，出工了。」沒人理。老李跳上炕，一個個地扒開被子，「太陽晒屁股了還睡！」

　　等到集體戶的男生整裝出發時，天已近晌午了。每個人扛著一把不到三尺的鋤頭，鋤頭上掛著飯盒，晃晃悠悠地走去。剛到山腳下，熊明明說：「累了，休息會吧。」就把鋤頭在地上一擱，坐在了鋤把上，方國粹和何仲民也都跟著坐了下來。萬啓則是坐也不是走也不是，只得站著不時地看著日頭。

　　「你站著不累？不用著急嘛，最多不給工分。」熊明明說。「這不是工分不公分的，太晚了影響不好。」「嘿嘿，影響好了又能咋地？」熊明明不陰不陽地說，「奧，奧，我忘了，你是戶長，影響好了以後可以弄個一官半職的。」萬啓只得坐了下來，心裡焦急著。「走吧，實在不早了，要不乾脆回去得了。」萬啓起身就開始往山上走去了，何仲民拉了一把方國粹跟了上來。熊明明看只剩自己了，也起身了。走到半山腰，大家都已氣喘吁吁了。熊明明又一屁股坐了下來：「這爬山真夠嗆，幹活還可以偷懶，但山總要爬上去懶不掉的。」

　　也確實累了，大家坐了下來。方國粹說：「肚子瘸了，早上吃的都消耗了。」「哎，還是加點料吧，不然沒力氣爬上去的。」熊明明說著打開飯盒吃了起來。其他人也不不約而同吃開了。方國粹

說:「這高粱米吃多了胃疼,吃少了不耐饑。」

等他們一行趕到地頭,老鄉和女生正在休息。老李過來說:「都快晌午了你們才到,下次可不能這樣了。池隊長都生氣了。」說完學著池隊長生氣的樣子,把萬啓他們逗笑了。這時池隊長站了起來,開始鏟了起來,其他人也紛紛依次行動。老李指了指最上面的幾壟說:「快的在下面。」說完自己一路鏟了起來。如果慢的在下面,上面剷除的草和泥土都會掉到下面的壟裡,增加下面的負擔。萬啓問:「誰在下面?」「當然是你了,不用謙虛的。我在最上面。」熊明明說。方國粹說:「還是我在上面吧。」「去去。」熊明明不由分說一把把方國粹推到下面。這樣自上而下的次序是:熊明明、方國粹、何仲明和萬啓。等他們排定次序,老鄉們已鏟過了一大段。

這裡鏟地和南方的鋤草是一個意思,但無論是鋤頭還是除法卻大相徑庭。南方都是鋤頭較大,更有長長的柄,所以都是站著慢悠悠的,可以相互之間閒聊。這裡鋤頭小,柄更短,鋤時必須100度彎腰,手要接觸地面為的是要撿石塊。這裡都是坡地,有許多的小石塊。標準動作是雙手緊握鋤把,在田壟的左右和中間用力鏟,草就和土就一起掉到田溝裡了。鏟地的速度很快,往往是一路小跑。每一壟就是一條跑道,每個人都像運動員一樣,努力往前趕,工分就以快慢定高下。一般的山坡地並不長,到頭了就可以站起來挺挺腰,再重新開始,今天這塊地的長度足足有兩百米,老鄉都是一口氣到頭,知青就要在中途幾次站立休息。所以後來一聽說要鏟這塊地,大家都要發慌。不過憑著好體力和靈活的動作,萬啓不久就成了一等勞力。但在評工分時,萬啓被評為二等,萬啓不服,就指出

被評為一等的婦女隊長，在鏟地時主動讓出下面的位子給萬啓。這就成了有力證據，使萬啓得到了一等工分。不過在這個隊裡憑工分是分不到錢的。據說還有負的工分，要倒貼。

等萬啓他們一壟到頭，老鄉已經又到了那頭，最後竟倒追上了他們。池隊長又在嘰哩呱啦地說開了，老李喊：「快幹，不要磨磨蹭蹭了。」萬啓一急就使上了勁，左右揮舞著鋤頭一路緊跟在老鄉後面，幾乎同時到達終點。一個長得和池排長很像，但要清秀得多年輕人朝萬啓笑笑，還豎起了大拇指。萬啓問老李：「這是誰？」老李說：「池隊長的大兒子。」「我看著他倆很像。」這時池隊長宣布休息吃飯，老鄉們鋪開塑膠布席地而坐，打開飯盒吃飯。萬啓湊近瞅了瞅，非常簡單，碎玉米，這裡叫苞米楂子，煮成的飯，外加一坨大醬，幾瓣大蒜。

萬啓他們早已吃完，於是就找地方睡午覺。熊明明拉著萬啓走進樹林深處，在一塊較為平坦的草地上，鋪開塑膠布躺下了。塑膠布的主要作用是防螞蟻的，又用草帽遮陽擋蒼蠅。這蒼蠅非常討厭，輪番地盯臉和手，癢癢的。熊明明很快就打起了呼，萬啓卻難以入睡，心事重重，感到身不由己的沮喪。過了一個時辰，遠處想起了池隊長的號令，萬啓推了推熊明明，熊明明抬了抬頭又躺下了。「起來吧。」這時又聽到了老李的喊聲：「萬啓、萬啓幹活了。」萬啓要起身，被熊明明一把拉住：「別理他。」老李的喊聲越來越近：「你們在哪，該幹活了，出來吧。」萬啓坐立不安地說：「老李過來了。」「他找不到的。」喊了一會，老李嘀咕著：「小兔崽子，躲起來。」轉身返回去了。

　　又過了半小時左右，萬啟實在忍不住，站起來說：「你睡吧，我去了。」「等會，一起走。」熊明明趕忙起來收起塑膠布，跟在萬啟後面走出樹林。當他們來到田頭，老鄉們已幹過一起正在休息，何仲民、方國粹和池排長的哥哥坐在一起。萬啟和熊明明走了過去，池排長的哥哥對萬啟「歐歐」地叫了幾聲，然後用手比劃著。何仲明解釋道：「他是啞巴。」「啞巴？」萬啟吃了一驚，太可惜了。這時，方國粹向啞巴伸了伸手，做了一個抽菸的動作。啞巴很痛快地掏出菸包給了方國粹。但菸包已經空了，啞巴在旁邊偷偷笑。方國粹舉起菸包要扔回去，啞巴卻指了指不遠的老崔頭，又做了一個捲菸的手勢。方國粹也指了指老崔頭，啞巴點了點頭。方國粹來到老崔頭面前，做了個抽菸的手勢。老崔頭，五十來歲，精瘦精瘦的，臉有點像松鼠，獨自一人在那抽菸。他盯著方國粹看了好長一會，才慢慢的把菸包遞給方國粹。啞巴在後面又哇拉哇啦開了，做著手勢。方國粹明白了啞巴的意思，就從崔老頭的菸包裡掏出一大把菸葉，塞進啞巴的菸包，很快走回來，只聽見崔老頭在後面直嘀咕。

　　老李過來責備道：「朝族習慣年紀小的不能在年長者面前抽菸喝酒的，吃飯也不能在一個桌上，即使在一個桌上，喝酒時都要轉過頭去，用手遮住。你這樣是很不禮貌的。」方國粹忙辯解：「我不知道呀，都是啞巴使壞。」「你們的習慣太多，聽說女人在家也不能和男人同桌吃飯，只能在炕上和小孩一起吃。還有什麼規矩？」萬啟問。「多著呢。女子對男子，不能直接在男子面前走過，要從背後走。拿東西要用雙手送過去。」「原來是這樣，上次我們幾個為在一起聊天把道擋了，阿志媽妮走過來站在我們後面不

142

動，後來就貼著牆壁從背後過去。那時覺得很奇怪。」何仲民回憶道。

　　隊裡的另一個青年男子也湊了過來：「你們好熱鬧，說什麼呢？」來者叫車雷，比遲家兄弟要高但瘦弱，身材有點彎像豆芽。最特別的是他的聲音，細細的像女孩，開始時大家真誤以為是女的。方國粹看了看他，突然來了情緒，向車雷招招手道：「來，過來，我教你上海話。」車雷欣然地走到放國粹面前。「你聽著，我要吃汙裡豆。跟我說。」「啥意思？」車雷有點警惕問。「就是五香豆，上海城隍廟有名的特產，很好吃的，她們女生帶著不少，你學會了可以向她們要。」「那好，你再說一遍。」「我要吃汙、裡、頭」「我要吃窩、臥、列、的。」車雷一字一句地學，方國粹不斷糾正他的發音，最後用朝語說：「召塔（好的意思）。」車雷一顛一顛地去了女生那裡，對著她們說：「我要吃汙裡頭。」「你說什麼？」尹秀蘭問。男生那邊以爆發出一陣大笑。這也是一種報復，因為前幾天池排長教方國粹朝語是：「找幾莫格。」他說是吃饅頭，方國粹就去問車雷，車雷笑了一會，告訴他說：「他在罵你，叫你吃狗雞巴。『莫格』是吃『找幾』是狗雞巴。」方國粹這次一雪前恥，但找錯了對象。

四

　　熊明明和方國粹開始每天仰著臉晒太陽，幾周下來的效果，兩人差別很大，熊明明的臉色漸漸由紅變黑，但方國粹的臉則是稍稍

發紅，並沒有改變他小白臉的形象。何仲民對方國粹說：「你呀，還是柴灰抹上去，靠晒至少一、二年。」「奇怪，熊明明能晒黑，我就是不行。」方國粹無奈地說。「皮膚不一樣，有的人一晒就黑，有的就是晒不黑。」萬啟說。

幾天之後，熊明明耐不住了，衝著方國粹說：「你還要晒到幾時？你不走，我就一個人走了。」方國粹照著鏡子說：「急啥，現在的太陽還不辣，過一段日子就好了。」「你去等你的辣太陽吧，我決定走了。」「那再等幾天好吧，還是一起走好。」「好什麼呀，你一暴露，我不也跟著倒楣！」「可以坐不同車廂嘛。」

兩人終於打點行裝，打扮成當地人的模樣出發了。萬啟說是去買菜，套了牛車和何仲民去送行，四個人擠在牛車上有說有笑地朝公社公車站去了。方國粹總是不放心，不斷地問：「你們看，我會不會被看出來？」「你被逮住了，可不能咬我。」熊明明也擔心方國粹出賣他。萬啟問：「外面真查那麼緊嗎？」「我去偵查過好幾次了，車站上總有糾察隊站崗，還上車廂查。糾察隊中也有上海人，不過還好，沒有當地人凶。」「查到了又怎樣？」「進學習班。就是關你幾天，天天學語錄，訓話。」「那不用幹活了多好。」「怎麼不幹活，聽去過的人說，天天幹重活。」「哈哈，把你們當逃兵處理也夠受的，不如不走了。」「我是待不下去了，非走不可。」熊明明停了一下，突然扯開嗓子唱了起來：「哪怕是刀山火海，我也要衝向前！」

等他們趕到車站，車已啟動，熊明明一邊喊著，一邊奔過去站在車頭前直招手，但車並沒有停下來，衝著熊明明開了過來，把熊

明明嚇得閃身躲過，肩上的旅行袋掉在路上，汽車直接從旅行袋壓了過去，加快了速度駛去。熊明明抹了一把臉上的汗，訕訕地說：「他媽的，今天撞鬼了，以前只要一招手，車就會停下來的。」「你們上海人呀，剛來那陣對你們是挺照顧的，但你們亂來，自己把牌子砸了，怨不得人的。」走過的一個幹部模樣的中年人，對萬啓他們這樣說。

今天是走不了，怎麼辦？正商量著，方國粹叫一聲：「有人追過來了。」大家回頭一看，真有兩個人朝他們奔了過來。「走！」熊明明果斷地說，扛起旅行袋就小跑起來。其餘人也就跟著跑。跑過一條街，那兩人還是尾隨著。「穿過這片田到對面去。」熊明明指揮著。這時的田裡已有半人高的苞米，他們弓著腰在苞米地裡走著。方國粹笑著說：「我們成了平原游擊隊了。」熊明明領著頭在這片地裡轉悠，想擺脫這兩個不明身分的追蹤，直到傍晚，才不見了這兩人的蹤影，許是撤退了。「這一晚怎麼過？」方國粹問。「到那村子看看，能不能住一晚，明天我們再走。」熊明明很有主張地說。他又徵求萬啓的意見，這時的萬啓已是六神無主了，也只能隨流。

他們進得村來，已是家家燈火了。他們敲開第一家的門，開門的是一位老太太，熊明明說明來意，老太太搖了搖頭說，家地方小住不下這麼多人。第二家的門開著，熊明明往裡探了探頭，還沒開口聽見屋裡有人說：「進屋吧。」四個人依次進了屋，一看屋內結構知道是漢族人家，漢族人家的炕小而高。在家的也是一位老太太，招呼他們坐下後說：「傍晚前有人來問過，有沒有上海知青來過，許是衝你們來的。你們從那麼大的地方來夠遭罪的了，想回家

也不讓，眞是的。」說到這裡，老太太想起來了說：「還沒吃飯吧？我給你們下點苞米麵條吧，不吃哪行啊。」這一夜四個人就睡在隔壁一間剛修好的炕，刷過石灰的房裡，四個人和衣而躺，冒著刺鼻的石灰味，度過了一夜。第二天他們就離開了，走時千謝萬謝，給了老太太幾斤糧票和一點錢作爲伙食費，又給了幾枚毛主席像章，這是最初來時很受當地人歡迎的禮物。

送走了熊明明和方國粹，萬啓大大鬆了口氣，立即趕回隊裡。天還早，不到中午，萬啓剛躺在裡屋的鋪蓋上休息，金隊長就來了。上炕坐在裡屋的門檻下說：「你沒走，很好。」萬啓說：「我是送他們去的。」金隊長露出了少有的笑容：「我在公社開會，有人說你和熊明明他們一起走了，我著急了，我的戳還在你那裡呢，擔心你們提了集體戶的錢跑了。就派人來追你了。」原來如此，萬啓卻不高興了：「你太多慮了，我怎麼可能這樣做！」「這就好，這就好。」金隊長連連說好，「熊明明走了也好，集體戶會少點麻煩。」原來集體戶的經費由金隊長保管，他也是隊裡的會計。集體戶要用錢了，金隊長就把他的戳子給萬啓，任由萬啓去公社信用社去取，這以後金隊長就把他的戳子收回，改爲由金隊長開票，寫明金額，再由萬啓取錢，萬啓就沒有了自由的支配權。

金隊長走後，萬啓走到集體戶門口，一抬頭看到小路上走來兩個人，從穿衣上判斷很像是上海知青。他問正在劈柴的何仲民：「你看誰來了？」何仲民直起腰張望了一下回答：「沒見過，不認識。」等來人走近，看清確是上海知青。走在前面的向萬啓打了招呼，萬啓遲疑地問：「你找誰。」那人笑了：「我是岳亮東，這個集體戶的。」名字萬啓熟悉，因爲他接到的名單上是有這麼個名

字，但從未見過人。「你都去哪了？」「我在別地方玩。現在歸隊。」他指了指身旁的小個子說：「這是我朋友，叫小路，來玩幾天。」萬啟心裡暗暗叫苦，剛走了兩個麻煩者，馬上又來了兩個。萬啟只得硬著頭皮招待。

不過才過了一天，小路就嚷著要走：「這裡沒好玩的。」走時又提出了要牛車送。岳亮東就對萬啟說：「我朋友身體不舒服，能不能套輛牛車？」萬啟很為難，看看岳亮東並不強橫的臉色，但還摸不清他的來路，拒絕怕有風險，再看看小路瘦弱的模樣，也有些同情。猶豫了片刻，就說：「我去跟隊長說說，他不同意也沒辦法。」「那好，麻煩你了。」

萬啟去找金隊長，金隊長說：「你和池隊長說吧，他正在安排出工。」萬啟只得硬著頭皮去見池隊長。還好老李也在，一則可以翻譯，二則能幫忙說說情。果然，池隊長一聽就把臉拉長了，嘰哩咕嚕了一通。老李對萬啟說：「現在農忙時候，沒有牛可派。」萬啟心裡產生一絲不快，沉默一會說：「集體戶一點菜沒有了。」接著又加重語氣說：「沒有菜吃幹不了活的。」老李聽出了萬啟話裡的情緒，便對池隊長用朝語和池隊長商量。兩人對話了一陣，遲隊長指著牛棚外的唯一一頭牛，轉過頭對萬啟說：「慢慢的走，跑的不要。明白？」然後又對老李嘀咕了一陣。老李說：「池隊長答應了，現在隊裡只剩那頭母牛了，牠肚子裡有崽子，不能打牠，一打牠會倒下的。」萬啟如釋重負地跑去牽了牛，套上車趕到集體戶。小路一看並不樂意：「這樣的牛能拉得動。」「隊裡的牛都上山了，只有這一頭了。坐不坐隨你的便了。」萬啟兩頭受氣覺得自己實在窩囊。岳亮東也說：「行啦，有就不錯了，你還挑啥。」

　　這是一頭皮包骨頭的老母牛，肚子卻大大的，走起路來一晃一晃的，就這樣一步一晃地拉著三個人。半個多小時還只是到大隊，小路耐不住了，跳下牛車在路邊折了一根細樹枝，上車後就在牛背上抽打起來。萬啟說：「不能打的，隊長說牛要倒下的。」「哈哈，你還真聽話呀。他是在嚇唬你。」小路打得更起勁了：「快快地跑呀，我倒要看看牠會不會趴下。」在鞭打下老母牛一顛一顛地小跑著，小路高興地不斷吆喝著，萬啟的心卻揪了起來。在一個下坡，老母牛的前蹄撐不住開始打滑，但小路仍在不停地揮舞樹枝，萬啟提高聲音說：「不要打了，弄不好真要出事的。」小路充耳不聞，反而站了起來一副威風凜凜的樣子。萬啟一股怒氣衝了上來，也站了起來，一把奪過小路手裡的樹枝扔到了車下。小路一愣，隨即伸出拳頭打在萬啟的脖子上，不過輕飄飄的。萬啟也一愣，但毫不遲疑地兩個拳頭輪番出擊。小路連連後仰躲過拳頭，最後不得不跳下車去。但仍不示弱地擺開架勢：「來，下來，看我兜儂皮蛋。（打你臉腫的像皮蛋的意思）」「儂像活牲（猴子）一樣的人能禁打？」萬啟正要下車，被岳亮東拉住了。「你們兩個來，我也不怕。」萬啟怒不可遏地轉身要和岳亮東較量。岳亮東連連擺手：「大家不要打了，是小路不上路。對不起你了。」萬啟收回手，坐了下來，氣衝衝地說：「我好心替你們弄來牛車，還不知好歹。」不禁在心裡想起了魯迅的話來：忠厚是無用的別名。後來大家一路無語坐到了公社，臨走時岳亮東把小路推倒萬啟面前說：「他人不壞就是年紀小不太懂事，不要計較了。」又對小路說：「人家送你到這裡，還不打個招呼！」小路倒也爽快，揮了揮手說：「阿拉不打不相識，以後到我這裡來別向（玩）。」

　　萬啓和岳亮東買好了菜，在回去的路上，遇到了一群上海老鄉。看著他們流裡流氣的樣子萬啓心裡發毛了，轉身想躲，已來不及了。其中一個走了過來問：「你們是哪個隊的？」萬啓回答：「黃芪溝三隊。」那人打量了一下萬啓，「是黑老鷹隊裡的？」萬啓不知道黑老鷹是誰，不知如何回答。岳亮東很肯定說：「是的。」那人回頭對那幫人說：「是黑老鷹隊的。」這時又走過一個人來，年紀稍大，身材魁梧頭也顯得比較大。他抖著腿說：「黑老鷹在隊裡嗎？」「不在。」「奧，黑老鷹流竄去了。我和他是朋友啦，本想去見見他，既然不在就算了。眼下，我們有點小小的困難，錢用完了，現在吃不了飯了，既然是朋友，幫一把也不算啥，是吧？」萬啓看了一眼岳亮東，說：「幫忙是應該的，但我們手頭也沒錢，剛買完菜了，你看。」那人臉色難看起來，岳亮東忙掏出菸來：「要不，這盒菸拿去抽吧。」那人說：「也行，沒菸抽了，救救急。」望著他們揚長而去的背影，萬啓問：「你認識他們？」「見過面，那個頭大的就叫大腦袋，在這一帶有點名氣。」「黑老鷹就是谷健強？」「是的，他是鄭家橋三霸之一，還有兩位是獅子頭和牛目王，三位是結拜過的。他們現在都在龍門。」萬啓想起方國粹提起過同時又不禁好笑，被當作威脅的人，現在成了護身符了。還有，來時對岳亮東抱有戒心，現在無形成了幫手。

　　萬啓和岳亮東擺脫了大腦袋們的糾纏就趕著牛車回隊，還未到大隊部，就見場頭有一堆人，好像在開大會。萬啓停住牛車，走了過去，岳亮東也尾隨其後。走近看清了，是在開批鬥會。場前擺一張桌子，有人在宣讀文告，在後面站著一排人，中間幾個掛著牌子，上面寫著「流氓犯某某某」左右兩邊還有幾個沒有牌子，但都

低著頭，估計是陪鬥的。周圍是一幫戴著紅袖章的年輕人，袖章上有三個大字：糾察隊。桌子下面是各隊的知青，由各隊的政治隊長帶隊席地而坐。萬啓掃視了一下會場，看到金隊長在中間正向他招手。萬啓回頭對岳亮東說：「我們過去吧。」岳亮東沒有說話，神色緊張地跟在了萬啓後面，坐在了金隊長身後。已坐在了旁邊的何仲民指了指臺前，輕輕對萬啓說：「他倆給押回來了。」「熊明明和方國粹？」「嘿嘿，沒跑掉。」萬啓心裡一沉，想甩掉的包袱又回來。宣讀文告的完了，就閃到一邊，然後是掛牌的被壓著雙臂一一亮相。最後是不掛牌的人，被推到前面，萬啓看到了熊明明和方國粹耷拉著腦袋也在其中。他們夠不上犯罪，散會後就有金隊長領了回來。萬啓問：「怎麼回事？」「現在查太緊，我是在車上被查到的，方國粹還沒上車就給逮住了。現在是農忙，車上人不多，目標太大。」「咳，白忙了。」萬啓歎了口氣。

五

早上，萬啓和集體戶的人紛紛來到金隊長屋前，等待池隊長派工。金隊長和池隊長兩人蹲在屋簷下商量著什麼，見集體戶的人來了就對萬啓說：「今天你們都不要出工了，上海慰問團要來。」在回集體戶的路上，熊明明說：「有什麼好慰問的？上次不是來過了嗎？還來？來了又怎樣，問題還是沒有解決。說是要蓋集體戶的，但連個影子也沒見。蓋房的木料倒被隊裡和老鄉偷得差不多了。」

原來上次說上海慰問團要來，大家都很期盼，一來是對家鄉人

的親情，而來希望能幫助解決些困難。結果匆匆來了一個工人模樣的人，獨自來的甚至沒有背個包啥的。一進門就坐在炕沿上，四顧了一下說：「條件這麼差。」尹秀蘭說起萬啓提出辦毛澤東思想活動室的設想，那人不耐煩了：「扯那沒用，他們眞是死人都不管。」就這麼旋風似的慰問，一刮就過去了。後來知道，這是部分家長自己組織的。萬啓送他到村頭，一個人站著凝望遠處，胡亂寫了詩不詩，詞不詞的感慨來：「夕陽西下，獨四顧，凝然自尋風光。壟田悄聲，小道無人，群山默立圍如牆，懷抱靜謐小村。匹馬憂嘯，何得揚蹄暢騁？」

中午時分，屋外傳來腳步聲和說話聲，萬啓迎了出去，老李陪著兩位中年男子過來，老李介紹道：「這是集體戶戶長萬啓，這兩位是慰問團的老董和老黃。」進到屋裡，大家握完手就圍坐在炕上。老董和老黃一一問過每人的名字，接著就問：「生活習慣了嗎？有什麼困難？」萬啓簡單介紹了一下情況後，熊明明又提了房子問題。老董驚訝地問：「房子還沒有蓋好嗎？你們現在住的是……」萬啓說：「這算是集體戶的，是隊裡230元買下的老鄉房子。不夠住的，另一部分就分住在老鄉家。如何仲民和方國粹就住在老李家，一部分女生也住在外面。」老黃說：「這不應該，國家都有撥款的，其中包括建房費和生活費。你們下來有兩年了吧？房子還沒有蓋起來，這是個問題，我們會向隊裡講的，也會向上級部門反映，要盡快把房子蓋好。」

老董又問：「聽說你們男女分家了，這不好嘛，集體戶集體戶是一個集體，還是要團結的。都是一些雞毛蒜皮的事，不要太計較。」「是他們太小氣了，斤斤計較的，怕吃虧。也是她們先提出

要分的，做飯每人做，但打柴又要我們包，這合理嗎？要分就徹底分到底。」岳東亮忿忿地說。「好啦，該分的應該分，吃大鍋飯也不是辦法，但也不能分得太清了，有的要糊塗一些。主要靠互相幫助，和衷共濟。不是說家和萬事興嘛，你們也是一個家，應該像個家的樣子。」老董說。「這是拼湊起來的家，人各一心，我看興不起來的。」萬啓說。「一個個都長得像母夜叉似的，看看都沒胃口，還這麼精怪，能合？」熊明明嘀咕著。

看來在現實面前，任何說教都是無力的。前不久有一個駐軍連長來到集體戶，想開導萬啓他們搞好團結，也指出集體戶存在的一些問題，想不到的是萬啓竟然這樣來反駁：「知青存在問題是正常的，正因爲有問題所以要來農村接受貧下中農再教育，如果我們現在還是問題多多，那麼說明貧下中農還沒有把我們教育好，責任在教育者，不在被教育者。」聽的人都樂了，這位連長一時也不知如何回答，只是重複著：「要主動向貧下中農學習，主動學習。」這也使萬啓回想起文革時，軍訓營的一位營長在學校大聯合的談判桌上，十分疲憊地斜靠在椅背上，用早已沙啞的聲音只是說：「要向前看，要向前看。」但兩派的頭頭無動於衷，仍然不肯讓步。當時萬啓在場，對他充滿了同情。

還是老李打破了僵局，站起來說：「今天爲歡迎慰問團，集體戶男女合作做豆腐怎樣？」沒人會反對，於是大家立即行動起來，男生負責磨豆子，女生做的是燒豆漿和點鹽鹵。後者可是個技術活，決定成敗的關鍵，老李把他的媳婦拉來作技術指導。最後豆漿成功凝結成塊，這時無分男女都歡呼起來。老董望著這個景象，感慨地說：「這才像個集體戶嘛。」在吃飯時大家又圍坐在一起吃豆

腐,老董高興地說:「願今天是一個好開端,集體戶重新團結在一起。」

這次的慰問團要和集體戶同住,老董說要和萬啓睡一起,萬啓說他的床很不平的。老董很奇怪:「你們睡床?」「夏天睡炕太熱,我們把樹幹削平了當木板鋪在自己釘的床架上」萬啓帶老董看了自己的床。「沒關係,我能睡,以前在五七幹校還沒有這條件呢。」躺下後,老董就對萬啓說:「你的信早收到了,沒有回信很抱歉,所以這次領導上要我來時特地要和你談談。」

原來,萬啓在《青年報》上看到一篇報導,說的是上海崇明農場的一部分有覺悟的知青處於分散狀態,感到很孤單,所以建議把志同道合的青年重新組織起來。場領導採納了這個建議,於是這些人重組了一個單位,發揮出了很大的積極性。萬啓大受啓發就寫了一封信,建議像崇明農場那樣組建新的集體戶。老董向萬啓解釋重組集體戶的客觀困難,然後大談如何適應環境,發揮作用。雖然這些泛泛而談根本不解渴,但至少給萬啓帶來些許安慰。這次慰問團來的一個成果,就是隊裡開始建造集體戶的住房。

老董和老黃一走,萬啓又心血來潮地給大隊團支部寫了一份建立學習毛澤東思想活動室的建議,得到了團總支書記李和龍的支持。他帶萬啓去看了一間無人住的破屋,說:「這間屋就給你了,把它修修還是挺不錯的。」萬啓很受鼓舞,再接再厲地又寫了一份給全體知識青年的倡議,從李和龍那裡搞來了鋼板蠟紙,油印機,就像文革時那樣,刻印了幾十份,準備分別送到州和縣裡的知青辦散發。當地駐軍派出的軍宣隊負責人,石排長看了倡議表示贊同,

還寫了一段批語。但對送州裡有所保留：「去海蘭很遠，車費也不便宜。」於是萬啓打消了去州的打算，僅送縣裡。他聽說老金曾翻山去了縣城，決定也試一試。他向老金尋問了路徑，就問：「誰願意去？」熊明明和何仲民表示願捨命陪君子。

　　第二天天矇矇亮時，三人帶上乾糧就出發了。先走20多里到鎮上，然後從那裡開始翻山。才到山腳下，熊明明就打了退堂鼓，萬啓和何種民繼續前進。這時一輪朝陽從山頂冉冉升起，整個山巒照得紅彤彤的，映著初冬的白雪，正是紅裝素裹的景色。山上有一條清晰的小路，老金告訴萬啓只要沿著這條道走就行了。半天的行程很順利，坡也不太陡，偶爾還能看到開出的小片山地和孤零零的小屋。兩人興致頗高，還會唱唱樣板戲哼哼小調的。中午時分，萬啓看到前面有一塊較大的平地，就對何仲民說：「你肚子餓不餓，我們在那吃點東西休息一會怎樣？」「我早就餓了，你不說我就忍著了。」兩人到那裡坐下，吃完乾糧，鋪開塑膠布躺下，就像平時出工一樣。原打算小睡一會的，但總無法入睡。何仲民坐了起來擔心地說：「我們已走了半天了，怎麼還看不到頂啊，老金不是說只要半天時間就能到嗎？我們是不是走錯了？」萬啓也坐了起來，環顧一下四周說：「是啊，我也一直擔心著會不會走錯。也沒碰見一個人，問也沒法問。」「眞要走錯了，那夠嗆了，會不會有什麼野獸啊？」「野獸倒不怕，這裡沒聽說有什麼吃人的野獸，最多就是野豬了。最怕迷路了走不出去，沒吃沒住的，不是餓死也要凍死的。不過有路總能走到頭的，這裡就一條道，總不會錯吧。還是抓緊走。」在恐懼的驅使下，兩人立即動身趕路了。各自在樹林裡找了根樹幹拿在手裡，既當拐杖又來防身。

　　太陽漸漸往山下沉落，藍藍的天也變成灰濛濛的。路變的細了，也陡了，沒走幾步就要喘口氣。何仲民說：「是不是要下雪？」「不管它了，現在就是下鐵也只能往前趕，沒有退路了。」萬啓用樹幹撐著，一步一喘地說，「那次跟老李翻山去永華，老李讓我騎著牛的，一邊騎牛一邊觀山景，可愜意了。他自己走。別看他那麼瘦弱，一路都是走的。」「你們幹什麼去了？」「爲了過中秋去買豬。」「到永華沒有這次遠。」「是的，當天就回來了。」再走上去，兩人幾乎沒有力氣也沒有心情說話了，頭腦已麻木，只是機械地邁著步。又過了一會，路平緩起來，氣也不大喘了，步子也輕鬆些了。萬啓開始說話了：「可能到頂了。」兩人一時像打了強心針，加快了步子。萬啓突然感到一陣頭暈，便停下來穩一穩，何仲民走到了萬啓的前頭，嘴裡說著：「終於到頂了。」還回過頭來喊：「加油。」萬啓回過神來問：「是頂了？」但只聽一聲：「我的老天爺！」就沒有聲息，趕過去一看，何仲民癱在了地上。再往前一看也一屁股坐到了地上，原來在他們面前矗立著一個很陡的坡，有100多米長。兩人頓時陷入了虛脫，滿臉的汗水直淌，腿軟軟的站不起來。

　　好一會，萬啓費力地扰著樹棍站了起來，挺了挺身子，抬頭察看著。何仲民也從地上爬了起來，說：「怎麼辦？」萬啓擦了擦臉說：「怎麼辦？只有翻上去了，你看右邊好像是一條道。」「是嗎？」何仲民仔細看了看，來了精神，「是像有路，看還有臺階呢。」兩人重新振作起來，萬啓乾脆脫下了棉褲背在肩上，說：「這樣好，腿輕鬆多了。」何仲明跟著學樣，實際上，這坡初看嚇人，真爬時卻不怎麼難，手和腳都能找到合適的位置，顯然是過路

人加工過。就這樣，兩人手攀腳踩一鼓足氣地的登上去，中間僅僅
歇了一會。站在頂上，眼下是一片平川，在暮靄的籠罩下若隱若
現。在白皚皚的田地中間，是黑幽幽的房屋，處處漂浮著淡淡的餐
煙。在半山腰還能看到幾棟紅牆磚房。在喜悅的鼓舞下，萬啓和何
仲民一路往下衝，直到山腳下，然後穿上棉褲，拖著沉重的步伐走
進了縣城。幾經詢問，終於走進了知青辦的辦公室。室內僅剩一人
還在，萬啓說明來意，從背包裡取出倡議書，放在桌子上。那人微
笑著說好，表示能幫助散發，然後問：「你們有地方住嗎？」萬啓
搖了搖頭。那人拉開抽屜取出一本介紹信，一邊寫著一邊說：「你
們就住招待吧，但比較貴。」

　　出了知青辦，走在大街上，何仲民說：「我還以為能給我們安
排住所呢。」萬啓沒有說話，看到迎面走過一個人來，一眼就能看
出是老鄉，就問：「招待所在哪？」老鄉打量了幾下反問：「你們
要住招待所？有介紹信嗎？」萬啓拿出介紹信讓他看了看。沒想到
他突然興奮起來：「太好了，是知青辦的章。」然後熱情地說：
「你們不用去招待所了，我們集體戶有地方。你把介紹信給我，我
帶你們去。」萬啓猶豫了。「你別擔心，我不會騙你們的。我只是
要你的介紹信，改一下就可用它回上海了。」萬啓半信半疑地跟他
來到集體戶，屋裡只有一個人在，問：「你的朋友？」「路上碰到
的，住一晚。」接著揚了揚手裡的介紹信：「知青辦開的。」

　　第二天一早，集體戶的人還在熟睡，萬啓和何仲民就離開了，
坐頭班車回到公社，又從公社走回黃芪溝。走到大隊去生產隊的路
上，萬啓指著路邊的荒灘說：「這裡可以開成水稻田的，只要把矮
樹砍掉不就是一片平地了。」「砍了樹也沒用的，都是碎石子。」

「拉山上的土鋪上就行了，旁邊就是溪水。」「功夫很大的。」後來縣裡召開學大寨動員大會後，萬啓正式提出這個建議，還要成立了「學大寨突擊隊。」讓集體戶的知青自願報名。出乎意料的是，所有的集體戶成員都報了名。萬啓還特地弄來了一面紅旗，是慶祝九大召開時留下的。在旗上用大頭針別著「學大寨突擊隊」的字樣。池隊長對萬啓說：「以後，你的，我的，都是隊長，你幹你的，我幹我的。」

第一天，萬啓和集體戶的人來到荒灘，插上紅旗，開始清理荒灘，大家有說有笑的。第二天，萬啓獨自對付著一棵大樹，揮舞著斧子一左一右地砍著，而其他人卻坐了下來觀看著。熊明明看了一會對萬啓說：「可以收工了，不要太當眞了。」萬啓的熱情瞬間消逝了。他原想把樹砍倒的，此時也勉強停下來，收起旗子慢慢往回走，他感到了無形的壓力。第三天，池隊長來到集體戶對萬啓說：「明天山上的鏟地幹活，草多多的。」他用手比劃著草的高度。萬啓答應著，心裡反而有一種解脫的輕鬆。

六

「緊急集合！緊急集合咯！所有基幹民兵到打穀場集合。」池排長一路喊到集體戶。「要幹嘛呀？」方國粹打著哈欠走到門口懶洋洋地問。「要打仗了！」跟在池排長後面的車雷伸胳膊撩腿地說。「眞要打仗？」集體戶的男生一下子擁到門口。「快去打穀場，解放軍已等在那裡了。」池排長催促道。「走！」萬啓一聲

喊，大家就鼓足勁往打穀場跑去。果然兩個解放軍已站在了那裡。

「立正！向右看齊！向前看！」池排長威風凜凜地發著口令，隊裡所有的男子們從來沒有像今天這樣嚴肅，按著池排長的口令一絲不苟地動作。過去也進行民兵訓練，但都是稀哩嘩啦，嘻嘻哈哈的。池排長發完口令，小跑到解放軍面前報告道：「民兵三排全體集合完畢，請解放軍指示。」其中一個解放軍走過來說：「很好！」池排長退到隊伍前，解放軍隨即向隊伍喊：「稍息！」接著左右掃視了一遍隊伍，加重語氣說：「同志們！現在，戰爭爆發了！蘇修從北向我們進攻，美帝從南面過來，朝修也蠢蠢欲動。上級要求你們立即參加戰鬥，摩托行軍趕赴前線。」「什麼是摩托行軍？」有人問。「就是坐火車和汽車。你們回去準備五天的口糧和衣物，再來集合。」隊伍解散後，大家回到集體戶開始翻箱倒櫃地打點行裝。「五天口糧該帶多少？」方國粹問。「帶大米還是苞米？」熊明明也提出了問題。萬啓不加思索地說：「用碗盛，一天兩碗。」「兩碗不夠的，至少兩碗半，當然帶大米了，打仗了應該吃好的。」何仲民插話道。「多帶一點吧，吃飽了才有勁。」尹秀蘭說。一向很摳的朱莉也沒有異議。於是男生們裝了半個枕頭套的大米，書包裡塞滿替換衣服，趕回打穀場。

隊伍重新集結後，解放軍發出了「出發」的口令，隊伍走出打穀場沿著小路前進。整個的氣氛是熱烈的，大家不但充滿新奇，也懷著期盼，這是在面臨戰爭形勢下，在英雄主義和愛國主義薰陶下的年輕人，對戰爭充滿著浪漫主義的情結，也把戰爭看作改變命運的契機。「死就死了，不死就是英雄。」熊明明說。但事實證明，那是一種幻想。或許他有當英雄的願望，但遠沒有成為英雄的品

質。一旦面對現實的考驗，馬上就會臨陣脫逃。上次翻山去縣城是一例。還有一例就是，在一次山火面前，他是頭一個衝上去的，卻也是最早退回來的。當時萬啓是在他後面，臨近火源，迎面撲來的烈煙就嗆得人無法接近，萬啓深感當英雄的不易。反而有些沒有英雄情結的人，卻有著「英雄」特質，會做出超出常人的舉動。這些特質包括堅韌、大膽、激情、野性和自我犧牲等等。在面臨突發事件時，只有本能會發揮作用，而不是一時的說教和願望能起到作用的。當然，長期的說教也可以潛移默化地化爲本能的。具有野性的人，既能成爲英雄，也會是凶惡的罪犯，就看他在什麼境遇中的作爲。

隊伍剛剛出村不遠，迎面又過來兩位軍人，爲首的是石排長。帶隊的解放軍發出了停止前進的口令，然後跑步過去。三人站定在那裡說了會話，那人回來道：「剛才接到上級命令，原地待命。」接著就喊：「向後轉，開步走。」隊伍又回到村子。石排長微笑著說：「剛才是一場演習，你們表現很好，像眞的一樣，應該表揚。現在國際形勢緊張，我們要隨時保持臨戰的姿態。好了，解散吧。」大家立即像洩了氣的皮球，渾身失去了勁頭。「上當了。以後再來我就睡大覺。」方國粹說。

但事情並沒有完。到了晚上又傳來了緊急集合的通知。這回不同的是包括所有的民兵，不論男女，這在集體戶的女生中引起了緊張。那位來時哭的女生，對萬啓說：「要幹什麼？我很害怕，不去行嗎？」萬啓安慰道：「沒事的，還有解放軍呢。」這次的任務是全大隊普查，是否有外人進來。民兵被分成五六人一組，每組配備兩名全副武裝的解放軍跟隨。萬啓帶一組去了二隊，由當地民兵帶

路，挨家挨戶檢查。先是由萬啓敲門，等門一開，兩名解放軍即刻閃躲在門兩旁的暗處，當地的民兵就用朝語問話，然後萬啓等進屋察看。沒有情況就離去到第二家。一切很順利，沒有什麼發生，但也有意外。有一家已關燈，屋裡黑黑的。萬啓敲了敲門，沒有動靜，再敲還是沒有反應，大家的神經開始拉緊了，有了一種期待。解放軍示意推門。門沒鎖，萬啓一推吱呀一聲就開了。萬啓打開手電筒照了照馬上又熄了，後面的女生急急地說：「照呀，為什麼熄了？」萬啓並不理會，等了十來分鐘後重新打開手電筒，大家看清一個老婦人，正在慢悠悠地穿著上衣。原來第一次打開手電筒時，萬啓看到的是一個裸體婦女躺在炕上。最後老婦人起身開了燈，屋裡只有她一人。當門重新關上後，方國粹好奇地問：「為啥這裡的人睡覺不穿衣服？」熊明明說：「為了省衣服，也為了防老白蝨。」「省衣服倒是有點，防蝨子是扯雞巴蛋，蝨子本來就是躲在衣服縫裡的。」「應該是怕跳蚤，蝨子好辦慢慢捉就是了。跳蚤進了衣服那才真要命的，牠亂蹦亂咬的你一點辦法也沒有。」何仲民說。「別爭了，問問他們就是了。」萬啓說。方國粹真的回頭問後面的車雷。車雷眨了眨眼睛，說：「沒啥的，習慣，人人都這樣，從小就這樣。」

　　整個行動很快就結束了，除了兩個來訪的李和龍的老同學，並無外人。回到集體戶後，大家紛紛入睡。萬啓一個人坐在被窩裡，背靠著一只放被褥的大木箱，看起書來，只有在這時萬啓感到擺脫環境約束的某種獨立和自由。他可以看他想看的書，寫他想要寫的東西。突然他聽到屋外有說話聲，還有一閃一閃的手電筒的光柱。他放下手中的書，側耳細聽著。腳步聲越來越近，一直來到門口。

萬啓聽到敲門聲，起來開了門，站在他面前的是老李和石排長。

「還沒睡那。」老李說。萬啓退回被窩坐著。石排長看到萬啓手裡的書問：「看的是什麼書？」「是《毛選》吧？」老李說。「不像，《毛選》沒有這麼厚。」石排長坐到門檻上，探過身子來：「能讓我看看嗎？」萬啓忸怩地把書遞給石排長，石排長接過書瀏覽一下翻開的書頁：「是外國書吧。」他自言自語地說著，又把書合上看了看書名《馬克思恩格斯全集20卷》，這是萬啓在公社供銷社買的。自毛主席發出了要讀馬列的書，萬啓正苦於沒有書可看，想不到在這裡竟有這樣的大部頭。萬啓喜歡書，尤其是精裝的書，硬硬的封面，往書架上一擺，非常的賞心悅目，書可以用來看，也可以作為擺設。所以毫不猶豫地買了下來。在北京串聯時，他和盧有銘在一家新華書店的櫥窗裡看到一本列寧的《哲學筆記》，兩人很有興趣地看了半天，討論著，要不要兩人合夥買下來，最後還是因為價格放棄了。石排長用懷疑的口氣問：「你能看懂？」「隨便翻翻，主要是想了解了解裡面到底是什麼內容。真要看懂，我還沒那水準。」石排長把書還給萬啓：「讀了沒壞處，但貴在堅持。」

熊明明突然醒來，抬頭四周看了看問：「剛才誰來了？我聽到有人在講話。」「石排長和老李。」「他們來做啥？」「我怎麼知道？」熊明明又躺下了，很快又起來了，這次很急：「啊，肚子疼，有紙嗎？快！」他接了萬啓給的紙，一個箭步衝了出去，門也沒關。只聽的「劈里啪啦」的一陣響，一股臭氣飄了進來。萬啓喊道：「你怎麼在門口拉？」「來不及了。」萬啓起來剛要把門關上，熊明明氣急敗壞地提著褲子進來了：「信號彈！信號彈！」

「你別看花眼了，把流星當信號彈了。」萬啓不信。「騙你是王八犢子，眞是信號彈，從前面山上升起來的。」

萬啓急急忙忙穿上衣服，跑去找池排長。池排長問了問熊明明後果斷地說：「我們上去搜！」又回頭對過來的岳東亮說：「你去大隊報信，要快。」三人迅速涉過溪水，來到山腳下，萬啓說：「等一會。」就跑了回去，不一會帶著一把斧子趕了過來。到了半山腰，四周一片寂靜，一輪明晃晃的彎月在山頭時隱時現。池排長站定側耳聽了聽，沒有動靜，就說：「我們分頭上去，這樣搜的範圍可以大一些。」萬啓嘴上答應著，心裡卻在打鼓，池排長往左拉開了距離，熊明明向右去了，現在旁邊沒有人了。萬啓戰戰兢兢地挪動著腳步，手裡緊攥著斧子，一步一步地偏向右方。終於挨到頂上，也沒有見到任何可疑的人。在不遠處，萬啓和池排長會合了。池排長問：「熊明明呢？」萬啓朝右邊看，不見熊明明。「熊—明—明，你在哪兒？」池排長扯開嗓子喊了起來，萬啓也跟著喊。「會不會出事？」池排長擔心道。這時山下聽到了人聲，還有手電筒的光亮。「大隊來人了，我們下去吧。」池排長說。

下得山來，一群人圍在一起議論著，其中有熊明明。萬啓一把拉過他問：「我們叫你沒聽見？」「我早下來了。」熊明明說。「你沒上去？」「我幹嘛要傻乎乎地上去，有人也早跑了還等你去抓？」熊明明振振有詞。大隊民兵連長說：「這樣吧，武裝民兵去搜山一趟，其餘的就回去休息吧，不早了。」萬啓是不帶槍的武裝民兵，只得跟著武裝民兵的隊伍向深山出發。這七八個人的隊伍裡，只有一人有一桿步槍，還僅有一發子彈。萬啓問：「一發子彈有啥用？」「嚇唬嚇唬唄。」萬啓又問：「這信號彈是誰打的？」

同行的人七嘴八舌開了。「誰知道，到現在還沒抓住人。」「聽部隊的人說，應該是定時的，到了時間就自動發射。所以等看到信號彈起來了去找，根本是瞎矇。而且這邊有了，等你去那邊了，另一邊又有了。讓你跑到死。」「有說是蘇聯派來的特務，也有說是朝鮮那邊過來的。」「我看是朝鮮搞的，現在兩國關係不好，在圖們江那邊，我們的紅衛兵就在那裡安了高音喇叭，天天在罵金大肚子。更厲害的，還是在上游築起壩，把水攔住，他們那裡就沒水了。挺帶勁的。」「這有啥目的呢？」萬啓不斷地問。「也沒啥作用，就是搗亂搗亂。」「不會只是搗亂吧，這裡可有一個打坦克的炮兵團呀。」

在如此廣闊的荒山上能搜到什麼呢，除了幾個廢棄了的小木屋，並沒有有用的發現。轉了一圈後天邊露出了晨曦，隊伍裡已聽不到說話聲，只是默默地走著。萬啓更是疲憊至極，機械地跟在後面，一到集體戶就癱倒在炕上了。

七

經過初期的混亂，集體戶慢慢穩定下來，男女之間總究合不起來，處於老死不相往來的狀況。男生之間卻一致起來，萬啓也漸漸能揮灑起來。與隊裡的關係大有改善，只要能出工，萬事就順當了。萬啓他們採取了三天打魚兩天晒網的辦法應對出工，自己不太累，隊裡也滿意，至於工分還不在考慮範圍。這是個極其貧窮的隊，幾乎分不到紅，如年景不好，甚至還要倒欠。插隊的第二年，

集體戶分到了一麻袋的菸葉，這是隊裡種隊裡烤的，這是隊裡唯一能掙點錢的。女生們則要了黃豆、小米等高高興興要帶回上海去。與集體戶有密切往來的就是老李了，是聯繫隊裡的紐帶。他能說流利的普通話，也見過世面，溝通毫無障礙。而他本人也熱情主動，寬厚，對知青也很關心，常常幫集體戶說話，解決困難。當然知青也對他的需要，有求必應，如他常頭痛，就來討藥等。青年中常來的只有啞巴了，幾乎每天來報到，但很少進屋，只是坐在門檻上打著手勢。知青也能從他的手勢裡了解隊裡的一些情況，有時還會要過他的菸包，捲菸抽。仇雷開始也來，不久就跑到女生那裡，或開聊，或打牌。一天打牌打倒深夜，把男生們苦惱了，熊明明出了個主意，把電線弄成短路，一下就使燈滅了。女生們唧唧咋咋的，亂成一團，仇雷幫著修復。但那邊又故伎重演，幾次下來，仇雷發現了原因，第二天一早來交涉，萬啓不假顏色地回絕了，沒料到的是，仇雷冷不丁用頭撞了萬啓的頭，萬啓一時懵了，但很快恢復過來，一把抱住仇雷把他按倒在地，這時，岳東亮一個箭步衝了上來，掄起拳頭就打。後來在隊裡開會時，看到他的臉上一片青紫，知青就偷偷地笑。

岳東亮自回到集體戶後顯得非常溫順和肯幹。在上山打柴時總是緊跟萬啓左右，只要萬啓砍下一顆，他就立即清理樹枝，然後拖到一起，最後放到扒犁上。一次在歸途中，扒犁散架了，這是最忌諱的事的。就要重新收攏掉地的木材，還要重新綁紮。綁紮可是需要一定技巧的，正因爲技術不扎實，所以要散架。這時人又累，天色也漸漸黑下來，寒風颼颼。兩人手笨腳亂的忙了好大一陣才弄妥。萬啓眞擔心岳東亮要發脾氣，但他卻毫無怨言。至此，兩人的

關係拉近了。有幾天岳東亮離開了集體戶，萬啓不由自主地念叨：「岳東亮什麼時候能回來？」何仲民笑著說：「你想念他了？」萬啓說：「他是我打柴的得力助手。」岳東亮的脾氣有雙重性：對內和順對外就很凶暴。久熟了就很好相處，甚至可以隨便取笑。因他說話比較嘶啞，萬啓就給他取了個外號：「老鴰子」，這裡的人管烏鴉叫老鴰子。東北到了冬天就要貓冬，除了山上打柴，就整天在家。集體戶的人不回上海，就不是閒聊、打牌，就是睡大覺。在暖暖的炕上，用大衣一蓋就呼呼如睡，常常一覺到天黑。萬啓和岳東亮有時會互相打鬧。

岳東亮不是萬啓對手，總是被萬啓掐住頭頸。萬啓問：「服不服？」「不服。」「好！」萬啓就加力，又問：「服不服？」岳東亮還是不服。萬啓就毫不留情地加碼，甚至說：「你再不服，我就把你掐死！」岳東亮極力掙扎，但在萬啓有力的胳膊底下，一籌莫展。萬啓真的往死裡使勁，最終岳東亮用還剩的半口氣認輸。萬啓對滿臉通紅的岳東亮說出了這樣的話：「你要對我做出更大的貢獻。」岳東亮吶吶地回答：「不要太牛皮。」

這天，萬啓駕著牛車回來，同車的還有岳東亮、何仲民和方國粹。老李過來問：「你們去鎮上了？」萬啓回答：「買菜去了。」老李看看其他人說：「他們總喜歡跟著你去。」萬啓說：「放鬆放鬆嘛。」岳東亮一面從車上卸貨，一面說：「改善改善生活，好久沒吃肉了，去吃木耳炒肉片。」方國粹接嘴道：「鎮上飯店的木耳炒肉片真不錯，七毛七一盤。」老李忙把萬啓拉到一邊，壓低聲音問：「買菜出差的伙食補貼只有五毛錢，你不要亂花集體戶的錢啊。」萬啓笑了：「你多擔心了，我只用五毛，超支部分是我貼出

來的，也算慰勞慰勞他們。」老李也笑了，恍然大悟似的說：「原來這樣，怪不得他們要跟你去。」

萬啓把牛牽到牛圈，剛走到集體戶門口，就聽到岳東亮凶聲凶氣的叫罵聲。等萬啓走進去後，他就朝萬啓嚷嚷道：「他媽的，她們殺了兩隻雞，說是你同意的？」萬啓卻輕描淡寫地說：「她們是跟我說過，回上海時帶在路上吃。」「雞又不是集體戶的，是我們養的，她們憑什麼吃我們的雞！」岳東亮梗著脖子說。「是啊，都是我們辛辛苦苦養大的。」何仲民幫起腔來。萬啓一時語塞，只是望著他倆。這時岳東亮又嘀咕道：「你答應，你做好人！」只聽見啪的一聲，萬啓突然一股怒氣上來，一腳踢翻了炕桌，狠狠地說：「我是要做好人！怎麼的？」「這些雞還是我和何仲民騎著老康的破車，趕到鎮上買的小雞，那時你在哪裡？」這回輪到岳東亮說不出話來了。何仲民馬上轉了口氣說：「是的，那天我們去老李家看到一群小雞，就問老李哪兒有買我們也想養養看，老李馬上說，快去，要散集了。萬啓和我向老康借了他的自行車趕去了。萬啓騎車，我不會騎就坐在後面。在一個下坡時還翻了，我壓在萬啓身上，一點也沒事，但萬啓手臂都磨破了，許多小石子都嵌到肉裡了。他也不顧繼續騎才買回了小雞的。」萬啓怒氣未消：「你們現在吃的香腸什麼的，是吃誰的？還不是我家寄來的，你們有什麼！」屋子裡一片寂靜。過了一會，何仲民說：「我們家條件差，也不關心，很少寄東西來。萬啓家裡倒是經常有包裹來，還都是些好東西，他也都拿出來共產了。老鴰子，你家寄過幾次？」萬啓也不甘休：「你這是要向我示威？！」岳東亮馬上說：「我不是衝你來的，我氣她們。」

　　這時方國粹衝了進來，急急地說：「新蓋的集體戶仍是一大間，一個大炕。」「什麼？我已經跟老李說過了要分成兩間的，他說好的，怎麼變卦了？」「你去看看就知道了。」萬啓跳下炕穿上鞋，就往外跑去，何仲良和岳東亮跟在後面。新的集體戶在原來房子的上坡，可以俯視全村。房子的格局是中間是灶臺，兩邊各一個大房間，一排長長的炕。打算一邊給男生，一邊給女生。當時萬啓提出要隔成幾個小房間，最好能一人一間，能有自己的獨立空間，這是萬啓的永遠渴望。大家匆匆趕到那裡一看，果如方國粹所說。萬啓一言不發就往回走，不一會手裡提著一把斧子來了，舉起斧子在後牆上砸出了一個很大的窟窿，大聲說：「讓他們這裡開門，中間隔開，至少有兩個房間。」

　　剛回到集體戶，老李就來了。萬啓嚷嚷道：「新集體戶一定要隔成兩間！」老李說：「我關照他們了。」「但他們沒做。還是一大間。」老李顯得有點驚訝：「是嗎？這幾天我頭痛的厲害，在家睡覺呢。哎，有沒有止痛藥？上次給的都用完了。」萬啓取了幾片阿司匹林給了老李，說：「你一定要跟隊長說，我們不住大炕！」老李嘿嘿笑了笑：「我不在，他們就偷懶了，真不像話。我去說。」走到門口他又停住了說：「副業的事，大隊董主任的意見，為了安全你們就不用參加了。」萬啓的火剛消下去，又被點燃起來。他喊道：「他媽的見鬼了，我們上山打柴就安全啦，搞副業就不安全了？那好，如不讓我們參加，我們也不上山砍柴了！」岳東亮也氣呼呼地說：「是不是不讓我們掙錢？我們掙得工分能分個雞巴毛啊。對，以後我們再也不出工了！」「哎哎，火氣別這麼大嘛，董主任也是怕你們有危險，一旦出個事故他要擔責任的。」

「我們寫保證，出了事自己負責。」萬啓堅決地說。「砍幾公分粗的小木桿會出啥事呀。」何仲民不緊不慢地插話道。「別對我吵吵，我的頭痛死了。好啦，我去向大隊反映，你們這幫小兔崽子，真被你們煩死了，嗨嗨。」

老李一走，方國粹問：「什麼副業？」何仲民說：「是煤礦要一批樹幹，就派給我們大隊了，每一課給六毛。」方國粹張大嘴：「哇，不錯哎，一根六毛，十根就是六元。一天砍個十來根不成問題的。」岳東亮冷冷地說：「有錢了你就來勁了，集體戶的柴你砍過沒有？」方國粹卻回答：「我不在乎掙這個錢，老李不是說了，那不安全。我不像你要錢不要命。」「是啊，你吃虧的事從來不幹的。誰不知道你滑頭呀！」

傍晚的時候老李又來了，笑笑呵呵地，手裡拿著一封信：「萬啓，有人給你信了。」「誰呀？」「小施，還不好意思，要我轉交。」萬啓接了過來看了看信封，信沒封就從裡直接抽出信紙，岳東亮在邊上嘿嘿地笑著，何仲民則湊了過來也想看，岳東亮拉了他一把說：「你看什麼，又不是寫給你的！」何仲民猶豫了一下還是伸過頭來。萬啓草草看了一下就給何仲民說：「要看就看吧。」何仲民看了一遍說：「又沒什麼嘛。」萬啓說：「本來就沒什麼。」岳東亮問：「寫了什麼？」萬啓說：「要我寫入團申請，是李和龍的指示，和我談談的，說是組織上一直在等著我。」岳東亮說：「哇，好大的面子啊，別人都要擠破頭往裡進，你還擺著架子等人請。施素芳入團了？」老李一邊捲著菸一邊說：「有一陣子了，接下來該是熊明明了。」萬啓一聽頓時火冒三丈了：「他也想入團，怪不得這會兒表現積極起來。不行，這樣的人也能入團，太便宜他

168

了！」

萬啓隨即取來筆紙伏案疾書，信是給李和龍的。開頭萬啓對李和龍表示了誠摯的感謝，信中寫道：「謝謝你和你的組織對我的關心，也謝謝上次你的邀請和款待，在你家有一個十分愉快的會面。不過，目前我自己覺得還不夠條件，但我會努力的，到時鄭重提出申請的。順便，在這裡我表示對熊明明入團的看法。我與他朝夕相處，對他還是頗有了解的。他要進步本是好事，但從他的動機和表現，實在令人生厭。如果說得嚴重一點，他就是一個非常自私的人，又是個不擇手段的投機分子。如果你把這樣的人吸收進去，將會給你和你的組織的聲譽帶來損失。」然後萬啓列舉了熊明明的一些劣跡。寫完交給了老李，托他轉給李和龍。

萬啓和熊明明的關係經歷了一個由密切轉向對立的過程。剛來時，熊明明對萬啓表現了特別的親近，也顯示他對萬啓某種程度的敬重。實際上兩人還算是認識的。在學校時，有一天夜裡『井岡山』來了一個不速之客，自稱是奪派，毫不拘束地誇誇其談，言談中還顯露出一種優越感。儘管如此，萬啓對他的感覺不壞。但在離開時，萬啓看到他手上拿著好幾個電閘保險絲，就問：「你拿這幹什麼？」他隨隨便便地說：「拿回家用。」萬啓說：「這不好吧。」他不在乎地說：「這有什麼不好。」說完就揚長而去。想不到插隊插到了一起，而且也算是萬啓在這裡的唯一熟人了，兩人還同蓋一條被。

到了隊裡的第二天，他自告奮勇和萬啓一起去大隊取大家托運的行李。隊裡給了兩輛牛車。熊明明卸下牛來就騎了上去，還喊萬

啓來個騎牛比賽。萬啓猶豫了下，也就騎上了另一頭牛。於是兩人在濛濛細雨中，沿著山路一路奔跑。人在牛背上不斷顛著，一不小心就會掉下來。萬啓便把雙腿緊緊夾住鼓鼓的牛的肚，全身伏在牛背上，很快就超過了熊明明，直到熊明明的落牛而告終。從第一夜起，熊明明就和萬啓同蓋一條萬啓的被子，睡覺時又常常把被子捲過去，於是每夜萬啓都要和他展開被子的爭奪，最後萬啓把被子的一邊壓在身下，才保證了自己的用途。後來何仲民說：「熊明明的被子一直沒打開呢。」萬啓每天一早起身，先是到外面動動身子，然後就坐在用缸代替的凳子，用箱子做桌子上看《毛選》。熊明明也仿效了幾天後就放棄了。熊明明還拖著萬啓去平原地區的集體戶玩，這也是一些不務正業的知青的愛好和流行做法，而且誰流串的時間長，地方多，誰就吃得開。因為無論到哪裡，都有人為他們提供食宿。那些結幫橫行的人，既人見人怕，也人見人敬，是知青圈的名人，常以認識他們為榮。熊明明就是打著黑老鷹的旗號，一路招搖，萬啓只能默默地跟隨，既有情面也有忌憚，只是盼著早日回自己的集體戶。在最後一站，當離開時，熊明明順手把掛在牆上的一件外套穿在了自己身上。萬啓只能小聲提醒：「當心別讓他們知道。」熊明明回答：「沒關係，快走，等他們回來就找不到我們了。」

黑老鷹在時，他唯黑老鷹是從，黑老鷹走了，他就隨他的心所為。萬啓維持著表面的和氣，心裡積累著不滿，也慢慢地給他些軟釘子。也許給萬啓壯膽的是在田頭的一次摔跤比試。黑老鷹在時曾教過他們幾個摔跤動作，如拷腿、就是兩人雙臂緊握時，用腿打對方的腿，人同時雙臂用力將對方摔倒，這是最基本的動作。背包，

是突然轉身撙住對方手臂，把他背在身上，再往後摔。其中分大小，大背包就是把對方從自己的頭上摔下去，小的是側身摔倒對方。比較難一點的是捺，就是將腿伸進對方的兩腿之間，緊緊鉤住其中一條腿，同時夾住對方一條胳膊，而後轉身用力將其摔倒。這個動作也分大小，大者是將整個身體壓上去，小的只是用力推到對方。黑老鷹的把兄弟小獅子，就是因摔跤而成名。開始的群夥就是以摔跤論英雄，後來就變成了以「野」，也就是凶狠為標準稱王。其中的牛目王就是如此。黑老鷹是介於兩者之間，是他們的小弟。不過據黑老鷹自吹，他頭子活，別人是幾進宮了，他一次沒進。萬啓雖不懂摔跤技術，但也有自己的絕活，就是已迅速有力的動作抱住對方，然後用力把對方壓倒。即使是與黑老鷹對試，竟也勝劵在握，關鍵在於萬啓的靈活和力大，所以對付那些三腳貓還是可以的。

　　熊明明和萬啓交過多次手，別看熊明明身高馬大，但是虛胖無力，動作也遲鈍，眞像一隻狗熊，所以毫無勝算，卻又不服，一有機會就要較量。這天在田間休息時，啞巴要萬啓教他摔跤，熊明明就上來要和萬啓摔。兩人擺開架勢，雙臂抓住對方肩膀，熊明明先用了個拷腿，萬啓紋絲不動，就在熊明明收回腿時，萬啓迅速用右腿鉤住熊明明的左小腿，右手夾住他的右臂，然後用力一壓，只聽撲通一聲兩人同時倒下，萬啓把熊明明壓在了下面。萬啓起身正拍著身上的土，熊明明也起來滿面通紅，又抓住了萬啓的肩膀。萬啓看到池隊長走向壟頭，其他人人紛紛站了起來，就說：「幹活了。」熊明明並不放手，腿也動作起來。萬啓無奈只得迎戰，萬啓故伎重演，這回熊明明很頑強硬是撐著，僵持著。啞巴在遠處嗷嗷

地叫著，不知是叫他們幹活，還是在啦啦。萬啓感覺力要用盡了，但還是堅持著。結果還是熊明明先倒下。在眾目睽睽下，熊明明丟了面子，兩人的關係也開始了微妙的變化。

使得兩人最後決裂的，是軍宣隊石排長在他召開的大隊知青會議上做的批評。在會上石排長說道：「毛主席說我們的勝利是靠三個法寶，一是黨的領導，二是武裝鬥爭，三……」他停住了，是要考考聽眾：「誰知道？」沒人回答，會場是一片寂靜。他掃視著大家，又繼續問：「誰能說說？」這時萬啓有點坐不住了，轉過頭來對坐在一起的何仲民低聲說：「三大法寶，我們考高中時就有這一題。」坐在後面的老李發話了：「萬啓你知道就說嘛。」萬啓並沒有說。石排長就點名了：「萬啓你說說。」萬啓這才回答道：「統一戰線。」石排長說：「對，統一戰線，就是要團結大多數。」接著他把話鋒一轉：「但在我們集體戶中，就是搞小團體，幾個人抱在一起而排斥其他人。作為戶長就沒有實行統一戰線。更要不得的是沒有階級觀念，只和成分不好的混在一起。這位戶長還在房間的牆上貼了一副對聯，橫批是『寵辱不驚』這是什麼意思，就是你對他好他不咋地，對他不好也無所謂，這就是是非不分。自己搞個獨立王國，將來想當個團長什麼的吧。」

萬啓聽出了話中之音，明顯是指的自己，這次會議就是為他量身定做的。他和何仲民、岳東亮關係密切，是因為他倆能實幹，也聽話。而熊明明不但不幹正事，偷雞摸狗惹是生非，還光占便宜，極為自私。而最令人生氣的是兩面派的伎倆，當面說好話，背後挑撥。他在集體戶散布說：「萬啓討好隊裡，想撈個一官半職。」這是岳東亮告訴萬啓的，萬啓當時就說：「我不想當什麼『長』，我

想的是要當『家』。」這些肯定是熊明明給石排長餵的料，擺脫自己被孤立的困境。

　　散會時，石排長看出了萬啓的不滿，就讓他的手下過來問：「你有什麼想法嗎？」萬啓激動地說：「集體戶都是知識青年，有什麼階級路錢的，我又不是走資派。我是用『寵辱不驚』來提醒自己，就是要『不以物喜，不以己悲』要『先天下之憂而憂，後天下之樂而樂』。」這是初中語文課本中范仲淹的《岳陽樓記》的句子，當時是背的滾瓜爛熟，這時就冒了出來。那小兵一時不知說啥了。萬啓又憤憤地說：「我說當團長，是開個玩笑的。」石排長插話了：「說的話都是眞心的反映。」萬啓立馬回覆道：「心口不一致的事多了去了，美帝國主義一直說是愛好和平的，難道這也是眞心的？再說我也不稀罕什麼團長！」小兵笑了：「好大的口氣，那你想當什麼？」萬啓不假思索地說：「要當就當將軍。」「看來你是個野心家了。還是老老實實地接受好貧下中農再教育吧。」石排長最後說。在回集體戶的路上，何仲民對萬啓說：「石排長怎麼知道這些的？」岳東亮說：「除了熊明明還有誰？」萬啓沉默一直沒有說話，直到回到集體戶才甩出一句：「以後就別理他！」

八

　　萬啓舒坦的睡了個懶覺，等到太陽照到了臉上，才伸了伸腰，慢慢起床。又難得地一個人待在屋裡，可以安安靜靜地料理自己的私事。其他人都出工了，他卻因意外的事件，可以名正言順地不出

173

工。就在昨天，大隊發生了一起火災，年輕人都被動員去救火，萬啓和岳東亮、何仲民趕到現場時，那裡已有不少人聚在了那裡，亂哄哄的。一些人從溪裡打水，來回跑來跑去，還常互相碰撞。萬啓嘟囔了一句：「真是遠水救不了近火啊。」他找到李和龍說：「這樣不行，你得組織一下，讓大家排成行，把水傳過去要快多了。」李和龍手裡拿著一個臉盆正往火上潑去，回頭看了看萬啓，萬啓再向他重複了一遍。李和龍想了想，就把盆交給萬啓，自己跑到人群中喊話：「不要亂跑了，大家都站成隊，一個一個地傳水過去。」人群很快被組織成三隊。一盆盆、一桶桶的水，像傳送帶一樣被快速送到了火前。萬啓站在了最前面，接過水就朝火潑去。火勢漸漸被遏制了。萬啓就一步一步前進，最後在屋頂上還有餘火在燒，萬啓仰身往上潑水，想不到有東西掉了下來，砸在了萬啓頭上。傷勢無礙，只是出了點血，卻換來了心安理得的休息和人們的好感。

　　第一件要做的是寫信，已經拖了一段日子了，不是沒有時間，而是沒有安靜的時候，大家在一起，總不能沉下心來的。他把一疊信取出來，第一封是魏樂喜的，信中說他原本想成為同學通信的中轉站，但至今竟無一封寄給他。特別讓他生氣的是，他去送過當兵的一位同學，臨別時關照他寫信來，卻沒有信來。萬啓並沒有去送，卻收到了他的來信。萬啓在徵兵學習班和他相處了一段時間，但說不上親密，萬啓也沒想到會收到他的信。萬啓笑笑，把信放在了一邊，又拆開另一封信。這是盧有銘的來信，信中大嘆苦水，與周圍的人格格不入，心裡十分鬱悶。他問怎樣才能和別人相處，萬啓就給他回信。

　　萬啓寫道：「我也經過和你一樣的遭遇，或許還更糟，在校的

174

處境和插隊的環境真是天壤之別，又是孤身一人。開始也真不知道怎麼過下去。在學校，同學之間還能通情達理，但在我們集體戶，人員複雜，三教九流的，幾乎沒有共鳴。講理？不但沒用，還會找來嘲笑，甚至麻煩。無奈之下只得小心行事，隨波逐流。心裡也十分的彆扭。經過一段時間，最後得出結論，不管怎樣先要適應。不知是誰說的，你不能改變環境，那就改變自己，也就是一個『混』字。慢慢我也摸出了一點門道，有一天，無意中頭腦裡跳出四個字來：仗義疏財，這是古代綠林中的格言，我想我處的環境有點類似，不妨試試。要入鄉隨俗，從談吐、興趣等等融入，這樣就能打成一片。最後就是要敢鬥。『人不犯我，我不犯人，人如犯我，我必犯人。』我的口號是：大家相處，客來客氣，凶來凶去。無論客凶我都加碼奉還。我總是後發制人，只要有理在，一旦凶開了，就要凶到底，絕不後退。開始我也是心虛得很，實在忍不住了，就豁出來了，哎，結果卻不錯。但不要記仇結怨，只要他退了，就不再計較，客氣相待，這樣就能建起自己的權威來。記得在校時，周老師說我『信有餘而威不足』現在我就是在加威而減信。別看那些小流氓氣勢洶洶，你凶過他了，他就萎了，也是紙老虎。混熟了還很好相處，講義氣肯幫忙。減信就是不要迂，好像孔子說過，講信要看人，對君子是不可或缺的，但對小人就不要拘泥了。因為他們是不講信用的，對他們講信用就會上當。更不必處處克己謙讓循規蹈矩。但底線還是要有的，也不能太低，做到出汙泥而不染。適應了就能站住腳，然後可以爭取獨立和主動，並能有所施展。這是兩個不同的環境和時期，理想和修養要讓位於俗氣和世故。總之，一是與人為善，尊重人，不要傲，還要慷慨，可以吃點小虧，再來就是樂於助人，這是根本；二要以拳還牙，他咬你一口，一定要還他一

拳。三是既往不咎。掌握了這三點，我想就能既隨俗又能自立。

至於接受貧下中農再教育和廣闊天地大有作為的口號，也是理想化的產物，既高估了貧下中農也高估了知青。都沒有那麼樣的覺悟和本事。實際上都只在平庸求安全，碌碌為生存。當然也有少數人懷有抱負或野心在為前途奮鬥或鑽營。說到農民，使我想起了魯迅的小說《風波》和《藥》所描寫的情景和人物。如今沒有多少改變，還是那樣的盲目和逆來順受，或許有時多了一些狂熱。」

寫到這裡，忽然聽得外面傳來嘈雜的說話聲，萬啓放下筆，側耳細聽是說的上海話，他一驚，有了預感，心情頓時沉重起來。他忙收拾起信，放進箱子裡，起身走了出去。前面來了一幫人，至少有五六人，正嘻嘻哈哈地走過來。他看到了黑老鷹正向他招手。萬啓硬著頭皮帶著笑迎了過去。那一幫人站住了圍成一圈，其中有一個瘦瘦的但特別高大，眼睛又大又圓的真有點像牛眼，鼻子也大，嘴卻有點小，臉色黝黑，一股凶氣。萬啓腦中立刻閃過一個名字：「牛目王」。果不期然，黑老鷹對介紹道：「這是我朋友。」又對牛目王說：「這就是我們的戶長。」萬啓不知如何應對，牛目王卻堆起了笑，抱了抱拳開口道：「哈，久仰久仰，聽黑老鷹說起過，你幫了他不少忙，那次回上海是你給他路費，還把自己的毛衣讓他穿。」萬啓有點不知所措地說：「沒啥，沒啥，錢是退給他的糧食錢。已是多天了，我看他只穿了一件外套，怕他凍壞了。」實際上，萬啓是巴不得送他走，使集體戶有個安寧。

牛目王又走近一步，說：「你給黑老鷹講過程咬金的故事，還有秦瓊、羅成，什麼時候到我那裡去也講講？」萬啓本能地退了一

步，回答：「好，好。」牛目王的興致上來了問：「程咬金本事大還是秦瓊大？」萬啓這才放自然了，笑笑說：「當然秦瓊大，程咬金只不過三板斧，在所有好漢中還排不上號的。」「那誰排第一了？」「第一條好漢是李元霸，唐太宗的弟弟。」「那第二條呢？」萬啓也活絡起來，一口氣報了幾個人：「第二條好漢是宇文成都，第三條是裴元慶，第四是雲闊海，第五是伍雲昭，羅成才排第六，秦瓊雖然稱山東第一條好漢，但在全國排在大概是第十六吧。」「這些都沒有聽說過，我就知道程咬金，還以爲天下第一呢，哈哈。」

這時一個叫小弟的走了過來說：「我們走吧，我轉了一圈，這山溝裡沒啥好玩的。」牛目王有點不捨地說：「我真想聽戶長講故事呢。」黑老鷹就說：「那就住下吧，但沒有什麼好招待的，這裡沒有大米，就有苞米碴子。」「走了，走了，我吃不慣包米碴子。」又有人催道。這時岳東亮、何仲民和方國粹扛著鋤頭從山上下來，岳東亮走過來和黑老鷹說了些什麼，把黑老鷹氣的亂叫：「他媽的，敲到我頭上來了，好我這就去和他算帳！」牛目王問：「做啥啦，誰惹你了？」黑老鷹氣鼓鼓地說：「大耳朵，明明知道萬啓和岳東亮是我隊裡的，還要敲他們。太不給面子了。」「大耳朵這小子活膩了，非得教訓教訓不可，走，找他去！」於是一幫人在黑老鷹和牛目王的帶領下直奔大耳朵隊去了。萬啓不由得鬆了口氣，問岳東亮：「是你跟他說了？」岳東亮點了點頭。萬啓說：「你也多事，我早忘了。」岳東亮說：「你不知道，傳出去會丟黑老鷹面子的，他們一幫幫的也要排好號的，牛目王這一幫現在在本縣是算第一霸，一般人聽到他們名字都要怕，還要孝敬的。大耳朵

也真是不識相，如不去教訓他，他就會吹自己了。」「你都知道啊，不愧也是在外面混過的。不過現在是浪子回頭了。」岳東亮沒說話，只是歪著頭細聽，然後回頭問：「是在叫我？」萬啓和何仲民也側耳聽了聽，遠處隱隱傳來一陣陣喊聲：「岳—東—亮……」萬啓說：「叫你呢，快去。」何仲民也加以肯定：「是在叫你。」岳東亮立即衝進屋裡，不一會手裡拿著一件外套飛奔而去。萬啓問何仲民：「今天收工這麼早？」「那塊地幹完了，我們就下來了，老鄉還要去挖蘿蔔，據說在很高的山上，我們怕爬山就下來了。」

　　傍晚時分，萬啓在集體戶外劈柴，岳東亮慌慌張張地回來了，他站在萬啓面前不斷喘著氣，一時說不出話來。好一會才開口說：「大—大刮塞了（闖大禍）。」萬啓直起身望著他，心裡已有數了。岳東亮緩過氣來，說：「出人命了！」萬啓仍然沒出聲，多少有點幸災樂禍。岳東亮繼續道：「小弟把人捅死了。」「大耳朵死了？」「嗨，大耳朵死了還好，把個老實人捅了。」「怎麼回事？」「快到大耳朵隊裡時看到有幾輛牛車從山上過來，看到趕車的是幾個上海人，就以為是大耳朵了。小弟心急一個人先衝了過去，對著前面的一個就紮了下去。一般情況下都是用手按住刮刀，只留半公分，這樣能紮出血，但不會有事。誰知道他用力過猛，進的深了，又正好是大腿的動脈管，血噴了出來，止不住了。」「你不是見過大耳朵的嘛。」「我在後面沒看清。」「哎，這可是人命呀，黑老鷹他們呢？」「給扣了，我一個人跑回來了。」「你沒事吧？」「我沒事，黑老鷹叫我去就是要我認人的。怪就怪小弟，他太野了。」「年紀小不懂事，這下完了。」萬啓感歎道。

　　吃晚飯時，大家也不再提起這件事了，畢竟於己無關。萬啓只

178

是提醒岳東亮說：「還是太平地好，瞎來來有什麼好結果呀。」門突然被踢開了，大家愕然地看到熊明明滿臉怒氣地進來，站在門口大聲嚷嚷著：「出這麼大事，你們還有心吃飯！老鴣子，你跟他們說了沒有？」岳東亮惶恐起來，一時僵住了。萬啓問岳東亮：「他要你說啥？」還沒等岳東亮回答，熊明明搶著道：「黑老鷹關照了，一定要找大耳朵算帳的。走，我們現在就去。」屋子裡是一片沉默。岳東亮低著頭怯怯地說：「等以後再說吧。」熊明明一手插著腰，一隻手揮舞著，語帶威脅地說：「老鴣子你反悔了，當時是怎麼答應黑老鷹的，太不上路了，以後你怎麼向黑老鷹交代！」岳東亮被激怒了，蹭地站了起來：「走，誰怕誰呀！」打開箱子，取出兩把三角刮刀，一把遞給熊明明。熊明明卻沒有接，口氣軟下來了：「你真要放他血呀。」這回輪到岳東亮嗆熊明明了：「拿著呀，怕了？」其他人發出了一陣笑聲。熊明明漲紅了臉，一把接過刀：「你他媽的激我！老子怕過誰呀！」但馬上又說：「黑老鷹是叫你去的，我可是捨命陪君子，有種是你先動手啊。」萬啓拉過岳東亮小聲問：「這熊瞎子怎麼來的，他不是在出民工嗎？」岳東亮說：「誰知道，可能聽說了來看熱鬧吧。」萬啓心裡一動，馬上對何仲民和方國粹說：「我們一起去。」方國粹說：「我的腳扭了，走不動。」萬啓大喝一聲：「走，誰也不要想溜。」說著兩眼直逼方國粹，方國粹忙說：「去，去。」岳東亮又打開箱子取出五副紗手套，分給大家。萬啓說：「原來你的箱子是武器庫。」岳東亮分辯道：「是黑老鷹留下的。」

　　一行五人在夜色中直奔大耳朵隊。他們養的一條小狗也跟著，這是化了五元錢從老鄉那裡買來的。這裡有吃狗肉的風俗，所以養

狗不僅僅是看家，還可以吃。殺狗的場面比殺牛還要殘酷。殺牛你把牛綁在樹上，然後用大錘猛擊頭部把牠打昏，然後用刀分解。殺牛是必須要在隱蔽處，不能讓其他的牛看到。牛會流眼淚，心裡一定很冤，爲你們幹了一輩子的活，結果竟成如此下場。殺狗要慢一些，是把狗吊起來勒死的，狗會掙扎很長時間，最後被剝皮肢解。狗肉很香，這裡的人一般是煮湯。他們說冬天吃狗肉不怕冷，但萬啓從來不喜歡吃狗肉。但吃牛肉，每年的中秋節，隊裡就會殺牛，然後當場分肉。年紀的大的還當場生吃牛的內臟，頗有古風。

萬啓一路逗著小狗，讓小狗跑前跑後的，使氣氛輕鬆起來。到了村子，大家發起愁來，因爲誰也沒來過，不知道大耳朵住那裡。何仲民說找一找，集體戶應該能認出來的。」這個村子要大許多，轉了一圈終於看到有一棟較大的房子，他們就走過去站在門外，萬啓用上次查夜的方法說：「你們躲兩旁，我去敲門，千萬不要亂動手。」說罷，他就輕輕敲敲了敲門，不一會有人開門了，問：「你們找誰？」萬啓一看不是大耳朵就說：「大耳朵在嗎？」那人看了看萬啓問：「你是？」「奧，我是他的表哥，來看看他。」「是親戚呀，他不住在集體戶裡，和他的敲定（固定的女朋友）單住在外面。」「麻煩你了。」萬啓還沒說完，那人很熱情地說：「我帶你去，萬啓急忙說：「不用，不用，你指給我看就行了。」那人把頭探出們向前指了指說：「不遠，就是燈最亮的那間。」萬啓緊張地回頭看了看，還好他們都藏了起來。

來到那間屋，萬啓再三關照岳東亮：「一定不要動刀，不要再出人命了。大耳朵就兩人，我們足以對付他了。」看著岳東亮不太情願的樣子，萬啓口氣堅決地說：「來，把刀給我！」岳東亮猶豫

了一下，還是把刀給了萬啓。萬啓接過刀塞進自己口袋，又覺得不妥，看了看四周，走到一棵樹旁，插在了樹桿上。他又想起了熊明明，但沒見到他，大家這才發覺熊明明不在了。萬啓輕蔑地說：「又溜了，叫得最凶的是他，溜得也是他。」何仲民說：「他是在故意挑動。」「對，我們不能上當，千萬不要弄出事來！」

萬啓走到門前敲了敲門，沒人應，敲了幾次也沒動靜。方國粹說：「人不在，我們回去吧。」岳東亮說：「你打退堂鼓了。」說完推開萬啓，走到門前用拳頭擂大門。咚咚地在靜靜的村子裡顯得特別響。萬啓又把他拉到後面，說：「別把動靜鬧大了。」正說著，裡面傳出一個女人的聲音：「誰呀？」萬啓馬上回答：「老朋友了，來拜訪。」裡面又問：「啥體尷尬（晚）來？」「我們是從老遠來的。」「啥地方？」「東新。」裡面在對話：女的問：「你東新有朋友哇？」男的說：「有是有的，不知是啥人？」「那我開門了？」「看看吧。」

門慢慢開了一條縫，岳東亮立即衝了上去，一把推開了門，大家就湧了進去。那女的嚇得直往後退。大耳朵也吃驚不少，抖抖顫顫地問：「你們，你們要做啥？」岳東亮用他沙啞的嗓子大聲說：「不認識了？」大耳朵看了看岳東亮，又看了看其他人，搖搖頭：「記不得了。」「你，」岳東亮舉起了手臂要打，萬啓抓住了他的手，對大耳朵說：「我們是黃芪溝的，那次在鎮上，他還給了你一包鳳凰菸呢。」「嗷嗷，原來是你們呀，失敬失敬，請坐請坐。」他又回頭對女的喊，快去拿前天買來的人參菸和酒來。

萬啓坐了下來，何仲民和方國粹也隨著坐下，岳東亮仍站著，

狠狠地說：「你敲到我們頭上來了，今天來算帳了。」大耳朵忙說：「實在是誤會，我哪敢敲你們呀，誰不知道黑老鷹還有牛目王他們的鼎鼎大名。那天實在是山窮水盡了，身邊的錢都花光了，所以想請你們幫幫忙，以後再來回報的。沒想到這麼點小事惹出這麼大的事來。」萬啓問：「你也知道出人命了？」「現在還有誰不知道。也算我福大命大，逃過一劫。想來你們還想來報仇的吧，這實際和黑老鷹又有什麼關係？」萬啓說：「你傷了他面子了，面子也好，義氣也好，弄不好就要壞事。小弟根本不認識你，卻出手這麼狠，他」萬啓指指身旁的岳東亮，「也是出於義氣，人挺好的。說清楚了就好，大家都是老鄉，在這裡也不容易，應該相互幫幫才對，打打殺殺的，有什麼好，面子能比命重要？現在無辜的人死了，自己也不會好的。」大耳朵接過來說道：「是，是，就是為了扎台型，擺威風闖的禍。請教你的大名。」「我叫萬啓，他叫岳東亮。」大耳朵又喊了起來「大欣，快把人參菸拿出來。」

　　大欣就是大耳朵敲定，拿了兩包人參菸從裡屋出來。這時才看清大欣的特別樣子：高大又苗條的身材，顯眼的是她有著又挺又高的鼻子，有點外國人的味道。萬啓差點說出口來：「一個大耳朵，一個大鼻子，真相配啊。」只是拿起菸問：「這人參菸從哪兒來的？」大耳朵笑笑說：「就在鎮上供銷社買的。」「哎，我們怎麼沒看到。」「很快就賣光了，你們不經常去鎮上，所以沒見到。」「來抽抽看，味道怎樣？」大耳朵拿起一包撕開，向每人分發。方國粹接過聞了聞說：「有股人參味。」但岳東亮沒接，大耳朵就把菸擱在桌上，又回頭喊：「乾脆把酒也拿來讓大家嚐嚐。」大欣又提了瓶人參酒出來，擺在桌上。「菸酒配套，不錯，」萬啓拿起酒

看了看，然後轉向岳東亮：「老鴰子，來一點？」岳東亮總算開了口：「沒菜怎麼喝！」「對、對，你們先抽菸，我去炒菜。」大耳朵起身下了炕。萬啓把菸遞給岳東亮，學著阿慶嫂的腔調：「刁參謀長，菸不好，抽一支。」岳東亮噗哧笑了，接過了菸。這時大耳朵正忙著炒菜，不一會就端上來一盆熱氣騰騰的肉片炒木耳。萬啓感歎道：「你們生活不錯啊。」大耳朵張羅著給大家倒酒，說：「馬馬虎虎，來我們乾一杯。」大家都舉起了杯，岳東亮沒動，萬啓拿起杯送到他面前說：「來，架子不要太大了。」又用自己的膝蓋在他的大腿頂了一下。岳東亮這才接過杯子。大耳朵說：「這是緣分，今後大家就是朋友了。」

臨走時，大耳朵一直把他們送到村口，最後問萬啓：「那個老鴰子怎樣了？」萬啓說：「別擔心，他不會有事的。」但他嚥下了後一句話：「有我呢。」大耳朵拍了怕萬啓的背感激地說：「多謝了，以後多來。」

九

全場的氣氛十分肅殺，兩個民兵荷槍實彈地站在講臺兩旁，等人都到齊了，大隊民兵連長宣布開會。大隊董主任走到桌後開始講話：「同志們，首先敬祝我們偉大領袖毛主席萬壽無疆，萬壽無疆！祝林副主席身體健康，永遠健康。」會場的所有人都舉起紅寶書跟著喊。接著董主任念起了毛主席語錄：「毛主席教導我們，千萬不要忘記階級鬥爭。」下面又跟著念。這套程序完了，就進入了

正題：「同志們，毛主席的教導千眞萬確，在我們大隊，階級鬥爭還是十分尖銳的。那些明的暗的階級敵人不甘心他們的失敗，總要進行反抗，最近在我大隊就出現了階級鬥爭的新動向，有人惡毒地把我們心中的紅太陽毛主席的寶像塞進廁所裡來發洩仇恨。」會場一陣騷動，大家交頭接耳起來。大隊主任提高了嗓音：「黨的政策是坦白從寬，抗拒從嚴。」嘈雜的會場突然靜了下來，靜得能聽見窗外呼呼的風聲。

萬啓臉色煞白渾身發起抖來，坐在旁邊的老金望了一眼萬啓，問：「身體不舒服？」萬啓沒有回答無力靠在了老金的身上，一會兒就趴在了桌上。民兵連長帶頭喊起了口號：「坦白從寬，抗拒從嚴，敵人不投降，就叫他滅亡。」口號過後又是一陣寂靜，大家緊張期待著這個階級敵人的出現。民兵連長等得不耐煩了，大聲吼道：「誰他媽幹的？想躲過去，沒門！再不坦白，我們就不客氣了，立即把你揪出來！」萬啓想站起來，但腿抖的厲害，他艱難地用手撐著，屁股抬了抬卻又坐下了，是老金一把攔住了他的胳膊。「好，自己不坦白，那就讓別人來檢舉揭發了。」大隊主任說：「誰來揭發？」他的話音剛落，有人站了起來：「我揭發！」全場的目光立刻集中到那人上，是熊明明。他指著老金厲聲說：「是他，我看著他從廁所出來的。」兩個民兵不由分說衝了過來，把老金押到臺前。「你這個反革命分子還不老實交代！」大隊主任狠狠呵斥道。

老金有點不知所措，雖然他也是老運動員了，被批鬥多次，還被掛牌遊街過，但這次來的突然，心理沒有準備。「你要向革命群眾如實交代你的罪行！」民兵連長繼續施壓。「我，我沒什麼要交

代的。」老金緩過神來說。「你還不老實！」一個民兵用力按住老金的頭，就在這一瞬間，老金看到了萬啓惶恐的臉，不由得一怔。萬啓也搖搖晃晃地站立起來，語無倫次地說：「老金，不是，不是的，不是他。」大隊主任驚訝地看著萬啓：「你，你要站穩立場。」老金馬上改口說：「我，我坦白。是我上廁所看《紅旗雜誌》時不小心，夾在裡面的毛主席像掉了下去。我怕被人發現，就用棍子。」萬啓渾身發軟癱坐了下去。

「你狡辯，你從來不看《紅旗雜誌》的，這是故意的。」池排長站起來反駁道。「那《紅旗雜誌》從哪兒來的？」人群中有人問。老金沒有回答。「說！」民兵連長緊逼道。「去鎮上有人給的。」老金回答。「誰給你的？」「不認識，像是鎮上的宣傳幹部。」「他還不老實！」大隊主任怒氣沖沖地對民兵連長吩咐道：「把他送公社去。」兩個民兵過來用繩把老金捆了起來押走了。

散會了，萬啓還趴在桌子上，像睡著了似的。岳東亮拍了拍他的背：「走了，還睡呢？回去睡吧。」萬啓沒有反應。岳東亮抓住他的胳膊使勁把他拉了起來。萬啓這才迷迷糊糊地說：「完了，都完了。」「人都走光了，走吧，你還想待在這裡？」何仲民也過來了。兩人扶著萬啓回了集體戶。老李來了，對萬啓說：「在這種場合替老金說話，好懸呀。要不是你是知青，是沒有好果子吃的。」「老金呢？」萬啓問。「押公社去了，這次是回不來了，上次只是經濟問題，還有私人恩怨，這次可是反革命大罪，以前的帽子還戴著那，現今又犯了，誰也不能說啥了。不過他也認了，他也活到頭了，肝硬化，所以不在乎了。」

　　「這種事上海也有，有人吃飯時還在看報紙，一不小心把湯灑在了毛主席像上，扔在了垃圾桶裡，結果被鄰居檢舉，第二天就被抓走了。罪名是破壞寶像。也是活該，誰叫你那麼關心國家大事。」方國粹說。「現在的上綱上線太可怕了，你盯著我，我盯著你的，一有動靜就有人揭發。」岳東亮說。「這次熊明明出了風頭，有向上竄的資本了。」何仲民說。「真是他發現的？」方國粹好奇地問。老李從炕沿起身說：「是他報告的，開始還懷疑集體戶的人，後來石排長說知青要保護的，就把目標放到了老金身上，反正是死老虎了，這也正合董主任的意。他巴不得把老金往死裡整。大家心裡都亮亮的，老金拉巴時看《紅旗》，這不瞎扯淡嗎。不過現在大夥對這種事已膩歪了，不想折騰了。只是可憐了老金媳婦還帶著兩孩呢。」

　　萬啓昏昏沉沉地一直睡到天黑，吃過飯後，集體戶的人圍著小炕桌在打牌，萬啓一個人出去在村子裡漫無目的地溜達。天上一輪圓月正從山後安詳地慢慢浮現，撒下明晃晃的光來，使村莊披上一片潔白的月暉。村旁的小溪不知疲倦地奔騰著，發出嘩嘩的聲響，打破著靜謐的氣氛。萬啓信步跨過小溪，登上了村對面的山坡，在一個樹墩上坐下抽著菸，凝望著閃爍著零落燈光的村落，想對紛亂的思緒理出個頭來。小村雖又偏又窮卻有電，這是當地駐軍為各生隊拉的電線。不知不覺中月亮已當空，把整個山村照的清清楚楚，但村子的燈光不斷消失，村民們開始進入了夢鄉，唯有集體戶的燈光還在耀眼。萬啓注意到在村的另一頭，也有一盞燈在發出微弱的光。萬啓突然想起了什麼，飛跑著回到集體戶，悄悄地來到自己的臥室，從行李箱中取出一個鐵盒，這是家裡寄來的月餅，萬啓把月

餅放進口袋又溜出了集體戶。打牌的人大聲嚷嚷著，興致正濃，誰也沒有察覺萬啓的進出。

　　萬啓在月光中來到老金家，那盞燈正是從這裡發出光來的。萬啓站在門口猶豫了好一陣子，還是打了退堂鼓。他一轉身子，碰到了堆在一邊的柴禾，有幾根掉了下來，在寂靜的夜裡弄出了不小的動靜來。萬啓慌忙彎腰去撿時，在他背後一亮，萬啓回頭看到門上面的窗簾拉開了。等萬啓放好掉落的柴禾，忍不住從窗口往裡張望了一下，看到的是老金媳婦坐在炕上低著頭做針線。在暗淡燈光的映照下，她的側影顯得十分嫵媚。都說老金媳婦漂亮，但萬啓初見她時卻並不覺得怎樣，或許是先有的聽聞抬高了預期，也或許是偏僻山村的人審美不高。從車站最早見到來歡迎的朝族婦女，到後來生活在這個迷你小村，萬啓所見到的朝族女性形象，圓盤臉，用不太禮貌的說法就是大餅臉，小個短腿，由於一直是盤腿而坐，使得腿形彎曲，也因背小孩的緣故，身材也變的上挺下凸，都沒有令人欣賞之處。但時間一長就有了變化，慢慢地適應了既成的格局，並在這基礎上作比較選擇。有比較才有鑒別，這樣在既定的參照人群中分出優劣來。朝族婦女最能引人之處，是她們的胸部發達，平時又都穿著運動衫，即使冬天在家也是如此，這就更顯出曲線來，從而平添一份性感。加上朝族重男輕女的習俗，婦女普遍溫順，也是為她們添分。就此而言，老金媳婦在這一帶，確是稱的上出類拔萃。她的臉雖不脫圓盆格局，但不是如麵團，而是棱角分明而生動起來，還有那對在朝族人中罕見的大眼睛，以及因生孩子不下地，較為白嫩的皮膚猶如城裡人。儘管已有了兩孩子，但她的年齡並不大。據說她是15歲結的婚，當時還不懂男女之事，新婚那夜她嚇得

逃了出去，害得全村人四處尋找。

　　萬啓再屏住氣慢慢挨近了細看，發覺老金媳婦手中的棉褲正是自己的。原來萬啓的棉褲在打柴時刮破了，老金看到了就說讓他媳婦來補。萬啓一激動就沒了顧忌，敲了敲門說：「阿志媽妮，是我。」老金媳婦紋絲不動，等萬啓敲了第二次，她抬了抬頭側耳聽了聽，萬啓見沒有回應，失望地離開了。當他走過菜園時發覺身後大亮，回頭一看，門開了，老金媳婦站在了門口。萬啓回頭重新來到門口。老金媳婦沒有言語地回到炕上，繼續著針線活。萬啓在門口站了一會，終於跨過門檻走了進去。他說：「這是上海的月餅，給你和孩子吃吧。」老金媳婦還是不動，萬啓就把月餅放在炕上要走，老金媳婦開口了：「進來坐吧，衣服一會就好了。」萬啓十分驚訝，她的漢語講的這麼好，以前從沒聽她說過，還以為她不會漢語呢。老金媳婦起身把門關上，順手也把窗簾拉上。等她重新坐好，萬啓就問：「有老金消息嗎？」一提到老金，老金媳婦抽泣起來，繼而變成嚎啕大哭。哭了一會，老金媳婦從碗櫥抽屜了取出一張皺巴巴的紙條來，萬啓一看是寫給自己的：「你放心，不用管我。照顧好我媳婦和孩子。」萬啓的淚水不由自主地湧了下來。

十

　　萬啓和岳東亮正在準備扒犁，老李走來問：「上山那？」萬啓說：「集體戶沒柴了。」老李說：「今天大隊知青開會推舉招工人選，你們不去？」萬啓說：「隨他們推舉吧。」老李搖了搖頭：

「哧，你真穩得住氣。」

萬啟很早就開始不參加任何會了，開會對他來說毫無意義，除了浪費時間，更是遭罪。不但要聽那些於己無關的空洞口號和千篇一律的語言，還要重複的翻譯。而且不參加會議也沒有影響對自己的評價，反而顯得有點超然。曾經拒絕參加會議，還鬧出了一場風波。那是隊裡開會傳達什麼檔，集體戶的男生都沒有去，五七幹部老崔來叫，卻被岳東亮戲弄一下。老崔是大學老師，說話有點口吃，所以被起了個外號：老吊。上海人把口吃的人稱為吊子。

岳東亮故意學老崔的說話：「我、我們不、不去！」老崔漲紅了臉，卻說不出話來，只得靠著門框說：「去、去吧，這個會很、很重要的。去吧，就、就等你們了。」萬啟有點過意不去，就說身體不舒服。老崔就這樣站了好一會，無奈的走了。不一會新來的軍宣隊來了，大家馬上裝睡。這是個年紀很輕的小兵，一看就知是農村的，臉黑黑的，皮膚很粗糙。人內向，很少開口。平時就是跟著出工，不幹其他事。一次在田裡，萬啟看到他在捉螞蚱，十足的孩子氣，這和石排長實在相差甚遠，心想派他來幹嘛。

小解放軍一改孩子氣，嚴肅地說：「都起來，裝什麼裝，剛才我還聽到你們嘻嘻哈哈的。」萬啟翻了個身隨口說：「扯雞巴蛋。」「什麼？你敢罵解放軍！」萬啟一下坐了起來，說：「誰罵你了？」小解放軍進逼道：「你說扯雞巴蛋不是罵人？」「扯雞巴蛋怎麼是罵人？」萬啟嘴裡硬心裡卻在打鼓，罵解放軍可不是鬧著玩的。他一轉念，以攻為守，立即站了起來振振有詞地說：「扯雞巴蛋是這裡的口頭語，你要上綱上線，給人扣帽子搞壞軍民關係，

給你們的指導員知道了，還不把你撤了！」小解放軍懵了，站著說不出話來。岳東亮原來繃著的臉舒展了，還嗤嗤地偷笑起來。這時正在開會的大隊副主任忙忙跑來，對小解放軍說：「你去吧，我來解決。」然後對萬啓說：「來，我們去好好談談。」

　　原來前不久萬啓和他也有過衝突，在一次鏟地時，副主任特地盯住萬啓鏟過的地檢查，還在眾人面前訓了萬啓，惹惱了萬啓，一氣之下就不幹了。通常，萬啓一離開，其他人也會跟著走，顯示出一致的力量，使得隊裡不得不妥協，會讓老李來說和。但這次卻出了意外，沒人跟進，萬啓只得孤零零地走了。原來是黑老鷹也在，把本要隨萬啓的岳東亮喊住了。副主任自然也就硬起來，沒有如往常來打圓場。自從黑老鷹回來，兩人的關係就微妙起來，也影響了集體戶的原有格局。萬啓好不容易孤立了熊明明，掌握了控制權，使集體戶走上正軌，黑老鷹的來到又多增變數。黑老鷹經過那次事件後一改以往表現積極起來，不但不再鬧事，還處處討好隊裡。在集體戶裡卻有意無意挑戰萬啓。最早的是在公開場合大喊萬啓為「豬耳朵。」因為萬啓的一隻耳朵下半部上翹。雖然帶著玩笑口氣，但顯然在貶損萬啓。萬啓當然不樂意，但也不直接抵制。每當他這麼叫時，萬啓以同樣的高分貝回敬：「馬屁股。」幾次下來，也就止住了。本來萬啓是和岳東亮住一間的，黑老鷹來後，三人擠在了一起，萬啓總覺不自在，找了個藉口就搬到隔壁何仲民和方國粹的房間裡。有一次萬啓一邊做飯一邊在唱樣板戲《智取威虎山》，當唱到：「美蔣勾結假談真打，明搶暗箭百般花樣，怎禁我正義在手，仇恨在胸，要把反動派一掃光！」萬啓越唱越高亢，在裡間的黑老鷹走了出來，帶著央求的口氣說：「哎，別唱了。」

　　早有傳聞，對知青要開始大招工了。最早的消息是江西搞得五七道路，這對饑渴中的知青是一個好的徵兆，現在正在變成現實。這次不像過去的零星招工，而是全省大規模的招工，地點除了本縣還有海蘭、吉林和長春。現在正式開啓了招工程序：知青和貧下中農雙重推薦後報到縣知青辦，最後由招工單位來接受。以前也有過兩次招工，一次是在剛來半年時，說是上大學，實際是到海蘭大學培訓半年後回公社中學任教，萬啓當即給推了。原因一是不願當教師，而願意當工人，工人階級那時是最吃香的。二還是沒有脫離這個邊緣農村。所以根本的還是要等待機會，畢竟還有時間。第二次是本地的鐵礦有一個名額，萬啓又推了。現在至少可以到縣城，又是成爲工人階級一員。再說下鄉也兩年有半了，該跳出去了，所以毫不猶豫地報了名。至於能不能被推薦，萬啓並不在意，前兩次的情況，給了他的自信，似乎一旦有名額，非他莫屬。

　　萬啓騎在牛背上，岳東亮坐在扒犁上，他們穿著綠色大衣，腰間束著草繩，別著一把斧子，晃蕩晃蕩地向山上進發。昨天剛下過雪，周圍是一片白皚皚的雪。萬啓不禁興致大發，扯開嗓子唱了起來：「塑風吹，林濤吼，峽谷震盪，望飛雪漫天舞，巍巍群山披銀裝，好一派北國風光。」突然他轉換了調子繼續唱道：「北國風光，千里冰封，萬里雪飄，望長城內外，唯餘茫茫，大河上下，頓失滔滔，山舞銀蛇，原馳蠟像，欲與天公試比高。須晴日，看紅妝素裹，分外妖嬈。江山如此多嬌，引無數英雄競折腰。」岳東亮說：「滿好聽的，你的嗓音還不錯哎，好好練練可以登臺了，不過怎麼前調不搭後調地亂唱一氣，前面是京劇《智取威虎山》，那後面不像京劇。」萬啓回答：「比你老鴰子呱呱叫，當然強多了，我

就喜歡亂唱，只要自己喜歡，能抒發自己就行。後面是情歌。」
「情歌？」「你不懂啦，這是最偉大的情歌，英雄對江山的情
歌。」岳東亮回敬道：「就你瞎掰乎。」

　　今天特別的順利，他們在不遠處發現了一個地點，山坡上有著
一排排適中的樹，沒有花多大的勁，就砍滿了一扒犁。返回時也沒
有扒犁散架的困擾，一路順順當當地下了山。在村口，迎面走來一
個高個子的上海女知青，對著萬啓說：「回來了。知青大會開過
了，你被推薦了。」萬啓仔細一看，才認出是四隊集體戶的戶長，
因為人高馬大被她集體戶的人叫「長腳」。他們集體戶的人還說她
力氣比男的還大，一個人就能拎起一麻袋黃豆，甚至還戲稱她的大
拇指有雞蛋那麼大。因為說話不留情，又被稱為「傻大個」。萬啓
第一次見過她，還是剛來時，參加公社的黨員和幹部的三級會議，
集體戶戶長也被邀請到會，給予了一定的政治待遇。在會議室門口
看到了她。當時她穿著一件藍花上衣，身材修長，臉色白淨，在人
群中特別醒目。兩人並沒有接觸，但給萬啓留下很深印象。第二次
遇見是在公社傳達中央文件的會後的歸途中，因為天色已晚，為了
安全，參加會議的黃芪溝大隊的人員，結伴走回去。作為僅有的老
鄉，慢慢就走到了一起。在不知不覺中，兩人脫離了人群，走到了
前面。快到大隊時，看到走在他們前面的婦女隊長停在路旁，原來
與她同行的人分開了，剩她一個人了，她是在等後面的人。到了跟
前，長腳招呼道：「一起走吧。」婦女隊長回答：「你們走吧，我
等他們。」說著指了指後面的人群。萬啓和長腳繼續往前。長腳回
頭望了望婦女隊長後說：「她很機靈。」萬啓沒有回答。前面是一
條溪流，過了溪就是去三隊的路，往上是去四隊的路，萬啓感到如

釋重負。這時長腳說了一句：「我們現在都在浪費青春」時，立即快速轉向著溪邊，隱沒在濃重的夜霧中了。

萬啓牽著牛拉著扒犁到集體戶門口，何仲民出來說：「我來卸，你們進屋吧，飯都好了。」萬啓放下牛繩問：「今天的報紙來了嗎？」「來了。在炕上。」萬啓和岳東亮進了屋，坐在炕沿上脫鞋，鞋子都已溼透了，外面還結了薄薄的一層冰，所以要費點勁。脫完鞋，萬啓急急爬上炕，飯菜已擺在了炕桌上，一鍋大白菜湯和幾個玉米窩窩頭。萬啓拿起一份報紙，一邊啃著窩窩頭，一邊專注地看起來。這是份《參考消息》，現在集體戶也可以訂閱了。

這時老李笑呵呵地來了，說：「今天打了不少，不過還不夠的，還要繼續。今年我可不會管你們了，再要各家給你們送柴了。」岳東亮說：「你不能不管的，真沒柴了，你不管我們就去偷，哈哈。」老李咳了一聲，然後開門朝外吐了口痰，又把門關上說：「你這王八犢子還不學好，以後能被推薦招工呀。」岳東亮忙說：「跟你說著玩的，哎，會開完了，隊裡推薦誰了？」老李說：「反正沒你的份。」岳東亮說：「我不著急的，萬啓是板上釘釘的了，還有誰？」老李慢在炕沿坐下，掏出菸包慢悠悠地捲著菸說：「尹秀蘭，她年紀大了應該照顧的。」

一個月過去了，萬啓還沒有得到招工通知。尹秀蘭早走了，是縣水泥廠。朱莉也被招到公社中學當教師了，但萬啓的通知卻遲遲沒來。這使萬啓承受了等待的煎熬。

一天，萬啓在門口呆呆地看村裡的小孩滑冰，老崔從公社回來，走了過來對萬啓說：「你招工的事，我在公社打聽了，他們說

把最好的單位分給了你，早報上去了，他們也不知道是什麼原因還不來通知。可能需要更長時間調查吧，那是一個保密廠政審很嚴格的。」萬啓無精打采地低著頭沒有說話。老崔又說：「我和公社說了，大學也在招生了，既然你的通知沒來，就讓你也參加這次招生吧，他們同意了。」「是嗎？」萬啓像打了強心針，一下子振奮起來，心想正是因禍得福了。老崔又說：「下午大隊就要開會討論這個事，我會推薦你的。」

老崔前腳走，老李又來了，看到萬啓興奮的樣子，就說：「這麼高興，聽說了？你的招工通知來了。」萬啓一驚：「哪裡？」「水泥廠，嘿嘿，這回尹秀蘭要高興了。」「啊，我的天啊！」萬啓就像被澆了一桶冰水，渾身發起抖來，頭也開始發脹。他走回屋裡立刻躺下了，蒙頭就睡。傍晚時分老崔回來了，他吞吞吐吐地說：「我提了你，但大夥都反對，說招工通知已經下來了，就沒有資格參加招生了。大家都在爭啊。」這一夜，萬啓思前想後怎麼也睡不著，第二天一早就到老李家，問道：「老李，你說，如果我不去會怎樣？」老李漫不經心地說：「那就得排在最後了，你已經推掉二次了，其他人會有意見的。這次有規定，不服從安排就要取消招工資格的。」

一個星期過去了，萬啓還是拿不定主意，直到水泥廠派人來接才下了決心。來的是水泥廠的採購員，當地的稱呼卻很響亮：「外交」。一個清瘦的中年人，穿著乾淨的中山服，背著一個綠色軍用挎包。他問萬啓：「有些時間了，咋不來報到？」老李說：「沒來通知前，他想上學來，通知一來被攪黃了。」「上大學？沒關係的，咱們那裡也有招生名額的，你去後可以向工廠提出，我想廠裡

會考慮的。」那人不假思索地說。「這好了，萬啓不用煩惱了。你得幫他說說，萬啓毛主席著作學的很好的，幹活也是一把好手。是集體戶的戶長，很有能力的。」老李極力為萬啓說好話。萬啓還是半信半疑地說：「你能保證會有名額？」「嗨，咱們是縣辦的國營廠，機會比農村強多了，跟我去吧。你看廠裡特地讓我來接你，對你很重視了。」萬啓心動了說：「我還得準備行李呀。」「先去了再說，以後再搬家嘛，又不遠。」「好吧，那請你稍等，我簡單準備一下。」那人說：「你忙吧，我先走，也去辦點事，然後在公社車站等你。一定要來啊。」

萬啓打點了一下，扛起旅行袋剛要走，老李拉住了他，說：「你還沒有入團呢，上次李和龍給我的申請表還在我這裡，你就填一下吧。」說著就回家去拿表格。萬啓說：「不用了。」岳東亮說：「送上門了還客氣啥。入了總有好處的。」老李拿了入團志願書來了：「快填吧，我再給你送去。」萬啓匆匆填完表交給了老李，扛上行李就要走，岳東亮說：「把行李給我，我送你到公社，路這麼遠，你能走？」何仲民說：「牛車，我去套輛牛車。」

三人坐在牛車上顛簸著前行，快到大隊時，看到前面簡易公路上塵土飛揚，一輛輛的卡車拖著矮矮的大炮在飛馳。岳東亮說：「要打仗了？隊伍都出動了。」萬啓說：「是林副主席發出了一號令，全部軍隊都要撤離營房，以免被突然空襲。」何仲民說：「真要打了。」萬啓說：「是的，林彪說了，大兵壓境，不打才怪。他指的是蘇聯。」「怪不得，前天看電影回來，在路上看到有東西在動，把我嚇一跳，走近了才看清是當兵的，他們就躲在路旁挖的洞裡。冰天雪地的真夠嗆。」岳東亮又說，「這炮這麼小，能有什麼

用？」「可能是榴彈炮，打坦克的。」在這溝裡駐有一個炮兵團，那一排排的紅色磚房就是部隊營房，剛來時說的俱樂部也是部隊的俱樂部，但放電影時對老百姓也開放。還有一個小賣部，也是知青經常光顧的。軍隊對老百姓很好，對知青也特別照顧。這裡的公路、拉的電線都是借部隊的光。一次在路上遇到幾個兵在路旁射擊，萬啓他們站著看，其中一個兵回頭對他們說：「要不要試試？」萬啓搖了搖頭。走在路上遇到騎馬的經過，也問：「要不要騎一下嗎？」萬啓還是搖頭，何仲民卻說：「好的。」那兵翻身下馬。扶著何仲民騎上馬，馬慢慢走了不到十米，何仲民就下來了。岳東亮問：「什麼感覺？」「比牛舒服。」「那當然，這上面有馬鞍，實際這也不是馬。」萬啓說。「不是馬是啥？」岳東亮有點差異。「這是騾子，是雜交出來的，自己不會繁殖的。牠沒有馬跑的快，但勁大，用來駝東西或拉車什麼的，可能也用來拉炮。」萬啓解釋道，最後有點懊惱地說，「應該上去騎騎的。」「還有打槍呢。岳東亮補充道。」

十一

　　萬啓跟廠來的人在汽車站碰頭後，坐車到了上道鎮，然後搭廠裡的拖拉機（曳引機）直接去廠。這是廠裡唯一的運輸工具，每天要到這裡拉煤。開車的是一個個子矮小，人精瘦精瘦的漢族中年男子，臉頰深陷，但鼻子很大，所以大夥叫他：「大鼻子。」還有一個裝卸的，一看就是老鄉，但他對萬啓卻視而不見，裝完後直接坐

196

在了大鼻子旁邊，這使萬啓感到怪怪的。萬啓把行李放上車，然後和接他的人爬上去坐在滿滿的煤屑上。半個多小時，在刺骨的寒風和不斷的顛簸中，拖拉機開進了一塊比籃球場稍大一點的空地停下了。萬啓四下一看，心裡徹底涼了，這哪像一個工廠呀！廠房就是用泥壘起來的大草棚，這就是所謂的乾打壘。裡面有一臺舊的不能再舊的小型球磨機在慢吞吞地轉動，有的地方還漏出磨料來。整個棚裡塵灰彌漫。緊挨著的是一座小小的燒窯，歪歪斜斜的像要塌下來，煙囪裡冒出一股股濃煙來。左邊又是一排沒有牆的泥棚，算是倉庫，堆放著礦渣、石膏和石灰石之類的原料。唯一像點樣子的是磚瓦結構的拖拉機庫，僅能停放一臺二八式拖拉機。連著的兩間作了化驗室。再過去是一間普通家居一樣的草房，一半作為辦公室，是會計和出納用的，另一半有一大炕，炕上有一張沒有腿的辦公桌，這是主任的辦公室兼臥室，因為家還沒有搬來就臨時住在這裡。因主任去縣裡開會了，所以萬啓和另一位新來的被安排暫時住在這裡。同住的是一位四十開外的朝族，中等個，穿著一件皮夾克，很健談。從交談中萬啓得知他當過坦克兵，來廠做機修。這是典型的土法上馬的產物，原來是公社搞的，後來被縣工業局接管，成為國營的重工業企業。

工廠是在東城公社所在地，一條公路從中間穿過，兩旁是一長排的民居，不像一般的民居，它的煙囪不是在房頂上，而是在房前立著一個比房還高的木製大煙筒，從而形成一排獨特的景觀，故被叫做煙囪街。街上有一家飯館，還有郵局和供銷社，最邊上是衛生站。離煙囪街不遠處是一所中學，有一座紅磚房，前面是偌大的操場，可以容納一個足球場和籃球場，每年在這裡舉辦公社的運動

會。對於朝鮮族來說，中秋是一年最隆重的節日，而運動會就是為慶祝節日的。到時這裡就十分的熱鬧，有各種比賽。最引人注目的是摔跤，兩個人的一條腿用繩子綁在一起，兩手搭在對方肩上，然後開始摔。冠軍有著豐厚的獎品，文革前是一頭黃牛，現在只是一架半導體收音機。其他還有籃球賽，參與者主要是漢族。朝族喜歡的運動還有足球和排球，女子則是盪秋千，穿著傳統的民族服裝，在空中飄來飄去的，像蝴蝶飛舞。

萬啓吃完飯從食堂出來，食堂暫時借用對面農具廠的。農具廠是在街的一頭，萬啓從工廠出來，一路漫步到另一頭，花了不到半小時，在往回走時，天上飄起了零零星星的小雪，不一會變成了細雨。萬啓摸了一把臉上的雨水，呼吸不再寒冷的空氣，內心感到一些寬慰，不管怎樣，與黃芪溝的迷你山村相比，還是很大的升遷。但總體的沮喪仍未擺脫，許諾的大學名額，完全是泡影。面對一個新的並不如願的環境，還是有一種無所適從感。而廠裡卻對他抱有期望，一去就被任命為雜工班的班長，後又分配到球磨車間帶班，這給萬啓帶來的不是喜悅而是惶恐。他的手下僅有兩名女工，其中一個是海蘭的知青。女工負責在前餵料，他在後接磨出的水泥，裝袋後擺放一起。這不需要任何的技術，純粹的體力活。還要承受無處不在的灰塵，開始時只有一般的口罩，後來才發了防塵口罩。但沒有暖氣也沒有空調，多天冷得渾身發抖，一有機會就跑到辦公室烤火。夏天渾身是汗，只有間隙時到室外摘下口罩和帽子，涼快一下。

一次中班休息時，兩個女工聽到了學校操場放電影的聲音，休息時要求去學校看電影，萬啓經不住再三的懇求竟答應了，這樣機

198

器停了很長時間。住在辦公室的金主任出來探看，得知情況後雖然沒說什麼，但鼻子哼哼著回了屋。第二天調度老張責備萬啓說：「這是工廠，不是農村幹活，可以隨便走開的。」萬啓茫然地望著遠處，沒有說話。

廠裡有一種風氣，就是發工資那天，三三兩兩的會去館子喝酒。那天萬啓和老鄉湯尚易同是三點班，晚飯休息時，小湯拉著萬啓說：「走，蘇裡莫格（喝酒）。」小湯是萬啓來廠時交往的第一個上海老鄉。他中等的個子，瘦瘦長長的臉，瞇起眼，看上去很和善。他主動走到萬啓面前問：「新來的？」萬啓回答：「是的。」接著，他一本正經地向萬啓介紹工廠情況來：「這原來是社辦工廠，我和曹強，還有梁鼎舟那時就來了。」萬啓說：「那你就是廠的元老了。」湯尚易揚了揚頭，兩隻眼睛瞇了起來，咧開嘴露出一絲笑意來：「後來被縣裡拿過去了，現在屬於國營單位了，全民所有制。」湯尚易再次揚了揚頭，「待遇就不一樣了。工資是39元，一般單位只有36元，我們是重工業，再加上保健費、夜班費，每月至少有45元，如果加班的話，有一天算一天，那就更多了。就是糧食定量也有55斤。還有發工作服、大頭皮鞋、手套、口罩等等。看病的話，問出納要一張病紙，就可以到衛生院去看，自己一分不付。」湯尚易越說越起勁，「每年還有一次探親假，可以回上海。」

這時又走來一個上海知青，也是中等個，臉色微黑，有一對大眼睛和一個厚實的鼻子，在湯尚易背上猛怕了一下：「你又要賣老了！快去，老張在找你。」湯尚易轉過頭看了看那人，嘻嘻笑了笑走開了。來人就是湯尚易提到的曹強。他把萬啓拉到正在建的新窯

底下，兩人坐在散落的磚塊上，曹強遞過一支菸後，開口就說：「上海人在廠裡是受欺的。」萬啓馬上正色道：「這不行！」曹強說：「是啊，主要是上海人少，又不團結。剛才和你說話的小湯是『默則利』（朝語傻子的意思）朝語雖說的好，但喜歡七搭八搭，廠裡都看不起他。梁鼎舟是金主任的紅人，也是鐵公雞，一毛不拔。聽朝曦說你在那裡很不買帳的，這回好了，我們人也多了，不怕他們了。」曹強站了起來，拍了拍屁股上的灰說：「我們還是能談得來，以後再聊，現在我要去化驗室幹活了。」

萬啓也跟著站了起來，一抬頭看見了在舊窯上的沈朝曦。沈朝曦是萬啓一個大隊的，也是這次招工上來的，他與尹秀蘭同時進的廠，而萬啓則拖了近半年。以前兩人有過一次接觸，是沈朝曦來與萬啓下象棋。雖然沈朝曦只有小學畢業，但棋下得不錯，周圍幾無對手，所以特地來挑戰的。第一局萬啓贏了，第二局沈朝曦扳回一局，第三局時，萬啓形勢大好，有著車馬炮的優勢，卻被只剩一車的沈朝曦將死。這可把沈朝曦高興的手舞足蹈，洋洋得意，不斷地自言自語：「哈哈，車馬炮被我將死，車馬炮被我將死，哈哈。」毫不在意萬啓的感受。沈朝曦是一個美男子，五官精緻而又棱角分明，臉色白皙而微微泛紅，大大的眼加上高挺的鼻，有幾分外國人的模樣。萬啓第一天來時在食堂見到了他，那時他很是高興，交談中，萬啓連說倒楣被分配到這裡，從此沈朝曦就對萬啓不理不睬的。沈朝曦也看到了萬啓，立即轉過頭去了。工廠買下了一棟舊房作為工人宿舍，兩人一間自由結合。原來曹強與萬啓說好住一起，但在搬家時卻和于新秋住了一起。萬啓雖然覺得有點怪怪的，但卻並不在乎，找到了湯尚易合夥，湯尚易的隨和性格更使萬啓感到

自在，無拘無束。萬啓可以隨意指使他，也可以毫無顧忌地跟他開玩笑，而湯尚易也很樂意這樣，總是嘻嘻地笑，兩人相處很融洽，這有點像與岳東亮相處的樣子。

　　湯尚易老姿老練地帶著萬啓來到街上的飯館，那裡已經人聲喧鬧擠滿了人，大多是水泥廠的工人。湯尚易轉了一圈沒找到空位，時不時地和認識的人說說笑笑，還會伸出手臂，再用另一隻手在手臂下面撸過。這是這裡通用的不雅手勢，形同罵人，但更多是一種戲昵。他走到一張桌旁，從後面拍了拍一個人的肩膀，那人一回頭，萬啓看到的是一張兩頭尖的錐形臉，臉上布滿黑黑的斑雀。湯尚易喜笑著用朝族話跟他說了什麼，那人一瞪眼就罵了起來。湯尚易並不惱怒，還是嘻皮笑臉地說：「讓讓吧。我們還在班上，沒時間等。」他又指了指萬啓說，「他是新來的，第一次開支，所以我陪他喝一點。」那人斜眼瞟了一眼萬啓，站了起來說：「這次就給你點面子。」然後對同伴說道：「走了。」湯尚易又大聲向廚房喊道：「服務員，快來收拾！」應聲從廚房走出一個女服務員來，萬啓眼睛一亮，原來也是上海人，個子不太高，稍有點胖，圓臉大眼，細皮白嫩的，顯得特別醒目。看著她收拾，湯尚易點了一支菸搭訕起來：「你好像是廣德的吧，最近招工來的？」服務員擦著桌子回答：「是的。」擦完桌子後挺身看了看湯尚易和萬啓，也問道：「你們是水泥廠的吧，還是廠好，我們……」她無奈地搖了搖頭，「服務行業不行。」湯尚易還要說什麼，聽到有人在喊：「服務員！」就匆匆離開了。坐下後萬啓問湯尚易：「剛才那個差點和你打架，你對他說什麼了？」湯尚易笑了：「你說的是小麻子，我叫他『毫巴蓋』他不高興了。不礙事，我們經常罵來罵去的。」

「毫巴蓋是啥意思？」「是朝語角瓜，你看他這麼矮，長得像不像角瓜？哈哈哈。」

　　兩人匆匆喝了半斤白酒，湯尚易的臉就紅了起來，話也多了起來。萬啓惦記著上班，就催著他說：「走吧，要遲到了。看你的臉是不是醉了？」「哎，沒事！這算個啥，才半斤，我一個人就可以喝半斤。」萬啓還是心不定，先站了起來又去拖湯尚易。回到廠裡，萬啓立刻去開了機器，又走出車間，不見了湯尚易。不一會從辦公室裡傳來了金主任訓斥湯尚易的聲音：「太不像話了，上班時間去喝酒，還有沒有紀律性！」湯尚易吶吶地說：「沒有，沒有，我們只是去吃飯。也只遲到了十分鐘，你看錶」還沒等湯尚易說完，金主任的聲音更高了：「你還要頂嘴，不想幹了可以走！」湯尚易灰頭土臉地走出辦公室，沮喪地對萬啓說：「金主任發火了，真倒楣。」萬啓說：「你自找的，誰讓你去辦公室了，一看你的臉就知道你喝酒了。不過金主任也太過分了，難得一次就要叫人走。」

　　沒想到金主任聽到了，怒氣衝衝走了出來：「不服，好的，你們兩個都不要上班了！」湯尚易沒有吭聲，畏畏縮縮地低下了頭。萬啓本來低著頭和湯尚易說話，這時抬起了頭，一字一句地說：「你又不是資本家，你沒有這個權力！廠是國家的，我們是工人階級，是工廠的主人，是領導階級。有錯誤可以批評，但不能拿出資本家的派頭，隨便解僱工人！」金主任還沒有遇到能這樣上綱上線的工人，一時不知所措，呆立了一會，丟了一句：「好，好。」就走回辦公室去了，不一會燈也熄了。湯尚易拍了拍萬啓的肩膀：「沈朝曦說過你是不買帳的人，我也見識了。不過以後的日子要不

好過了，怎麼說他是主任，會給你小鞋穿（刁難）的。」「他要給我穿小鞋，我就給他扔回去，看他能怎樣！一個小小的主任就這樣蠻橫，實在是整人整慣了。」

　　第二天，全廠開了職工大會，金主任沒有出席，由調度老張主持，他在會上強調了紀律，不允許在上班時間脫離崗位，不管是去看電影還是喝酒，以後再有這種情況發生，將作曠工處理。湯尚易用胳膊頂了萬啓一下，輕輕地說：「看，給顏色了。」萬啓只是毫無表情地望著窗外。最後老楊宣布了新的崗位分配，萬啓被調去破石組，組長就是來接萬啓的老樸。現在已不再做外交了。在萬啓擔任雜工班班長時，他還是班裡的一員，如今互換了位子。破石就是把大塊的石灰石用錘子砸成小塊，以便能放進碎石機粉碎。錘子是用大的錘頭連上用幾股鋼絲擰成的長長軟軟的柄，這樣砸下去不會震手。破石的竅門就是要對準了紋路，不用花多大的力，就會使石頭輕鬆裂開。如果不對上紋路，使再大的勁，只能砸的火星和碎屑四濺，石頭卻紋絲不動。實際上這活要比球磨車間來的輕鬆自由，沒有一定的工作進度，做多做少自己掌握。休息時間則有組長控制。更重要的是沒有灰塵，是在露天的場地上。幾天下來，萬啓只悶頭幹活，休息時也是獨自坐在一邊。老樸也不太理會萬啓，與另一個長春知青小苗黏在一起，一次下班時，老樸和小苗有說有笑地並肩走在前面，萬啓在後面聽到老樸說：「都說兔子尾巴長不了，嗨，兔子本來就沒有尾巴嘛。」說完就自個兒咯咯地笑了起來。

　　走進休息室，湯尚易正在換衣服，見了萬啓就悄悄地說：「現在金主任對你恨得要命，我聽梁鼎舟說，他對人就說你厲害，是一個手裡抓把沙子都不帶掉的。以前金主任最恨的是曹強，現在變成

你了。梁鼎舟感到奇怪，你平時不聲不響的，怎麼會惹到了金主任。我想就是那天晚上引起的。你要當心了。」萬啓淡淡地說：「隨他怎麼著，我無所謂，這麼個破廠有啥稀罕的。」

曹強走了進來說：「我聽說水泥廠虧不起，要下馬了。」湯尙易急著問：「那工人怎麼辦？回農村？」「你不用擔心，回農村的是家屬工，其他人都轉出去，女的去縣食品廠，男的去上道酒廠。」「可靠？」「我是聽大學生說的，他剛從縣裡回來。」大學生是唯一的大學畢業的，負責化驗室，曹強是他的助手。「那你走不走？」「化驗室還保留，我當然的留下。」

十二

上道酒廠是在上道鎮上，是個老廠了，屬於縣辦的集體所有制單位，但也是最有利潤的廠。廠的規模要遠大於水泥廠，有著磚瓦結構的標準廠房。作為一個鎮，同樣不同於公社所在地，要熱鬧多了。有著好幾條街，布滿了一些商店和飯館。除了所有制不同，到酒廠似乎比水泥廠又提升了一級。不過這次的調動還不是正式，名義上稱為支援性質，人事關係還沒有改變，也沒有正式搬遷，去的人都只帶了隨身的必需用品。酒廠的林主任為來的人員開了個歡迎會，除了介紹廠的情況外，還給予了鼓勵和期望：「只要你們努力，將來可以成為大師傅的，現在的大師傅都年紀大了，需要接班人了。」

　　所有人都被分配到了第一線，幹的活是填窖和挖窖，也就是把做酒的料裝滿酒窖，經過一段時間的蒸，做成酒後再把酒糟挖出來。所謂酒窖是一個大大的木桶，有一米左右高，四五個人圍著桶用一把木製的撬幹活。剛出完酒的地窖還在冒熱氣，整個人都被熱氣包裹著。裝還不覺什麼，但挖起來卻十分吃力。個子不高的話，兩隻胳膊要抬得很高使勁，要挖完這一桶實在不輕鬆。為了趕時間，必須要很快，又因為是協同進行的難以偷懶，只要你的速度慢下來就會引來吆喝。開始幾天，萬啓只能咬牙硬撐著，心想暗暗叫苦，不知何時能到頭。不只是萬啓，所有水泥廠去的人都在怨聲載道，回到宿舍大倒苦水。有人開始怠工了，還有的乾脆不上班了。梁鼎舟就是最為明顯的一個。在同一宿舍，萬啓和梁鼎舟有了近距離的接觸，發覺並不難相處，他說話行動都是四平八穩，也很隨和，似乎也沒有大的心機。曹強說他是「鐵公雞」，對萬啓來說無所謂，因為他也並不想占人便宜。「鐵公雞」的好處是往往是也不占別人便宜，這對萬啓來說也省了許多。實際上萬啓本人是很節儉的，只是為了搞好關係而充慷慨。來到酒廠後，他的情緒一直不高，勉強堅持著。

　　水泥廠的這幫人的表現也惹惱了酒廠領導，林主任要水泥廠把人接回去。而縣裡也決定水泥廠繼續辦下去，因為基建對水泥的需求不斷增加，這樣水泥廠的人又回去了。但是林主任給每個人做了鑒定，表揚了幾個人，也批評了幾個人，其中萬啓是屬於表揚之列，而梁鼎舟則收到了嚴厲指責，說他身為團支部委員，表現太差。林主任隨意的褒貶，對萬啓和梁鼎舟日後的處境發生了戲劇性的變化。一回到水泥廠，正好趕上團支部換屆，原來的支部委員中

大多獲得通過，最後卡在了梁鼎舟上。本來他的人緣不佳，又逢酒廠的評，因此引起了非議，有人提了萬啟，馬上獲得了部分人的贊同，於是進行表決。梁鼎舟先得了三票，其中包括萬啟投的一票，這是一種通常的表面謙虛，沒有人會投自己的票，同樣梁鼎舟也是投了萬啟。而且兩人沒有投其他人，說明之間的關係還是友好的，也沒考慮選舉策略。萬啟也得了三票：曹強、沈朝曦和梁鼎舟。因超齡即將卸任的支部書記李祥龍看了看梁鼎舟，又看了看萬啟後說：「兩人都不錯，不過我還是選萬啟，他群眾關係要好一些，便於開展工作。」這樣萬啟得了四票。沈朝曦等不及了，嚷嚷道：「4比3。就這麼定了，散會吧。」李祥龍說：「還有於新秋和楊魁太不在，等他們來了再說。」沈朝曦不耐煩了：「不用等了，於新秋肯定選萬啟的了。」於新秋就是萬啟來時坐曳引機時見到的那位。後來曹強和他同住，與萬啟是隔壁，在曹強的摻弄下和萬啟曾有一段搭夥關係。於新秋比較安靜規矩，不像其他上海人那麼活躍。除了和曹強外與大家的關係都過得去但不親密。萬啟和他走的近，也是由於曹強的關係，但總好像隔了一層。最使萬啟不以為然的是他的幹活態度，在萬啟看來過於頂真。按萬啟的說法，水泥廠是虧損單位，所以幹好幹壞無所謂，說不定多幹多虧損。所以幹起活來馬馬虎虎，能偷懶就偷懶。但他最不願和於新秋搭班，看著他賣力地幹活，礙於情面又抹不開說，只得跟著幹。如果是其他人，就可以通融了。於新秋剛才上廁所去了，等他回來，李翔龍就問他：「現在選萬啟的有四票，梁鼎舟三票，你的態度成了關鍵。」沈朝曦又插話道：「那還要問，萬啟了。」而於新秋卻沈默了一會，最後用手指了指梁鼎舟，說：「我選他吧。」

　　萬啓心裡咯噔一下，但表面不動聲色。沈朝曦吃驚了，睜大了他本來很大的眼睛，他怕聽錯了，就問道：「你說的是梁鼎舟？」於新秋平靜地回答：「是的。」接著兩人都沒再說什麼。李翔龍說：「這樣兩人票數相同。」這時有人提醒：「等楊魁太來做最後決定吧。」一提到楊魁太，沈朝曦又活躍起來：「這可是板上釘釘得了，我走了，你們等吧。」說完就出了門去了。這確實是沒有懸念，楊魁太和萬啓也曾住在一起過。他比萬啓來的晚一些，他和還有一個海蘭知青來後，廠裡就在附近老鄉家借了一個單間，把萬啓和他倆安排在一起，所以相處過一段日子，關係不錯。果然，楊魁太來後，揮了揮手說：「我百分之一百投萬啓。」選舉於是塵埃落定。

　　幾天後，酒廠回來的人又被趕到了夾皮溝採石場。這個夾皮溝是不是《智取威虎山》裡的夾皮溝，不好考證，但很相似。離水泥廠十多里，在一個村子不遠處。他們的宿舍就在村頭上，沒有電，晚上點的是嘎斯燈，從燈管裡噴出火苗來，還有一股嘎味。一長棟的平房，進門是灶臺，裡面中間一條走廊，兩邊有幾大間，都是大統炕，大家排排地躺在一起。上海人和朝族分別住一間，還有一間是做飯的阿志瑪妮住的，空出一間作為會議室。到了晚上，無事可幹就聚在一起打牌。在宿舍前面有一塊半個籃球場的空地，立了一個簡易的籃球架，休息天時大家會玩拱球遊戲。在籃球架前不同的位置投籃，投中了就進到另一個位置，誰先到達最後的位置就算勝出。留在最後的輸家就要爬著用頭慢慢把球從最遠的位置頂到籃球架下，這時圍觀者就會大呼小叫的助興。原來玩這遊戲的人很多，慢慢就放棄了。萬啓就一個人練投籃，所以後來在運動會的籃球賽

中，萬啟作為水泥廠的主力，發揮了不小作用。

　　還有一個能解悶的地方，是離採石場不遠處有一個不小的果園，有個響亮的名字：米丘林果園。米丘林是蘇聯的著名生物學家，據說是運用了他的技術，把蘋果和梨嫁接，長出了一種又像蘋果又像梨的東西，取名蘋果梨，這在全國都是獨一份的。它樣子像蘋果，圓圓的，皮也帶有些許紅暈，但皮還是梨的皮，味道也是梨的，不太甜水分卻很多，滿可解渴。一天吃過晚飯，大家又聚在一起打牌，楊魁太笑嘻嘻地問萬啟：「想不想吃蘋果梨？」沈朝曦在旁說：「拿來呀。」楊魁太說：「這得自己動手去摘？」「哪兒有？」「米丘林。」萬啟說：「人家能讓隨便摘？」楊魁太咧開嘴笑了笑：「現在去，那裡只有一個老頭在看園子，」然後彎下腰，兩手做了一個爬的動作，學著電影《地道戰》裡日本人的腔調說，「悄悄地，打槍的不要。」萬啟說：「這是去偷呀。」沈朝曦來精神了，從炕上下來，披上外衣說：「挺好玩的，走！」萬啟說：「我不去，要是給抓了多難看。」楊魁太說：「不會的，那老頭不敢過來的，最多是喊喊，嚇唬嚇唬。上次我們去了，被老頭發現了要過來，我們就用梨砸過去，他就不敢來了。」「哈哈，你們是老偷了，怪不得那天看見李金煥包裡有很多梨，我問他哪買的，他只是笑笑不說，他媽的這小子還保密。」沈朝曦說著就拖著萬啟，「走呀，老打牌也膩了，正好換換口味。」他又問楊魁太：「要不要帶個包什麼的？」楊魁太說：「不用，把皮帶束在衣服外面，摘了梨就往衣服裡塞就是了。」萬啟說：「你們的邪門歪道還不少。」楊魁太說：「我再去叫李金煥，他有經驗。」

　　李金煥帶著他們沿著鐵路走到一個山坡下，對他們說：「這裡

上去就是果園。」四個人輕手輕腳地往上爬，這時一道強烈的光束照了過來，把他們嚇得趕忙趴下。楊金煥說：「是小火車過來了。」果然，傳來了火車「唭嚓唭嚓」的聲音。四個人仍然趴著不動，光束從他們頭上掃過。等火車過去了他們才起來，繼續往上爬。沈朝曦小聲打趣道：「真像鐵道游擊隊了。」到了上面，就看到了一排排的果樹，正是收穫季節，樹枝上掛滿了蘋果梨。大家四散開，各自起身摘了往衣服裡放，不一會每個人的肚子就鼓了起來。萬啟總有點忐忑，看差不多了，就說：「好了，快走吧，時間待長了要被發現的。」「嗨，你太婆婆媽媽了，一樣來了還不多摘點。」沈朝曦一邊說，一邊往一棵樹上爬，但一用力卻把樹枝折斷了，唭嚓一聲，在寂靜的夜裡顯得特別響亮。馬上從山頂傳來了怒喝聲：「有人，抓小偷，別讓他跑了！」沈朝曦一慌，整個人就掉了下來，跌倒在地。楊魁太忍不住笑出了聲。這時上面有腳步聲，好像不止一個人。楊魁太這時儼然像個軍隊指揮官，命令道：「你們走，我掩護！」三個人快速滑下坡，楊魁太則站著也喊：「不要過來，過來揍你。」說著掏出梨來一顆接一顆地扔過去。回到宿舍，大家從衣服裡掏出收穫的梨來，堆放在炕上，沈朝曦因為摔了一跤掉了不少，臉上還劃了一道口子，被大家取笑一會。楊魁太也幾乎把梨當手榴彈扔光了。

第二天，大家正忙著幹活，遠遠看到有人抬著一個大筐走來，李金煥認識那人對大夥說：「果園的人來算帳了。」楊魁太則說：「不承認他也沒辦法，他又沒有抓到人。」來的是果園的劉隊長，他把筐放下，大夥圍了過來一看是滿筐的梨。劉隊長滿臉堆笑說：「想吃梨嘛，吱一聲唄，用不著這麼費勁的，是吧？」沈朝曦歪著

頭拖長了聲調說：「上門推銷啊，多少錢呀？」劉隊長眉毛一揚，豪爽地說：「嗨，說錢沒情義了，這是慰勞你們的，咱們是好鄰居嘛。」這時負責的老袁走了過來，笑著說：「劉隊長今天怎麼啦，這麼客氣。」「沒啥，一點小意思。」老袁點頭說：「好，好，」回頭喊：「拿傢伙來把梨裝了，謝謝人家劉隊長。」大家一哄而上，搶著往兜裡塞。劉隊長把老袁拉到一邊開口道：「要過冬了，得給樹刷石灰了，你們能不能支援點石灰啊？」沈朝曦聽見了，高聲說：「我尋思遇到活雷鋒了，原來是黃鼠狼給雞拜年。」劉隊長樂呵呵地回答：「哪裡，我這是雞孝敬黃鼠狼呀。」引起一陣哄笑。

　　採石場的人有三種分工，一種是裝藥放炮的，這比較危險，也要一定的技術，由朝族的小麻皮和楊魁太負責。他倆先在高處確定放炮的位置，然後讓別人打眼。一人扶鋼釺，一人揮錘打。這也要些經驗，不然很容易砸在人手上。不過也沒有多大的難，試過幾次都能勝任。打完眼後就是往裡裝炸藥，放雷管，最後點火。一點完火就大聲吆喝：「放炮了！」所有的人就迅速躲到一定的距離。同時把住兩邊的路口，防止過路人通過。直到一聲巨響，石塊刷刷就滾落下來。技術的高低就在於炮眼的選擇，選的好，炸落的石塊就多。這時另一部分人就開始清理。強壯膽大的就爬上把滯留的石塊搬下來，還能把有裂縫的地方，插進鋼釺去撬開來。等到上面清理完畢，大家就開始把大的石塊破小，堆在一起。等曳引機來運。萬啓和沈朝曦倆負責裝車。他倆就待在宿舍下棋，一聽到曳引機的引擎聲就趕過去，裝完再回來繼續下。經過一段冷淡後，他倆的關係開始密切起來。原來在上海人裡，曹強、沈朝曦和一個叫王老虎的

人是鐵三角，不知何故後來反目了。曹強和沈朝曦都不再理王老虎，而曹強和沈朝曦則雖沒有拉破臉，但也是互相疏遠。曹強和沈朝曦都和萬啓親近起來。不過兩人在下棋過程中也發生過一次激烈的爭執，以致於兩人開始了冷戰，互不理睬。曹強曾說起過，沈朝曦這人很強，吵過後就不理人，即使主動去和好，他也還是那樣。而萬啓是個不主動的人，也是不願認輸的脾氣，一般不與人起衝突，一旦有了衝突就會死頂到底的。這次萬啓實在忍受不了沈朝曦贏棋後的得意神情和辛辣語言而怒了，過去他都忍了。兩人僵持了一段時間，都覺得彆扭，但誰也不願主動和解。直到有一天，萬啓正在看書，沈朝曦從廚房進來端著兩碗飯，把一碗放到了萬啓面前說到：「好啦，吃飯吧。」萬啓也就下了臺階。

　　總的來說，萬啓的性格兼具內向和外向，在陌生的地方往往顯得很拘謹，而一旦熟了就很開朗隨和，甚至有點大大咧咧。萬啓不善交際，這也就是他在陌生環境時拘謹的原因。他自尊心過強同時又有自卑，臉皮薄，怕出洋相，更怕被拒絕，有一種被拒敏感症，所以他一般不會採取主動，而對來者往往又是來者不拒。他的人際關係是靠慢慢積累和輻射範圍展開來的。他的適應能力極強但又極慢，總要有一段磨合期或者一個機遇，才能使他的潛力發揮出來。在學校時如此，集體戶如此，到了水泥廠也是如此。

十三

　　在夾皮溝待了一個多月後又被撤回到水泥廠，工廠有了很大的

變化，有了圍牆和大門。最大的變化莫過於新建的水泥窯，高高地聳立著，成了當地的最高建築。站在窯上周圍一覽無餘，還能看到遠處的火車站。萬啟被委以了重任，擔任燒窯班的班長。燒窯在所有工種裡，算是有點技術含量的。如何出窯時間的掌握，對水泥的品質有所影響。特別是這段時間，化驗室的老金正在做實驗，不斷調整著水泥配方，尋求最佳配方。這對燒窯構成了挑戰。因為不同的配方燒的過程和結果都不同，特別是有的配方會有極大的黏性，不易出窯，不像通常那樣只要輕輕一捅就塌下去。那時就不得不用鋼釺用力往下砸，非常吃力。而且還要面對高溫的炙烤。幾天下來，萬啟一用力就感到肝部疼痛。他不得不對新來的白主任叫起苦來，白主任要他再堅持一下。試驗的結果，老金獲得了成功，使生產的水泥標號一下提高到500號。從而在縣裡引起了關注。附近林業局的水泥廠雖然規模和設備遠遠超過這裡，但生產的水泥竟達不到400號，不得不派人來參觀取經。那天調度老張對萬啟說：「林業局水泥廠要來取經，讓老玄跟他們講吧，我怕你太年輕，他們不重視。」老玄是班裡的老工人，五十來歲，顯得有資格。萬啟無所謂的，樂得省事。不一會來了一幫人，萬啟和老玄正在出窯，老張指著老玄說：「他燒窯十來年了，你們可以和他談談。」老玄馬上被一群人圍住了。萬啟就一個人出完窯後，又上窯去添料。等到參觀的人離去，萬啟問：「你跟他們講了些什麼？」老玄笑笑：「瞎掰乎唄。」

　　自從水泥廠從新上馬，金主任被調走了，新來的主任也是從州裡空降的。第一次在職工大會亮相時，大家都期待著他的就職講話會說些什麼，令人失望的是他一句話也沒說，只是讓調度老張念報

紙。後來有一天晚上曹強來到宿舍對萬啓說，白主任感到孤獨無力，而水泥廠歷來分成兩派，所以也需要建立自己的班底，他就希望曹強來拉攏上海知青。當晚，曹強就帶著萬啓和於新秋來到辦公室的裡間，白主任見他們來了，也沒說什麼，只是招呼他們上炕打牌。打牌時有人來和白主任說事，白主任一面說，仍然握住牌不放。這似乎是要傳遞的就是他身邊也是有人的，而上海知青就成了白主任一派。

水泥標號上去了，萬啓又被調回了球磨車間。這天是白班，球磨機在漏，是從螺絲縫裡出來的，而螺絲已經滑了口，無法擰緊，但辦法還是有的，就是用厚厚的機油抹上去堵住。雖然不能根本解決問題，但至少能對付一陣子，再漏就再堵，水泥照樣出。中國人的土辦法有的是。在裝滿一袋前，萬啓也會走出車間，摘下裹得嚴嚴實實的防塵口罩和帽子，讓自己透透氣，當四周沒有人時，還會放開嗓子唱起歌來。他最喜歡唱的是詩詞歌《沁園春·雪》，不僅這歌曲調激越中又帶有婉轉，更是內容所抒發出的情懷。今天萬啓抹完機油，重新開動機器後，就在車間外走來走去，也唱了起來。當唱到：「數風流人物，還看今朝。」時，看到湯尚易從辦公室走了出來，遠遠地對他喊道：「萬啓，有人找你，快來！」萬啓回頭對同班的工人關照了幾句就小跑地進了辦公室。辦公室的長凳上坐著一個人，瘦長的個子，白淨的臉，穿著一件綠軍裝，沒戴帽子。那人見萬啓進來站了起來一邊伸出手來，一邊說：「在班上那。」萬啓握了握他的手，這才看清來人，驚喜地說：「哇，是你啊，大駕光臨呀。」

這人叫江海航，是萬啓參加縣裡辦的「批林批孔學習班」認識

的。他們是同一個組，江海航是組長，剛從軍隊復員回來。他性格開朗活潑，年紀比萬啓要小。半個月來，兩人同吃同住，同學習，空餘還一起打乒乓，說得上是形影不離。這是萬啓第一次有機會參加這一類的活動。當然萬啓也顯露了一下自己，他特地帶去了一本有關的資料，引得大家都要借來看。這種場合，少不了要發言，萬啓的發言自然會不同凡響。不過學習班結束後，萬啓也幾乎忘了這回事。但他卻給江海航留下了很好的印象。

江海航說：「我去上道，順路來看看你，怎麼樣，過的還好？」萬啓答：「就這樣，無所謂好不好的，過一天是一天。」這時外面在喊：「水泥裝滿了。」萬啓忙說：「我要幹活了，要不你先坐一會？」江海航說：「你幹你的，我這就走。」兩人一起往外走，出了辦公室，江海航拍了拍萬啓的肩膀說：「應該挪挪了，不要老窩在這裡了，有啥意思。」「往哪挪？」「好了，不多說了，後會有期。」說完江海航大步走了，還保留著軍隊裡的姿態。

一周後的上午，萬啓是三點班，在宿舍裡看書，湯尙易進來對萬啓說：「白老頭叫你馬上去一下。」萬啓抬起頭問：「什麼事？」「不知道？哎，去了不就知道了。」萬啓把書放回書架，這是他花了幾天時間自己做的。當然這比在集體戶釘在門框上面的要強多了。開始萬啓是正兒八經地按傢俱圖的樣子設計的，一共分三層，下面是兩個抽屜。萬啓將它貼近牆壁，也就省了裡板。初看不錯，但細看就很粗糙。萬啓只要能實用，又過的去就心滿意足了。豎起的板，是拼起來的，還是清廠裡的漢族木匠老王做的，拋光後用膠水黏上，渾然成一塊板，做得天衣無縫。可見老王的手藝不一般。據說廠房也是他設計和施工的。他是朝鮮歸來的華僑，所以說

一口流利的朝語，頗受廠領導器重。他有著矮壯的身材，醒目的特徵就是滿嘴的鬍子拉碴的，所以有時被人開玩笑叫他「圈鬍子」。這在當地是一個很不雅的綽號，但他毫不介意，只是笑笑，說明他有很好的脾氣。而與他同時回來的另一位華僑老牛則正好與他相反，瘦高個，狹長臉，性格有點狂放不羈，說話沒有顧忌，也愛刺人，所以大家，包括領導都讓他三分。兩人都愛講葷段子，這也是人們經常的娛樂，只要他們在場，總會引起大笑，因此又很受歡迎。老牛不僅嘴髒，還有動作。他會在開會時，在眾目睽睽之下，用燒火的鉤子從一個女工叉開的兩腿往上鉤。那女工趕緊躲開，還罵了他幾句。於是引起哄堂大笑，連主持會議的主任也會咧開嘴笑。一次他和一些工人坐在曳引機的貨堆上，沿著鐵路開，當一列火車開過時，他站了起來，使人大開眼界的是，他竟然解開褲子朝著列車撒起尿來。嘴裡還哇哇亂叫。同伴們先是愕然，接著就笑得前俯後仰的，差點滾下車去。

萬啓走進辦公室，迎面碰上了新來的調度老韓，老韓笑著說：「籌備委員來了。」萬啓不解地問：「什麼委員？」老韓說：「你進去問白主任吧。」進了裡間，躺在炕上看報紙的白主任挺起了身子，微微喘著氣說：「好事來了，黨委的小江來電話要借調你兩個星期，籌備團委，我答應了，今天就可以去了。」

萬啓回宿舍準備了一下，就搭到縣裡的公共汽車。從水泥廠到縣城要一個多小時的車程，沿途大多是山道，路崎嶇不平，車也不斷的顛簸，特別是最後排的座位顛得厲害，甚至一直可以被顛到車廂前面。縣革會是一幢三層的大樓，樓前是一片不算大的空地，外有一堵圍牆。沒有大門但有門柱，也無人看守，任何人都可以大搖

大擺地進去。到了縣革會門前，車會停下來。萬啓就下了車，右肩背著普遍流行的軍用式挎包，慢慢走了進去。進了大樓就四處找工交黨委辦公室。在一樓的右邊，他看到了牌子，門開著。他站在門口往裡張了張，看到窗前有兩張辦公桌並在一起，兩邊各有一個座椅，一張空著，另一張坐著的正是江海航，正拿著電話在說話。萬啓輕輕走了過去。江海航扭過頭來，示意他坐下。萬啓就在牆邊的一張長凳上坐下。江海航打完電話，站了起來伸出手說：「來得好快。」萬啓握了握他的手笑著說：「召之即來嘛。有什麼差遣？」江海航說：「工交系統要組建團委，我一個人幹不過來，所以請你這個秀才來幫幫忙。」「那就是說，你是未來的書記了。恭喜呀。」「沒有人，我暫時充充數。坐下，我們細說。」兩人坐下後，江海航從抽屜裡取出幾份檔來遞給萬啓：「這是縣團代會的檔，你可參照著擬出我們需要的來。行吧？」萬啓接過翻看了一下，是縣團代會的日程安排、大會報告和決議、還有選舉程序等。就說：「有樣子，就好辦了。什麼時候要用？」江海航翻了翻日曆後說：「黨委定了，下個月初召開團代會，離現在不到兩星期了，能趕趄吧？」「抓緊一下，應該沒問題，」「那好，這下我也鬆口氣了。我帶你去賓館，那裡安靜，你就住那裡寫。」

　　一個星期後，萬啓就把江海航需要的檔弄妥了。因為這實際沒有多大難處，依樣畫葫蘆的把戲，只要把一些數字和名稱換過即可。這天一早他就帶著稿子去交差，辦公室裡已經擠滿了人。江海航又在打電話，他對面坐著一個中年男子，臉色黝黑，戴著一頂灰色的帽子，正和別人說著話。這是黨委的祕書，姓樸。萬啓擠到江海航桌旁，把稿子放在桌上，等江海航放下電話就說：「都完工

了，還要做什麼？」江海航說：「好，好。這麼快，我還擔心來不及呢。待會兒我拿給金書記看看，只要他點頭了，就送印刷廠去印。今天你就休息休息，明天還有許多事要做。」

　　第二天早上，江海航把他帶到隔壁一間辦公室。這間稍大一些，有三張辦公桌，一張單獨在最裡面，另兩張排在一起，只有一個人坐在一邊埋頭看著什麼。江海航走過去叫了一聲：「金書記，萬啓來了。」金書記抬起頭來，萬啓看到了一張年輕的瘦瘦的臉，還架著一副眼鏡。金書記趕忙起身，把對面的椅子拿到自己旁邊，對萬啓說：「坐，坐。」江海航走了，金書記說：「寫的不錯，我剛好看完。」原來他是在臨時抱佛腳。他特地指著決議的最後一段說：「這段眞有勁。」萬啓探過頭看了看，是自己引用的主席沒發表過一段話：「我們這一代人將親手把祖國建設成社會主義現代化強國，將親手參加埋葬美帝國主義的戰鬥，任重道遠，有志氣有抱負的中國青年一定要努力奮鬥。」

　　金書記起身說：「走，我們去印刷廠。」金書記原來是印刷廠的副主任，這次新黨委成立爲貫徹幹部年輕化而被破格提爲黨委副書記，應該是新官剛上任，分管工會、婦女和團的工作。金書記進了廠直接來到印刷車間，對正在排版的老工人用朝語嘀嘀咕咕了一陣，然後對等在門口的萬啓說：「妥了，讓他們加個班，兩天就能趕出來。我們再去打點酒來，算是慰勞。」打回酒後，金書記順手找了一個水壺，就要把兩瓶酒往裡倒，萬啓本能地喊：「這壺要不要洗一下？」金書記說：「沒關係，他們不在乎的。」就把酒直接倒了進去。

　　兩天後，萬啓去辦公室，今天辦公室裡很安靜，只有一位姑娘坐在長凳上。看見萬啓進來起身彎了彎腰後再坐下。江海航對萬啓說：「清樣出來了，你和金銀子校對一下就可以開印了。」他把放在桌上的一迭紙交給萬啓，然後對那姑娘說：「這是萬啓，你就幫他一下吧。」萬啓轉過身來，那姑娘站了起來。萬啓這才看清了她的容貌：圓臉但又不是朝族典型的扁平，眉毛很淡，眼睛中等，鼻子有點上翹，皮膚不黑但略顯粗糙，總體比較勻稱和端正。身材偏高，不苗條但挺拔，上身是一件工作服，這是當時流行的打扮，而腳上穿的是一雙半高統的皮鞋，這不常見，顯示出一種特殊的氣質來。她是縣五金廠的出納，也是被江海航借調來的，與萬啓一起做籌備工作。江海航又叮囑萬啓道：「你們就去賓館校對吧，再給金銀子買些飯票，她住在招待所，讓他在賓館吃吧，那裡伙食好。」

　　兩人來到賓館二樓萬啓的房間裡，坐在一張圓桌旁，由萬啓念稿，金銀子對照清樣，如有差錯就提示，然後萬啓加以修改。中午就到樓下準備用餐，萬啓問金銀子：「你要換多少飯票？」金銀子說：「我也不知道要待幾天。」萬啓想了想說：「離開團代會還有一星期，就先給你換一星期的吧。多了可以退，少了再換。」「行吧。」金銀子掏出錢包，取出糧票和錢給了萬啓，萬啓就到大門口的登記處辦理，再回到樓梯口交給了金銀子後一同去餐廳用餐。這時餐廳裡已坐滿了人，比較特別的是許多人都穿著鮮豔的朝鮮族服裝。萬啓感到奇怪，隨口說：「今天是什麼日子呀？」金銀子接過話說：「正在開民族團結模範的表彰大會。」「奧，怪不得都穿成這樣，最初我尋思是文工團的。」這時一些人開始紛紛離席，萬啓高興地說：「那邊桌子空了，我們去那兒吧。」他們就朝那邊走

去，與散席的人群打了照面，萬啓看到了一個熟悉身形，不由得多看了幾眼，那是一個朝族阿志瑪妮打扮的年輕人，由於個子高於眾人，猶如鶴立雞群般醒目。那人不經意地也向萬啓看來。這時四目相對，兩人都怔了一下。那阿志瑪妮的臉一下紅了起來，扭過頭去想躲開，但猶豫了一下後還是回過頭來，對著萬啓彆扭地笑了笑。實際上萬啓也想避開，但來不及了，只得硬著頭皮站住了，隨口說了句：「你也來開會啦。」那人原來是「長腳」，她沒有正面回答，只是含糊地說：「你也來啦。」同時斜眼瞟了一眼金銀子。「喔，我們在籌備工交的團代會。」「長腳」又紅著臉說：「我結婚了。」然後低著頭離開了。萬啓知道「長腳」曾和隊裡的民兵排長在談戀愛，但一直沒公開，直到一天集體戶的人發現兩人抱在一起親吻。於是緋聞便傳遍了全大隊，男的為此還受到了留黨察看的處分。想不到「有情人終成眷屬。」萬啓望著她的背影，一方面佩服她的勇氣，同時也感歎她的代價，毀了前途。他記起了那天說的話：「浪費青春。」萬啓雖然知道她的含義，但萬啓的看法完全是正統的，所謂為事業貢獻青春。對於男女之情一方面是理想主義的，榜樣是《智取威虎山》中的少劍波和白茹，還有《野火春風鬥古城》中的楊曉東和銀環。他們一代人是在革命教育下長大的，而萬啓又是看多了革命小說和勵志書的人。同時又對此有所克制，特別是他看了《毛澤東自傳》後，毛澤東自己說他在青年時期對女人不感興趣，而是胸懷改造中國的大志，對他影響很深。但他畢竟還是俗人，所以也有俗人的需求和打算，但又看的遠一些，捨近而求遠。他自信自己會有發展的，所以不能貪圖眼前，毀了將來。而他的被動性格也在約束他，在異性面前總是十分拘謹。更是他有著強烈的大男子主義和清高姿態。正如他常說的他是姜太公釣魚，願者

上鉤。結果沒人上鉤，即使有人上鉤，他也不會揮起魚竿。

團代會進行的非常順利，選出了這一屆的團委，萬啓和金銀子都被當選為委員。萬啓曾對江海航說：「自己快超齡了，不合適吧。」江海航回答：「這樣可以留住你，以後還得幫我忙的。」萬啓嘴上這麼說，心裡還是挺高興的，雖然這沒有多大的重要，但卻提供了表現的機會，這在水泥廠這個角落裡是不會有的。更使萬啓吃驚的是，在委員分工時，萬啓和金銀子被列為了副書記。金銀子是黨員，而萬啓啥也不是。江海航解釋道：「這是蔣書記定的。」

工交黨委蔣書記是一個瘦高個，有點駝背，走路慢條斯理但有點往前衝，彷彿腳跟不著地似的。一張狹長的臉顯得有點蒼白，平時不苟言笑。萬啓雖然在辦公室裡見過他幾次，但從未有過直接接觸。

工交團委是工業系統的團組織，下轄各個工廠的團支部或團總支，人數不算太多。團委只設一個脫產書記與黨委在一起辦公。實際上，往往也成了黨委的日常事務的辦事員。新團委第一次會議除了確定分工外還處理了一些具體事務，如對上報新團員的審批，還有一件是對團員的處分案，是上道酒廠一名團員的口交事件。討論中，男委員都主張開除，而女委員要仁慈一些，只是留團察看。因男團委居多而通過了開除。會議散後江海航和萬啓還有金銀子留下做最後的掃尾。事完後，三人在辦公室難得有空閒聊起來。江海航問起萬啓還想不想回上海了，萬啓回答無所謂，因為可能性不大。江海航就說那就要成家了。一直沒說話的金銀子插話道：「他要上大學的。」江海航不以為然地說：「還上什麼學，都這把年紀

了。」萬啓轉移話題道：「金銀子你這個名字好奇怪，又是金的又是銀的。」金銀子紅著臉笑笑說：「父母取的。」江海航說：「你不知道？他爸是海蘭銀行的行長，管錢的嘛。」「喔，原來如此啊。」

這時一個中年男子走了進來，問：「水泥廠的小萬在嗎？」江海航站了起來指了指萬啓說：「在這兒，崔書記你找他？」萬啓也站了起來，崔書記說：「你就是萬啓，來，到我辦公室去。」崔書記是工交黨委的另一位副書記，他讓萬啓坐下後說：「下星期縣裡要開工交系統的總結和表彰大會，李副縣長要講話，但講稿要我們出，這段時間我忙於籌備化肥廠，你就幫我代勞吧。我聽小江說你的筆桿子不錯。有關資料在這裡面，你先看看，還有稿紙。」崔書記交代完後就匆匆往外走，走到門口又停了下來，一手握著門的把手，回過頭問：「你不是黨員吧？」萬啓不好意思地點了點頭。「那就快寫申請吧，下半年黨委幫你解決。化肥廠是上海支援的，條件是要多招上海知青，我想建成後調你來搞政工，上海人做上海人工作方便些。」崔書記走後，萬啓拿著崔書記給他的檔袋，急急去江海航的辦公室。辦公室裡只有江海航一人在。萬啓四顧了一下，問：「金銀子走啦？」「本來我要她留下的，準備和你一起再辦一份《團訊》的，但招待所要接待會議沒有空了，她只得回去了。臨走時還要我轉達不能幫你了，很對不起。我說用不著客氣的。怎麼崔書記派你什麼差了？」萬啓一臉的失望，心不在焉地說：「不就是寫寫弄弄唄。」

十四

萬啓光溜溜地躺在手術臺上，手術室裡一個人也沒有。推他進來的護士嚷開了：「人呢，人都去哪了？」隨後丟下萬啓也走了。風刮著，雨急急地打在窗上，發出嘩嘩的響聲。萬啓感到冷，想喊但沒有人在，只得強忍著。過了好一會，總算聽到了走廊裡有人在說話，接著是兩個護士走了進來。看到萬啓毫無遮掩的樣子，其中一個拿了被單蓋上了，這才給萬啓帶來了些許溫暖。兩人在一旁站著聊起了天：「前幾天，有一個上海女知青來這裡看病，後來死了，死的很怨。」「咋死的？」「其實這也不算啥病，吃飯不小心被鹹菜卡住了，大夫用鉗子去鉗，捅破了喉嚨，發炎了。拖了一些日子，後來不行了，才急忙送往上海，還是求空軍派的飛機。但太晚了。她父親也是個大夫呢。哎，一個好好的姑娘就這樣沒了。」「是哪個大夫治的？」「噓！」，這時又有人進來了：「不用等了，手術取消了。」「為啥？」「缺個護士。走吧。」三人走了，室內又只有萬啓孤零零地躺著，聽著窗外的風雨聲，一種要倒楣的預感湧上了心頭。

又過了半小時光景，隨著一陣雜亂的腳步聲，一群人匆匆進了手術室。一個男的聲音喊道：「快準備，馬上開始！」有人走到萬啓身旁，用上海話問：「儂上海人？」萬啓仰起頭看了看，那人戴著大口罩，看不清臉，從聲音判斷是個男的。「是啊。」「我現在給你打麻藥，你不要動，一會就好。」一針打完後，上海老鄉再用一根針在萬啓肚子上來回輕扎：「有沒有感覺？」「有。」稍等了

片刻，麻醉師又用針來測試。萬啓不等他問就忙不迭地說：「疼。」正在麻醉師束手無策之際，主刀大夫不耐煩了：「行了，開始吧。」萬啓只覺得大腿被刀劃過了，不覺發出了「嘶、嘶」的呻吟。「還疼，我再給你打一針就好。」老鄉安慰道。果然，萬啓頓時失去了知覺，局麻變成了全麻。

等到萬啓醒來時，已回到了病床上。迷迷糊糊地感到膝蓋一陣陣的疼。他喊了起來：「我的膝蓋受不了，把腳下墊的東西拿掉！」「這是醫生放的，說是爲了讓接的骨頭伸直，因爲現在接的有點彎。」這是曹強的聲音。萬啓憤怒了：「把醫生叫來，這是在上老虎凳了。」曹強趕緊去找大夫。不一會就回來了，把萬啓腿跟下的墊子挪到了膝蓋彎處。「哎，這下好了。但這有用嗎？鋼板都已固定住了。這個醫生也眞是夠嗆。」

幾天之後，來人爲他打石膏。就在病房裡，在眾目睽睽之下，萬啓赤露露地任人擺布，他仰躺著，只看到了隔壁病床照顧孩子的媽，一個農村大嫂時不時地朝他瞄來，但神情有點忸怩。石膏從腳背一直打到腰部，整個半身就被綁死了。最初幾天是最難熬的，想動不能動渾身難受，他甚至感到了恐怖：這今後的日子怎麼熬啊！但自然的調節也很神奇，不久萬啓就完全適應了這種狀態，似乎得到了解脫，在鐵定的狀態下，患得患失的焦慮也就消失了。早晨醒來，陽光從窗外射進來，室內是一片光明和寧靜。萬啓感到一種無欲無求，順其自然的輕鬆。

於新秋來看萬啓了，他是代表廠工會的。他把一大網兜的水果放在小桌上，又從背包裡拿出幾本厚厚的書來，笑嘻嘻地說：「我

知道這是你現在最想要的。」是四卷《馬克思恩格斯選集》。萬啓心裡一喜。「你在廠裡的時候，我就看你天天在看，現在應該更有時間了，是吧。」於新秋一邊把書放在了萬啓的枕頭邊，一邊說。想不到於新秋如此有心，萬啓不知說什麼好，只是連連答道：「是的，是的。」

「看這有用嗎？」聲音來自靠窗病床，萬啓想轉過頭去看是誰，但身體根本動不了。「怎，怎麼沒用？」萬啓有點結巴。「你知道有多少人在讀嗎？」萬啓迷惑地望著天花板，沒有回答，也不知如何回答。那人繼續說：「我看是沒多少人在看，當然，今天我看到你在看，少見，少見得很那。不過，小兄弟我說句不好聽的話，你是不是想把這當成敲門磚，敲開仕途大門呀？」看到萬啓漲紅的臉，便又說道：「別介意，我是開個玩笑的。眞能用來敲開仕途門，也沒有什麼不好，總比那些溜鬚拍馬之徒和土包子強得多。實際上這都是作爲擺設用的，你看那些當官辦公室書櫃裡的書有人看嗎？他們一沒時間，不是忙於事務就是樂於坐席。二也看不懂，現在是工農兵幹部，字還識不全，能看懂這麼深奧的書？三是沒有興趣，升官也不靠它，只要喊喊口號就行，最重要的是討上級歡心。」那人說的興起，話越說越多起來。

「你知道嗎？」那人露出神祕的神色：「毛主席讀過多少馬列的書？」不等回答他繼續到：「或許在年輕時讀過《共產黨宣言》，後來打仗了哪有時間，再說了，那玩意不解近渴，眞派不上用場。再說山溝裡也弄不到書。陳獨秀，還有王明、李立三和瞿秋白他們是知識分子，可能讀過不少，但幹革命、打仗都不行。所以毛主席說過，馬列書不能讀得太多，讀多了就容易成右派。還認爲

山溝裡有馬列主義。山溝裡的馬列勝過書本上的馬列。實際也就是這麼回事。但山溝裡的馬列是真正的馬列嗎？跟書本上說的是不一樣的。毛主席就把馬列總結為一句話，就是：造反有理！哈哈，多精闢呀，老百姓也都懂。老馬花了四十年的功夫就由一句話解決了。他的苦也白吃了」

護士小王進來打斷了他的話，問：「你們在開會那，這麼正兒八經的。」「沒有，沒有，我們在閒嘮嗑。」那人回答。小王對萬啓說：「輸血了。」萬啓伸出手臂，小王把針扎進萬啓的血管，萬啓「嘶」地倒吸了口冷氣，小王望了望他，又和一起來的另一位中年護士講著話。萬啓閉起了眼睛。不一會，在旁的曹強驚呼起來：「腫了，你看腫好大。」小王瞟了一眼萬啓的手臂，撇了撇嘴：「你怎麼不吱一聲。」萬啓說：「上次我說痛，你說打針還有不疼的，一個大男人怎麼沒有一點忍性。所以我不敢再喊了。」中年護士拿過小王拔出的針筒：「我來吧，小王還在實習期，手有點生。」

望著小王離開的背影，那位病友又開口了：「現在的小護士技術不扎實，態度也不好。正規學校都關門了，都是臨時培訓出來的。」萬啓仍在想著他剛才的話，問：「毛主席的《矛盾論》、《實踐論》可是馬列哲學的經典，不讀馬列能寫出來嗎？」「嘿嘿，這叫外行看熱鬧，內行才能看出門道來。報上一宣傳，下面就跟著喊，上面說啥大家就信啥，沒人去深究，也深究不了。你說的《矛盾論》和《實踐論》確實是馬克思主義的辯證唯物法的運用和發展。不過據說這不是毛主席本人寫出來的，是胡喬木寫的，掛著毛主席的名而已。你應該知道，幾乎所有領導寫的書、文章或報

225

告，大多是由祕書或其他人寫的。我說的是幾乎，也有例外的。毛主席就是常常自己動手的，確實文采好得很，就像他的詩和書法，是一大家。毛主席對哲學也是有一定研究的，如言必稱一分為二，也有點哲學治國的味道，是柏拉圖所說的哲學王。但這雖與馬列有關係，但不要忘了，辯證法也是中國的國粹啊，老子就是辯證法的鼻祖，不比赫拉克利特差。不過老子強調的是和、是示弱和以退為進，毛主席則是鬥爭哲學，鬥、鬥、鬥啊。解放後，毛主席主要看的還是中國的古書。毛主席對中國的歷史特別愛好，最愛看《資治通鑑》，幾乎是以史治國了。這也不奇怪，中國歷來有重史的傳統，從歷史中找解決問題的方法，因為中國是個經驗主義的國家。這也合理，中國社會千年不變，不斷重複，所以經驗很重要。你看，在毛主席書房裡滿是線裝書。除了造反有理外，他還應用了多少馬列的話？相反他常常用的是中國的歷史典故，什麼『君子之澤，五世而斬』。給林彪書寫曹操的《龜雖壽》，推薦《郭嘉傳》等等。你說說，毛主席再三強調的黨的領導，出自馬列的那本書？」萬啟苦苦想了許久，回答不出，試探性地說：「《國家與革命》？」

　　病友笑了：「是韓非！毛主席講，高明的皇帝一定要控制住權力。秦始皇聽了韓非的勸告，搞了個中央集權制。我們共產黨也要學秦始皇，搞一黨治天下，就是要掌握住國家領導權。想不到吧。」萬啟又問：「那張春橋、姚文元總還是馬列的專家了，還有陳伯達不是被稱作黨內最懂馬列的嗎？」「他們是讀了馬列，但是是否真正懂，也得打個問號的。無產階級專政下繼續革命，馬列都沒有說過，確是個創新或發展，但能不能歸到馬列裡，同樣需研

究。實際上存在著這樣的現象，把什麼都說成是馬列，不一樣的就是發展。記得馬克思本人就說過，他播下的是龍種，收穫的卻是跳蚤。而且還否認自己是馬克思主義者。有人說馬恩列斯毛是一代不如一代，只要看看他們的鬍子就可以看出來了。」「什麼意思？」「你看啊，嘿嘿！」他先笑出來了：「馬克思的鬍子最大，所以他是老大，恩格斯就小一點，只能是老二了。列寧是一撮小鬍子，顯然不能和馬恩兩個大鬍子比，至於史達林，只剩八字胡了，而咱們的毛主席啊……」，他摸了一下下巴，眨了眨眼睛：「光光的，光光的，哈哈哈哈。」萬啓聽到「光光的」，突然想起了方志敏的《可愛的中國》裡的情節，不由得用審慎的眼光打量了一下那人。「你太放肆了，當心給你戴帽子。」有人對他發出了警告。「開開玩笑，不當眞，不當眞，啊。」這時大家才發現有人進來了。萬啓一看是江海航。

萬啓問江海航：「你怎麼也來了，今天有空了？」江海航在曹強讓給他的椅子上坐下：「在海蘭有點事，順便來看看你，康書記和崔書記，喔，還有金銀子讓我代問好，希望你早日康復。」「都知道了。消息傳的好快。」「這還不快！重大事故要上報州裡的。怎麼樣？腿斷了，接好了？」萬啓翻開被子露出打的石膏。「蓋上，蓋上，當心著涼。能完全恢復嗎？」江海航幫萬啓蓋上被子。萬啓說：「實際上，像我這樣的情況，可以不用開刀的。我的股骨斷裂的很好，不是粉碎性的，只要兩頭接上就可以了。」這時曹強取 X 光片遞給萬啓，萬啓接過後指著 X 光片讓江海航看：「你看，就這兩截，很清楚的。」江海航看著 X 光片問：「那爲什麼要開刀，多遭罪呀。」「最好是牽引，把腿拉直了，讓骨頭對上。但這裡沒

有這設備，沒有顯示器，看不見裡面的骨頭，怕接不正。所以只好開刀，能看見，再用鋼板固定。」「多長時間能恢復？不會落下殘疾吧？」「醫生說三個月可以拆石膏，然後再要做恢復練習。三個月下來，關節都僵硬了，要慢慢彎。」「真沒想到，你會攤上這麼個事故，康書記還替你惋惜呢，錯過了機會。金銀子參加了儲備幹部學習班了。但也不用急，以後機會有的是。你就靜心養吧，我走了，有時間我再來看你。」萬啓心裡卻在想，金銀子家在海蘭，原以為會順道來探望他的，但她沒來。

<h2 style="text-align:center">十五</h2>

　　幾天後岳東亮也來了。他一進來就嚷開了：「老天爺，你怎麼躺倒了，出什麼事了？」「你從哪裡得到消息的？」「我去你廠了，是湯尚易告訴我的。他說你出工傷了，我就趕來了。怎麼會的呢？」「當時的情況我根本沒有記憶，只記得自己好像躺在地上，只覺得冷，一條腿不能動了，痛倒也不覺得。好像周圍有人在說話，我就說我的腿不行了。後來我好像被人抱住了。」「是白主任老伴抱著你坐在手推車送去衛生站的。你出事是在早上五點光景，白主任還在睡覺，一聽消息嚇的連鞋也沒穿，披上衣服就來了。當時是零點班，中間休息後，萬啓先去開機器，等後到工人進車間時，發現他整個人撲在了皮帶上。工人急忙把機器停了，但慣性把萬啓摔進水泥堆裡埋上了。要不是他的帽簷露在了外面，還真不好找。也幸虧他帶著防塵面具，不然也會嗆死的。」曹強插話說。

「我估計是皮帶鬆了去擦皮帶油，剛起來暈呼呼的掉下去了。」萬啓補充道。

　　岳東亮不明白：「人怎麼能撲在皮帶上？」萬啓解釋道：「帶動球磨機的三角皮帶有好幾根，排在一起是很寬的。」萬啓張開手臂比劃了一下。岳東亮還是不明白；「擦皮帶油靠人工的？」「土法上的馬，設備都是小米加步槍嘛，人爬上去，拿著皮帶油，手伸到皮帶下讓轉動的皮帶擦過去。」「這多危險呀。就是骨折，沒有其他傷嗎？」「胸部擦傷，臉部在下巴低下有一點。」萬啓回答。岳東亮湊近看了看萬啓的臉：「還好，沒有破相。你的運氣還真不錯，老天在暗中保護你。大難不死還會有後福呢。」「集體戶怎麼樣啦？」「走的差不多了，何仲民招工去了林業局，那個小楊上了一個什麼中專學校，施素芳也走了，自找的出路去了老家，據說是嫁到那裡的。方還在上海沒回來，熊明明還在民工，修松華水庫。我也要走了，集體戶就空了。」「你也招工了，什麼單位？」「沒有招工，我姐夫解放了，我姐就把我弄到他們那裡。手續都辦好了，過幾天就滾蛋。」「哇，你還有這路子，哪裡？」岳東亮咧開嘴笑了笑：「湖北十堰，二汽，新成立的。」「都走了。」萬啓模仿阿慶嫂的口氣感慨地說。「都走了。」岳東亮重複著。萬啓轉頭如有所思地望著窗外。岳東亮遞過菸來，先給萬啓點上，又自己點上。

　　兩人剛抽了一口，聽外面有人大聲喊了起來：「誰在抽菸？病房裡是不許抽菸的。」萬啓忙把菸掐了，岳亮東把頭探出門外看了一眼，也不情願地把菸丟進痰盂裡。「你要抽，就到外面去抽好了。」萬啓說。「算了。」岳東亮搖了搖頭。沉默了一會，萬啓突

然問：「你可有谷健強他們的消息？」「小弟判了20年，剛抓他時關在老鄉家裡，準備明天押往公社。但在半夜時他偷偷逃了，又被抓了回來，所以重判了。黑老鷹關了幾天，被教訓了一頓放了。黑老鷹很拎得清，回來後老實多了，幹活也賣力，還討好隊長和老李，你一定想不到……」「怎麼啦？」「還當了副隊長了。」

「這好像也常見，原來一些小流氓頭子，一轉身就成紅人了。一則他們識時務了，二是他們也會來事，領導得了好處，也希望他能鎮鎮或籠絡其他小流氓和知青。」鄰床也湊了進來。「但好景不長，他又刮塞了。」岳亮東掏出菸來，一一扔給了萬啓和曹強，再要扔向鄰床，鄰床搖了搖手：「謝謝，我不抽菸。」岳亮東把菸叼到嘴裡，再走近萬啓，把打火機打著了，給萬啓點菸。萬啓拿起菸，又放下了：「別抽了。繼續說吧，又出什麼事了？」岳亮東收起打火機，把菸夾在耳溝上：「有人告他強姦了。」「誰？」「揩臺布。」「她！」「嘿嘿，想不到吧。」「揩臺布」指的是一位女知青，因長的難看，一張臉就像皺巴巴的揩臺布，所以給起了個這麼外號。「那天他去『揩臺布』隊裡，晚上就住在集體戶，集體戶就『揩臺布』一個人。半夜他就去敲她門，黑老鷹自己說當時他想要一點吃的，但一開門，看到『揩臺布』穿著背心短褲，還看到她突出的奶，一下子就控制不住了，撲了上去。完事了，黑老鷹就回到自己房裡睡了。一清早醒來，他性子又來了，再到那裡去了。這時聽到有人來了，『揩臺布』讓黑老鷹從窗子出去，結果正好被老鄉看見，一下子就傳開了。『揩臺布』就對黑老鷹提出要結婚，黑老鷹怎肯答應。就這樣，把黑老鷹告了。」「自作自受，不過那女的也過分，當時為什麼不拒絕。現在只保護女的，男的活該倒

楣。」曹強憤憤不平地說。「最近中央發了一個檔，據說是江青建議的，要保護女知識青年，嚴厲打擊這類犯罪，因爲全國各地的這種案件很多，主要是指當地的。」鄰床又插話說。「咳，我聽說有一個生產隊，一下子就抓去了十幾個，最後隊長求情說，都抓走了，隊裡沒有男勞力了，結果就又放了幾個。」曹強笑著補充道。「實際上，也有不少是瞎整的，上面有什麼指示，下面就一陣風。有的是正常戀愛，當地的和女知青好了，碰到風口上，就被攪黃了，男的還受到處分。有的是女知青本身作風問題。」

「對。」岳亮東贊同道：「小路，」他拍拍萬啓肩膀，「你們認識的。」「哪個小路？」「哎，你們還打架來著。」「哦，哦，想起來了，他還是我的啓蒙老師，從和他伸拳頭開始，我明白了魯迅說的，忠厚是無用的別名的道理。從此放開了自己，野起來了。他怎麼啦？」「他本來是工礦的，看到來插隊發的軍帽、軍大衣，眼熱了，竟放棄工礦跑吉林來了。」「小孩不懂事。」鄰床說。「他才十六多一點。」「家裡不管嗎？」「父母離婚，他跟父親，兩人不太對經。」「這也是原因。在家裡待著不舒服。可能他外面還有一幫狐朋狗友，不然沒人那麼傻的。」「一點不錯，不上學了，整天在外混，他父親也巴不得省事。」「到底怎麼啦？」萬啓催道。「他和當地的一個女孩搞上了。」萬啓想起來，他曾隨岳亮東去過小路隊裡，晚上聽小路扯了半夜，他津津樂道的就是談與女孩熱戀的事，這使他不在乎生活的艱苦。「這我知道，還是那個？」「是的，但結果很慘。」「分了？」「分算個啥，他死了！」「死了？」「那女的後來跟了一個煤礦的，小路受不了，去礦上找她，兩人還睡在一起。幹完了，小路攤牌了，要他兩選一，

還拿出一個瓶子，倒在碗裡說，這是鹽鹵，如果你不跟我回去，我立馬喝下去。」「是嚇唬嚇唬的吧，那個女的怎麼說？」曹強接嘴。「女的說，我們已經訂婚了。不管咋的，他是開工資的。小路哭了，端起碗一口氣喝了下去。不一會就死了。」「也許他是想逼她，一衝動就真喝，做了楊白老了。」「後來問女的爲啥不阻止，你知道她怎麼說，她說她沒穿衣服，不好意思起來。」「真他媽的扯蛋，幹都幹了，還怕光屁股！那女的不是玩意兒。」曹強瞪著眼說。

　　鄰床起了起身對曹強說：「這其實是性變態，是一種普遍現象。性慾是人不可或缺的本能需要，古人說色食性也，佛洛伊德把性能量看作人心理生活的原動力，一旦受到壓抑，就會產生不良後果，造成人格的扭曲。」「伏落以德，蘇聯人？」曹強問。「不，是奧地利心理學家，名氣很大的，國外曾稱他爲世界上最偉大的三個思想家之一。」「呀，還挺邪乎的。那還有兩個是誰？」「還有是達爾文，馬克思也算一個。」「這兩個我們都知道的。」「是資產階級的學術權威吧。」萬啓吐口而出。「你甭管什麼階級，看看是否有道理。」鄰床有點不悅地說。「我覺得有些道理，像我過去的集體戶裡就有兩個知青，熬不住了去輪奸隊裡的一個傻女孩，結果被判了七年。那次在公社開批鬥時，我問他判幾年，他在臺上還笑著伸出被烤了的手，一個是五，另一個是二，就是七了。」曹強說。

　　「性需求可以有三種狀況：一是性的釋放，也就是需求得到滿足。而釋放又可以是多種多樣的，也可分自我釋放，就是自己解決。」「自己和自己幹？」曹強不解了。「對。很多人都是這麼做

了，但是偷偷地幹的，標準的說法是手淫或自慰，用自己的手或其他工具。你們沒幹過？」大家忍住笑著面面相對。「不用不好意思，這是正常的釋放之一，如果沒有合適的釋放對象，不失為一種替代，而且醫學證明，這對健康有益，可以防止前列腺癌，射精把毒素也清除了。我可以坦白，在沒結婚之前，我常這麼做的。許多人這麼幹了，但受輿論壓力，不說。到目前為止，這被視作道德墮落的表現。還有就是用強力去侵犯別人，這就是前面你們提到的例子。或者去亂搞，所謂亂搞男女關係。這不犯法，但受道德制裁，名聲不好。再就是轉移，如大強度的工作或更多的興趣愛好，沒有時間和精力去想這檔子事了。最好的被稱作昇華，把性慾的能量轉到一個高尚的目標上去。許多革命者或科學家屬於此類。也正因為如此，他們可以做出比常人更大的貢獻。宗教上的信仰也是如此，如和尚。當然這是少數，不予推廣，不然人類就要絕後了。中國人為什麼人口多，與生活條件差有很大關係，沒有豐富的其他活動，就只能躺在床上做人作為娛樂了。而西方發達國家人口少，也是他們有更多的娛樂，分散了性需求。不過人口多由多的煩惱，少也有少的憂心。」

　　「哎，是這麼回事。那性壓抑呢？」曹強問。「性壓抑就是性慾受到了壓制，得不到有效的釋放。壓抑也可以是自我的，如自我克制或自覺轉移，自我修養好的維護自己的名譽，膽小的怕受到輿論譴責和法律制裁，但更多的是社會的壓抑。佛洛伊德甚至把文明和性慾對立起來，認為文明的發展是對性慾的不斷壓抑。」萬啓插話：「因為在原始狀態下，都是亂交的實行的是群婚制，隨著社會的發展就有了限制，父母和自己的子女不得通婚，但兄弟姐妹之間

是可以的，這是對偶婚。再進一步是一夫多妻制到現在一夫一妻制。釋放的範圍越來越小了。是可以這麼理解嗎？」「看來你是看過恩格斯的《家庭和私有制的起源》了。文明就是不斷的社會化和個性化，也就是對野蠻習性的不斷規範化，這就是限制。」鄰床用讚許的目光看了萬啓一眼。「那西方說的性解放怎麼解釋？」岳亮東塞給曹強一支菸：「走，我們外面去抽支菸，讓他們去討論吧。」曹強接過菸：「好，房間裡也太悶了，出去透透氣。」兩人一前一後走出了病房。

　　萬啓和鄰床的對話還在繼續。「這應該是西方對中世紀禁欲主義的反彈，歷史嘛，總是曲折的，不是直線性的。實際上，無論是解放也好，還是壓抑都有個度，在這度的範圍內都是好的，過了度都不好。解放過頭了就是亂搞，道德就敗壞了。壓抑過頭了，就是摧殘人性，也是社會動亂的根源。因爲被壓抑的能量總要找出路的。亞里斯多德認爲所謂美德就是節制，也就是孔子講的中庸，在性上也是如此。」「你總是用封資修的東西說事，我還是覺得性的控制利大於弊，你不是說了嗎，可以昇華。所有的傑出人物都是做到自我抑制的。而好色都會墮落的。」「你只是只知其一不知其二。首先我要糾正的就是，並不是所有傑出人物是清心寡欲的。我可以舉出許多例子來，如紀曉嵐，中國清朝的大學問家，就是一個極端好色的人。還有美國的華盛頓，性趣很濃的，被譏爲那裡的種馬。那誰，傑佛遜有私生女。美國歷屆總統中，只有林肯算是乾淨的，但也有人說他是同性戀。雨果知道吧？法國最偉大的作家，《悲慘世界》就是他寫的，還有《巴黎聖母院》，都很有名的。」「《巴黎聖母院》的電影我看過，很好看。」曹強走了進來說。

「就是這個大名鼎鼎的雨果，他的私生活簡直亂透了。他兩年睡了200人，無論是交際花、妓女，少婦、中年婦女、女僕、甚至自己兒子的女朋友都來者不拒。不過對好色也要分析，中國從古至今都是以封建道德來評判，西方更傾向於從生理和心理上找原因。把好色看成一種病或心理變態。在可控範圍內則視作身體強健的表現。身體好的人，他的性能量也充沛，從生物學上說有利繁殖後代，達到種族延續。美國常用性感來恭維，流行的是性文化。我們之所以把傑出人物看成毫無瑕疵的，是中國為尊者諱的傳統，為那些需要宣揚的人塑造成的，都是高大上的天使，而把敵人說成就是頭頂生瘡腳底流膿的惡魔。因為中國老百姓都頭腦簡單，惟上是從，知識分子不但人數極少，而且受意識形態灌輸，與世界文化隔絕，比老百姓好不了多少，甚至更糟，他們常常成為吹鼓手。其實人性都是一樣，而那些傑出人物更有條件出軌，為性也好為愛也好。昇華是存在的，但實際上應是少數的特例，大多數是做不到的。中國人為什麼虛偽？或許就是用理想化的標準要求人，但做不到，就只好偽裝了或講一套做一套，久而久之就形成了假、大、空的八股。世界本來是多樣化的，永遠不是單一的。只要人類存在著，總是有三部分人組成的：善的、惡的和不善不惡，也就說一般老百姓，或所謂的芸芸眾生。這是大多數，他們是達不到昇華的。」「軍隊不是嚴格管制的嗎，從而才有戰鬥力。」「你說的都是特殊的部分，不適用整體。在整體上的壓抑，好的一面是比較紀律、穩定，少一點亂象，但會使社會失去活力。而一旦能量集聚過多，而社會既有體制無法容納時，就會有爆破性事件出現。美國有一個心理學家叫賴希的觀點很有意思，他認為性壓抑有兩方面的結果，一是尋找替代性地滿足，於是自然的攻擊性就成了野蠻的虐待狂，他把這歸結為法

235

西斯主義分子殘暴行爲的根源。」「我看這是唯心的。」萬啓忍不住評價說。「先不要給戴帽子，至少可以開闊眼界。」「那第二個結果呢？」「就是產生僵化的性格，導致病態的榮譽、義務和自製的觀念，而磨滅了造反的欲望。多想想，有沒有道理？我倒有個聯想，這兩個結果正好是相反的，就像我們的造反派和保皇派。紅衛兵和造反派中有一部分人就有第一種結果的情況，我說的是一部分而不是全部，不然要說我否定造反派了。而保皇派體現了第二種結果，他們大多是黨團員和積極分子，安分守己，聽話，把榮譽什麼的看的很重，他們不會造反，除非像林沖那樣被逼上梁山。但這是不是由於性壓抑造成的，可以探討。」「嘿嘿，你這是不是在影射文革，說文革的發生與性壓抑有關？」

「我可沒說，你自己體會。不過文革的發生有其必然性，不是某個人的意志導致的。首先是社會能量的大爆發，過去是被壓抑的。其次是權力的再分配，從上到下的奪權就是。再一個就是社會轉型的陣痛，也就是從革命轉向建設，文革就是起了物極必反的作用。」於是兩人陷入了沉默。萬啓看著窗外，忽然如有所思地說：「或許有點道理，像我們從小都是在約束下長大的，心中早有不安分的種子，一旦放鬆了束縛就有點亂來了。特別是那些調皮搗蛋的。所以造反最起勁的就是這些人。」「嘿嘿，這就對了，能獨立思考了。」「合理的男女關係是婚姻，因爲婚姻把性、愛和生活結合在了一起。」「不一定吧。」萬啓提出異議：「現實中不少婚姻並不完滿，有的是無愛婚姻，由於各種原因湊合著。也有無性婚姻，結了婚卻沒有性生活。」「當然還有政治婚姻或功利婚姻。」鄰床接過話來：「這些不是正常的婚姻，以婚姻爲幌子達到其他目

的，這可以說是婚姻的變異。實際上，性、愛和婚姻是可以分離的。每個人的組合是不一樣的。性是本能，愛是感情，婚姻是功利，恩格斯不是說了，婚姻是私有制的產物，目的是爲了保護財產的繼承。最佳的組合應該是三者的融合。」這時病房外想起了紛亂的腳步聲，一群人湧了進來。鄰床立刻坐了起來，進來的人連聲說：「別動，我們來抬你。擔架都準備好了。」鄰床笑聲朗朗地說：「別扯了，你們把我當死人了，我自己能走。」說完拿起床邊的拐杖，站了起來。於是有人去扶，有人幫拿東西。在經過萬啓床時鄰床伸手與萬啓握了握：「小老弟，我出院了，孺子可教也。」萬啓說：「聽你說了那麼多，還不知你的尊姓大名？」鄰床說：「你也不要記掛我了，不定那天我出事了連累你。多讀點各方面的書，不要只看一種書，偏食會營養不良的。走了，有緣的話，我們自然能再見的……」萬啓想起身，但動彈不了，只好目送他走出病房。

　　岳亮東和曹強回到病房，看到鄰床已空就問：「他走了？」萬啓點點頭。「這人不簡單，一定有來頭的。你沒問他是幹嘛的？」曹強說。「他不肯說。」「還挺神祕的。」岳亮東說：「時間不早了，我還得趕路就不陪你了。我說，你還是回上海養傷好，有照顧。反正是工傷廠裡得供你，不回來也行。」「不回來吃閒飯？」「嘿嘿，我隨便說說，你是閒不住的，我到那裡會給你寫信的。」剛走到門口，突然想起了什麼，便停了腳步，回頭對萬啓說：「老金出來了，現在搬龍門去了。」「病怎樣了？」「就這麼拖著唄。哦，他說謝謝你寄的錢。」

十六

　　廣播裡又傳來了沉鬱的哀樂，大家已習慣了，只是都在猜，這次輪到誰了。最近哀樂不斷，周總理、朱老總，還有不少黨和國家領導人相繼走了。但這次不同尋常，哀樂不停地放，在中國的每一個角落迴盪，傳遞著一個巨大的噩耗，毛主席逝世了。電視畫面上滿是痛哭流涕的群眾，不過在水泥廠卻波瀾不驚。根據上級指示，每個單位都設立了靈堂，每人都戴上了黑紗。水泥廠沒有禮堂，也沒有像樣的會議室，就臨時在化驗室和辦公室之間的窄小的空地上，設了個簡易的靈堂。在一張桌子上供著毛主席的遺像，下面是一個大花圈，兩旁插著松樹枝，再安裝了兩盞燈，通宵照著。廠裡安排支部組織委員老楊和萬啓值班。從鄰近的公社武裝部借來了兩枝沒有子彈的步槍，一人一枝背著站在桌子兩邊守靈。到了深夜，兩人就坐下了。萬啓遞給老楊一支菸，又給他點上。老楊吸了口菸，慢條斯理地說：「報上天天說毛主席神采奕奕，咋一下子就不行了呢？林彪還說毛主席能活到150歲，你看這扯的。」

　　「林彪是拍馬，好話說盡，還是沒有好結果。不過一點預兆也沒有，怎麼突然就出事了？」萬啓說：「你看過十大召開的紀錄片嗎？」「看了，怎麼啦？」「你注意到沒有，開會時林彪好像情緒不好。他兩眼直直地，一點精神也沒有。當時我就有點納悶。」「你夠細心的。不過主席身體一向是很好的，出了林彪事件後一下子就垮了，從報紙登的照片上就能明顯看出來。」「這太鬧心了，自己選的接班人呀，所以毛主席是被林彪氣死的。現在毛主席不在

了，中國會怎樣？」萬啓沒接話，老楊自問自答道：「只要不亂就好。」他又轉過頭來問萬啓：「不知誰來接班？」「應該是華國鋒，他是第一副主席嘛。」「劉少奇打倒了，林彪摔死了，毛主席的接班人眞難那。林彪也夠操蛋的，都上了黨章和憲法了，還搶啥個班奪啥權。嘿，國家大事不是我平頭百姓能懂的。還是關心關心自己吧。」

老楊把菸頭仍在地上，又用腳踩了踩，然後想起了什麼，問萬啓：「你什麼時候調縣裡？」「調縣裡？幹啥？」「別裝了，工廠裡的人都知道了。」「我眞不知道，你從哪裡得的消息？」「眞不知道？那我告訴你，上回局裡的康局長來廠，那時你還住院著，和老白頭專門提起了你，還說上海要在縣裡投資一個化工廠，條件是多招上海知青，他打算要你去幹政工，上海人管上海方便些。」萬啓這才記起了崔書記說過的話。

「局裡的崔書記曾問我寫過入黨申請嗎，我說沒有。他就說快寫一個，局裡下半年幫我解決。沒有說要調我呀。化工廠的事我是知道的，還聽說局裡就由崔負責。」「這不是明擺的嗎？崔要你寫申請，不就是爲調你鋪路哎。沒有黨票不能提幹，怎麼調？」「是嗎？但我把申請交給白主任了，一點動靜都沒有。」老楊把頭湊近萬啓，壓低聲音說：「我跟你說啊，你別說是我告訴你的，你心裡有數就行。」「那當然。」

萬啓忙又送上一支菸。「還是抽這有勁，你也來捲一支？」老楊掏出菸包，攤在大腿上，把菸絲放在紙上，然後遞給萬啓。萬啓接過後慢慢捲起來。老楊再自己捲了一支，咬到嘴裡：「黨委有打

算，但還要廠裡報上去，廠裡不報也白搭，實際上老白頭中意的是於新秋。你得抓緊呀，過了這個村就沒有那個店了。」老楊是金主任那一派的，金主任一走，也就邊緣化了。其實萬啓心裡也有數，經老楊一提，一些往事立刻湧上心頭。

早前，白主任要萬啓和於新秋各寫一篇批林批孔的體會，萬啓用足了心思，想一展自己的功力。後來聽曹強說，是白主任跟他說的，你們都說萬啓文章寫得好，我看沒有小於好。萬啓沒有說什麼，但心裡一沉。從此，白主任就和於新秋更親近了。七一縣裡開黨慶大會，白主任就帶著於新秋去了。江海航問起：「萬啓沒來？」白主任答道：「他要頂班。」這一夜萬啓就沒有睡好覺。

老楊又說了：「這次支部討論了化驗室的大學生老金，但老白頭就是卡住他，他的申請已有好幾年了，一直沒有通過。反正老白頭和上面擰把著。現在他也沒有好果子吃了，被降為二把手了。」「到底為啥？」「我也不知道，上面就是不喜歡他，不然能這麼做。」「我覺得白主任突出政治不夠，他的水準實在，」萬啓沒往下說，突然他明白白主任為什麼不喜歡自己寫的了。廠裡來了一位新主任，新主任姓樸，曾是縣紀委的副書記，從五七幹校來。在白主任陪同下來宿舍看望萬啓，正好曹強他們準備為萬啓拆石膏。他不由分說拿過剪刀就動起手來。一剪開，一股臭味撲鼻而來，白主任和曹強等人不由得後退到門口，但樸主任卻沒有一點異樣，專心拆著，直到拆完才離去。從上海回來後，萬啓帶了兩瓶上海名酒七寶大麴，一瓶送會計，為的是能順利報銷臥鋪車票，另一瓶就給了樸主任，萬啓說這是他父母給的，由頭是答謝他為萬啓拆了石膏。給白主任帶的是脈通藥，這是他關照的。之後樸主任就讓萬啓在學

習會上讀報。但一天，樸主任剛要叫萬啓念報，沒想到於新秋竟先拿出了自己備的報紙讀了起來。萬啓只得放下報紙，樸主任也驚奇地張了張嘴，但沒說話，起身出去了。萬啓看他找了一把鐵鍬篩起煤屑來了。之後，樸主任再也沒有在學習會上露面，不久就到縣裡參加學習班去了。

萬啓就另闢陣地，在一塊久廢了的黑板上出起了壁報。等出了三期，想去更新時赫然發現，黑板已經被更新，落款是廠工會。萬啓也只得拱手相讓。一次，萬啓看到對面農具廠大門口有一個很大的宣傳欄空著，萬啓想起了文革出大批判專欄的經驗，便與梁鼎舟商量辦專欄。梁鼎舟欣然答應，梁鼎舟很能畫畫和寫美術字，於是萬啓負責編輯和抄寫，梁鼎舟做專欄版面設計。就這樣一期新鮮獨目的大批判專欄引起了周圍人們的駐足觀望。這顯然不是一塊小小的黑板所能相比的。

但緊接著的一個挫折更讓萬啓沮喪。為了支援農田水利建設，縣裡要求水泥廠大幅提高產量。萬啓為配合這個要求，召開團支部會議要求團員換班不停機，還把倡議寫成大字報貼在了休息室。沒想到的是，機器還是停了，是調度老張讓停的。這時一陣大風刮過，把堆在場地上稻草吹得四處飛散。當時萬啓想到過要動員團員去收拾，但猶豫了許久還是放棄了。結果是老張派了其他工人重新整理了。事後，一個平時經常在一起打球的青年，進到休息室指著牆上的倡議說：「老白頭發話了，盡整些虛頭八腦的事，剛才咋不去幫忙把草堆弄好了？」萬啓漲紅了臉，默默地就把倡議撤了下來。

　　天亮了，老楊說：「我們回去吧。」萬啓這才從回憶中醒來。回到宿舍，萬啓並沒有睡意，老楊的話一直在他腦海迴旋：「過了這個村，就沒有那個店了。」這次工傷回上海休養時，就一直沒有安心，最後還未等傷完全恢復就匆匆返廠了。想著想著，他聽得半導體裡播放的一則關於農業學大寨的事蹟報導，不禁一陣激動，騰地起身拿起筆就寫開了。隔日，萬啓來到白主任辦公室，對白主任說：「這是我的兩分申請，我打算重回農村。」「回農村？」白主任睜大了眼睛。旁邊新調來的年輕副主任，姓崔，笑說：「是啊，在農村還可以上大學的。」萬啓沒有多說，把一份入黨申請和另一份「繼承毛主席遺志重回農村幹革命」的申請交給了白主任，然後轉身離開了。萬啓不知會產生什麼結果，但真準備豁出去了，總結了自己始終一事無成，就是豁不開，自我束和屈服於環境。他想要一個改變，**轟轟**烈烈總比平平淡淡好。

　　兩天過去了，雖然萬啓內心糾結，既期待，又有點後悔，是否太魯莽了些。慢慢也就平靜下來，自己也覺得往往就是以虎頭始，而又以蛇尾終。文革中在學校搞的「促聯會」，以及在農村建議成立「毛澤東思想學習室」和「學大寨突擊隊」都是如此。虎頭出於一時的激情，而蛇尾是遇難的退宿。第三天，萬啓做完夜班，正在洗臉，高衛國過來在他背上拍了一下：「老白頭叫你去。」「什麼事？」「好事。」萬啓匆匆洗完就直奔白主任的辦公室。一進門，白主任臉色和悅地說：「著急了吧，農村嘛也就不用去了，你的腿能行？」萬啓猶豫了一下回答：「還可以吧。」「算了，畢竟你為水泥廠流過血的。」他拉開辦公桌抽屜，取出一張表格來：「你先填一下吧。」萬啓一看是「入黨志願書」。萬啓心跳了一下，但克

制住了，拿了志願書慢慢出了辦公室。一出辦公室立刻加快了腳步直奔宿舍。只聽得身後高衛國的聲音：「當心你的腿。」

　　回到宿舍，萬啟在桌上攤開表格仔細填了起來，其他好辦，但在「需要向組織交代的問題」一欄上不知如何填，想了一會決定讓它空著。然後收起表格，放好炕桌，打開鋪蓋躺下，很快就睡過去了。睡到中午，聽得曹強在喊：「萬啟，走啦。」還沒等萬啟回答，曹強，還有沈朝曦已經拉門走了進來，於新秋則站在外面等。萬啟翻個身說：「我是夜班。」「開會，每個人必須參加的。」「什麼會？」萬啟坐了起來。「傳達中央文件。」萬啟迅速穿好衣服，剛走出宿舍，萬啟說：「你們先走吧，我還要拿點東西那。」「那你快去吧，我們等你。」沈朝曦說。萬啟返身回到房間裡取出志願表，捲起來握在手中。曹強盯著他手裡的紙卷，笑嘻嘻地問：「是志願書吧？」「沒啥。」萬啟回答。突然於新秋衝口而出，唱起了樣板戲《紅燈記》裡李玉和的唱腔：「時令不好，風雨來得驟，媽要把冷暖時刻記心頭。」不過後來，小於拿著他寫的群眾評議給萬啟看：「白老頭要我寫的，你看這樣行吧？」萬啟感到意外，看了看點了點頭。

　　幾天後，沈朝曦來到萬啟的寢室：「上面來人了，開座談會了解你的。是樸主任點的人。」沈朝曦把參加座談會的人一個個報給萬啟聽，萬啟心裡有數，這些都是與自己交好的。沈朝曦又說：「他們都說你的好話，我覺得這樣也不好，就提了一點你的缺點，缺乏鬥爭性。」萬啟笑了：「你也懂啊。」

　　上班時，萬啟正在化驗裡分析水泥成分，李翔龍走了進來，萬

啓轉過身來朝他點了點頭，繼續往天平上添料。李翔龍一屁股坐在桌子上，「你還真做，有用嗎？」萬啓笑笑：「沒事，解解悶。設備都不全能做出什麼結果來，重要的都是老金拿到外面做的。我們也就是一個擺設。」「怪不得大家都把化驗室說成療養院了，安排一些體弱的充數。」

李翔龍隨手拿起桌上的一個試管瞅了瞅又放下：「哎，你看了黨章沒有？」「我沒有啊，哪兒有買的？」李翔龍慢慢從兜裡掏出一本紅皮小本子來，「我這裡有，就給你了，你要好好準備，上面會派人來找你談話的，要考黨章。上回老金就沒有看，還說看那幹嘛。結果一問三不知，沒批。知識分子的傻脾氣。」李翔龍是六六屆高中生，萬啓剛進廠時，李翔龍就主動與萬啓搭訕：「你是高幾？」「高一。」「喔，是六八屆的。」然後他又問：「你知道水泥的分子式嗎？」萬啓一臉茫然。李翔龍用手在掌心劃了劃後，讓萬啓看。廠裡人都說他高傲，但對萬啓卻挺熱情的。他是最近入的黨，所以來給萬啓介紹經驗。

局裡派來的竟是上海知青小莊，萬啓認識他，但互相沒有交往。小莊在局裡很有名聲，他原來在電機廠當採購，為單位從上海搞了些設備，所以被提拔為副局長，黨委委員。小莊是個細高個子，白白瘦削的臉上夾著一副黛色眼鏡。兩人打過招呼後，小莊說：「康局長派我來找你談談，實際上這方面你比我懂得多，你是筆桿子呀，現在縣裡都知道水廠有個筆桿子小萬了。」「沒有沒有。」萬啓連聲諾諾。「你就隨便談談吧，如對黨的認識，對文革的認識等等，隨你的便了。」萬啓知道，在這種場合是不能隨便的，像上次在病房裡那樣，必須冠冕堂皇的，儘管兩人都知道是在

逢場作戲。說完正式的戲文之後，兩人又簡單聊了聊家常，小莊便打道回府了。

　　一切很順利，必要的程序都走過了，卻發生了一場意外。事情是從萬啓和沈朝曦國慶值班開始的。那天夜裡兩人閒聊著消磨時間，沈朝曦忽然對萬啓說：「你們隊裡老李不是說要水泥嗎？現在不是個好機會，推一袋回去就是了。」萬啓覺得不錯，上次老李來看他，說起過這事，沈朝曦也在場，所以提起。兩人找了一輛手推車，從車間裡堆著的水泥裡抬了一袋到車上，然後直接推到宿舍，再把推車送回來。自以為神不知鬼不覺。但節後小湯悄悄對萬啓說：「老張剛才問我水泥的事了，我說不知道，你要當心。」萬啓頓時心裡一緊。他馬上去與沈朝曦商量。沈朝曦說：「別睬他，他又沒有當場逮著。」但萬啓總是不踏實，在這關鍵時刻，出了這樣的事，後果會很嚴重的。思來想去，他決定直接找老張談一談，請他通融一下。

　　萬啓去了老張家，就在附近的榮隊，他是從榮隊招工來的，後來被金主任看中入了黨，又作為漢族代表選為支部委員，現在是廠裡的調度。萬啓來的晚和他沒有多大關係，沈朝曦曾和他很熱絡，但後來反目了。曹強也與他有怨，據說是上海知青曾巴結他，想在工作安排上照顧照顧，但他得了好處卻不幫忙，或者是幫忙不夠。其他漢族人也對他也不滿，原因也類似，無非不為漢族說話，自私等等，常常議論要把他拱下來，所以想推萬啓踢掉他。而他也有把柄被抓，如私自在山上小片開荒、賭博等等。

　　當地隊裡有一個上海知青人稱老太婆，因他長相有點像老太

婆，說話又嘮叨的緣故吧，萬啓不得而知。這位老太婆名聲不咋地，但卻常常光顧萬啓那裡，也許萬啓比較隨和。他曾看中萬啓的海鷗牌手錶，這是萬啓在輕工業局工作的姨父送的票，買的便宜貨，只要60元，很吃香。那時手錶和自行車都憑票供應的，很稀有，輕工業局裡的幹部都是近水樓臺先得月。在老太婆的蘑菇下，萬啓就轉讓給他了。他也與萬啓交易，先付款給農民，等秋收後用大米還。至於他從中會有什麼好處，萬啓也不計較。別人都不太相信他，萬啓比較輕信，但倒也沒有被騙過，所以他和萬啓親近起來。他和老張也很熟悉，他告訴萬啓，他和老張經常一起玩牌賭博。

老張不在家，他媳婦很熱情地說：「我去叫老張來。」萬啓站在門口等著。好一會，他媳婦來說：「沒找到老張，不知他去哪裡了。」態度也顯得很冷淡。萬啓無奈。只得明天到廠裡再找他。第二天，萬啓遇到老張，就說：「老張，到化驗室，我有事想跟你談談。」進了化驗室，萬啓先給了老張一支菸，還沒開口，老張就神經緊張地說：「都是小湯說的吧。」沒想到老張比自己還心虛，萬啓見機改變了策略，接過話來：「我是單身住宿舍的，要那水泥有什麼用？」老張說：「那天下班時，我和樸主任一起到的車間，我親自數過的，還在最上面一袋擺了一根電焊條的，不信你可以問樸主任的。」「那就不關我的事了。」「他媽的。小湯這小子，真不是玩意兒。」老張把氣向小湯發過去了。

萬啓下班回到宿舍對小湯和沈朝曦說：「哈哈，老張怎麼先慌了，這事也就過去了。」沈朝曦說：「老張也怕得罪你呢，你現在通到上面去了。下面還有一幫人撐著你呢。小湯畢竟是你的乾兒子

嘛。」「嗤！」小湯伸手在沈朝曦頭上拍了過去。沈朝曦則向後退了一步，閃開了。不知什麼時候，大家把小湯說成是萬啓的乾兒子。另一位上海知青那時出來說：「這是會提高萬啓的威信的。」大家也沒有什反應，根本的還是小湯毫不在乎。大家都喜歡開小湯的玩笑，而小湯常常還很享受。萬啓也說，小湯是活雷鋒，給別人帶來歡樂。大家都哈哈大笑，小湯也在一邊傻笑。

十七

　　所有手續都辦完了，只等上面批了，萬啓能做的就是靜等。但半年過去了，卻毫無動靜。萬啓坐不住了，因為黨章規定超過半年，一切就失效了。他悄悄地去問黨員高衛國：「有沒有我的消息？」高衛國先是一愣：「什麼消息？」馬上明白過來，「沒有。哎，是有點奇怪，這麼長時間沒動靜。不過，既然沒說不批，那還沒有結束，有希望的，耐心等著吧。」萬啓沒說什麼，高衛國看到萬啓失望的表情，安慰道：「我會留心的，一有消息就會告訴你。」

　　高衛國是復員軍人，炮兵，去過越南。他也對萬啓說起過他在越南的經歷。他說，他們的駐地附近還有蘇聯的部隊，相互之間常有摩擦。但他也承認中國比不過蘇聯，打下的美國飛機，大部分都是蘇聯人幹的。美國人的炸彈都是有導航的，只要你一開炮，炸彈就衝著你來了。開始我們損失很大，後來想出了辦法，就是停停打打，一停炸彈就找不到北了。高衛國是典型的朝族人，矮小的身

材，很精幹，喜歡開開玩笑，打打鬧鬧，但又自以爲是，還有不加掩飾的勢利，所以也常被人取笑，他也不以爲意。有一天，沈朝曦看到萬啓騎著高衛國新買的自行車回到廠裡，大大地驚奇了：「這不是高衛國的車嗎，他借給你了？」萬啓說：「是的，我去了趙郵局。」「夠面子啊，這是他的心肝寶貝，從來不讓人碰的。」

　　這天，萬啓和曹強商量請人喝酒，萬啓出錢，小於掌勺，曹強則跑腿請人。這是他們請人的常用方式。所請之人則由萬啓定奪，當然都是在廠裡有一定影響的人。這次萬啓打破原來的格局，邀請的是不同派系的人。當酒喝到一半，突然門打開了，樸主任出現在了大家的面前。萬啓一驚，但馬上邀請他上炕，其他人也附和「樸主任上炕。」樸主任猶豫了一下，還是脫了鞋上了炕。樸主任的出席，使得氣氛有點拘謹，不一會大家就紛紛告辭離去了。但樸主任卻斜躺在被褥上，沒有走的意思。等人都走完了，樸主任挺起身來坐好，對萬啓說：「這種場合我從來不摻和的，但相信你，這次就破例了。」然後他望了望萬啓：「你的入黨志願書我已交上去了。那天是工交黨委解散前的最後一次黨委會，因爲大雪不通車了，等我第二天去時，黨委已解散，只能等以後成立局黨委時再審批了。不過你放心，我會負責到底的。」萬啓也聽江海航說起過，康書記曾問過樸主任，他去了水泥廠後對萬啓了解得怎樣了？樸主任說了解了，並拍胸保證今年第四季度解決的。萬啓問：「新的局黨委誰當書記？」「還是原來的班子吧，據說康書記還是書記兼局長。」萬啓心裡踏實了。

　　一個月後，萬啓在休息室裡與人聊天，老楊站在門口探頭往裡看了看，然後衝著萬啓說：「小萬，繳黨費。」高衛國在萬啓的肩

膀上使勁拍了一下：「妥了。」也有人在喊：「萬啓是黨員啦，哈。」萬啓站起身來，走到老楊面前：「多少？」「你得從去年開始交。」萬啓交完了黨費就要重新坐下，白主任又過來了：「你來辦公室一下。」萬啓隨白主任進了主任室。白主任問：「你的腿怎樣，好利索了？」萬啓回答：「不礙事。」「那好，廠裡決定派你和崔主任參加『一打三反』工作隊，明天到縣裡報到。」崔主任問萬啓：「你想什麼時候走？」萬啓說：「你說吧，你是主任，你說了算。」「那我們還是明天下午去，上午我家裡還有點事。明天下午，嗯，兩點，你在廠裡等我。」

第二天兩人來到縣工業局，還是那間辦公室，只是掛了工業局的牌子。久違了，萬啓走進辦公室發現，人員有了變動。江海航不在了，接待他們的是一個中年人，別人叫他老金。個子不高，黝黑的圓臉，一眼就能看出是朝族。他笑容可掬，態度謙和。他向萬啓和崔主任交代：「明天早上九點在禮堂參加動員大會，下午分組討論。」接著拿出一份分組名單來。分組是按廠來分的。水泥廠和酒廠還有食品廠在一組，共有十人。在名單上萬啓被排在最前面，名字後面有一個注解：組長。萬啓不由得瞟了一眼崔主任，崔主任漲紅了臉，拿著名單與老金用朝語嘀咕起來。完了只聽老金用漢語說：「這是康局長定的，我去跟他彙報一下。」崔主任忙說：「別，別，你決定一下就行了，又不是什麼大事。」老金想了想，轉身要跟萬啓說話，萬啓趕忙說：「還是讓崔主任當組長吧，他是主任嘛。」「既然這樣，那就這麼定了。」萬啓輕鬆地吐了口長氣。

萬啓根據康書記，現在該稱局長了，的指示，開始給各單位的

工作組打電話。萬啓被留在了工業局擔任聯絡員，康局長給他的任務就是了解各單位的運動情況，包括電話和走訪。這次抽調出來的人員，年輕人居多，大都分量不足。所以與他們聯繫沒有什麼顧忌，但唯一重量級的就是崔主任，而他又是自己廠裡的領導，雖然關係還不錯，畢竟有身分差異。他接通了金礦的電話：「是崔主任嗎？」「你是哪位？」「聽不出來嗎？」崔主任壓根不會想電話裡的是萬啓。「哈哈哈，我是萬啓，康局長要我了解一下你們那裡的情況。」「啊？啊？」萬啓接著問：「你的腰怎麼樣？」「你這是什麼意思！」電話裡傳來憤懣的責問。萬啓忙回答：「我是關心你。」「用不著你發慈悲。」電話斷了。崔主任原想自己有副主任的身分，身體也不太好，怎麼也得留在局裡吧，他也和老金說過，但卻被發配到遠離縣城的山溝裡。

萬啓苦笑了一下，再給其他單位去電話。「一打三反」運動在整個中國的政治運動系譜中，並不起眼，既不轟轟烈烈，持續時間也不長，這是一個靜悄悄的運動。萬啓又到縣城內的幾個工廠轉了轉，這些派出的工作組成員都在倒苦水。有的說：「我們在那裡沒事幹，悶得慌。」有的說：「要安排什麼事情，廠裡總是推脫，不是以後再說，就是研究研究。我們沒有權威，說話不靈。工人也不把我們當回事。以後怎麼幹？你去跟局裡說說吧。」

實際上萬啓也沒事幹，於是就幫老金打打雜，如打電話通知各廠來開會或抄檔，有時也跑跑腿。平時就待在局對面的一間小屋裡。這是黨委的辦公室。老金開會去了，就幫他看家。一直到回廠，萬啓還摸不清老金的身分。康局長也難得見面，因為他現在是縣「一打三反」辦公室的副主任。主任則由一位副縣長掛著。過一

段時間，縣裡就會召集工作組的各組組長來彙報工作。萬啓也與會。會議由縣「一打三反」辦公室的常務副主任，縣機關黨委王書記主持。

在各組組長彙報完了，王書記總結道：「看來大家都積極開展了工作，取得了很大成績。現在流行一種說法，國外有個加拿大，中國有個大家拿。只要是公家的東西，人人都要想辦法拿回家。有的是順手牽羊，有的是偷偷摸摸，還有的就是合夥分贓，也沒人管，這種風氣一定要扭轉。不過也有好的，上次我去了水泥廠，聽他們說，廠裡沒有不拿的，但除了小萬。是不是這樣？老林。」「不錯，他們說小萬整天就喜歡看書。」老林是派到水泥廠的工作組組長。「小萬來了沒有，哪個是小萬？」王書記高聲問道。康局長環視了一下會場，指了指門口的一個位子：「在那兒呢。」萬啓紅著臉站了起來。王書記瞅了瞅：「坐下，坐下，你就是水泥廠的筆桿子啊，聽說了就是沒見過，這次算是認識了。」

沒事時，萬啓在小辦公室裡與老金聊天，與其說聊天不如說是聽老金擺乎。平時老金不多話，見誰都是笑嘻嘻的，但在萬啓面前話特別多。只要沒事，老金就會一屁股坐在桌子上說開了，他聲音有點嘶啞，但很急促。很多話萬啓也是過耳就忘，記得很深的是他說：「中國的歷史就是」然後就用手在自己的脖子上這麼一劃。無論談性怎麼濃，一旦有人來，他馬上就止住。有天兩人正聊著，康局長走了進來，老金即刻站了起來，萬啓本來是靠在牆上的，也站直了。康局長搭訕著：「聊著那。」「瞎扯唄。」老金堆起了笑。康書記轉向萬啓：「工作組就要結束了，以後你就留在局裡吧。聽說你要回上海了？」「是的，每年的探親假。」「方便的話，能不

251

能幫我捎個幾斤精白的掛麵？」萬啓滿口答應。康局長剛走，有電話進來，老金接完電話對萬啓說：「王書記叫你到他那裡去一趟。」

萬啓急急忙忙地跑到二樓，敲了敲門。聽得裡面的回應後推開門：「王書記你叫我。」王書記招招手：「啊，是小萬，進來，進來。」萬啓走到王書記桌旁，王書記微笑著問：「什麼時候回家？」「一結束就走。」「回家過年，挺好的。我愛人想買一件小三角領子的襯衫。」說著他拉開抽屜，拿出一件白襯衫來，「就是這樣的，你看清楚了。」萬啓拿過襯衫反覆看了幾遍：「多少尺碼的？」「在這裡都寫了。」王書記又拿起一張紙片交給萬啓。萬啓把紙小心放進在兜裡。「我現在沒有錢，你等一會，我回去取。」「不用了，回來再說吧。」「也好，回來再算。」

萬啓打點好行裝就去了客車站，在售票窗口前排隊。突然有人走到他身後，拍了拍他的肩膀。萬啓一回頭，不由得睜大了眼睛：「是你啊，從哪兒鑽出來的呀？」站在萬啓身後的也是一位上海知青，白皙而斯文的臉，瘦瘦的。彷彿一陣風能把他吹倒。他把萬啓拉到一旁：「做啥呢？」「回廠去。」「不急吧？」萬啓搖了搖頭：「幹嘛？」「走，我還欠你一瓶人參酒，今天請你就算兩清了。」

此人叫朱拓，是環城公社的，來過萬啓的集體戶，萬啓也去過他的集體戶。初見時，覺得他有點油，但談吐中還是透出一些見解。還是在去年時，萬啓正好買了兩瓶剛在供銷社發現的，東北特產的人參酒，在路上碰上了他。他端詳著酒瓶，嘻嘻笑著說：

「哎，這在哪兒買的，帶回家孝敬老爸或送人是很扎台型的。我也去買兩瓶。」但很快他沮喪地說：「汰照四了（丟臉），我現在是阮囊羞澀。要不，你先借我一瓶，以後保證還你，怎樣？」「我就兩瓶，這是我帶回家的。」「嗨，有一瓶賣賣樣就夠了。」他不容分說伸手就奪過一瓶，抱在胸前：「我知道你一向夠朋友的。」

朱拓把萬啓帶到一家飯館，因時間還早，裡面空蕩蕩。他們在一個角落坐下，朱拓馬上又起身去廚房窗口，回來帶來一盤炒菜，又返身端來兩碗啤酒。「來，碰一下。」萬啓端起碗和他碰了碰，喝了一大口：「你去哪了，一直在上海？」「進廟了！」「偷了、搶了、還是捅死人了？」「哪能呢，咱從不幹那些勾當，你看我像嗎？」「你還沒有這魄力。」

「嗤！我是政治犯的幹活。你不信？」朱拓斜著眼瞟了萬啓一眼：「這是我的判決書，我牢記在心裡了，我背給你聽。」萬啓似聽非聽地望著他，其他沒有聽清，但反革命三個字可是眞眞切切的，不由得想起了老金：「是冤案？」「是不是反革命我不知道，反正我確確實實地幹了」他毫不在乎，甚至帶點炫耀：「我寫了幾首詩，諾，你看，」他掏出一個小本來，翻開讓萬啓看。萬啓眉毛一揚詫異地說：「看不出你也會寫詩？」「大都是抄的。」「那怎麼給抓了？」「我把它抄成大字報貼在大街上了。」萬啓不由得對他刮目相看了：「好像以前你不關心政治的，怎麼一下子這麼活躍了。」

「主要還是環境影響。不像這裡，外面刮龍捲風，這裡紋絲不動。一個是閉塞，只有上級檔傳達。二是愚鈍，整天幹活，只知養

253

家餬口，就像魯迅描寫的一樣。而大城市就不一樣了，各種傳言鋪天蓋地，北京更邪乎了，都上街了，就像文革開始時。人在那種環境下，就熱血沸騰了，哈哈。」

「報上說是爲鄧小平翻案？」「誰知道，反正大家都是爲悼念總理的，上面不讓就更激起了民憤，總理在老百姓心目中還是不可動搖的。」「但看那些詩，好像是衝著有些人去的。」「是啊，是張春橋他們，包括江青。你看在總理的追悼會上，江青帽子也不脫，頭也不低。我聽北京的人說，他們一直與總理作對，想把總理搞下去，奪總理的權。」「這毛主席能答應嗎？」「咳，」他悄悄地湊近萬啓的耳邊：「毛和周不對勁的。毛對周既用他也防他。實際上，毛最信任的還是自己的老婆。」

「你今後怎麼打算？」「什麼打算，混唄！再怎麼說，也比假洋鬼子好，還活著呢。」「假洋鬼子？」「張秉文，那個六六屆高中生。」「奧，奧，我見過他的。」萬啓想起來了。那次萬啓和老李從公社回生產隊，半路上看到路邊的農田裡有一幫上海知情在幹活，老李就對萬啓說：「去問問，背不住他們知道谷健強在那。」那時谷健強跑了，不知去向。萬啓就跟著老李過去打聽，問的第一個人就是這位假洋鬼子。他是高個，白淨的臉，他的回答很乾脆：「不知道。」老李又去問其他人，萬啓剛要跟過去，假洋鬼子卻把萬啓叫住了：「你們是新來的？」

兩人就聊開了。當萬啓得知他是六六屆高中時，很奇怪：「六六屆都是工礦的，你怎麼來這裡？」他沒有回答，只是說：「一言難盡！」

後來萬啓去他們集體戶時，總是看到他一個人在看書，有時還念念有詞。萬啓和他打了個招呼。他只是點點頭。接待他的朱拓歪了歪嘴，輕輕地說句：「假洋鬼子，現在還在學英語，有個屁用。」萬啓走時，又再碰上他，這次他對萬啓揮了揮手，隨口說了句：「色狼（solong）。」萬啓一愣，但看他神情不像罵人。假洋鬼忙解釋道：「這是英語再見。」「哈哈，我們學校開的是俄語。」萬啓說，也揮了揮手：「打死你大爺。這是俄語的再見。」

跟上來的朱拓，聽得稀裡糊塗：「你們在說暗語？」說完他一拍胸脯大吼一聲，「天皇蓋地虎。」這是從樣板戲《智取威虎山》學來的土匪暗語，緊接著的是一陣大笑。出了門，朱拓回頭看了看對萬啓說：「他從來沒有看到假洋鬼子這樣大笑過。」

「張秉文出事了？」「他死了！」「死了，為女的？」「他那副德性，還會有女的跟他好？自殺的。感到沒前途了。你說傻不傻，俗話說，好死不如賴活著，還有說，天無絕人之路，說不定那天時來運轉呢。說到底還是不識時務，光讀書，越讀越糊塗。」「你識時務了？」萬啓眨了眨眼說。「至少我不會去尋死的。」「好樣的，看你時來運轉。」

第二章　廣闊天地，荒蕪青春

第三章　風雲突變，風華遲茂

一

　　桌上的電話響了，祕書拿起電話聽了聽，對正要出門的華國鋒說：「華主席，湖南來的。」華國鋒接過電話：「是平化啊，我要去參加政治局的會，好，你說吧。嗯、嗯、嗯。」慢慢華國鋒的臉色凝重起來：「他們迫不及待了！我會採取措施的。」華國鋒放下電話，對祕書說：「王洪文在紫光閣按了部電話，要各地向他彙報。你馬上也發個通知，所有問題應直接向我彙報。」「好的，我這就通知下去。」華國鋒默默站了一會，然後快步離去。

　　華國鋒主持了有關主席治喪事宜的政治局會議，會上江青責難批鄧不力，她要求立即通過一個決議，開除鄧小平黨籍。張春橋、姚文元表示贊同。葉劍英則奉勸江青冷靜一些，因為當前最重要的事情，是要緊緊團結在華國鋒為首的黨中央周圍。江青又說毛遠新熟悉主席思想，提議他作十屆三中全會的報告。華國鋒當即表態說，毛遠新自己提出要回遼寧，就讓他回去吧。十屆三中全會的事由中央決定。

　　江青對毛主席的機要祕書張玉鳳說：「從現在起，主席的睡房和休息室除了你之外，誰也不許進。你把留下來的所有檔都整理好，清點好，交給我。」張玉鳳說：「好的，江青同志。」張玉鳳沒有將此事向汪東興報告。中央辦公廳副主任張耀詞得知後立即報告了汪東興，汪東興臉色一變，怒氣衝衝地來到中南海找張玉鳳，厲聲問道：「你把檔都交給了江青？」張玉鳳吃了一驚，回答：「她拿走了幾件，她是主席夫人，我，我不好拒絕呀。」汪東興

說：「這些檔是中央的，任何人都不許拿。這是命令。」張玉鳳說：「是，是。我再去把拿走的檔要回來。」汪東興這才緩和了語氣說：「要盡快。」

張玉鳳去見江青要取回拿走的檔，她對江青說：「不是我不給你，是汪主任逼著我。」江青兩眼一瞪，尖叫道：「汪東興，他只是一個衛士，一條看門狗，都敢欺負到老娘頭上，看他能猖狂幾天。」張玉鳳沒有討到檔，回來給汪東興作了彙報。汪東興一時也沒轍，但心裡的決心更堅定了。汪東興即刻把情況告知華國鋒，華國鋒聽了猶豫了一會，然後說：「過幾天再說吧。」汪東興急了，口氣急促地說：「這些檔裡有許多牽涉到政治局許多人的檢討書和檢舉信。這是黨中央的核心機密，誰拿到，誰就能殺人，關係重大呀。」當然其中也有汪東興本人的檢查。

9月9日，在江青的提議下，召開了政治局常委會。汪東興提出了檔處理意見，他說：「這些檔應由中央保密局保管，以防流失，造成危害。」華國鋒表示同意說：「毛主席的一切檔、材料和書籍由汪東興同志負責，暫時封存。」江青一聽就要起身，被張春橋拉住了，說：「我看，可以先讓毛遠新幫助張玉鳳清理，再封。」汪東興說：「那不行，要嚴格保密，任何其他人都不能有接觸。」華國鋒說：「毛遠新也要回遼寧了，不必插手了。」江青想說什麼，張春橋對她搖了搖頭。

華國鋒開完會回到辦公室，見桌上放著9月16的人民日報，在頭版是兩報一刊的社論《毛主席永遠活在我們心中》。祕書過來說：「這是葉帥送來的。」華國鋒坐下，仔細看了看，在報頭框框裡的

黑體字「按既定方針辦」下有一道紅錢，後面還有一個大大的問號。這顯然是葉劍英做的。華國鋒反覆讀了社論，然後起身在房間裡來回踱步，最後站在窗前，凝視著窗外。突然他對祕書說：「去李先念那兒。」華國鋒進了中南海外西山腳下的一個小院裡，一進門就急促地說：「我可能被跟蹤不能多停留，說幾句話就走。現在四人幫的問題已到了不解決不行的時候了。如果不抓緊解決，就要亡黨、亡國、亡頭。」說完就匆匆離去。過了兩天，李先念拜訪了葉劍英。寒暄之後，葉劍英把收音機的音量調得很高，然後坐下來輕輕交談。幾分鐘後，葉劍英取出筆和紙來，放在李先念面前，指指自己的耳朵：我耳背，你寫吧。李先念拿過筆先寫了一句：「這場鬥爭是不可避免的。」然後把紙和筆推到葉劍英面前。葉劍英看了看，提筆寫下：「這是你死我活的鬥爭。」李先念繼續寫道：「請你考慮時機和方式。」最後，葉劍英就把紙燒了。從葉劍英處回來後，李先念立即把兩人的談話轉告了華國鋒。隨後李先念又搬到了中南海住，並與華國鋒商定用兩人都懂得語言每天通話。

9月25日，華國鋒去了玉泉山葉劍英的家，第一次和葉劍英面對面的談起江青等人的行為。他說：「我現在工作很困難，他們完全不把我放在眼裡，與他們共事實在難。」他喝了口茶，看了看葉劍英後，繼續道：「真要對付江青和那幾個人，又怕影響團結，影響毛主席的形象，所以左右為難。」葉劍英起了起身，湊近華國鋒說：「你放心，我支持你，老同志都會支持你的。」

9月27日，華國鋒和葉劍英一起到中南海汪東興的住處南船塢，三人商討解決「四人幫」的問題。華國鋒說：「應馬上召開中央全會，把問題提交大會解決。」汪東興搖了搖頭說：「那是沒有把握

的，中央委員裡支持他們的人比你多。而且開會人多事雜，恐有意外，不如學蘇共抓貝利亞的辦法，有我們來幹，祕密抓捕，這樣反而有把握。」說完他用期待的目光看著葉劍英。葉劍英心裡暗暗高興，但不動聲色地說：「看來也只有這個辦法了，以快打慢。具體怎麼辦，東興你自己決定，我們用不出力，但我們做你的後盾。」

10月4日，汪東興見華國鋒仍未下最後的決心，焦急萬分，就找他的副手李鑫說：「你去報告華主席，說你得到情報，毛遠新從瀋陽調來的兩個師，已到山海關一帶。」李吃驚地說：「這樣瞎編是不是過分？」汪東興不耐煩了：「這你不用管。」於是兩人在凌晨時去見了華國鋒，李鑫就按汪東興說的報告了華國鋒，汪東興讓李鑫先走，然後對華國鋒說：「現在這個形勢，不動也得動，先下手為強，後下手遭殃。」華國鋒站了起來，走到窗口沉思了會說：「萬一政治局的其他人反對怎麼辦？」汪東興也站了起來，大聲說：「誰跟四人幫走，我就抓誰！」華國鋒被他的聲音嚇了一跳，揮了揮手說：「你先走吧，讓我好好考慮一下。」晚上，汪東興又去見華國鋒，已經疲憊不堪的華國鋒靠在椅子上說：「不是我想這麼搞，實在是他們逼得我這麼搞。」終於同意了汪東興的方案，時間定在10月6日。

暗戰的一方用隱蔽的方式抓緊策劃，而另一方則大張旗鼓地摩拳擦掌。中央兩報一刊社論《毛主席永遠活在我們心中》披露了所謂的毛主席遺囑」按既定方針辦。當前，就是要把毛主席親自發動的批判鄧小平反擊右傾翻案風的鬥爭深入開展下去，鞏固和發展無產階級文化大革命的勝利成果。江青給張春橋打了個電話，詢問社論發表後的影響如何，強調今後的宣傳工作要把毛主席「按既定方

針辦」作為中心，要反覆宣傳。於是這篇文章在廣播中不斷地被播出，連續了好幾天，形成鋪天蓋地的輿論風暴。張春橋和姚文元多次在會上指示，各地的表態都要突出「按既定方針辦」，如果沒有的就要加上去。

10月1號，江青在清華演講，指責鄧小平迫害毛主席，要開除鄧小平的黨籍，還發誓一定要鍛鍊身體，和他們鬥到底。幾天後江青帶著一幫人來到景山公園摘蘋果，摘完後在蘋果樹下，穿上軍裝拍照。走時，她揮揮手說：「蘋果留著，過盛大節日時再吃吧。」10月2號，王洪文在釣魚臺突然把毛主席的攝影師叫去，要拍標準照，這一天一共拍了114張，並從21張樣片中選定標準相，要求按照周恩來的標準相，作了七次修改。攝影師感到很奇怪，就問了句：「怎麼現在你要拍這些？」王洪文漫不經心地回答：「嗨，留著以後開追悼會用。」攝影師更奇怪了：「開追悼會也太年輕了點吧。」王洪文沒有再說什麼。

這一天的晚上6時40分，執行任務的警衛人員來到懷仁堂，各就各位了。7時，華國鋒和葉帥的車幾乎同時到達懷仁堂院門前。正廳的格局有所變化，一扇屏風將大廳分隔成前後兩部分。前廳僅留下兩張白色套衣罩著的高背沙發，斜對著門。華國鋒和葉帥分別坐在沙發上，汪帶著幾個警衛隱蔽在屏風後，全神貫注地注視著門口。7時40分，院內傳來了腳步聲，張春橋走進懷仁堂大門。第一行動組負責人紀和春迎上去，向張春橋行了一個軍禮：「首長好。」張春橋問：「國鋒和葉帥都到了嗎？」紀和春說：「到了，正在會議室等您。請隨我來。」張春橋的警衛綽號叫大熊的也跟在後面，門前的衛士攔住了他。張春橋雙眼緊盯著紀和春問：「怎們回事？」紀

和春淡淡地回答道：「沒什麼，隨行人員按規定都在外面大廳休息。張春橋沒多想，回頭就對大熊擺擺手說：「你就在那兒等吧……」然後獨自跟紀和春進去了。走到正廳的東側門，剛拐了兩個彎，走廊的燈突然熄滅了。在黑暗中衝出幾個人來，將他緊緊扭住。張春橋驚恐地喊：「你們要幹什麼？幹什麼！」一隻大手把他的嘴也捂上了，被帶到了正廳。華國鋒立即向他宣讀了中央決定，然後從後門把他押走了。

不一會，王洪文來到走廊裡，行動小組的衛士就趕了上去將他扭住。王洪文大吼道：「你們幹什麼？我是來開會的，放開我。」但衛士們仍然扭住他不放。王洪文急眼了，他一邊用腳踢，一邊將手掙脫，並向衛士揮起了拳頭。行動小組的人一擁而上，很快就把他制服，帶到了華國鋒和葉劍英面前。華國鋒宣讀了同樣的決定，但剛讀完，王洪文又大叫一聲：「我不服！」迅速掙脫衛士的手，伸開雙手撲向五、六米遠的葉劍英。就在離葉劍英一、二米時，中央警衛局的戰士猛衝上去，將王洪文撲倒，死死摁住。然後給他戴上手銬押進中南海的地下室。

姚文元是最警惕的，當接到通知時就感到蹊蹺，但思前想後還是去了。來時，沒讓他走正廳，而是把他領到走廊的大休息室。有一位副團長宣讀決定。姚文元平靜地說：「走吧。」在中南海外面，張耀詞奉汪東興的命令，帶著副團長武建華和幾個警衛，先到毛遠新住處。張穿著便衣，都沒有帶槍，一進去就向毛遠新宣布：「根據中央的決定，對你實行『保護審查』，把槍交出來，跟我們走。」毛遠新一聽，雙手叉腰大喊道：「主席屍骨未寒，你們就要造反，你們不能這樣做！」張耀詞把頭一擺，他身後的警衛立即衝

了上去，收繳了毛遠新的槍，押走了。

　　然後張耀詞又帶著三名警衛前往江青處。江青剛吃過晚飯，正閒坐在沙發上，見張耀詞進來點了點頭，仍端坐著。張耀詞站定，表情嚴肅地對江青說：「江青，我接華國鋒總理的電話指示，黨中央決定將你隔離審查，到另一個地方去，馬上執行。你要老實向黨坦白交代你的罪行，要遵守紀律，你把檔櫃的鑰匙交出來！」江青一言不發仍坐著，沉著臉，雙目怒視著對方。張耀詞也沒有採取進一步動作，只是靜靜地站著。過了一會，江青才慢慢地站了起來，從腰間摘下了一串鑰匙，放進一個牛皮紙信封裡，用鉛筆寫上「華國鋒同志親啓」，再把信封好，交給張耀詞。張隨即吩咐江青的司機備車，司機把車開來後，張耀詞對江青說：「上車吧。」江青整了整衣服，默默地走進她自己平時坐的專車裡，緊跟著武建華也上了車。

二

　　萬啓從球磨車間取了水泥樣本出來，樸主任正好走了過來，他把萬啓拉到一邊，壓低聲音問：「現在廠裡在傳什麼，江青和張春橋幾個被抓起來了，他們說是你說的，你的消息從哪裡來的？」「我，啊，我是在汽車站聽一個解放軍說的。」「嗯，那就不要再傳了，現在正在追查政治謠言。」實際上，萬啓是聽楊魁太說的，那天楊魁太問萬啓：「最近張春橋出來嗎？」萬啓覺得奇怪：「我沒留心，咋的啦？」「韓國電臺裡說他們被逮起來了。」「是嗎？

不太可能吧。不要亂說，當心把你逮了。」楊魁太笑了笑走開了。收聽韓國電臺在朝族人中是家常便飯，萬啓也常收聽，喜歡那裡播放的音樂。聽厭了中國的語錄歌和革命歌曲，再聽韓國的歌曲，輕快的節奏和柔和的音調，很是舒服。萬啓常常在夜班回來睡覺時放上一段，然後進入夢鄉。

萬啓朝化驗室走去，聽得樸主任在背後說：「高考要恢復了，好好準備吧。」萬啓曾經歷了三次入學機會，一次是在農村時，但因招工而失之交臂。後兩次都是在水廠時。前一次也是說需要考試的，任何人都可以報名，水泥廠知青幾乎都報了名。考試是在附近公社的中學裡進行。在一個教室裡坐滿了人。第一場是座談，主持人是中學的一位中年教師，說了開場白後，讓大夥發言。開始教室裡一片寂靜，似乎大家都在等待，不願開頭一炮。時間慢慢在流逝。萬啓坐不住了，他推了推桌子，挪了挪椅子，然後把雙手壓在桌子上開了腔。因早晨受了點涼，聲音變得些微嘶啞，但音量不減：「我說說，」「你叫什麼名字？」老師記下萬啓的名字。「你說吧。」「時隔多年，今天能重新坐在教室裡，正有一種隔世之感。我的心情還是很激動的。我們通過接受貧下中農的再教育後，再有機會重新上學，一定要努力學習，不辜負國家的期望……」萬啓發言完了，老師接過說：「這位同學發言很好，時間不多了，請大家抓緊一點。」話音剛落，教室裡炸鍋了，一時許多人搶著發言。本來安靜的教室頓時成了菜市場。「不要急，一個一個來，時間還趕趟。」老師安撫道。接下來是寫作，題目自選。萬啓的題目是「鏟地」，這是現成的，曾投過稿，現在重新抄下來，所以不費力，幾千字很快完成了。

　　幾天之後，李翔龍來到宿舍，笑嘻嘻地對萬啓說：「沒想到，你平時不太吱聲，這次這麼會講。」沈朝曦插話道：「這叫眞人不露相。」李翔龍又說：「聽中學裡的老師說，水泥廠考得都不錯，你是第一。看來有希望了等好消息吧。剛才白主任跟我說，廠裡和上海聯繫了一臺球磨機，要我和你去一趟上海，順便到寧夏採購一些石膏。」「好差事啊，什麼時候走？」「準備好了，明天就出發。」「好來。」第二天倆人坐在了去北京的特快列車上了。李翔龍是生平第一次出遠門，顯得很拘謹而又興奮。萬啓與火車交情很深了，幾乎每年都要和它打交道。他喜歡坐在窗口瀏覽途中的各種風光，夜裡也愛聽哞嚓哞嚓車輪和鐵軌有節奏的摩擦聲，儘管常常要飽受擁擠和屁股坐爛的折磨。途經瀋陽站，上來了軍裝有四個口袋的兩位軍人，一位年紀很輕，一位則已中年。他們抬頭查找著座位號碼，緩緩地走了過來，最後在萬啓他們座位前停下。年輕的說：「就這裡了。」中年拿車票和座位號碼對了對：「是的。」然後把背包往行李架上一扔，年輕的也把一個旅行袋推上行李架。

　　「兩位小同志，你們？」中年軍人和藹地問。萬啓忙從窗口的座位讓了出來，坐到了對面李翔龍旁邊。「沒關係，你喜歡就坐那裡吧。不礙事。」「我的座位在這裡，剛才有人下車，我才坐了過來的。」「去哪？」「上海。」「上海人，知青？回家探親？」「廠裡託辦點事。」兩位軍人坐定，年輕的拿出一份報紙來，看了會，把報紙遞給中年人：「看看這篇，又出新鮮事了。嘿嘿，又要翻個了。」萬啓瞟了一眼報紙，看清了標題是：「一份發人深省的答卷。」中年翻了翻報紙說：「《人民日報》轉載了。原是《遼寧日報》的社論，是毛遠新搞的。我的一位戰友告訴我的。」「到底

266

咋的啦？看來這次高考又要黃了。」萬啓和李翔龍都豎起了耳朵，把目光投向了中年軍人。中年軍人摘下軍帽，掛在了座位旁的衣帽掛上。雙手抹了下臉，把報紙還給年輕人：「這個叫張鐵生也是一個知青，但當了生產隊的副隊長，勞動是很積極的。這次也參加了考試，但考不出來，就在考紙的背面寫了自己的感想。」「什麼感想？」「報上不都說了，說這樣的考試不公平，不少知青都回城複習，有的還請了輔導，但還在生產第一線就沒有時間複習了。還有一個故事是，張的隊裡僅有的一匹馬生了病，他帶了這片馬跑遍了當地的獸醫站都沒治好，就大哭了一場。所以他要報考的是獸醫。這事就捅到了毛遠新那裡，他是遼寧省革委會的副主任，分管教育。據說，在一次會議上革委會專門討論了高考方案，考題怎麼出。教育局長說，他們在瀋陽醫學院做了一次模擬考試，參加考試的都是副教授以上的，結果大部分不及格。毛遠新來了勁說，把考題拿來我試試。毛遠新把考題親自做了一遍，然後對照標準答案，自己也不好意思了。」「他考了多少？」「數學大概是40多分，物理考了80多分，化學是白卷。」「廢了這麼長時間，早忘了。現在是天天學主席著作，抓階級鬥爭，誰還去學那玩意。」「後來一次毛遠新去見主席，主席就問他知道不知道遼寧有個張鐵生？毛遠新回答知道。主席又問看沒看過那篇編者按，說你們遼寧常委要好好學習學習。毛遠信說，那是他寫的。主席開始還不相信。等毛遠信把來龍去脈講了後，就說，張鐵生的信是挑戰舊教育制度的檄文，具有反潮流精神。指示讓張鐵生參加黨的十大。主席說，過去考上狀元的沒有多少是有真本事的，反倒連舉人都沒考上的有的還有些真本事。主席舉了蒲松齡的例子，蒲松齡從57歲一直考到70歲，都沒考上舉人，但卻寫了《聊齋志異》。還有曹雪芹是不是秀才還要

考證。」講到這裡，中年人端起茶杯對年輕人說：「去幫我泡杯茶，講那麼多口渴了。」年輕人接過杯子向鍋爐走去。中年人問李翔龍：「你們也參加考試了吧？」李翔龍回答：「是的，他還考了第一。」他指了指萬啓，萬啓不好意思地推了推李翔龍：「別瞎說。」中年人望了一眼萬啓說：「看來這次不作數了。實踐知識比書本知識重要，以後要招有實踐經驗的。」「我看不見得，書本知識也是重要的，讀書還是需要的，兩者不能偏廢。」突然從前排座位上伸出一個腦袋，約有五十來歲了，頭髮有點花白，戴著一副眼鏡，插話道。「這是主席說的。」中年軍人說。前排的腦袋即刻縮了回去。

　　李翔龍對萬啓說：「完了，白花功夫了。」萬啓說：「上不上學我無所謂，但讀書還有用的，但要靠自學。像過去那種教育制度的確不行，培養書呆子，考試機器。」「誤人子弟，要毀一代人啊！唉。」前坐又傳來一聲長歎。張鐵生的造反行動，使得這場簡簡單單的考試隨風而去了。最終又回到推薦有實踐經驗工農兵的老路，這個名額就給了農具廠的一名女車工。隨後一年的招生仍是走推薦的路線，水泥廠有一個名額，但對萬啓來說是增加了競爭對手。廠裡來了一位年輕的新工人叫陶松湖，中等個挺結實的，端正的圓盤臉，看上去很謙和，人緣不錯，被選爲團支部書記。最重要的是，他的父親是縣常委。當時萬啓在夾皮溝的採石場，推薦那天，廠裡通知所有的人員都回廠開會，討論推薦名單。萬啓預感機會不大，不願參加。禁不住不斷催促，抱著一絲希望下了山。在廠裡見到了陶松湖，自然談起了招生之事。陶松湖明確表示自己想去。萬啓問：「你的工齡多長了？」陶松湖回答：「到今年三年

了。」萬啓說：「有五年工齡就可以帶工資了。」「是嗎？」萬啓有了期待。陶松湖想了想還是說：「等不及了，不帶就不帶吧。」萬啓的心沉了下去。

會上，由高衛國首先發言：「我推薦陶松湖，因為陶松湖年輕，表現又好。萬啓也有資格，但他去年已參加過了。」樸主任問：「大家的意見？」「沒意見。」「同意。」下面幾個人附和著，其餘的都在交頭接耳地閒聊。會後陶松湖對萬啓說：「團委通知開會，你代我去吧。還有，」他又交給萬啓一封信：「順便把這封信帶個我父親。信封上有地址。」吃過晚飯，天已全黑了，別人都在廠裡留宿。萬啓一個人悄悄地出了宿舍，直奔夾皮溝去。今夜的月色不錯，明晃晃地照亮著兩邊山坡上的樹叢和蜿蜒不平的山路，而一抬頭就能看到在破霧中穿行的半月。萬啓只是一股勁地走著。等回到採石場宿舍，沈朝曦吃了一驚：「你一個人走來的？膽好大，不累？」萬啓爬上炕坐定，拿過沈朝曦身旁的菸袋，慢慢捲著。「名額給誰了？」萬啓起身湊近瓦斯燈點著，吸了一口，吐出濃濃的菸來：「陶松湖。」「我知道肯定會是他，廠裡早定好了，還不是看他爺老頭子的面子。」這時萬啓想起了陶松湖讓他捎的信。信沒封，打開一看，就一行字：在你可能情況下，幫忙安排一下。

三

恢復高考的事，早在去年回家探親時，就聽宗立煌講起過。那

天宗立煌來到萬啓家門口，扯開他的大嗓門喊：「萬啓回來了沒有？」萬啓迎了出去，兩人就一邊聊一邊隨意地走。宗立煌敘述了許多他聽到的內部消息，特別神祕地說：「聽北京來的人說，明年要恢復高考了。」「嗯。真的嗎？不太可能，對教育改革毛主席有很多指示的，能輕易改？雖然說，現在的搞法實在有點莫名其妙，但誰有這個膽去撥亂反正？」「聽說鄧小平出來了，他主動要求主管科教工作。他說了，不管招多少大學生，一定要考試，考試不合格不能要。下面要求也很強烈，有個姓查的教授，名字我記不清了，他在科教座談會上，開了第一炮，就是要求恢復高考。鄧小平也參加了，當場表示支持。但前不久召開的高校招生會議上也討論過，爭論很大，最終是仍然維持老一套。主要還是有兩個估計擋道。」「哪兩個估計？」「就是對教育戰線基本情況的估計。一個是說毛主席的教育路線沒有得到貫徹執行，再一個就是大多數教師和學生的世界觀基本上是資產階級的。」「嘿嘿，打擊了一大片。不過這個估計是毛主席圈閱過的，現在講兩個凡是，所以難動。」「但鄧小平發話說，毛主席圈閱過的也不一定正確，所以他要求把原來的報告收回來重寫。」「鄧小平要翻案了。這也很難說，弄不好他再被打倒呢？」接著話題轉向其他方面了。實際上，萬啓根本沒當回事，但現在真應驗了，這次可是要靠真本事了。萬啓躊躇滿志地報了名，在填志願時不假思索地在第一志願裡，填了北大圖書館系。餘下的是吉林大學中文系和海蘭大學的政治系，後兩者只是充充數的。表格交上去了，隨著傳來了消息說，年齡有限制，不能超過三十，而萬啓今年正好過了。但又留了一個餘地，有特殊能力的可以破例。萬啓一得消息，渾身冒汗，立即把自己平時自學做的幾本黑皮筆記本帶上，趕到教育局。辦公室裡只有一位姑娘小林

在，是剛畢業分配來的工農兵大學生。萬啓以前在工業局裡時曾和她打過幾次交道，所以還算認識。她文靜而清秀，見萬啓進來，站了起來面帶微笑：「幹啥這麼著急來著？」萬啓把筆記本放在辦公桌上，「你看看，這都是我自學的成果，」萬啓一頁頁地翻給她看，小林並沒有看，只是說：「我會跟領導反映的，這些你就拿回去吧。」萬啓進一步問：「這是中央規定的，還是你們的土政策？」小林沒有回答，只是打著保證：「我一定給你說說。」第二天小林就打來了電話，告訴萬啓：「現在把年齡放寬到三十五歲了，放心了吧，好好複習。」萬啓連聲說：「多謝，多謝！」

考試科目有政治、歷史、語文和數學。政治無非是時事政治，語文是寫作，歷史方面萬啓不但看過許多歷史小說，還專門看過范文瀾的著作。這對萬啓來說並不擔心，唯有數學荒廢多年，更沒有課本在手，無從複習。他想起了於新秋，正好於新秋來信要他去廠裡開一個沒有用過探親假的證明，以便在新廠再享受一次。於新秋與吉林化工廠的一位工人搞了對調，去了那裡。萬啓開始並不樂意，但想起課本來，就回信要借他的數學課本一用。於新秋本人不準備報考，而是忙於結婚，所以他把高一的代數課本寄了來。萬啓就把主要時間用來複習數學。萬啓的數學成績不錯，在校時還被老師提名參加學校的數學競賽，但他的興趣不在此而在文，那時熱衷文史哲，酷愛詩。水泥廠報考的有萬啓、梁鼎舟和李翔龍。在考試前的最後一天，萬啓沒有再複習，而是到曹強房間裡看他們打牌，經常來的「大腦袋」，一邊看著牌，一邊問萬啓：「不複習了，你看梁鼎舟還在用功呢。」沈朝曦說：「人家肚裡有棍。」

考試仍在公社中學進行。比較正規，憑准考證入場，對號入

座，有兩位監考人員。萬啓和梁鼎舟一起來到考場，兩人查看著貼在教室門上的號碼，在中間的一間教室停下了。萬啓說：「是這裡了。」「對，就這一間。」梁鼎舟低頭看了看手裡的准考證，回答道。萬啓走進了教室，梁鼎舟緊跟在後面。兩人接著挨桌尋找自己的位子。在第二排萬啓發現了自己的座位：「我在這裡，你呢？」「我在你後面。」等到他們坐下，教室裡已坐滿了人。梁鼎舟向前推了推桌子說：「有點擠。」萬啓笑笑：「因為你的模子大啊。」這時鈴聲響起，原來喧鬧的教室頓時鴉雀無聲，大家把目光對準了門口。隨著鈴聲，走進了一位中年女子，手裡拿著一疊紙，走到講臺講了一句：「今天考政治，時間是45分鐘。」然後就開始分發考卷。試題無非是一些時事政治，其中有一道是關於「新時期黨的總路線」，這是萬啓考前就估計到的，但卻不知其詳，著急了一陣，好歹在一份學習資料裡找到了標準說法，然後就是死背。剛答完題，聽見梁鼎舟小聲在問：「黨的總路線是不是反擊右傾翻案風？」萬啓抬頭看了看講臺，也小聲回答：「不是。」心想鄧小平都出來了，還反什麼？「那是不是按既定方針辦？」「哎！」萬啓歎了口氣，不再吱聲。萬啓交了卷，出了教室，在外等。一見梁鼎舟就說：「按既定方針辦是四人幫偽造的。最後你答了什麼？」「兩個凡是。」萬啓笑得彎了腰：「你怎麼老是翻老皇曆呀！」「不對嗎？糟了！」梁鼎舟搓著手，頭上冒出了汗。「沒關係，最多扣幾分。」「不，那道題是十五分。」鈴聲再起，考生們又擁進了教室。

　　接下是考歷史。萬啓很是失望，這麼簡單的題怎能考出水準來？只用了半小時，他就答完了所有的題。他四顧了一下教室，大

家都還埋著頭。他覺得無聊，便把考卷反過來，在背面寫了起來，他是在提建議，最好能增加一些能加分的選擇題。這時監考人走了過來，在他桌旁停了一下，然後又走開了。萬啓一直磨到時間結束，才交了卷。回頭再看梁鼎舟，他還在趕答，在「赤壁之戰」的題目下，梁鼎舟寫了：「劉備、關公和張飛在赤壁打敗曹操」。萬啓又笑了，指了指題說：「還有周瑜呢，應該是三國時期蜀吳聯合抗擊魏的戰爭。」梁鼎舟忙著想改，監考人走了過來要收卷。梁鼎舟連連說：「再等一會，我馬上好。」監考人員默默地等著，一直等他改好。第二天是考數學和語文。數學基本是小學的程度，但也有難的，如有一道微積分的題。萬啓從於新秋借來的是高一的代數課本，沒有微積分的內容。所以也只能望題興歎了。作文對萬啓來說還是輕車熟路的。考完試，又檢查了身體，萬啓就去上海度假了。臨走時托李翔龍，如被錄取，就給他發電報，就及時趕回。

　　在上海同樣被恢復高考的氣氛籠罩，人們都在議論著，相互打聽著。不久，萬啓陸續聽到了發通知的消息，卻沒有一點自己的音訊，直到開學。假期也到期了，萬啓就準備返廠了。父親幫他打點好行李，萬啓一邊等著計程車，一邊與前來送行的老同學華耀旺交談著。他安慰著萬啓：「上不上大學無所謂的，不是縣裡要調你到機關嗎？大學出來也不過這樣。而且年齡也不小了，要成家了。」萬啓笑笑：「主席不是說過，正規學校出不了人才，真正成才還是靠自學。我主要是想換換環境，不過落榜總不是光彩的。現在也只能認了。」這時萬啓的弟弟從外面進來喊道：「車來了。」於是大家一起走了出去。計程車停在弄堂口，司機迎了上來，接過行李放進車廂裡。萬啓說：「我走了，你們回去吧，」又轉向華耀旺：

「以後再聯繫。」華耀旺說：「好，一路順風。」萬啓拉開車門，一隻腳跨了進去。突然一輛摩托駛進了弄堂。不一會聽到弟弟的喊聲：「三哥，電報，電報來了。」萬啓又把一條腿抽了出來站定了，等弟弟追了過來，氣喘吁吁把電報塞到萬啓手裡。萬啓一看就一行字：海蘭大學政治系，速報到。

　　萬啓抵達海蘭大學時夜幕已降臨，他站在寒風凌厲的路中間不知所措。左邊有一條有坡度的路，通向一棟黑漆漆的樓，右邊一條路延伸到兩棟有燈光的樓。四周空蕩蕩的不見人影。幸好這時有人過來，湊近了瞧了瞧他，開口問：「是新生吧？」「是的。」「怎麼才來？七七屆都去青陽分校了。」「我剛從上海來。」「哦，是上海知青。那你今天咋辦？」「不知道。」那人想了想說：「不用著急，我給你想辦法，來，跟我走。」萬啓隨著他朝右邊有燈光的樓走去。萬啓問：「學校就這麼點，連大門也沒有？」「嘿嘿，條件是差了點，但好歹也是正規大學。大門文革武鬥時被炸了。」萬啓脫口而出：「這樣的學校沒啥意思，能學到東西？不如不來了。」「學好學壞，主要還是靠自己，你不稀罕，要來的人還是有的是的。畢業了也是國家幹部，待遇和北大、清華一樣的。」那人把萬啓帶進一間寢室，寢室裡只有兩個人在，見了那人就站了起來：「劉老師。」「就你們倆？」「今天是星期六，都回家了。」劉老師對靠窗的一位問：「你不回家？回去吧，把你的床讓出來，來了一位新生，沒地方住。」被要求回家的那位同學沒有吭聲。「聽話，回家去。」這位同學很不情願地收拾了一下出了門。劉老師對萬啓說：「你就在這裡待一宿吧，要回去也得明天走，留下的活明天再去青陽。」

　　劉老師走後，萬啓準備就寢，從外面來了一位同學，看了一眼萬啓就問原來在的同學：「是你的朋友？」「是新生？」「七七屆的？」「我想是的吧。」那位同學坐在自己的床位上，轉身問萬啓：「是考試進來的？」萬啓點點頭。「咳，你們一來，我們就慘了，吃不開了。」他一仰身躺下了。一會又坐了起來：「聽說這次考試很簡單？」萬啓說：「是的，都是常識性。荒廢了十年，起點是很低的。」「再簡單，很多人還是考不出來。這次參加考試的人海了，錄取的可不是百里挑一，而是萬里挑一，把全國最好的人才招進來了。」第一位同學說。「那以後我們咋辦呢？」「不要多想了，車到山前必有路的，不早了咱們還是熄燈睡吧。」

　　第二天早上，萬啓離開宿舍時，在入口處又遇到了劉老師，他問萬啓：「睡好了？」「挺好的。」「你還要回廠裡，再來不來呢？」「再說了。」「還是來吧，考上都不容易。」萬啓這時才看清劉老師清秀的臉以及惋惜的眼神，萬啓不由自主地點了點頭。劉老師高興起來，指著對面的一棟樓說：「這裡是宿舍區，那裡是教學樓和辦公室，你可以先到系裡報導，太晚了怕有麻煩。政治系在二樓。」「多謝老師關照。」萬啓就沿著那條坡路走去。

　　系辦公室裡兩個人在說話，一個是中年婦女，坐在辦公桌後，一個男子，頭髮有點灰白，站著。萬啓走了進去說：「我是來報到的。」男子轉過身來，退到後面的一張辦公桌前坐下，看著萬啓。中年婦女和藹地說：「你是萬啓了，現在就剩你一個了。七七屆的同學都去青陽了，你可以自個搭長途車去，或者等到下午，學校的副校長也要去青陽，你可搭他的車。」「我自己去吧。」「你可以在校門前坐市內的車到長途汽車站，從那裡有去青陽的班車，大概

兩個小時一班。」男子插話道。

　　從長途汽車下來，萬啓舉目望去，四周是一片片灌了水的稻田，遠處是起伏的山巒，既不見城鎮，也不見村落。他問一位一起下車的，頭上頂著包袱的朝鮮族婦女：「阿志瑪尼，海蘭大學分校往哪兒走？」阿志瑪尼搖了搖頭：「我的，漢語的不知道。」這時有一位在候車室門口等車的中年男子大聲說：「往左，沿著那一直走，就一條道。」萬啓扛起旅行袋，順著中年男子指的路走去。拐了一個彎後，遠遠地看到一個人，晃晃蕩蕩朝自己走來。大約還有十來米的距離，走來的人喊了起來：「是老萬吧？」走近一看，是一個矮矮個子的年輕人，臉色微黑，眯著眼，走起路來兩手擺動的幅度很大。到了跟前，年輕人伸出了手：「哈，上海人，一眼就能看出。現在班裡就等你了。」萬啓握了握他的手。那人一鬆手就把萬啓肩上的旅行袋接了過去，扛在了自己肩上。萬啓忙說：「我自己來。」「甭客氣，我好歹也比你年輕嘛，53年生的。我姓車，是政治系七七屆的班主任。」「哦，是車老師，這。」萬啓想把行李奪回來，但車老師已大步往前走了，萬啓只得加快腳步跟上。車老師一顛一顛地走著，一邊不停地給萬啓介紹班級情況：「你們班共三十來個，但年齡、經歷和水準相差很大。年齡最大的是老蒲，他是浦校長的兒子，原來在中學當團委書記，是你們班裡老大。他的入學成績是本校最高的。」「那他是班長了。」「沒有，他老爸發話了，不要給他擔任任何職務。班長是老林，排老二，支部書記老徐是老三，奧不，老三應該是老玄，你是老四。老徐是老五了。最小的有幾個，小十來歲，如小郝、小孟，還有周蘭，她是這裡軍分區副政委的女兒。程豔稍大一些，是飛行團長的女兒，小崔是軍區

後勤部部長的孩子。」「她們是開後門來的吧？」萬啓插了一句，馬上補上一句：「我這是瞎說的。」車老師笑笑：「我不是招生的，不清楚。班裡三分之二是黨員，許多是基層幹部，如洗寬江，和一個女生，是農村的大隊書記。」「哇，趕上黨校了。」「政治系嘛……」這時車老師停下了腳步，回頭對萬啓說：「我想安排你擔任第一小組的組長兼黨小組長，你看行吧？」「我也想和老蒲一樣，只想多學點東西。」「你不要小看組長，我當初就是從組長當起的，後來當了學生會主席。」萬啓趕緊辯白：「我不是這個意思，年紀不小了要抓緊學習。」「實際也沒多大的事，有你們壓陣，工作好開展。」這時眼前出現了幾排磚結構的平房，車老師把行李還給萬啓，指了指前面說：「這就是校舍，以前是五七幹校，現在暫時借用的。因為你們是冬季入學，本校還沒騰出地來。政治系在第二棟，你被安排在8號寢室。你自個過去吧，我還有點事，咱們回頭見。」

　　萬啓走進校區，那裡靜悄悄的，不見人影。好在只有三棟房，萬啓挨個找，在一棟房的最盡頭，發現了門上一個大大的8字。推開虛掩的門，裡面也沒有人。萬啓環視了一下，室內有四張雙層的床，其中有一張床的上鋪空著。他就把行李放了上去，然後坐在下面抽起了菸。忽然他看到靠窗的地上有一盆洗臉水，提醒了他也該洗洗了。他取出臉盆、毛巾，走出寢室，在外面的水龍頭下洗著臉時，突然響起了一片喧嘩，一大群人在校區湧現。等萬啓洗完臉，人群差不多走進了宿舍。萬啓也拿起了臉盆回進宿舍。他看到在8號寢室外，一個中等偏高的人正蹲著在燒火牆，他把煤塊用鏟子送進爐裡，萬啓走近也沒有抬頭。這時聽到隔壁的門開了，有人出來，

還聽到一個女生的聲音：「班長，今天還搞不搞衛生了？」燒火的班長抬起了頭，這才看清了他的臉，稍長的臉上架著一副黑框的眼鏡。他看了看手上的錶，說「今天不搞了，待會小組討論。」隨著班長的回答，萬啓也回頭看了一下，不覺心頭一震，一張期望許久的臉也在回望。大大的眼睛在一張似長非長，似圓非圓的臉上放光。萬啓在這刹那的回眸中也發覺她的鼻子有點短，但並不影響整體的觀感。問話的不是她，是與她並肩的一個從上到下壯實，臉色黝黑的女生。兩個人明顯地顯示了城鄉的區別。

　　第一小組的討論會在8號寢室進行，人員包括寢室的八位男生和三位女生。班長老林對萬啓說：「你是組長，討論就由你來主持。」「我才來，還不知道討論題目呢，人頭也不熟，怎麼主持？」萬啓為難地推託。「嗨，這有什麼難的，就是讓大家談談認識體會，今後打算。不認識人是吧，叫每人自我介紹一下不就完了嗎。」「好吧。」萬啓對下鋪的金彬諧說：「彬諧勞駕你去通知一下女生，讓她們過來。」金彬諧是萬啓最早認識的同學，個子不高，有一張胖胖的純樸的臉，他也是來自萬啓的那個縣，所以兩人一見面就像老熟人了，萬啓喜歡他的淳樸。其餘男生都擠在一起，騰出位子來。不一會，傳來了腳步聲，萬啓注視著門口。第一個進來的，就是那個令萬啓心動的女生。她微微低著頭，並不看人，在門口的床位坐下，然後又起身拿起一份放在隔壁床上的一張報紙看了起來，報紙幾乎擋住了整個的臉。緊跟著的就是壯實的女生，最後是一個嬌小的女生。等她們坐定，萬啓就開口了：「我叫萬啓，今天剛到，對情況不熟，請大家指教。」「老萬甭那麼客氣啦，我來幫你介紹一下，那位看報的叫周蘭，緊挨著的是王學寨，他們縣

裡有名的鐵姑娘。」說話的叫洗寬江，細高個，眉清目秀，總露出微笑，喜歡說話。如果不知底細，還誤以爲他是城裡的文弱書生，他卻是農村的大隊黨支部書記，現在擔任班支部的副書記。那個嬌小的女生，沒等洗寬江介紹，就自報了家門：「我叫洪雪莉，來自本市教育局。」洗寬江補充道：「她是副班長。」隨後同學們都陸續發了言，萬啓注意到周蘭一直在看報，始終沒有開腔。

四

天氣慢慢變了臉，由紅日綠苗的賞心悅目變成了黑雲壓頂。同學們紛紛議論，不少人建議立即撤離。帶隊的詹老師焦慮地望了望天空，自言自語地說：「氣象預報沒說要下雨呀。」他把各班的班長召集在一起，開了個田頭會議。還沒等會議結束，一陣狂風刮過，太陽又笑嘻嘻地露了臉。在一陣歡呼過後，同學們又各就各位地忙開了。

萬啓和老蒲負責運苗，兩人有說有笑，非常融洽。這位班級的老大哥性格溫厚又健談，見到萬啓總有說不完的話，其中不乏各方面的消息，這使萬啓感到親切的同時也知道不少。萬啓第一次見到他是在寢室裡，萬啓正躺在上鋪看書，有一個人進來了，短小精悍，臉狹長但五官搭配均勻，膚色微黑。每個人都和他打著招呼。下鋪的金彬諧告訴萬啓：「這就是老蒲。」萬啓來時正趕上星期六，老蒲回家了，現在返校了。老蒲與每個人打完招呼，還會聊上幾句。但似乎對萬啓視而不見，直到最後來到萬啓床前，把頭一歪

用上海話說：「儂好，阿拉上海銀。」就這一句就把兩人的距離拉近了。老蒲還喜歡開玩笑。有一次他對萬啓說：「你們剛來時鬧了許多笑話，一個女知青看到牛……」他沒有說完，自己就笑彎了腰，稍停後又繼續道：「就大叫起來，這牛的腸子出來了。」全寢室立即爆發出哄堂大笑。只要老蒲在，就少不了笑聲。不過其他同學，尤其是年齡小的同學都是只是聽，朝族中還比較講究論資排輩。有的為了不影響看書而離開寢室去教室。而老蒲似乎就是為了聊天來校的，對於學習似乎並不在乎。

在一大片水田裡，學生按班級為單位，在劃定的區域內插秧，時不時還會拉拉歌。開始萬啓也在插秧隊伍中，在生產隊裡也插過秧，但生產隊裡僅有一小塊的水田，所以插的不多。不過萬啓的插秧技術也是可以與別人一拚的。他左手扭著秧苗，右手就像發撲克牌似的，一撮一撮往爛泥裡按下去就行。但這次與和他並排的洗寬江一比，就遜色了。洗寬江的手一抖一抖地在水上飛舞，秧苗就整整齊齊在他手後站好了隊。再看萬啓插的，就像喝醉了酒，東倒西歪的，不少還飄了起來。洗寬江就取笑他：「你拉倒吧，這些秧能活一半就不錯了，你還是去運苗吧。」就這樣被趕出了插秧隊伍。萬啓的腰不好，也樂得偷閒。

「同學們要抓緊了，天很快要黑下來了，今天一定要把這塊田插完的。各班級要集中起來，不要亂跑。哎，那幾位同學不要聚在一起開小組會了，我注意你們好長時間了，都回自己的班級去。」詹老師扯開嗓子喊著。但那幾位同學紋絲不動，就像沒有聽見。各班級都收縮起隊伍了，這三個人就像孤島似的矗在那裡。這是一個兩男一女的組合，坐在小板凳上圍成一圈。其中一個高個子的男生

一直在講著，一個矮個子男生和一個女生，在聽著。那個穿著深綠色軍用雨衣的女生是周蘭。老蒲對萬啓說：「那兩個男的是你們老鄉，中文系。」「我不認識他們。」萬啓答道。「你看他們講的呱呱的，你怎麼沒有聲音啊。」萬啓把背著的秧苗往田裡使勁地扔著隨口說：「喧囂的是小溪，沉默的才是大海。」老蒲沉默了一會，慢慢地說：「這話真有勁。」

　　勞動結束後就正式開課了。黨史課的老師是金老師，人到中年有點發胖，一張圓臉和偏偏的嘴上掛著微笑。他的一個特點就是從不脫帽，車老師為此解釋道：「金老師腦部長了個瘤子，去年才動了手術。本還在家休養的，恢復高考後來了第一批新生，很興奮，主動要求來上課的。他是黨史教研室的主任，是個黨史專家，同學們一定能從他那裡學到很多的。」

　　這天他來到教室，看望同學們。因為開學不久，在教室裡的同學並不多，除了萬啓只有黎春岳兩人。他走到萬啓身旁，微笑著問：「是在預習了。看那一章呢？」萬啓紅了臉，沒有回答。這時金老師才注意到萬啓看的不是黨史，而是一本《辯證唯物主義哲學》。他收起了笑容說：「這學期的課是中共黨史，哲學是下學期的課，現在還是把精力放在黨史上好。」「黨史比較簡單，就是講些歷史事件，沒有多大的學問。而且我也已了解不少了，以前看了不少的回憶錄什麼的，像《紅旗飄飄》、《星火燎原》等。在主席著作中也有許多黨史背景資料。」萬啓脫口而出。「回憶錄嘛，都是個人的經歷，局部的，零碎的，不能從整體上掌握黨的歷史。而且但憑記憶，也不一定準確。黨史並不僅僅是歷史過程的描述，還要挖掘出背後的歷史規律和成敗的經驗和教訓，學問大著那。我們

開的黨史課都是專家系統研究的結果，具有權威性，還是要用心學的。」金老師一板一眼地說。「原來黨史還眞不簡單呢，行，我一定好好學。」萬啓敷衍道。

　　金老師走了，黎春岳走了過來說：「金老師不高興了，老師嘛，都覺得自己教的重要，其實黨史裡許多都是編出來的，不是爲自己貼金，就是抹黑別人。」「那也不能這麼說。」「怎麼不能說，你是黨員，怕，我可不怕。你說明明是朱德和毛主席在井岡山會師，卻偏要說是林彪。林彪那是只是個小連長。還有安源罷工是劉少奇領導的，在中學課本裡也有劉少奇談判的事蹟，又搞出了是毛主席領導的了。」黎春岳不服。「安源罷工眞正的領導其實是李立三。」萬啓糾正說。「不管是誰，總不應該是毛主席吧，他在井岡山那，是搞農民運動和武裝鬥爭的。這麼大的事都隨便改，那小一點的事，還不像寫在黑板上一樣，寫了擦，擦了寫。好像有人說過，歷史就像被隨便打扮的小姑娘。」說到這裡，黎春岳有點得意地笑了起來，「嘿嘿，我在中學時就在黑板上寫了『自由萬歲』。」黎春岳高高大大，這在朝族人中很少見。他帶著一副眼鏡，很有付學者氣派「你也太出格了，年紀小還是不太懂事，捅婁子了吧。」「還好，給了個留校察看處分。」「那時你年紀還小放過你了，現在可不能亂來了。」黎春岳突然往教室門口張望了一下，然後湊近萬啓說：「你知道朝鮮戰爭（韓戰）是咋回事嗎？」「不就是中國志願軍和朝鮮人民軍在朝鮮打敗了美國的侵略嗎？」「這是咱們的說法，朝鮮可不是這麼說的。」「他們怎麼說了？」「南朝鮮和北朝鮮（南韓和北韓）說的都和我們說的完全不一樣。」「是嗎？」「在北朝鮮和南朝鮮都有我家的親戚，他們說，

北朝鮮是不提中國志願軍，仗都是他們自個打贏的。南朝鮮講是北朝鮮發動的戰爭，所以他們把北朝鮮和中國說成是侵略者。」「這也不奇怪，都在為自己貼金。但真相是什麼，誰也說不清楚。」

「你們在瞎嘀咕什麼呢？」一個男中音的聲音突然在他倆的背後響起，把萬啓和黎春岳都嚇了一跳。他們自顧講話，並沒有注意到有人進了教室。進來的人個子很高，至少一米八，瘦瘦的，背看上去有點駝，年紀不大，一張娃娃臉。萬啓在系辦公室見過他，知道他姓孫，北京人，是黨史教研室的助教，還聽說他父親是十級幹部。「孫老師好。」萬啓打了個招呼。黎春岳則閃到了一旁。孫老師問：「金老師沒來過？」「來過，又走了。」萬啓答道。「你是萬啓吧？」「是的，你怎麼知道我名字的？」「哈，我是猜的，你看還挺準的，不過我聽車老師說起過你。上海知青，還說你挺有野心的。」「我有什麼野心？」「你的第一志願不是北大嗎？可惜全省只有一個名額，還不招年齡大的，所以你白瞎一個志願。但，」孫老師一屁股坐下來，把椅子壓得吱吱直響，「你不要不高興，憑你的成績也進不了北大。你班考分最高的是老蒲，320，你大概，我記得不一定準，280左右，總之不到300分。」「那最低錄取的分數是多少？」黎春岳插了進來。孫老師轉頭看了看黎春岳：「我校200分就足夠了，不少低的也招了，大都是幹部子弟。你們剛才在講什麼來著？朝鮮戰爭？」

黎春岳和萬啓對望了一下沒答話。萬啓猶豫了一下說：「隨便瞎說說。」又想起了什麼：「孫老師是教黨史的，要不給我們好好講講。」孫老師看了看手錶，站了起來走到門口，探頭看看門外，然後把門關上，又走回來坐在原來的位子上。萬啓遞過菸來，孫老

師罷了罷手說：「本人菸酒不沾。不過最好有杯西湖龍井，但這是奢望了。你們招待不了的。哈哈。」孫老師用手理了理頭髮，說：「就給你們說說朝鮮戰爭，算是私下議論，但不要說是我說的，本人會一概不承認的。這也不是書本上的，也沒有什麼檔，只是小道消息，哎，小道消息，懂嗎？」「知道，知道，孫老師，您就快說吧。」黎春岳拿了一把椅子坐在了孫老師對面。「要說這場戰爭嘛，啊，」孫老師拿腔拿調起來，萬啓想笑，但憋住了，點著一支菸抽了一口，輕輕吐了出來。黎春岳也掏出菸包捲了起來。

　　孫老師揮了揮手把飄向自己的煙霧揮去，慢慢說開了：「剛才那位同學說的不錯，戰爭真的是北朝鮮引起的。是金日成計畫用武力統一朝鮮，但實力不夠，需要蘇聯的支持。開始史達林不同意，怕引起與美國的衝突。中國也不同意，理由是等我們統一了再幫你們統一。後來不知為什麼史達林改變了主意，同意了金日成的計畫。金日成說他能在四天占領漢城（今首爾）。但史達林要金日成保密，連中國都不告訴。金日成的計畫不錯，真的在四天之內占領了漢城。因為是搞的突然襲擊。眼看金日成要成功了，美國急了，派兵從仁川登陸，這是麥克阿瑟的英明之處。仁川這個地方誰也沒想到，因為不適合登陸，風險很大，但可以攻其不備。也許是運氣好，他成功了，從後面打了金日成一個措手不及。如果失敗了，美軍就會受重創，歷史也會改寫了。先前是南朝鮮垮，現在變成北朝鮮垮了。這下史達林急了，要中國去救，毛主席召開政治局會議討論出不出兵。參加會議的大多數的意見是不出兵。原來主席定的是讓粟裕去的，但粟裕有病，第二個是林彪，林彪也說有病。」「粟裕是真有病，林彪是怕。」萬啓插話道。「林彪認為中國要恢復建

設，當然也怕與美國打，畢竟美國的實力強過中國許多，特別是武器方面。林彪說要打，蘇聯應該出兵。中國則陳兵在東北邊境，看局勢發展，似乎是要隔岸觀火。」「林彪說的有點道理。」黎春岳說。「最後，中國出兵了，蘇聯也同意派空軍掩護。就這樣爆發了朝鮮戰爭。」「既然是這樣，北朝鮮打南朝鮮是內部事務，說不上是誰侵略誰，就像中國解放臺灣，為什麼不大大方方說出來？」萬啓不解了。「這我也不知道其中的奧妙，可能是為了宣傳的需要。」「中國的宣傳工作確實做得好，但真相也很重要的，不然久而久之就會失信的。」萬啓說。「那到底誰贏了？」黎春岳問。「誰也沒贏，打個平手，打來打去還是回到了三八線。中國的代價不小，雖然我們打出了地位，但傷亡很大，更主要的是從此倒向了蘇聯，與美國為敵了。我看還是史達林贏了，這一打把中國拉過來了。本來美國也想拉中國的。這就形成了冷戰的格局，美國的第七艦隊又開進了臺灣海峽。原本，美國想放棄臺灣的，此後就把臺灣當成不沉的航空母艦了。在經濟上也受到了封鎖。這樣看來，我黨有兩個關鍵時期，起到了轉折的作用，一個是西安事變，使我黨起死回生，另一個就是朝鮮戰爭了，改變了世界格局，也決定了我國今後的路線走向。」

　　說到這裡，孫老師又顯得有點神祕地問：「你們知道，我黨的創始人是誰嗎？」萬啓不假思索地說：「自然是毛主席了。」「毛主席只是參加了一大，也不是主要領導。」「李大釗？陳獨秀？」「都不是。」「那是誰？」孫老師看了看錶說：「是個外國人。」「外國人？！」黎春岳睜大了眼睛。「是荷蘭人，叫馬林。」「荷蘭人怎麼跑到中國來了？」黎春岳感到不可想像。「是當時的共產

國際派來的，關於共產國際，下學期你們會上《國際共運史》就知道了。馬林不但創建了中國共產黨，早一些時候還被派到印尼創建了印尼共產黨。所以這次到中國來時還帶了一個印尼人，叫尼科爾斯基。他們先是去找了李大釗，李大釗向他們建議去和陳獨秀商量，因爲那時陳的名氣更大，是新文化運動的旗手。所以陳被選爲總書記。」「看來中國的閉關鎖國，只能靠外來的力量來打破。鴉片戰爭是第一次，十月革命是第二次了。所以主席說十月革命一聲炮響，給我們帶來了馬列主義。是不可以說前一次是產生了國民黨，走西方的路，後一次有了共產黨，走上了蘇聯的道。結果是共產黨勝利了，這裡的實質原因是什麼呢？」萬啓若有所思道。「實際上更早的是西方傳教士，帶來了一些科學知識，但與儒家學說不容。太平天國就是在一定程度上受到基督教影響，自創了『拜上帝教』，正是成也拜上帝教，得到底層人民的相應，敗也是它，受到了中國傳統文化的頑強抵抗。曾國藩的反太平帝國就是代表了當時中國士人的意願。」孫老師又看了看手錶，馬上起身說：「不好，誤事了，我還有個會要開，去晚了金老師要罵我了。」說完就匆匆離開了。

五

　　教室被清空了，在前面擺著兩張桌子，坐著考官金老師還有孫老師。面對考官也有一張椅子，這是學生坐的。再在後面有兩張椅子，是給下一個學生留的。全班同學都在教室外頭等著，由孫老師

按學號叫人。這是金老師搞得新花樣：口試。口試顯然比筆試更有壓力，雖然有複習題，劃出了考試範圍，但要和老師面對面口述，總有點緊張，特別是對不善言辭的同學。同學三三兩兩地靠在走廊牆邊，有的在聊天，也有在臨時抱抱佛腳。老蒲走到萬啓面前，頭一歪問：「勝券在握了？」萬啓笑笑：「碰運氣了。」老蒲又湊近一步，壓低聲音說：「金老師是在擺架子，你當心，他很有可能衝你來的。」「為啥？」「你不是說黨史沒什麼難嗎？他就要為難你。」

這時孫老師出來喊道：「下面，萬啓、程豔。」萬啓走進教室，坐在了後排的椅子上，程豔跟在萬啓後面坐在了旁邊，手裡拿著複習資料，一坐下就低頭看起來，兩條腿卻在微微抖動著。程豔是一個瘦弱嬌小的女生，她對萬啓說：「太緊張了。」正在應試的是洗寬江，他說一會就停一下，經金老師的提示後，再東扯西拉的說幾句。金老師望著窗外，手裡的筆在輕輕敲打著桌子。最後說：「到此好了。」洗寬江起身，金老師不緊不慢地問：「下一個是誰？」孫老師向萬啓招招手，萬啓站了起來，與洗寬江打個照面。「怎麼搞得，你不是很能說的嘛？」萬啓問。洗寬江伸了伸舌頭回答：「這道題我沒有多準備。運氣不好，偏抽到它了。」「你是在忙著寫小說吧？」洗寬江喜歡文學，因為在他的家鄉出了個張笑天，所以有心做笑天第二。

萬啓坐上應試席。孫老師把一紙盒推到前面說：「抽題。」萬啓弓身趨前抽了一張，回到椅子坐定，打開一看，便微微一笑。因為這道題，昨天與同學外出時在路上還背起過，再熟悉不過了。「什麼題？」金老師沒有表情地問。「談談我黨抗日統一戰線的策

略。」「開始答題吧」教室裡響起了萬啟帶有磁性的聲音，像流水一樣流淌著。程豔情不自禁地「哇」了一聲。答完了，教室靜了下來。金老師低著頭在看教案，一時沒有反應。過一會他抬起頭來問到：「皖南事變後，我黨是怎樣反擊的？」萬啟悶了，這不在複習題內的呀。他看了看金老師，金老師把倆手托著臉，兩眼盯著他。萬啟迅速轉過頭看孫老師，孫老師正在翻書。萬啟仰起頭看著天花板，想了想說：「皖南事變後，噢，在重慶的周恩來立即在《新華日報》上發表了抗議的詩『千古奇冤，江南一葉。』中共中央發表了聲明，譴責國民黨的反共行為，還宣布重組新四軍，任命陳毅為代軍長，劉少奇為政委。」接著金老師又提了個問題，這次萬啟完全抓了瞎，答不上來了。金老師隨即說：「可以了。」萬啟走出教室時，問一起出去的孫老師：「能及格吧？」「唔，什麼及格，給你『優』減。」「哈哈，還來個減，只要及格就行。」

　　第一學期就這樣結束了，例行開了個班會，班長老林做了總結，特別提到了萬啟：「這學期大家都很努力，成績普遍不錯，老師們都說，這一屆學生就是不一樣，都很用功。特別是萬啟同學，大家都知道的，他在自學俄語和哲學，但黨史和英語的考試都是優。」坐一起的老蒲對萬啟說：「金老師也稱讚你知識面寬。現在老林對你的看法也不一樣了。」

　　老林是個嚴肅的人，做事中規中矩不苟言笑，和老蒲形成了鮮明的對比。對萬啟的自行其事，頗有微詞。他曾在一次班會上不點名地批評說：「有些同學，不按學校的課程安排，自己搞一套，這是不務正業，這種現象不好要改進。」他所指的「有些同學」中還包括黎春岳。校刊曾要為林寫一篇報導，但找不到所謂突出的事

蹟，只能用一般性的語言來描寫，諸如認眞負責，政治覺悟高，學習刻苦等等。

他還曾不點名地批評萬啓給同學起外號。原來與萬啓一個寢室的同學金東哲，直爽好動不拘小節，雖然是朝族，但說漢語聽不出口音，也喜歡打籃球，在一些看法上也能引起共鳴，他也很願意與萬啓親近，所以兩人相處可以很隨意。學校運動會時，體育委員和萬啓等商量組織班級籃球隊，大家在板著手指算可以打球的人。老蒲說：「金東哲可以算一個，他會打，打得還不錯。」萬啓說：「好。」四下一瞅，金東哲在操場的另一頭，便扯開嗓子喊他。金東哲一聽到喊，就飛跑過來。萬啓不禁讚道：「你跑的眞快，以後就叫你『豪斯』。」豪斯是英語馬的譯音。老林正好走過，就說：「同學之間不要起綽號。」等他走過去了，老蒲嘀咕道：「這也太頂眞了吧，同學之間友好嘛。這也是好話，馬代表活力，又不是侮辱人的。如果叫人豬，就不應該了，是吧？」「叫猴也不太好。」「最不好的是叫雞叫鴨的。」圍在一起的同學一邊插話一邊哄笑起來。老蒲看著走去的老林，眨了眨眼：「噓，別讓他聽見。」

第二學期開學不久，上午的課間休息時，車老師匆匆走進教室，招呼同學們回到座位：「宣布系裡決定，根據教育部的有關規定，系裡審核，同意萬啓同學報考研究生。在此期間免修其課。」教室裡一下子熱鬧開了。章立學聽後手像打鼓似的敲打著桌子：「哇，老萬這回抖了，要鶴立雞群了。」章立學，洗寬江的老鄉，也是漢族，同樣是張笑天的崇拜者，倆人經常的話題就是談論張笑天。不過章立學熱衷寫詩，常常口裡念念有詞的，還在校刊上發表過一首。「大家都在成績上爭風頭，好了，萬啓這一招就把所有人

比下去了，高，實在是高。」冼寬江告訴章立學：「系裡本來不同意的，全主任對萬啓一向有看法，他說，大學還沒畢業，考什麼研究生，不好好上課，盡別出心裁！還影響了別的同學。」「那咋又同意了？還煞有其事的，弄這麼大動靜。」「萬啓把教育部的規定搬出來了，他是從他姐那裡得來的消息，她姐在復旦工作。而且是先斬後奏，早就在準備了。最後還是武書記發的話，說這是好事，全校獨一份，也為系裡爭光了。」「是誰都能考嗎？」「你也想考？沒門。要成績全優。你我也是系裡關注對象，車老師就找我談過，說咱倆也是不務正業，要不轉中文系去。實際上全主任也多慮了，像萬啓的有幾個，大家腦子壓根本沒這弦，連研究生是咋回事都搞不清呢。你知道？不過萬啓這一折騰，就搞成滿城風雨了。也好，讓大家開開眼界。」

　　萬啓算了一下，從今天起到考試日整整50天，現在必須抓緊每一天。第二天一早天還未亮，萬啓就起床了，抱著書向教學樓出發。校園裡一片寂靜。推開大門，樓裡黑咕隆咚的，借助窗外的殘月，勉強能看到樓梯。當萬啓踏上樓梯，樓裡發出了嗵嗵的聲響，就像擂鼓。萬啓神情激越，感到自己就是一個走進戰壕的戰士。直到早餐時間，萬啓離開教學樓，去食堂。在路上，遇到了孫老師。他一把把萬啓拉到路邊：「我問你，你是真考還是假考？」「什麼真考假考的？」「你給我說真話，我會給你保密的。有人說你這是譁眾取寵，是不是？」「誰說的？」萬啓漲紅了臉。「甭管誰說的，我就要你回答，yes or no？」「Absolutely no！」萬啓眼睛冒出了火，「我要取什麼寵？我真不稀罕在這裡得寵。說真話的話，我是要離開這裡，這裡只是小河溝，我嚮往的是大海。」萬啓停了

停，使情緒緩和下來，「我說得有點衝了，你千萬別給我傳出去，不然我會成眾矢之的的。」「這我有數。我也是想著要走路的。」孫老師關心的問：「考試沒有多少日子了，能趕趁？」「我這次主要是趁趁路的，爲下次打基礎。」「那準備充分了考，不更好？一旦考砸了，不落下話柄。」「我是想搏一下的，榮國團不是說過，人生能有幾次搏嗎，你看我們都這麼一把年紀了，還一事無成，再等下去就徹底完了。」萬啓又補充道：「我以前也是很小心的，沒有把握的事盡量避開，就怕人說閒話。最近我看了一篇報導，說的也是老三屆，沒上過大學，在很短的時間就靠硬拚考上了研究生。他的格言是，寧可機會辜負我，我不辜負機會。他說，要把耽誤的時間奪回來，要三步並作兩步走。這也是大慶人的精神，有條件上，沒有條件創造條件上嘛。」「哈哈，你給我上政治課啦。但也不能窮折騰呀。也要掂掂自己的分量，不打無把握的仗。」「說實話，我也知道有風險，但眞急了，豁出去了。」孫老師拍拍萬啓的肩膀，「小心身體，有什麼需要的話，可來找我。吃飯去吧。」

孫老師剛走，老蒲迎了過來：「老萬，開始衝刺了。」萬啓站定了，取出菸來，給老蒲一支，自己也含了一支，老蒲拿出打火機給萬啓點上。萬啓深深吸了一口：「賭一把唄，主要是外語，必考的。我原來想用俄語考，後來英語跟不上了，期中考試我是班上最差的，所以放棄俄語專攻英語。」「聽英語王老師說，她本來想給你輔導俄語的。」王老師老家南京，被選派到莫斯科大學留學，在校時與現任副校長熱戀結婚，並隨夫來到海蘭安家，成爲一段佳話。因學校不再開俄語課，她靠自學，開始教英語。「上學期我跟王老師講過，我不學英語仍學俄語，行不行。王老師說要問系裡再

說。後來她說系裡同意了，她可以給我單獨輔導，可是我已轉過來了。」「原來你早有預謀，當時我就納悶，學什麼俄語。」「因為俄語好歹有點基礎，英語是要從頭學起。」「你知道嗎，這次還虧了武書記一錘定音，全主任是反對的。車老師也有顧慮，就是擔心其他同學不安分，現在他最頭痛的是黎春岳，也不上課了。這可是曠課呀，但又不好處理，怕牽到你。」「我可是通過正常途徑，是考過試的。」萬啓提高了聲調。「這我知道，但許多同學不一定了解。要不，你就跟黎春岳說說，勸勸他，或許你的話還能聽一點。」「他的脾氣很倔，我也不好說，弄不好傷了和氣。」「試試嘛。」「好，看情況吧。」

　　吃完早餐，萬啓回到寢室。寢室裡靜靜的，同學們都去上課了，唯獨黎春岳一個人坐在床前看書。「不去上課了？」「不去，這課有什麼可上的，全是照本宣科。上面念稿，下面記筆記，這不成了聽寫了。實際上，書上都有，還不如自個看的。不過，教科書也是瞎編的多，不是為真相，而是為政治宣傳服務的。」萬啓沒有說話，來到自己的床前坐下，倒了一杯麥乳精慢慢喝著。他望了望黎春岳問：「看什麼呢？」「《邏輯學》。」黎春岳繼續埋著頭看他的書。「黑格爾的？」「是的，從圖書館剛借來。」「好傢伙，你的步子邁的真大呀。」「嗨嗨……」黎春岳抬起了頭，不好意思地笑了笑：「隨便看看，只是想知道它究竟咋回事。以後再來慢慢啃。」「看來你也有打算考研究生？」「你先去偵察一下，看看考題，明年我也試一把。」「明年？」剛躺倒床上的萬啓抬起身來。「不好嗎？」「沒有什麼不好，只是系裡能批？畢竟要通過這個途徑。」「唉！」黎春岳垂下頭來。萬啓安慰道：「跟系裡好好說

說。」「現在系裡對我恨死了吧？」「還沒到那份上，矛盾是有的。不過你也可以調和調和嘛，不要把關係搞得這麼僵。關係好了，事情就可以通融了。」萬啓想起了老蒲的關照，就又坐了起來：「現在系裡對你的最大意見就是不上課，你也可以申請免修，這樣就名正言順了。」「免修？」黎春岳搖了搖頭：「那不是要經過考試嗎？」「考就考唄，花幾天時間背背不就妥了，不難的。我就是這樣的。」「我不想來浪費那時間，我對沒有興趣的事總提不起精神來。再說了，系裡要卡我，誰知道會出什麼怪題來，還有在打分上動動手腳，偏不讓你過，那就慘了。」「但你現在這樣也不是辦法，萬一系裡用曠課來處理，也很麻煩那。我想，人要有獨立性，但也要有適應性。不能改變環境就改變自己去適應，所謂識時務者爲俊傑。許多事情也不是單憑願望能實現的。人生可以勇取，更需要智取。」「什麼是智取？」黎春岳站了起來伸了伸腰：「不就是狡猾狡猾的，或者拍拍馬屁拉拉關係唄。」「我的老天，你還是年輕，缺乏社會經驗，也沒有這方面的體會。」萬啓也站了起來：「所謂智取就是用間接的阻力最小的方法，達到目的，當然要有底線的，不能不擇手段。但底線的高低反映了一個人的道德。也反映了他的能力。底線太高，就會與環境格格不入，就會『水至清無魚，人至察則無徒』。底線太低就是無恥之徒了。中國有厚黑學，國外有馬基維利，雖然底線太低，但也道出了社會的現實的一面。爲什麼百無一用是書生，就是不了解這一面，太天眞。眞能成功的人，多多少少有一點手段的。古人說，治世用德，亂世用才。用德用才就要看是什麼世道了。不可能是高大上的。中國人對人往往就是兩分法，不是天使就是魔鬼，或者昨天是天使，今天就變成魔鬼了。人性實際是多面的，有好有壞，在不同環境下有不同的表

現。哈，我扯遠了。」「這倒是，像劉少奇、林彪。」黎春岳臉色
紅紅的，取下眼鏡一邊擦一邊附和道。萬啓繼續道：「有說性格決
定命運，實際是性格和環境的適應性決定命運。你的性格正好和環
境相適應，你就會有好運。不然就是厄運。有的人開頭運氣不錯，
後來不好了，或者是他的性格不變，但環境變了，就有衝突了。或
者環境不變，但他的性格變了，如地位變了性格就變了。人的關係
也一樣，戰友變成敵人有的是。韓信說的『鳥盡弓藏，兔死狗烹』
就是這個道理。所以我最佩服的是范蠡。」「范蠡是什麼人？」黎
春岳戴上眼鏡問。

　　「你一定知道『臥薪嘗膽』的典故吧？」「勾踐的故事。」
「對，范蠡就是幫勾踐滅掉吳國的大夫，他在成功後勸另一位大夫
文種趕快離開，他說勾踐這人只能共患難，不能共享福。但文種捨
不得榮華富貴，沒走，結果被勾踐殺了。而范蠡離開了去經商，又
發了財。這才是真正的識時務，所以運氣一直伴隨著他，既有成
就，也能善終。張良也是有功也能善終，但只是謀臣一個方面。范
蠡卻是多方面：治國和經商，還有處世，無一不成。中國歷史上有
幾個？我覺得他應該是中國歷史上最有智慧、最識時務的人。諸葛
亮不行，實際上諸葛亮是個失敗者。韓信只是知道一半的時務，輝
煌一時而結果悲慘。」「哈哈，你這是瞎掰了，諸葛亮在中國是智
慧的象徵。」黎春岳揮了揮手說。「這都是羅貫中搞出來的，完全
是從意識形態出發。」萬啓轉過身來，面對著黎春岳：「魯迅也批
評把諸葛亮寫成了妖。諸葛亮的最大錯誤就是不識時務，不知道歷
史潮流，而非要『光復漢室』，這和扶阿斗一樣，做不可能的事，
最終也是枉費了一生。我給諸葛亮的評價就四個字：大愚如智。或

者說小事上很聰明，大事上卻很糊塗，也可以是局部有成功，而全局很糟糕。他幫劉備割據了一方，但最終不能統一中國，這就是戰略的錯誤，根子就在要復興漢室，就像孔子要恢復周禮。連年征戰勞民傷財，掏空了國力，是一種不明歷史趨勢的倒退。在治國上也是不懂授權，事無鉅細勤力親爲，累死了自己，也不能廣納和培養人才。羅貫中對諸葛亮的塑造，也誤導了中國人的觀念：正統和忠君。實際上，三國裡最成功的還是司馬懿，遠超諸葛亮，不說結局，就從諸葛亮送他婦女衣服，兩人的高下立判。對諸葛亮來說是無奈的表現，而司馬懿的笑納，他的情商更高於智商。司馬懿的胸襟實在寬大無比，他對曹操說過。他的格言就是：「人不可怯懦，但不能不知敬畏，要學會敬畏自己的敵人。」眞了不得，但被羅貫中寫成奸臣，因爲司馬懿背著篡逆的罪名。這也是中國幾千年專制文化的傳統，權力私有不能分享，至今依然。一個野心家，篡黨奪權的罪名，就可以把人打翻在地，再踏上一隻腳，讓其永世不得翻身。而不是看是否順應了歷史潮流，對國家和老百姓有沒有好處。像唐太宗殺兄弟逼父退位也不光彩，但卻開啓了貞觀之治。」「司馬懿不是被諸葛亮打得很狼狽嗎？」「那是羅貫中揚諸抑司的結果。不過司馬懿的敗仗有些是故意的，這叫養敵自重，不然就會成爲韓信了。」「林彪也不是一回事，是現代的韓信。」「這個就不要亂套了。」「你們黨員哪就是比較虛僞，心裡想的和面上說的不一樣。」「不僅僅是黨員，每個人都這樣，只是程度不同，這就是現實。好了，不多說了。」萬啓開門往外走：「我去山上溜達溜達。」「領教了。你走你的路去，我還要看我的書。」黎春岳坐下，翻開了書。

出了宿舍樓，萬啟就向校園後面的山走去。整個學校是座落在山腳下，沒有圍牆，沿著幾條踏出的小路，就可以進入山中。山不高，不用費多大的勁就能爬到頂上。在一邊是一大片松林，另一邊有一條水泥路，還有石階通向山頂，頂上還建有一個空溜溜的亭子。站在亭子裡遠望，是起伏的山巒，俯視則校園一覽無餘。萬啟常常喜歡在山上遊走，或者背英語單字，或者漫無目的的遊蕩，放鬆精神。在這裡萬啟感到與自然的親近和個人的無拘無束。有時也會坐在石階上沉思。今天，他信步走近亭子，繞了一圈就在一塊大石頭上。悠閒地點上一支菸，深深地吸了一口，然後緩緩地吐出連串的小圈圈，隨風飄去。突然剛才勸黎春岳的話有在腦中迴盪：調和調和嘛。對呀，調和不也是解決矛盾的一種方法嗎？不一定要鬥得你死我活，一方吃掉一方。想到這，萬啟一陣激動，霍地站了起來，一溜煙地衝下山去。

六

教室裡靜悄悄的，只有老師的講課聲和學生沙沙的記筆記聲。這是一堂中國哲學史課，講課的是從吉林大學請來的教授。他的聲音在萬啟聽來總有點熟悉：「有一種說法，說中國沒有哲學。這是不對的。中國不但有哲學，而且還很豐富，不亞於古希臘。春秋戰國時代的諸子百家，都有哲學思想。但中國哲學缺乏系統性，沒有像柏拉圖、亞里斯多德那樣的煌煌巨著，有點語錄式的。中國古代都用竹簡來寫東西的，所以必須言簡意賅。另一個特點是沒有本體

論，對世界到底是什麼不太追究，大多局限於社會和人事，是一種處世智慧、實用哲學，思辨性不足。或許是中國人一直很忙，維持生計要花去很多功夫，不像古希臘的哲學家們很有閒。無論是哲學還是科學的發展，離不開一批閒人的專研。就是爲哲學而研究哲學，而中國都是要爲現實服務的。一門學問要能帶來實際的益處，純思辨的東西，沒人做，因爲做出來也沒有人看。中國的讀書人都是很功利的，所謂書中自有黃金屋，書中自有顏如玉。讀書人的最高願望就是金榜題名和將自己的學問賣於帝王家。總的來說，中國人追求的不是眞理，眞不眞無所謂，只要有用，而這有用又都是獲得帝王欣賞，博取榮華富貴。所以中國的文人都有崇權媚上的毛病。但在春秋戰國時期，知識分子還是有點骨氣的，這就是士大夫精神，很傲。國君反而要巴結他們，目的還是爲了幫自己治國平天下。不管怎樣，中國的知識分子從來不是一個獨立的群體，而是依附於權貴。這也是分裂的一點好處，可以有很大的自由，此處不留爺，自有留爺處，可以在各諸侯國跑來跑去。也正因爲有一定的獨立和自由，才有百家產生。社會的流動性應該是社會文明的一個標誌，流動性充足的社會容易有創新，當然任何事都有度，過度的流動性就會使社會崩潰，這也就是周滅亡的原因，失去了對社會的基本控制。我們一直宣傳統一，統一當然有統一的好處，但統一也有弊端，最大的弊端，在我看來，就是扼殺了探索精神，統一了就只能有一家的聲音，就會造成萬馬齊瘖的局面。英國有個名氣很響的歷史學家叫湯恩比，專門研究各國的文明史，他認爲，統一國家是文明衰落的產物，是不是這回事？我看，有點道理。我國到了秦一統天下，流動性就開始枯竭了，所有的讀書人就沒處跑了，要麼老老實實聽話，要麼腦袋搬家。自漢以後，也只有一家之言了。但儒

家並沒有壟斷中國的意識形態，實際上是儒道法的混合，採取所謂儒表法裡統治術，有時還行黃老之術。儒家重血親的等級倫理，三綱五常之類，強調的是血緣等級之間的和諧，從而保證社會的穩定。但關係的建立是在雙向基礎上的，即君仁臣而忠、父慈子才孝。法家則是單向的，只有臣的絕對忠，不管皇帝是好是壞。君要臣死，臣不得不死，即使被怨殺，還要謝恩，高呼萬歲。如果被平反了，更是感激涕零。但法家打破了血親聯繫，法律面前六親不認。從而使人的關係社會化了，但也更專制了，雖然在法下相對平等了，王子犯法與民同罪，但帝王卻不但凌駕於法之上，還操縱法。道家則以自然為法，順其自然。儒家是家為大，法家是國和天下為重。儒家講教化，法家藉懲罰來維繫社會。而在實際上，這軟硬兩手古代統治者都是同時抓的。在意識形態上和文化上，大張旗鼓的宣揚儒家，在暗底裡常用法家的專制手段，這就是文化專制和皇權專制的結合。不過在衰弱時期，往往又採取道家的無為而治，放鬆管制和與民休息。不是說中國傳統文化嗎？就是儒法道的合流，而不單單是儒家。傳統也是有好有壞的，就是主席說的取其精華棄其糟粕，但我們常常不加分析，一會兒要打倒傳統，把傳統說的一無是處。一會兒要繼承和發揚傳統，把傳統說的好得不得了，甚至還學作揖磕頭，穿古裝，很是可笑。要我說，中華文明的傳統，真正值得自豪的，既不是儒家，也不是法家或道家，而是百家爭鳴的自由寬容和對世界的探索精神。實際上，中華文明就是源於此，也是它的頂峰，以後就開始沒落了。後世不是吃老本就是敗家子，把原來生氣勃勃的學說弄得陳腐不堪。」

「中國有五千年文明，從沒有中斷過，這是世界上僅有的，這

應該是中華文明的驕傲吧。」老林插話道。「是不是有五千年，還不是定論，先不管它，就算有，難道文明是以長度定優劣的嗎？歷史長和歷史短各有利弊，長有豐富的遺產，但遺產也是有好有壞的，可能是財富也可能是債務。債務就是包袱了。而歷史短沒有負擔，就像一張白紙，可以寫最新最美的文字。沒有歷史包袱，接受新事物更容易。這裡的關鍵是歷史是在進步的，是有質的飛越的。而歷史的中斷，往往是產生新文明的契機，舊的不去新的不來嘛。是這樣吧？這就是新陳代謝，也是歷史的辯證法。湯恩比對中華文明的評價會讓我們很氣憤的，他怎麼說？他說中國古代文明是僵死的文明。什麼是僵死，就是不死不活，朝代更替不斷重複舊的，沒有創新。黑格爾也有此看法，他把中國看成是被絕對精神拋棄的文明。中國哲學的缺乏思辨，因為中國是一個感性的民族，也是簡單的社會。這是中國小農經濟和宗法社會的產物，憑經驗吃飯，春種秋收，千年不變。人際關係重感情，容易感情用事。到了鴉片戰爭時，面對西方先進的工業文明，雖有洋務運動，但仍堅持中學為體。五四是徹底反傳統的，現在有人批評為太過激進，在我看來還不夠。列寧就說過要和小生產的習慣勢力徹底決裂。正因為我國歷史的慣性太重，決裂談何容易，往往是進一步就要退半步。文化大革命是一次重大決裂，大破但沒有大立。也有不少創新，但都是不著邊際，有的還很荒唐。結果就是舊的東西就捲土重來了。說中國保守，其實也很開放的，不是接受了馬列主義嗎？這也是西方文明的一部分。問題在哪裡？就在中國沒有自己的學說。過去有如四大發明，還有秦的中央集權的官僚制度和科舉制度，是世界上最早的。中國古代的文明非常燦然，非常成功，也就是因為成功而故步自封了。主席說，謙虛使人進步，驕傲使人落後，這對國家來說也

是如此。其實古人早說過了，謙受益，滿招損。早熟和僵化是一脈相承的。中國之所以近代落後的最根本原因就是有一種根深蒂固的自大。魯迅曾說過：中國人向來有點自大。——只可惜沒有『個人的自大』，都是合群的愛國的自大。這便是文化競爭失敗之後，不能再見振發改進的原因。真是一針見血啊。我們應該擺脫歷史包袱，才能輕裝前進，但說說容易，做起來難。去除舊習不能一蹴而就的，為什麼激進的方法總失敗，不是激進不對，而是力量不夠。改良是否就一定可行？也不見得，老是改良，就還是中學為體那套，不能徹底，雖有效但有限，走不遠。中國要真正實現現代化，不經過徹底的脫胎換骨是不行的。也許中國自己下不了手，統治者的既得利益和老百姓的傳統觀念和因循，很難有自覺的改變，除了為應付危機做出些改革，一旦危機解除了，很快就舊態復萌。從根本上來說，改良只是改善原有的體制，反而延長了它的壽命。中國歷代的農民起義，我們常說是革命，實際上並不是，因為它沒有帶來新社會的因素，因為農民並不是新生產力的代表。所以，說它是改良更貼切些，雖然用的是暴力。而每一次的農民起義都成了改朝換代的工具，換一家皇帝而已，社會還是那個社會。但新朝接受前朝的教訓而做了較大的改良，起到了為農業專制社會續命的作用。所以中國的真正改變，不得不仰賴外力推動了，辛亥革命是如此，中華人民共和國的建立也是如此。不是說，沒有共產黨就沒有新中國嗎？這沒說錯，但再進一步說，沒有共產國際，實際是蘇聯的扶助，就不會有中國共產黨，早期中國共產黨是共產國際的一個支部，是在共產國際直接領導下建立的。後期，沒有蘇聯的大量援助，也不能取得勝利。你們上了黨史和國際共運史的課應該很清楚。現在有一種口號什麼振興中華，實現中華民族的偉大復興。我

認為是有問題的。振興可以但復興什麼呢？回到漢唐盛世？那是農業文明的盛世。時代變了，回到過去有意義嗎？其實也是回不去的了。還是這個湯恩比，他是這樣說的：至於復興，卻是一個成長了的文明和它的久已死去的親體的『陰魂』的接觸。雖然這也是常見的，但究屬不正常，而且仔細察看一下也往往是不健康的。他說的不一定對，但可以提供一個參考。不同觀點會開拓視野啓發思考，總聽一種聲音，就使人喪失獨立思考的興趣和辨別能力。中國不需要復興，需要的是超越，自我超越，從舊傳統中自拔，探索新路，創造新的輝煌，而不是從老祖宗那裡找古訓。」

　　講到這裡，老師停了下來，摘下眼鏡一邊擦一邊繼續道：「說中華文明沒有中斷，嚴格來說也是值得商榷的。眞正的中華文明應該是華夏文明，是以夏商周爲代表的，這是一種多元的封建文明，也是孔子推崇的文明，他的使命就是要恢復周禮。中國亡了兩次，但華夏文明在秦滅六國建立統一的國家後就中斷了，變成了一元的專制文明。秦和蒙古以及滿清都是落後的文明，扯了中國的後腿。但我們的歷史書卻不知恥，反爲榮。你看把成吉思汗崇佩的不得了。明明是蒙古人，當時的外國滅了宋，卻要把成吉思汗說成是中國人，是中國人的驕傲。還沾沾自喜同化了入侵者。還有什麼康乾盛世，再看看那些辮子戲的美化，整個一副奴才相，忘記了自己是在異族統治下被歧視對待，在元，漢人是四等種族，在清也是二等賤民，甚至還沒資格稱奴才。歷史規律是，落後文明占領了比自己高的文明，對入侵者是有利的，而對被入侵者是災難。因爲前者占了後者的文明成果，而後者則傳染了入侵者的落後因素。反之，先進文明入侵了落後文明，則對被入侵者有益，因爲獲取了新文明的

成果。雖然這種入侵對民族自尊帶來打擊，如歧視和對反抗的殘酷鎮壓等等。美國白人殖民者對印第安人的滅絕性的殘殺，這也與安第安人對自己文化的執著，不願接受新的文明，而且對入侵者的反抗也特別激烈。但亡國也有收穫的，除了民族融合還有能得到一份『陪嫁』，入侵者的陪嫁，蒙滅宋建立的元的疆土大大擴大，以後就成了明的版圖，而清朝的版圖是中國歷代最大的，被中華民國和後來的中華人民共和國繼承。我們對鴉片戰爭的屈辱耿耿於懷，就在於過強的民族自豪感和理性的缺乏。實際上鴉片戰爭是工業文明和農業文明的衝突，如果從文明進步的角度來看應該是好事。日本就是把美國的黑船事件當作節日來慶祝，因為入侵給他們引入了新文明。正是鴉片戰爭打開了中國封閉的大門，傳播了工業文明，對腐朽的清帝國也是致命一擊，促成了辛亥革命。但我們卻總是從民族自尊角度出發，認為是國恥，培養仇外情緒。」

　　這時老蒲舉起了手。老師伸手做了請講的姿勢。「為什麼落後文明能打敗先進文明？照道理講，應該是先進戰勝落後嘛。」「問得好。做一個最簡單的比喻，如果你遇到一個五大三粗又凶狠的流氓，你能打過他嗎？」「不行，你看我那麼瘦小。」「但你比他文明不是嗎？」「那當然啦，我從來沒打過人，也不罵人的。」同學們笑了起來。「這就對了，國家之間往往也如此。落後文明比先進文明野蠻。能用各種野蠻或欺詐手段對付先進的文明。而先進文明就比較規矩，講人道，也不太崇尚武力。宋朝經濟文化都很發達，但軍事較弱。而蒙古和滿清都是游牧民族，慣於騎射，剽悍，組織也更軍事化。不過文明程度相差到一定程度，文明對野蠻就有明顯的優勢了，這就是槍炮和大刀之間的較量了。白人殖民者就是靠火

器制服了還未脫原始的印第安人。更重要的是制度的優越，激發人民的創新潛力，能促進生產力的發展和科學進步，所以能製造出先進的武器。是不是這個道理？」老蒲點了點頭回答：「是這麼回事那。」

「這不是否定一切了嗎，難道傳統中就沒有好的值得繼承的東西了嗎？」這是老林的聲音。「這不是否定一切。辯證法講的否定是揚棄，潑洗澡水，但要留下孩子的。中國傳統中好東西不少，這就要分析，就像淘舊貨一樣。儒道法都有精華之處，道家、兵家和中醫的辯證法，儒家的精華不是所謂的『仁』，這是對付老百姓的統治術，孔子提倡的『中庸之道』才是。中庸之道就是過猶不及，也就是辯證法的『度』與亞里斯多德的『中道』相同。後來被庸俗化了，變成了折中的代名詞。中國歷來缺乏的就是『中庸之道』好走極端，整個歷史就是在左右極端中搖擺的過程。還有秦的官僚制度和以後的科舉制度，在當時都是先進的，只是後來就僵化了。剛才我已說過了，中國傳統中最有價值的是百家爭鳴的多元化。而最大的禍害是一元化，流毒至今。西方為什麼能進入工業社會，就是封建多元化的必然結果，中國則被專制一元化牢牢束縛住了。」

老師低頭看了看講義，然後說：「我們再回到百家，那時還有兩家曾非常顯耀，那就是墨家和楊朱，所謂天下不歸楊就歸墨，儒家還在邊緣。這兩家正好相反，墨家提倡大公無私，而楊朱強調為我。被孟子罵作禽獸。結果熱鬧一時就在歷史上銷聲匿跡了。為什麼？」老師突然發起問來。這在教室裡引起了一片騷動，大家前後左右竊竊議論著，但沒有人回答。老師微笑著用眼掃視了一遍，最後把目光停在了洗寬江身上，老師把手伸了伸：「這位同學說說

看。」洗寬江推了推桌子，想站起來，被老師制止了：「不用站，坐著說吧。」「這個，」洗寬江摸了摸後腦勺，想了想說：「我們不也是要大公無私的嗎？墨家被共產黨發揚光大了。揚，揚什麼，我從來沒聽說過，沒人認識就消失了。」教室裡一陣笑聲，洗寬江和老師也都笑了。氣氛一下子活潑起來。老師又把目光投向豪斯，豪斯急忙擺擺手。但老師並不甘休：「沒關係，說說吧。」「可能是被封殺的。被秦始皇殺了，書燒了。」又是一陣哄笑。「還有能說說的嗎？」老師走下講臺，挨個審視著，許多尤其是女同學伏在桌子上，把頭埋了起來。不一會他走到萬啓身邊，看了他兩眼，然後在桌子上敲了敲：「你發表發表高見？」

「我想，剛才洗寬江和豪斯，嘿，金東哲，」萬啓馬上改口道：「都說的不錯。楊墨沒有流傳下來，一方面是被統治者封殺了，孟子不說了嗎，楊朱和墨子的學說是無君無父，一旦獨尊儒家了，一定會把楊墨的學說消滅的。另一方面，這兩家過於極端，不被廣泛接受，也做不到。就像文革時說的狠鬥私字一閃念。只是一種口號和激情，實際做不到，風光一陣而已。極端的東西都是短命的。」「對，主要是不合時代，不過墨楊的思想還是流傳下來了，只是滲入了其他人的思想，或被改頭換面了。楊朱被老莊繼承發揚了。打個比方，楊朱是第一代，老子是第二代，莊子是第三代。但就現在來看，楊墨那家更合適些？」老師進一步發問。「當然是墨家更好些，這還用說嗎？墨家比共產黨更共產黨呢？楊朱太自私，一毛不拔，就是鐵公雞，沒有人喜歡鐵公雞的。」豪斯不加思索的回答。笑聲更響了。

「其實，根據我在生活中的經驗，一毛不拔也沒有什麼，他只

是小氣，但也不太會拔別人的毛，和他們打交道你不用擔心吃虧，但也占不到便宜。也有些說別人一毛不拔的人往往是想拔別人的毛，拔不到了就罵人鐵公雞。」萬啓接過話來。豪斯不悅了，瞟了一眼萬啓：「你在指桑罵我？」「沒有沒有，誰不知道你慷慨大方呀，我是有感而發的。」又引起了笑聲，「在水泥廠裡我的一位老鄉就是這樣，初看很大方，給這給那的，後來就變成了要這要那了。我們關係不錯，但心裡明白。後來和那位被他罵鐵公雞的老鄉接觸，發覺還可以，大家不吃虧，挺安心的。當然想占便宜的就不舒服了。」「好，這已接近問題的核心了。梁啓超大家都知道的，他說了自己對楊朱的前後不同看法。先前他對楊朱深惡痛恨其言，後來親歷歐美，受到了啓發，反覺得，如果人人能覺悟到自己的權利，並且極力維護自己的權利，就沒有人能損害他人的權利，楊朱說的『故曰天下治矣，非虛言也』梁啓超也指出中國歷史對楊朱的誤解，就在於『惟薰染其人人不利天下之流毒，而不能實行人人不損一毫之理想也』。楊朱的話有兩句，一句是講一毛不拔，後一句講的是一毛不損，就是說，我也不去損別人，拔別人的毛。但孟子等斷章取義，只批前一句，不提後一句。就是攻其一點不及其餘。這種手法和文革中的手法是一樣的。」「這好像是獨善其身的意思，只掃自家門前雪，不管他人瓦上霜，但這好嗎？」萬啓問。「這也做不到，人都是有私心的，別人的毛都想拔。不是說外國有個加拿大，中國有個大家拿嗎。」豪斯附和道。「楊朱實際提出了個人權利的觀念。我的毛是我的權利，拔不拔由我做主。這和現代西方的個人主義有點類似，私人的財產、隱私權。日常生活中也是，如吃飯的 AA 制，各付各的，這對中國人很不習慣。中國人喜歡大鍋飯，你我混在一起，容易有紛爭。因為做不到楊朱說的，不損

別人一毫。總起來說，儒家講血緣家族的利益，楊朱考慮的是個人利益，而法家突出天下。類似於我們現在說的個人、集體和國家的關係。但自秦以來，是法家統治，秦是靠法家起家的，但成也法家敗也法家，結果二世而亡。漢接受教訓改爲獨尊儒家，法家就走入了地下，能做不能說，就形成了儒表法裡。也就是做一套說一套，本來對立的合二而一了。今天的課就到這裡，下課。」教室頓時熱鬧起來，有三五一堆議論的，也有仍坐著不動在整理筆記的，更多的是紛紛離開教室。黎春岳拉著萬啓：「我想去問問老師。」「你要問什麼？」「去了不就知道啦。」「哈哈，你也會賣關子啊。好吧。」倆人走到講臺，老師正在收拾教案，見他倆站在一邊，就說：「等我有事？」萬啓推了推黎春岳：「他有問題請教。」「好啊，什麼問題？」黎春岳有點靦腆地笑了笑說：「到底是法家好還是儒家好？毛主席不是尊法反儒的嗎？」老師把教案和書放進包裡，轉過身來：「任何東西都是利弊交叉的，主要是看在什麼條件下，要講清楚不能籠統做出判斷。今天我沒有時間了，有機會我們再細聊。至於主席的態度嘛，」他看了看四周，接著說道：「我們這是私下隨便聊，不算講課內容。」「知道，知道，我們不會亂說的。」黎春岳忙不迭地說：「那好。就我的看法，主席的確是尊法反儒的，他寫過一首詩，是批郭沫若的，因爲郭是批秦始皇的。在詩裡，主席說，『勸君莫罵秦始皇』，又說『孔學名高實秕糠』。過去歷代統治者是明儒暗法，主席是用馬列代替儒家，而使法家公開化了。他自己稱自己是馬克思加秦始皇嘛。」

　　突然，老師把臉轉向萬啓：「你是不是大腿骨折過？」「是啊，老師怎麼知道的？」萬啓一臉驚訝。「你年紀不大，記性不佳

呀。忘了？我們是病友啊。」「啊，原來是這樣，所以聽聲音感到好像在哪裡聽到過吧。但臉沒有好好看過，因為我是一直躺著的，你的床在我後面，我是看不見的。僅僅在你出院時來道別，匆匆有一面，所以根本記不住。心理學家說，人臉是最難記憶的。」萬啓活潑起來。「挺好，還是有緣那。這樣吧，改天我們再聊聊，今天是沒時間了，我得趕回去。」

七

萬啓和黎春岳來到學校的招待所，萬啓對黎春岳說：「高老師是在28號房間。」「這是5號，應該在那一頭。」黎春岳察看著房間號說。果然在那一頭的最末一間是28號。兩人站定，萬啓輕輕敲了敲門。裡面傳出了高老師的聲音：「請進。」萬啓和黎春岳對望了下，推門走了進去。高老師正坐在沙發上看書，見萬啓他倆，就站了起來：「來了，坐，坐。」他倆遲疑著，高老師催促道：「坐呀，光站著幹嘛。」倆人坐了下來。「要不要喝茶？這裡有人參茶，系裡送的，可以嘗嘗。」「不用了，我還喝過人參酒呢，吉林三寶也商業化了，哈。」「是啊，我也覺得這是噱頭。」

「腿怎樣了，好利索了？」「不礙事，只是膝蓋反被弄傷了。」「小醫院嘛，還好，不然瘸了咋辦，誰會看中你啊。」「臉也沒破，只是擦了點皮。」「鋼板取出來了？」「沒有。回家時我父親帶我到光慈醫院骨科主任家去了，他的兒子是我爸的徒弟。主任看了看說，鋼板不用取，說取鋼板還要動一次手術，白遭罪。在

通常情況下沒事的，除非裡面固定的螺絲脫落，但這很少發生。說我的膝蓋是滑膜有問題，現在影響不大，到老了可能會麻煩。我也不管他了，離老還遠著那，現在還顧不過來呢。」

　　「大難不死，必有後福呀，終於有機會上學了。七七級是很受人看重的。」高老師說。「只是落到這麼個學校。」萬啓不無遺憾地答道。「老萬很厲害的，考了研究生，他的成績很不錯，專業考了80分，就差英語只有37分，沒有過關。還在《光明日報》上發表文章了。」黎春岳插話道。「是嗎，英語最低分也就是40分，差幾分也是可以的。現在把外語分數卡的很嚴，像你們老三屆都老大不小，過了學語言的最佳年齡了。」「是啊，學外語是靠記憶力的，年紀越小越好，但我們錯過了，所以很吃力，有點像逆水行舟。我把三分之二的精力和時間都撲在了英語上。」「報的哪個學校？」「復旦。」「那裡競爭大一些。如報吉大，希望還是有的。」「早知道，我就報考你了。」萬啓露出了頑皮的笑容。「算了吧，你們上海人都是一心想回上海。」「沒有沒有，我是志在四方的。當然，好的學校，條件好一些。」高老師感慨地說：「當時我也是泥婆薩自身難保呀，那時我在五七幹校正受著審查呢。不然我也會幫你一把的，那時我就看出來了，你是有抱負的。哎，剛才那位同學說你發表文章了，能讓我看看嗎？」「嗨，我沒帶在身邊。」萬啓有點遺憾地說。「沒關係，那就說說吧。什麼題目？」

　　「《試探矛盾的解決》。流行的觀點是把矛盾的解決等同於矛盾的消滅，如一方吃掉另一方。我的看法是矛盾是不滅的，就像物質不滅一樣，因為矛盾是物質的存在方式，或者說是世界的存在方式。」「矛盾不滅，很有新意，那如何解決呢？不滅了不是永遠解

決不了嗎？」高老師挺有興趣。「從抽象來說，或從總體來說，是這樣，矛盾永遠存在，即使到了共產主義社會同樣有矛盾，矛盾還是事物發展的根本動力，也就是矛盾運動是沒有終點的。所有的烏托邦理論都是想像出一個完美的境界，到時就沒有矛盾了，只有善，沒有惡。黑格爾也是如此。這裡的關鍵就在於，要區分矛盾和矛盾的形態，就像區分物質和物質的形態一樣。一旦有了這個區分，矛盾的解決就好理解了。所謂矛盾的解決就是具體的矛盾形態的變化。我們常說的舊的矛盾解決了又會產生新的矛盾，這種說法不嚴密。矛盾是不能消滅，也是不能產生，它始終存在，但存在的形態在不斷變化。舊的矛盾解決了就是原來的矛盾形態變化了。如社會矛盾，奴隸社會是奴隸和奴隸主的矛盾，封建社會是地主和農民的矛盾，這些就是具體的矛盾形態，奴隸社會發展到封建社會，矛盾的形態就發生了變化。而矛盾本身也是有變化的，就是運動狀態的變化，從靜止到活躍再到激烈。在矛盾靜止狀態下，事物幾乎停止發展，如死水一潭。矛盾在活躍狀態下，就顯出了生氣，有對立，有爭論，甚至鬥爭，但矛盾的同一性占主導地位，總體上是和諧的。一旦矛盾進入激烈狀態，就是矛盾的鬥爭性為主導，變成對抗性了，最後導致矛盾形態的解體，轉化為新的形態。所以矛盾的解決也有兩層含義：一種解決就是調和矛盾是矛盾的對立緩和，另一種，就是用對抗的方式促使矛盾形態的更新。前者是改良後者是革命。」

「挺好，我們太強調鬥爭，把革命當成解決一切問題的靈丹妙藥，結果社會七零八落了。」高老師插話說：「這也是從批楊獻珍的合二而一開始的。毛主席的一分為二有辯證法因素，但片面了，

過分突出了『分』而反對和,也就是鬥爭哲學。」「我聽說有人提出了一分爲三,不知是對是錯?」黎春岳問。「矛盾一分爲三?不太可能吧?矛盾不就是矛和盾,這第三方?」萬啓不以爲然。「哈哈,難以接受了吧?」高老師笑著說:「這是龐朴先生提出的。很標新立異的。我覺得這是一個很好的探索。矛盾是辯證法的通俗說法,特別在中國,出自成語典故,說一個同時賣矛和盾的人吹噓自己的矛可以刺破任何盾,又說自己的盾可以擋任何的矛。於是旁觀者就問,如用你的矛刺你的盾,會是什麼結果。他就傻了。剛才萬啓說矛盾就兩方,其實還有第三者呢。」「誰是第三者?」黎春岳問。「就是這個賣矛和盾的人呀。」高老師笑嘻嘻地說:「你想如果沒有他,矛和盾能發生關係嗎?」萬啓和黎春岳都被逗笑了。「我對此也很有興趣,一直在思考。龐朴先生僅僅從方法論角度說的,我則更進一步,想把它提到本體論,就是說,世界的本源就是三元的。這很冒險,因爲馬克思主義哲學是唯物一元論,如提出本體三元論,就是大大的離經叛道了。還好我不是黨員,私底下胡思亂想,萬啓你是不行的。」高老師嚴肅起來。「沒關係,我只是聽聽,受受啓發總可以吧。高老師說吧,我不會揭發你的。」萬啓半玩笑半認眞地說。「我也不是黨員,不戴緊箍咒的。」黎春岳接著說。

「好。我們互相探討探討吧。」高老師拿起杯子喝了一口茶,就像上課似的說開了:「你們留心一下,就可發現,『三』這個數字在古今中外用的十分普遍。在中國成語中含『三』的成語高達300多個,僅次於『一』,如『三生有幸』、『約法三章』、『士別三日』、『三教九流』等等。法家將『法、術、勢』作爲治國之道,

缺一不可。還有董仲舒的『三統論』的歷史觀和『性三品』的人性論。佛教經典中也不乏三分法，如天臺宗有『三諦圓融的命題』。此外還有『三界唯心』的說法。在西方『三』也很流行。蘇格拉底提出了邏輯的『三段論』。柏拉圖把靈魂看成是『激情』、『欲望』、『理性』的組合。佛洛依德則把人的心理結構分成『自我』、『本我』和『超我』三部分。其他還有耶穌死後三天復活，灰姑娘一定要去三次舞會。這樣的例子多不勝數的。」萬啓插話道：「這裡或許是爲了敘述方便，也許是一種泛指，也常有用五、用六等來說的。」

「好，那麼我們再來看一些最基本的事例：如世界的空間是三維的，時間也是，不多不少就是三。顏色可分成黑、白、還有介於兩者之間的灰。而顏色的基本特徵也是三：色調、飽和度和明亮度。這三者在視覺中組成一個統一的視覺效果。光源也是分爲三種：第一種熱效應產生的光，如太陽光、蠟燭光；第二種是原子發光，螢光物質被電磁波能量激發的光。第三種是 Synchrotron 發光，原子爐發的光就是這種。再說生物分類，同樣是『三』：非細胞生命形態，原核生物以及眞核生物。這都是確定的吧，是不能用其他數字代替的。儘管人們大量說『三』，但對於『三』的本體論的論述卻絕無僅有。中國古籍《說文》中對『三』的解釋是：『三，天地之道也。從三數。』這裡有點本體論的意思了。還有早期的道家經典《太平經》，把元氣分成『三氣』：太陽、太陰、中和，並以天、地、人與之相配合，天地就是三氣凝聚而成的。這就是『氣三元論了』。通過以上觀察和思考，不難體會到『三』是世界萬物中，最基本的不可替代的結構要素。所謂的一元論，不管是唯物還

是唯心，都是只知其一，不知其二，更不知其三，因而是片面的。說一元論是哲學領域裡的專制獨斷論，應不為過。辯證唯物主義的最大矛盾，還是不用矛盾好，用衝突，就是把一元論和辯證法拉郎配。從本質上講，辯證法和一元論是不相容的。至少辯證法講的是對立統一，講的是二，但真正的應該是三，對立三方的統一，不是一。它既不能在黑格爾的唯心體系中獲得自由，也不能在唯物論中存活。在一元論中，辯證法被窒息。二元論有所寬容，不讓『一』來獨占，給另一方有同等的地位，但把雙方隔絕開來。世界本源有『三』，這三方的關係就是辯證的矛盾關係，從這一意義上說，世界就是三元的矛盾，換句話說，就是把三元矛盾論升格為本體論，達到本體論和方法論的統一。」說到這裡，高老師停了下來，望著萬啟和黎春岳問：「我的看法能站住腳嗎？」萬啟如有所思地看著窗外，黎春岳則有點困惑地問：「『三』比『一』全面，但更多元不是更全面嗎？」「問得好。」高老師微笑著說：「這裡的『三』是最基本的矛盾關係，多於三，如四、五、六、七、八，隨便你數，但他們不構成矛盾關係，是一盤散沙，也就是沒有相互關聯的羅列，就像中藥鋪裡的中藥材。你也可以把矛盾的一個方面再細分，但細分出來的，或把不相干的東西湊起來，這既不能抓住事物的本質，還造成不必要的困惑。正如老子說的，『少則得，多則惑』。只有以『三』為綱，才能綱舉目張。」

「那麼這『三』的本源又是什麼？在所有的哲學中，本源無非是精神或物質，你的三元論裡是不是包括了這兩者？」萬啟問。「一點不錯，一元論者是非此即彼，三元論者是亦此亦彼。」「那第三者是誰？」「我覺得，還是以系統論的說法為好：物質、資訊

和能量。資訊就是精神，人的精神就是資訊在人腦中的特殊形式。而第三者就是能量，沒有能量就沒有運動，世界就是死的。實際上西方哲學史上就有唯能論一說，是把能作為本源的。在我看來，什麼唯物唯心，爭得你死我活的，沒有意義，實際上都是為了爭權奪利，唯我獨大。」黎春岳不屑地說。「這在蘇聯以及受其影響的中國最為激烈。這或許與列寧提出哲學的黨性原則有關。也和中國傳統有關，正統思想的立於一尊，不容異端邪說的存在。不過作為方法論，一元、二元、還是三元，還是不一樣的。就像代數中的方程式，元越多，計算的就越精確。」高老師說：「一元是只知其一，二元是多了一面，只有三元論才能舉一反三。我們常常一分為二，好的壞的，實際上，許多事是不好也不壞的。所以採取的態度，可以批判或讚揚，也可以放任不管。我們往往管得太寬，非要事事上綱上線，弄得大家都焦頭爛額。我們講左派右派，但還有中間派存在。這中間派可不是可有可無的，隨時隨地影響著時局，有時還舉足輕重呢。這就是所謂沉默的大多數，雖然他們不會公開發聲，在私底下相互之間也會議論，這實際上就是所謂的民意。而那些精英們，主要是造反的精英，就會利用民間的看法和情緒，打出旗號來爭取民心，如劉邦的約法三章，李自成的『闖王來了不納糧。』當權者就往往不知民情，這就是他們的致命傷。文革中的造反派和當權派打得很凶，有人說在文革中人人都整過人，又被人整。這是瞎掰。大多數人都是逍遙派，既不整人，也沒有被整過。」

「是的，在學校時，參加運動還是少數，大多數同學都貓在家裡。下鄉後也才知，什麼運動到了那裡，就像刮一陣風，最多是傳達上面檔，大家都是稀裡糊塗的，一切照舊。就像魯迅小說《風

波》裡描寫的一樣。」萬啓說：「眞正折騰的是少數人，在中國只要有一小部分人組織起來鬧，就會有很大的能量。」「孫子說，『知己知彼』就是只知其二，不知其三。他只知敵我，不知第三者：友。應該要知己知彼再知友，才是全面的。主席就比孫子高明，他提出了中國革命的三大法寶，其中就有統一戰線一寶。統一戰線就是爭取友的。現在又提出了三個世界的外交戰略，在美蘇之外爭取第三世界，這都是運用一分爲三的典範。在工作方法上，毛劉曾有一個不同的說法，毛說，抓兩頭帶中間。劉則說，抓中間帶兩頭。你們認爲哪一個比較好？」萬啓和黎春岳對望了一下，一時沒有回答，最後萬啓說：「難說，可能各有利弊吧。」

「說各有利弊這是廢話，因爲任何事都是利弊相當的，我們常說，某某事是一把雙刃劍，彷彿還有那些事是單刃劍似的。這就不懂矛盾的不可分割性，有一利必有一弊，反過來也是一樣。這裡的關鍵在於人們主觀的取捨，你要得到，就要付出。得到了不想付出，總有一天會受到懲罰的。恩格斯在《自然辯證法》中舉了很多例子。」萬啓紅著臉插話道：「是的，他還說了，歷史的每一進步，同時也是退步。是不是某些方面的進步，以另一方面的退步爲代價？」「中國成語有，成也蕭何敗也蕭何，這就是矛盾的轉化，同一因素，在不同時期和不同地點產生相反的結果。我們可稱之爲蕭何定律，使之成功的東西，到後來就成爲失敗的原因。如秦成也法家，敗也法家。中國成也集權，敗也會是它。在初期有利，隨著時間推移，就弊端顯現。三國裡，諸葛亮是最集權的，蜀也是最早亡的。西方，我看成也移民，將來一定敗在移民身上。因爲當初的移民是開拓者，後來的移民變成坐享者。好，我們再談毛劉的說

法，在現在的中國，或許毛更適合些，因為中國的中間派太弱，是烏合之眾，不是旁觀就是跟隨，起不到引領的作用，所以抓兩頭很有效。但從長遠來說劉的更有意義，因為只有中間派的強大，社會才是最穩定的。美國的中產階級就是美國社會的穩定力量。也是中產階級的壯大，拯救了美國，使之逃脫了被嚴重的貧富分化撕裂的可能。所以抓中間可以增強中間力量。但不能產生速效。毛在革命時期很有遠見，但在建國後就急功近利了，採取的都是速效的措施。『一萬年太久，只爭朝夕。』就是這種心態。任何所謂的奇蹟都是靠不住的，事物發展有其固有軌跡，不能拔苗就可以成功的。或許能有一時的效果，被看做奇蹟，到頭來都會原形畢露的。文革就是毛抓兩頭的結果，一頭是他，另一頭就是底層群眾，把個中國搞的天翻地覆。而劉少奇在中間層有點力量，就是官僚階層，大大小小的當權派。但禁不住毛的威望和群眾運動的衝擊，垮了。」

「哇，高老師講的太好了，別人不會那麼看的，真是一針見血。」黎春岳激動地站了起來，然後又坐下。

「一元就是一個原因，或者說是一因決定論，一個單一的因素決定著事物的性質和發展，它的片面性是顯而易見，就是抓住一點，不計其餘，不能看清事物的整體面貌。但好處是簡單明瞭，對思想簡單的人容易接受。用一套複雜的大道理，就會把人搞糊塗了。中國人整體的文化低，加上閉塞和長期的束縛，只有一元論比較管用。為啥在中國秀才造反三年不成，就因為他們不能厚黑，再加上脫離大眾，秀才遇到兵有理說不清，所以沒有號召力。主席的口號非常簡單也非常平民化，一下就抓住了老百姓的心。如打土豪分田地，又如造反有理等等。三元論也就是三因論，決定因素是三

個，它們之間的矛盾關係，導致事物的存在和發展。我們說的外因內因，《矛盾論》裡把內因做爲根據，外因是條件，作用是不平等，是內因一元論，在三元論裡，內外因是平等的，還要加上基因。這樣內外基三因的相互作用，共同主宰著事物。」「基因和內因有什麼區別？基因不也算內因？」萬啓問。「有區別，內因是指當時的內部狀態，具有短時性和個體性，基因則是長期穩定起作用的因素，具有遺傳性，所以是特定事物生存、發展、死亡的既定藍圖。也是區別於其他事物的本質。嚴格來說，基因是內外因的結合。是長期內外因作用的產物，通過遺傳和變異形成的。簡單來說，基因是一類事物共有的，如家族的基因，是你祖先一直傳下來的，內因是你特殊具有的。」「這樣來說，基因應該起決定作用的了。」萬啓說。「當然，但不是唯一的決定因素，還有內因即個體的內部因素，包括生理的和心理的。內因離不開基因，但會有所不同，甚至還會產生基因的變異。所以基因也受內因的影響。所有這些又與環境密切相關。在環境保持不變的情況下，事物會沿著基因的藍圖發展，一旦環境發生巨大變化，就會對事物產生決定性的影響。或進化或毀滅。世界上一些文明就是由於地理或氣候的劇變而消失。雖然在不同情況下，某一方面起主導，但總體來說，就是由三方共同決定的。」

　　「一分爲三，三方之間又怎樣發生關係的？」萬啓繼續問。「這還需要研究，若有興趣，你們也可以動動腦。現在初步想來，可以分成三類，一類是等邊三角的關係，就是三方勢均力敵。這一般能保持穩定，大家都沒有力量向任何一方挑戰。一類是一大二小，就是《三國演義》中的情況，這你們都知道的，往往是兩小聯

合抗衡一大。還有是兩大一小，這兩大都會爭取把一小拉到自己一邊。而一小就比較難了，它常常不得不選邊站，或者保持中立。手段高的則可以玩弄兩大，尋求自己的利益。當然玩砸了就兩邊受壓。」

不知不覺中天暗下來了，高老師吩咐萬啓：「把燈開了吧，開關就在你頭上。」萬啓起身把燈打開，隨即對黎春岳說：「天不早了，咱們該回去了，高老師也要休息了。」高老師把他倆送到門口：「我們聊的多了，你們不要外傳，要多思考，有空再來。」黎春岳說：「高老師你帶不帶研究生，我做你的研究生怎樣？」「好啊，不過要考的。」萬啓則露出憂慮的神情說：「高老師你要當心點。」「當心啥？」黎春岳傻傻地問。高老師拍了拍萬啓的肩膀，只是笑了笑，沒說話。走出招待所，黎春岳很興奮地說：「今天收穫太大了，許多是我從來沒聽說過。眞帶勁！」「是啊，高老師眞不簡單，有水準，不過我眞替他擔心，弄不好，會有人找他的麻煩的。」「你們黨員啊，好，不說了，先吃飯去。」

八

列車緩緩地駛進了長春站，從車窗望去見有不少人已衝出了檢票口，向列車奔來。萬啓突然聽到了熟悉的聲音在叫喊，立即打開車窗把頭伸了出去四處張望。「快，快呀！」豪斯在招呼後面的同學。萬啓一邊揮手一邊也大喊：「豪斯，豪斯，我在這兒！」豪斯聽到喊聲，抬頭看到了萬啓，又回頭喊：「老萬，老萬在這個車

317

廂。」當豪斯氣喘吁吁地站在萬啓面前，萬啓站了起來說：「到底是豪斯，跑得眞快。來，坐我這兒。」「你坐你坐。」「哈，還客氣，我倒想站一會兒，三天三夜了，我的屁股都坐爛了。全班都來了嗎？」「那我不客氣了。」豪斯坐了下來：「他們在後面，婆婆媽媽的能占到座位！」隨後又有幾個同學上來了，擠到萬啓旁邊，嚷嚷道：「從上海過來要這麼長時間？」「三天三夜，我的媽呀，我坐火車從來不超過三小時。」萬啓問：「行程怎麼安排的？」「到哈爾濱，去太陽島。」「太陽島，好浪漫的地方。」「那是歌詞裡唱的，實際是一個荒島。」「倒也是，在來延邊之前，聽過《延邊人民熱愛毛主席》的歌，很動聽，還有一種異國韻味。但來了一看，什麼海蘭江畔紅旗飛揚，就是一個淺灘，兩岸也是光脫脫的。」「宣傳嘛，總是誇大其辭，想像力也特別豐富，還有激情。」「這是革命的浪漫主義，可以振奮精神。」「這叫精神亢奮，蠻幹也出來了。」「好啦，別發高論了，我們是來玩的，開心就好。」就在你一句我一言時，只聽列車員在喊：「哈爾濱到了。」「是終點站吧？」豪斯說。「不是，終點站還有一站，是三棵樹。」萬啓一邊說一邊從行李架上取下行李。豪斯說：「來我幫你拿。」伸手就把行李搶了過去，扛在了自己肩上。

　　太陽島畢竟不是荒島，已經有所開發，植的樹和新建的建築隨處可見。除了一群群嘻嘻哈哈的年輕人外，還有一對對的情人，或挽手漫步，或坐在草地上細語，旁邊還有一架時髦的答錄機，放著鄧麗君的靡靡之音。同學們都爭著在江邊拍照，因為只有一架相機，大家就排著隊等候。萬啓不願湊這熱鬧，就站在一旁看著。帶隊的孫老師走了過來對萬啓說：「讓他們拍吧，我們往裡面走

走。」於是兩人漫無方向地溜達起來。孫老師問：「今後有什麼打算？」「還得考。」「這麼有把握，萬一呢，留在這兒？」「這沒想過，到時再說。」「我是要走的，小學校、小城市，真沒啥意思。」「你還不容易，讓你爸想想辦法就妥了。」「我還真煩惱著呢，我早和我爸鬧翻了，現在誰也不理誰，我能開口？」「何必呢。但為什麼兒子總和老子合不來？我也和我爸弄不到一起。大概是自尊心吧，都自以為是，不像媽總替兒子著想，也能遷就。既然不肯低頭，那就自找出路，跟我一起考吧，一來把工農兵的帽子摘了，二來也可挪挪地方，這叫考戶口嘛。」孫老師歎了口氣：「我老了，又拖家帶口的。」「你這要瞎扯了，你比我大？我可整整大你五歲那！」「不過我總覺得自己老了，沒有拚勁了。你雖然出生年齡比我大，但心理年齡還很年輕嘛。」「我也是逼出來的，不拚難有好的出路，我從來不去想年齡，不然也會氣餒的。」

　　兩人轉了一圈回來，同學們都消失了。「他們去哪了？」「我估計是吃飯去了，看，現在過了十二點了」萬啟指了指手腕上的表。」正當他倆四顧張望時，聽到了洗寬江的招呼：「孫老師，我們在這兒，快過來吧，就等你們了。」飯館裡很是熱鬧，洗寬江喊了聲：「他們來了。」同學們立刻把目光轉向剛進門的孫老師和萬啟，大家紛紛招呼起來：「來，到我們這桌吧。」「我們還有空位，正缺兩個人。」萬啟跟著孫老師走向一桌，突然有人從背後拉住了他的胳膊，他回頭一看是豪斯，「幹嘛？」豪斯不容分說就把萬啟拉到了他的一桌。萬啟還未坐穩，豪斯就遞過一杯啤酒：「今天我們一決勝負。」萬啟低頭一看隨口而出：「是啤酒。」「啤酒沒勁是吧，好，」豪斯回頭就喊：「有白酒嗎？上白酒！」老林提

了一瓶頭曲過來，叮囑道：「注意適量。」有同學分別給豪斯和萬啓斟滿一杯。豪斯舉了舉杯：「乾！」一下就把一杯灌了下去。萬啓笑著說：「別太急嘛，慢慢來。」也把酒喝了下去，然後亮了亮杯底。「好，再來！」滿桌的同學開始起哄，有拍手的，有吶喊助威的，也有笑個不停。三杯下肚，豪斯已是滿臉通紅，而萬啓仍是臉不變色，神情泰然對豪斯說：「怎樣？收兵吧。」「不，不，繼續。」「算了吧，你說話都打結了。」豪斯站了起來：「再來，酒。」倒酒的同學揚了揚手裡的酒瓶說：「沒酒了。」豪斯一把搶過酒瓶，就往自己杯裡倒，但只有可數的幾滴。「去，去問老林要去。」不一會同學又拿了一瓶過來。萬啓不由得轉頭往後桌看了看，正好遇上了孫老師的目光，孫老師使勁地搖著頭，嘴裡說著什麼。「咋的啦，熊了吧？」豪斯不依不饒。「來吧來吧，你非要躺下才舒服。」一部分同學又歡呼起來，這時老蒲出來勸說：「見好就收吧，別整的太難看了。」「早著那，乾完這一瓶才算完！」孫老師也過來，拿過萬啓手裡的酒杯，放到桌上說：「走，我還有事情要跟你談呢，」又對同學們說：「你們慢慢喝。」拉著萬啓向外走。背後是豪斯的笑聲：「哈哈，老萬遛了，認輸了。」萬啓想回去，但被孫老師緊緊攥住了：「別逞能了，你能喝過他們鮮族？他們都是酒祖宗。」

倆人沿著江邊溜達。萬啓說：「實際我已過量了。半斤還能對付，多了不行。但是，酒量的發作要在半天後，現在看不出來。所以常常喝酒時很厲害，酒後就要遭罪了。在水泥廠時，有聚會，就要拚酒。我們上海知青一幫，輪流出陣，我可是主將。回到宿舍就躺下了，頭痛的厲害。直到吐了才恢復過來。」「我從來不碰那玩

意，傷身。他們鮮族十個有十個是肝病。」「也有不太喝酒的，如老林。」「極少。你怎麼沾上這習慣的？」「入鄉隨俗嘛，剛下鄉時，老鄉就說，不喝酒不抽菸的就不是男子。這就是接受貧下中農再教育的第一課。有一個年輕人特別邪乎，喝酒像喝水，但就是不醉。他的訣竅就是，偷偷上廁所用筷子朝喉嚨裡一插，就把酒吐出來了，回來繼續喝。」「喝酒玩命。」「上午你們去哪啦？」是老蒲，胸前掛著相機，快步追來：「我給你們照幾張相吧，全班都照了，就拉下你們倆了。」萬啓和孫老師回過身來，萬啓說：「照不照無所謂的。」「就這裡站好了。」老蒲蹲了下來，舉起相機，又放下：「你們再往後退一點，不要把那邊的景擋沒了。」等倆人重新站好，老蒲用相機瞄了又瞄，最後說：「好啦，別動了。」接著就是哢嚓一聲。萬啓說：「完事了？」「要不再來兩張？底片還剩有幾張。」萬啓望了望孫老師，孫老師笑笑說：「就讓他完成任務吧。」老蒲站了起來，四處察看著，然後說：「去那邊吧，有一塊大石頭，背後是江面，應該是不錯的景點。」「那就走吧。」孫老師邁開他的長腿率先走了過去，萬啓緊緊跟上。倆人就此坐在了石頭上。老蒲過來，剛蹲下又站了起來，揚了揚手臂，喊道：「你們快點過來，一起照一張。」原來有幾個女生慢慢尾隨在後面，其中就有周蘭。聽到喊聲就快步過來，站在了孫老師和萬啓的後面。萬啓端坐著，一動不動。孫老師轉頭問：「你們吃好了？」「太吵了，待不住。」不一會洗寬江和章立學也跑了過來，蹲在來萬啓和孫老師前面。

照完相，萬啓看著緩緩流動的江面，露出了喜好的表情：「不知能不能游泳，好長好長時間沒進水了。」「好像沒有禁止，可能

水太淺，不如租條船到那邊去看看。碼頭就在那裡。」洗寬江說。
萬啓又看看孫老師，孫老師說：「我就不去了，看看他們完了沒
有，你們玩你們的。」老蒲也說：「上午我坐過船了，不去了。」
洗寬江對萬啓說：「咱們去吧。」於是三人來到船碼頭，登上一條
船，坐定。章立學解開繩子，小船慢慢離開碼頭。突然有人喊，等
我一下，話音剛落，豪斯一個箭步跳上了船頭，小船馬上晃蕩起
來。萬啓說：「正是一匹烈馬呀，喝醉了吧。」「你才喝醉了，要
不是孫老師把你救了出去，今天你準會趴下。」洗寬江叫道：「別
鬥嘴了，快坐好，開船了。」船來到江心，萬啓用手試了試水溫：
「不冷。」「你想下水？要下快下，別磨磨蹭蹭了。」豪斯催促
道。萬啓往後張望了下說：「她們也過來了，不方便吧。」豪斯也
往後瞅了瞅說道：「也正是！她們上午不是已劃過了嗎，還來湊哪
門子熱鬧呀。沒關係，還遠著那，看不見的。要不我給你擋著。」
「好吧。」萬啓脫去衣服，僅剩一條褲衩，光著上身，穩穩地把腿
插進水裡，不一會雙腳就踩到了軟軟的江底，而水僅沒到了胸部。
「太淺了，還好沒有跳水，不然就要倒栽蔥了。」萬啓說完，抓住
船幫的手一鬆，身子往後一仰，整個身子就平浮在水面上了。萬啓
一邊揮動手臂，保持水準，一邊說：「你們滑過去，我再跟過
來。」不一會兒，萬啓跟不上了，就翻身將仰式換成自由式，奮力
追趕，江面被擊起了一陣陣浪花。追上小船，萬啓一手搭著船幫，
站了起來，用手抹了抹臉說：「太淺，很吃力。豪斯，來支菸。」
豪斯扔過一支菸來，萬啓接住含在嘴裡：「火。」豪斯又把打火機
扔了過來，但沒有接住，噗的一聲掉進了水裡。「太差勁了，虧你
還會打籃球，怎麼接球的。」萬啓二話不說，吐掉嘴裡的菸，一躬
身鑽進了水裡。一會又站了起來，口裡噴著水說：「摸不著。」說

完又一次鑽了進去。幾次過後，一無所獲，只得搖了搖頭。洗寬江說：「算了吧，不在乎一個打火機。快，她們過來了。」萬啓迅速上船，才坐定，對面的船已駛近，有人在問：「出什麼事了？」洗寬江回答：「撈魚呢。」豪斯很快地給萬啓披上雨衣。「這江裡有魚？」「好大好大的一條魚，剛撈上來。」「是嗎？讓看看唄，」「不能看的，特別像你們女生。」「啥？」接著是一陣哈哈大笑，蕩漾在細雨濛濛的江上。

九

　　歡樂的假期一過，又是沉悶的學習生活。天漸漸冷起來，教室裡自習的人也很快減少起來。最後黎春岳也堅持不住了，收拾起書桌裡的書本筆記，回頭望了望坐在後面，仍埋頭查英文字典的萬啓，抖了抖身子，搓著手說：「真冷，都入冬了，怎麼還沒有暖氣？」「說是鍋爐壞了，正在修理。」萬啓頭也不抬地說。「要修到啥時呀，我可扛不住了，回寢室去待著吧。你不走？」「我還行，冷也有冷的好處，冷了就靜了，冷靜冷靜嘛，你看都走了，多安靜。」「呀呀，你不怕凍壞身子？上海人真能抗凍。」萬啓抬起了頭，笑著說：「東北人習慣了暖氣熱炕，冬天比上海舒服多了。上海室內都沒有取暖的，屋裡屋外的溫度相差不了多少，又加上空氣濕度大，感覺上更冷，所以許多北方來的都不習慣。我們可是從小就這麼過來的。小學時坐在教室裡，都冷得瑟瑟發抖，特別是腳，男生都穿著球鞋，腳趾冷的發痛。只能靠跺腳取暖。所以一到

323

最冷時，教室裡總有跺腳聲。老師一般不管，也有嚴厲的會制止。一下課，大家往往用鬥雞來暖身。」「鬥雞，哪來的雞？」黎春岳停下，好奇地問。「就是用手把單腿盤起，跳著互相對撞，能把對方的腿對下去，就算獲勝。」萬啓來了興致，站了起來做示範：「來，咱倆鬥鬥看。」黎春岳學著萬啓的樣子，兩人就鬥開了。雖然黎春岳人高馬大，但畢竟生疏，不一會就被萬啓用力一挑，把黎春岳盤起的腿挑了下來，黎春岳卻笑得彎了腰：「挺好玩的哈。」萬啓回到座位上，繼續說：「剛下鄉那會，我們雖發了棉褲棉大衣，但都不穿，」「爲啥？」「爲圖好看嘛，嫌穿了臃腫。以前在上海時，我們男生都不穿棉衣的，以顯示自己的硬漢形象，後來實在受不了了，才紛紛穿上了。」「我看你毛衣穿了一件又一件的，像洋蔥一層又一層的，穿起來多麻煩。」「是的，我們大多要穿兩件毛衣，一件背心，也是爲了保暖。」「所以你能挺得住，我不行，好了我一走，你就獨霸教室了，也挺好。」萬啓等黎春岳一走馬上起來，蹲下馬步，握緊拳頭，兩手用力向前快速出擊，就像練拳擊似的。等到身子暖和了些，才坐下。後來他又用一根木棍削成了一把劍，對照著書上的圖片學起了劍。早在中學時，因休學在家，他就照圖自學了太極拳，後來覺得練劍很酷，所以買了一本練劍術的書，依樣畫起了葫蘆。下鄉後放棄了，現在又開始撿了起來。

　　在空蕩蕩的教室裡，萬啓獨自一人看書，學劍，倒也自由自在。一天，他正邊看著劍譜邊做著動作，忽然聽到走廊裡傳來了腳步聲，並且就在門口停下了。萬啓急忙收起動作，回到位子上，低頭看書。但好一會卻沒有動靜，萬啓疑惑起來，會是誰呢？又不進

來，幹嘛呢？他挺直了身子，注視著門口，想看個究竟。門終於被輕輕地推開了，出現在門口的是一位女生，高挺的個子，穿著一件藍底白花的中式棉衣，臉上泛著一片紅暈，低著頭就近坐在了門口第一個位子上。是周蘭，萬啓的心跳頓時加快了一下，教室裡彌漫開了一股暖意。就這樣，萬啓和周蘭，在教室最長斜線的兩頭，各自看著書，沒有任何的交集，甚至連目光都互相避開。只要聽到走廊那一熟悉的腳步聲，萬啓的心裡就感到十分的踏實，而當門一開時，就把頭埋下，彷彿對來者毫不在意。周蘭也是一進門就把頭偏過去，只看著自己的座位，顯示對萬啓存在的無視。當萬啓聽不到腳步聲，就會坐立不安起來。不時的站了坐，坐了又站。甚至走到門口，開門朝走廊裡張望。一旦傳來了腳步聲時，就馬上慌慌張張地回到自己的位子。在這無聲似有聲，寒冷又溫馨的氛圍中，時間很快流逝著。

　　一個月以後，情況有了重大變化。這次周蘭沒有坐到原來的位子，進門後，腳步繼續著，而且離萬啓越來越近。萬啓不由得抬起頭來，看到周紅正朝自己坐的一排走來。看到萬啓抬頭，周蘭迅速轉過頭去，然後就在最前面的課桌坐下。於是原來的斜線成了直線，倆人的距離頓時縮短了許多，更重要的是，周蘭現在每時每刻都在萬啓的眼皮底下，無法避開，只要萬啓一抬頭，周蘭的身姿立刻印入萬啓的眼簾。這是不是一個信號，攪動了萬啓的心緒。萬啓在這方面非常的矜持，也十分的膽怯。他還從來沒有與異性打交道的經驗，從來都是採取被動或迴避的態度。一連兩天萬啓根本看不下書，腦子裡總是盤桓著怎麼辦的念頭。到了第三天終於下了決心。那天，萬啓提前離開教室，在走過周蘭身邊時，把一張紙條放

在了周蘭的桌上，紙條上寫著：明天下午2點在校園後山的亭子見面，有事請你幫忙，不要有任何的勉強。然後頭也不回地快速離去。

這一夜萬啓竟然無法如過去那樣，一貼到枕頭就睡去，翻了一個又一個的身，才迷迷糊糊地挨到天亮。等到寢室裡的同學都去上課了，他又補睡了一會。吃過午飯，他就來到了後山，先是沿著松樹林轉了一圈，看時間差不多了，就來到亭子裡等候。萬啓把身子靠在亭柱上，目光緊盯著上山的小路，還不時地看著錶。早春的陽光很是燦爛，自由自在地把它的光明和溫暖撒在了萬啓所能看見的地方，萬啓第五次看了看錶，分針已越過了2的界線，但一覽無餘的山坡下，並無一個人影。萬啓走出了亭子，來回走動著，時間過了整整15分鐘了，萬啓頹然地坐在臨近的石頭上抽起了菸，抽了幾口就把它捻了，一會又重新點火，不停吸著，吐出一連串的煙霧。最後他站了起來，準備打道回府時，奇蹟發生了，周蘭好像從天而降地出現在不遠處，低著頭慢慢地向上走來。萬啓覺得有些窘迫，趕忙把菸扔掉，調整了一下姿勢。

「你很早就來了？」還是周蘭先開了口。「才一會，沒，沒多久。」萬啓回答。兩人就面對面的站著，但萬啓的眼睛卻望著山下，說到：「我現在為了應考時間比較緊，又要寫東西，你如有時間，能不能幫我一點忙？」「行啊，你說吧。」「你可以幫我查一下有關辯證法的文章，在圖書館的閱覽室裡有目錄，把文章題目和所發表的雜誌抄下來。行嗎？」「沒問題的。就這點事？」「就這點事，不用著急的，沒空的話，也就算了。」萬啓雖然把眼光收了回來，還是不能直視。「以後有事的話，你可以在教室裡跟我講就

可以了。」「好的。」說完，兩人一前一後地下了山。

　　教學樓的暖氣修好了，教室裡自習的人也逐漸多了起來。最先來的是洗寬江，一進教室就說：「哇，好暖和，有暖氣了？」「還用問嗎？萬啓回答。」「嘿嘿，」洗寬江傻笑了幾聲：「我來拿筆記的。」他從課桌裡翻了翻，取出筆記本，拿在手裡要走，卻又站住了，瞄了一下前面的周蘭，然後走到萬啓面前，朝萬啓桌上探了探頭：「學英語那。我想問你一個問題。」「什麼問題？」洗寬江想了想說：「有關哲學的，算了，以後再說吧。」說完就坐在了萬啓前面。多了一個人，原先的氣氛就被打破了。也許是洗寬江的傳達，到了晚上，教室裡又多了於有恆、郝永樸和章立學。

　　過了一段日子，一天晚上，萬啓專注地在查英語詞典，忽然覺得桌子開始不斷顫動著，他抬頭看了看前面，是洗寬江在扭動著身子導致他的椅子碰到了萬啓的桌子。萬啓覺得奇怪，再往前一看，有了重大發現：在第一排前開著的窗上，印照出在整個一排的圖片，其中有坐在第一排的周蘭到最後一排的萬啓，也包括萬啓之前的洗寬江。洗寬江正是被這圖片搞的心神不寧的吧。再仔細觀察，似乎周蘭也在通過窗子觀望後面。難道洗寬江和周蘭在面目傳情？想到這裡，一股怒氣從萬啓心頭湧起。他努力克制住，忍住了繼續查閱字典，並在生字上注上中文。過了一會，萬啓再次抬頭，看到洗寬江用胳膊支撐著下顎，頭偏向窗子的方向，目光一直盯著窗子。這下萬啓是忍無可忍了，他突然把手裡的筆望桌上有力的一扔，隨著醒耳的「啪」的一聲，站了起來大步離開了教室。他在漆黑的校園裡轉了一圈，又回到教室，發現周蘭和洗寬江都已不在了，萬啓的心不由得往下沉去。等到萬啓回到寢室，看到洗寬江癱

躺在床上，他懸著的心又放下了。自那次會面後，萬啟並沒有後續動作，也不知如何進行下去。他不願在大庭廣眾面前有所表現，似乎滿足於這種心照不宣的體驗，比柏拉圖還要柏拉圖。

　　隨著教室裡自習的人越來越多，萬啟終於逃離了教室，躲到了圖書館的閱覽室。在上課期間，閱覽室是空的，萬啟就一個人獨霸在那裡，或查閱資料或學習英語。待到課後，學生就會湧到閱覽室裡，把個面積不大的閱覽室擠得滿滿的。萬啟喜歡選最後一排的角落裡的座位，彷彿成了他的專座。慢慢憑本能，他感到有幾個不是同班的女生也經常出現在他左右不遠的位子。一周後，萬啟也在前排發現了周蘭，這使萬啟感到欣慰。這可以擺脫多餘的干擾。可是好景不長，洗寬江也出現在了閱覽室，隨後於有恆也在閱覽室裡占了位子。雖然在閱覽室不像在教室那樣隨意，但萬啟總是感覺不自在，於是又回到了教室，他需要安靜也需要獨享。沒過幾天，周蘭也回到了教室，她走到萬啟桌前，對萬啟說：「我抄了一些，不知道是不是你所需要的。」說著把幾張抄好的紙遞給萬啟。萬啟看了看說：「是的，謝謝啦。」當周蘭轉身要走，萬啟忙說：「我還有一份稿子，能不能幫我謄一下？」周蘭站住了說：「好的。」萬啟將早已準備好的文稿，厚厚的一疊，交給周蘭。這時洗寬江伸過頭來瞄了瞄，不知什麼時候，他也進了教室。周蘭見狀沒有說話走到自己原來的座位上。洗寬江把書本往桌上一放，也坐下了。「不再待在閱覽室了？」「沒位子了。」這樣又恢復了原先的三點一線的格局。萬啟心裡恨得癢癢，也無可奈何。馬上於有恆和郝永樸接踵返回教室，於有恆說：「閱覽室太拘束了，講個話都不方便，更不能寫書法了。還是教室裡隨便。」郝永樸則說，他是跟著於有恆回

來的。

　　班級開始兩周的勞動，萬啓藉口自己腿骨折過，得到了免除的允許。萬啓把桌子搬到窗前，對著窗外，還從寢室帶來了暖壺和茶杯，他要好好享受這難得的機會。這天，他看書累了，正眺望著窗外，忽聽有人進來。回頭一看，是老林，穿著一身的工作服，雙手戴著手套，一向嚴肅的臉上顯出難得的笑容。他說：「好自在呀，你一個人獨占了教室。」萬啓嘿嘿笑了笑：「收工了？」「沒有，中間休息。」老林隨便在一張桌子上坐下：「我想和你商量一個事，」老金脫下手套，取下眼鏡擦了擦後又戴上，「校學生會要開一場演講會，想讓你當主講，怎樣？」「學生會，」萬啓遲疑了一下，馬上醒悟過來：「奧，你是主席了，恭喜恭喜。」「沒啥，只是要多做些事而已。沒問題吧？」「主席來邀請，敢不從命，只是怕講不好。」「別謙虛了，誰不知道你既能寫，口才也是頂呱呱的。報個題目吧，我們馬上要出海報了。」萬啓想了想說：「《論相互作用》吧。」

十

　　演講在食堂舉行，大門口的黑板上貼著醒目的大字報，報頭是紅色的大字標題：第一屆學生論文演講會。下面一行則是，主講：政治系萬啓，題目：論相互作用。再下面列出了其他演講的題目和人名，一共有三位。萬啓早早就去了，進去一看，飯桌已被撤去了，一排排的椅子也一一放妥，幾個學生會的幹部正在布置講臺。

萬啟悄悄地在前排角落的一個位子坐定，然後看起準備的講稿。正在安裝話筒的老林，走了過來和萬起打了個招呼：「你來了，過一會就開始，你是最後一位，壓臺的。」萬啟起身說：「那我待會再來。」「不、不，開頭還有你的事。」萬啟就又坐下了。老林又回到講臺，繼續裝話筒。

　　不一會老蒲進來坐在了萬啟旁邊，開始向萬啟轉達資訊：「學報的潘老師前天來我家了，一進門就說，學校出人才了。他對我爸說，你發在學報上的文章，都被選上了。」「那裡選上了？」「說是北京有一家雜誌，專門選各刊物發表的東西，有一個目錄。」「奧，那是論文目錄吧，沒有啥特別的，一般發表的都會被列出來的。」「是嗎？我也沒聽清楚。」老蒲又轉換了話題：「還有黨史的金老師，也跟我爸說起過你，對你很有意見，你知道我爸是怎麼回他的？」老蒲買了個關子。「我怎麼知道，我離你爸的面都沒見過呢。」「我爸說，人家有文章，你有嗎？」「謝謝你爸了。」

　　這時會場已坐滿了人，老林在臺上拍了拍麥克風，開始講話了：「同學們大家坐好了，會馬上要開始了。」然後他走向旁邊的人說了些什麼後又回到臺前：「現在開會了，在演講前我們要表彰一些同學，他們在各自的方面取得了很大成績，值得大家學習的。現在請副校長江德彰給受獎同學頒發獎狀。」這時從講臺後的座位上站起來一位年輕的男子，中等身材，白淨而又端正的臉，酷似王洪文。萬啟一見，心裡一怔，剛才還洋溢著的自得情緒瞬間蒸發了。看上去年齡與自己相仿的人，已經是學校的副校長了，而自己僅僅還只是個學生。他問老蒲：「以前怎麼沒有見過他？」「他剛從朝鮮留學回來。」「去朝鮮留學？」老蒲談興上來了：「他是朝

語系的工農兵學員，長春知青，插隊時，被當地公社革委會主任看中，就推薦他上學，那時名額已滿，就通過關係，把江校長安排進來的。」「那又怎麼當上副校長的？」他原是班級的黨支部書記，他們班的一位女生和人談戀愛，受到了學校的處分，還做了通報。這對這位女生的打擊很大，結果自殺了。這引起了學生的不滿，寫大字報指責學校處理不當。這時江校長是唯一支持校方的，他也寫了大字報為學校辯護。校領導一看，覺得不錯，後來就把他結合進了校革委會。」說到這裡，有人在後面拍了拍萬啟肩膀：「臺上在叫你呢！」萬啟忙抬頭，老林正對著他招手：「快上臺領獎。」萬啟有點不知所措，坐著沒動，老蒲急催道：「快去，等著你那。」萬啟這才彆彆扭扭地站了起來，又被老蒲推了走向前去。這時，江副校長遞過了一捲紙，萬啟接了過來，江副校長又與萬啟握了握手。回到座位，萬啟打開了捲紙，原來是一張獎狀，上面題款是，業餘生活標兵萬啟。老蒲說：「哇，你成標兵了。」萬啟有點糊塗：「這是什麼意思？」「就是表彰你把業餘時間都放在了學習上了。成了業餘生活的模範。老林也是，想出了這麼個名堂，業餘生活，顧名思義就是工作或學習以外的生活，是消閒或家庭生活的空間，如都像你一樣，能行嗎？我說句實話，這樣對你也不好，什麼叫有勞有逸，你這樣拚，對身體不利，實際效果也不一定好。你說我說得對嗎？」「我也是沒有辦法，耽誤的時間太多了。再就是受了陳景仁的影響，那篇報告文學確實寫的很感人。」「看來你的志向還不小，像我就沒有多大的想法。目標定得太高，自己的能力夠不上的話，是要吃苦的。」「是啊，我也知道自己是志大才疏，所以總在折騰，也挫折不斷，也許這就是我的命。但總有點不甘心，常常也是被逼的，現在更是箭在弦上了。」「這不，老林又在加碼

了。」說完，老蒲立即轉變口氣，歎了口氣：「哎，這也是客觀造成的，正常的話，像我們這把年紀早就學而有成了，不至於現在還是學生。」「就是嘛，現在有了機會，就要抓住，能彌補多少算多少，只求耕耘不問收穫了。」「你還很樂觀，這點我還是佩服的。」這會，後排的又在拍萬啓的肩膀了：「輪到你了。」

萬啓走到講臺前坐下，把講稿放在臺上，沒有多餘的話，也不看臺前，就低頭讀了起來：「黑格爾說過，相互作用是事物的真正的終極原因。恩格斯在引用了了這句話後，進一步指出：我們不能追溯到比對這個相互作用的認識更遠的地方，因為正是在它背後沒有什麼要認識的了。只有從這個普遍的相互作用出發，我們才能了解現實的因果關係。這是經典作家的論述，下面我談一下自己的體會。」萬啓這才抬起了頭，面對著聽眾說：「所謂相互作用，就是互為因果，亦可以說是相互影響，一方對另一方的作用會影響對方，使得對方有一個對應的結果或反應。同時對方的反映又會回過頭來影響自己。我想這是毫無疑義的，最簡單的例子就是物理學上的作用力和反作用力。問題的關鍵在於相互作用的雙方的地位是否平等。圍繞著這個問題各種學派就出現了嚴重的分歧。一元論者認為在相互作用中，存在著一個決定因素。如原因決定結果，內容決定形式等等。這實際是不符合辯證法的。恩格斯就主張給予作用雙方以同等的地位，而區分主要和次要作用是相對的，也就是在特定條件下的情況。從普遍性上來說是平等的。

「什麼是互為因果？就是因是果，果也是因。我們平常說前因後果，但如深入考察，因和果是同時存在的。有了這個因就存在著對應的果，這種關係就像天和地的關係，始終存在著。就像是先有

雞還是先有蛋，眾說紛紜，莫衷一是。如果用辯證的觀點來看，雞和蛋是不可分的。有了雞就有了蛋，反過來也一樣。形式和內容，我們常說內容決定形式，但形式也決定著內容，如婚禮只能用來結婚用，葬禮是為死人準備的。」這時，底下發出了輕輕的笑聲。

萬啓緩了口氣，繼續道：「人和自然的關係也是一樣，是相互作用的。生命和水息息相關，月球沒有水所以沒有生命。地球上人類文明的產生都是在河流湖泊和海洋地區。而不同的地區也形成不同的文明，如大陸文明和海洋文明。但人類同樣對自然發生作用也就是改造著自然，隨著科技的發展，人類越來越能掌握自己的命運，但無論怎樣也都擺脫不了自然的制約。片面強調人定勝天是有害的，就會受到自然的報復，如大肆砍伐森林，導致的生態失衡，工業的發展汙染了環境。唐代的劉禹錫就認識到了人和自然的相互作用，提出了天人交相勝命題。

個人的命運也是如此，是命和運的相互作用。命是個人內在因素的總和，運是外在的環境和形勢的變化。有命無運，就是有志有才卻難施展。反過來，有運無命也是無可奈何，這是自己不爭氣。有說性格決定命運，我覺得還是格局比性格更全面，一個人的格局就是一個人的潛力，不僅包括性格還有志向、視野和胸襟。性格如脾氣好壞、外向內向。對運的影響不大，而視野和胸襟卻有著舉足輕重的作用。視野與環境密不可分，偏僻地帶和中心地區的人的視野就有很大的不同。同時也和知識有關。視野最重要的是能看清大的趨勢。所謂識時務者為俊傑嘛。胸襟要博大，有容乃大，海納百川，宰相肚裡能撐船呀。但這也只是說對了一半，還有時勢造英雄，天有不測風雲，人有旦夕禍福的說法。在不同的環境下，同一

品質會有不同的結果。如大膽，在和平環境如果沒有正確的價值觀和自律，就容易在私欲的推動或外來的誘惑下，鋌而走險成為罪犯，而在戰爭和動亂年代就有可能成為風雲人物。又如執著和狂熱，方向對了，前途無量；方向不對就是瘋子。一般來說，天才或英雄人物在性格上往往比較特別，或者桀驁不馴不拘小節，或者不守常規別出心裁，也有的大智如愚傻里傻氣，所以被常人視作怪人不受待見。他們都是心理失衡的人，心力傾注到了一個方面，其他方面就被荒廢了。而一個心理平衡的正常人，也就是普通的人，只能是個庸才。千里馬只有在一個寬鬆的環境和被伯樂發現，他們才有機會出頭。試想賈伯斯在求全責備的中國會是什麼境遇？而陳景潤也只有在文革後因被國外提起而引起高層重視。所以有命還要有運，所謂『機遇還要有準備的頭腦』。不過，命也可以改運。一是能不斷努力等待機會的到來，如在逆境中韜光養晦；二是可以選擇環境，如農村的人可以到城市，有條件的還可以移居國外。三是對現存的環境在一定程度上加以改造，為自己創造條件。」

萬啓越說越順起來，他並沒有環顧會場，只是直視著前面，他看到了車老師坐在中間微笑著看著他，時不時和旁邊的人交談幾句。他又轉過頭來看了看四周專注的目光。更受到了鼓舞，不禁發揮起來：「在中國漫長的農業專制社會下，形成了中國的民族性格，是一個感性的民族：講感情、人之間的私人關係是社會聯繫的重要紐帶，家庭親情和朋友義氣，所謂在家靠父母，出門靠朋友。有著很強的歸屬感，喜歡結黨從眾，缺乏獨立人格。養成了一種如魯迅說的，遇狼就是羊，遇羊又成狼的雙重性格。特別看重歷史和經驗，明君們都是以史治國，從歷史經驗裡獲取教訓。老百姓也陶

醉於歷史的悠久，言必稱幾千年文明，自古以來如何如何，有一種虛無的優越感和自大，從而坐井觀天止步不前。重形式也是感性的表現，因爲它帶來感官的刺激。儒家就是用形式的禮治，來規範社會等級制度，突出權力的威嚴。所以中國人好排場、講面子，也會炫富以顯示自己的身分地位。著述也多有感情色彩的褒貶，喜用強烈的形容詞，以打動人心。中國最缺乏的就是理性和探索精神，包括孔子都是述而不作，後人就只有注解的份了，文革中以毛澤東思想指導一切，不要說反對那怕是稍有異議，就會被打成反革命，比尊孔還有過之。權力就是眞理的標準，唯上唯書成了流傳至今的不二法則。現在上面提出了『實踐是檢驗眞理的標準』，雖然這對解放思想有很大的意義，但本質上還是實用主義的，是爲當下的政治服務的。文革中打派仗就是打的語錄仗，大家都拿毛主席語錄爲武器，斷章取義爲己所用。所以中國歷代歷朝的眞理標準就是『唯上，唯書和唯用』。中國人缺乏理性和探索精神，但卻不乏智慧，說中國是一個智慧的民族也不虛。如《周易》、《老子》、《孫子兵法》，還有孔子的『中庸之道』、法家的『帝王之術』等等。中醫算不上嚴格的科學，但是經驗和智慧的結晶。可惜的是中國人的智慧被制度和意識形態長期壓抑，沒有充分發揮或者用錯了地方。一旦中國人的智慧被釋放出來，一定會創造出眞正的創新成果，而不是泡沫化的奇蹟來。」

萬啓看到底下聽眾在竊竊私議，也有人起身離席。於是轉向聽眾問：「你們說，是悲傷決定哭，還是哭產生悲傷？」大家的目光又集中到臺上，馬上有人大聲回答：「當然是悲傷了哭，哪有高高興興的去哭，要麼他有精神病。」馬上也有人反駁：「高興了也會

哭，這叫喜極而泣。」引起了一陣笑聲，會場頓時活躍起來。萬啓接著說：「常識告訴我們，顯然是前者。但有一個著名心理學家斷言：是哭導致悲傷。」聽眾都露出了差異的神情，期待著下文。萬啓說：「其實兩者是互爲因果的，哭可以引起悲傷，悲傷也可以導致哭。這並不是胡說八道，也有事實根據的。心理學說，要克服不愉快情緒，有一個辦法就是對著鏡子假笑，很快就能使你高興起來，這就是行爲決定了你的情緒。」

　　萬啓低頭翻了翻講稿，說：「我們再來探討一下政治和經濟的相互作用。政治和經濟也是一對矛盾，它們也是相互作用的，它們可以相互促進，也可以相互阻礙。如果突出政治，一切以政治爲目的，那麼自然會損壞經濟，因爲政治和經濟具有相對的獨立性，有自己的規律。突出政治，就會把社會資源偏向政治，大搞政治運動，經濟活動就受到影響。同時也不可避免的會用政治手段來管理經濟，變成瞎指揮。『抓革命，促生產』只是一種主觀願望。這就是文化大革命使中國的經濟處於崩潰的邊緣的原因。而『以經濟建設爲中心』，發展成了硬道理。所以中國的經濟就迅猛起飛。但也就弱化了黨的領導和意識形態，導致社會的物質主義氾濫和腐敗。從另一方面講，也可以用政治來掩蓋糟糕的經濟，轉移人們的注意力。文革就是如此，大家沉湎於政治運動而忍受經濟上的不足。如今的改革開放，也具有用經濟的發展來淡化文革的後果，提振社會的凝聚力。只有政治和經濟的合適相處，各司其職，政經就能相得益彰。」

　　天漸漸暗了，老林開了燈，又倒了一杯杯水輕輕放到了講臺上。萬啓看了他一眼，悄悄地問：「時間不早了，該收場了吧？」

老林搖了搖頭說：「沒關係，繼續。」萬啓還是看了看錶，已到晚飯時間了。就說：「我加快結束吧，不要耽誤了大家的晚飯。」老林笑了笑走開了。萬啓對會場說：「我耽誤大家時間了，下面把內容簡述一下。相互作用不承認一元決定論，而主張共同決定論，也就是事物的存在和發展，是所有相關因素在相互作用的過程中共同決定的，這是一種合力。正如經典作家指出的那樣：歷史是這樣創造的：最終的結果總是從許多單個的意志的相互衝突中產生出來的，而其中每一個意志，又是由於許多特殊的生活條件，才成爲它所成爲的那樣。這樣就有無數個力的平行四邊形，而由此就產生出一個總的結果，即歷史事變。各個人的意志融合爲一個總的平均數，一個總的合力。相互作用又是一種動態過程，是整體的平衡被打破，又達到新的平衡的過程。這也是一個循環的過程，所謂分久必合，合久必分；三十年河東三十年河西就是如此。不存在最終的平衡，矛盾永遠存在。運動也永遠存在。好了，就講到這裡了。」萬啓喝了口水，匆匆收拾起講稿，臺下響起了一陣掌聲。

萬啓回到座位上，老蒲說：「你真敢講啊。」然後站了起來，「主講都完了，怎麼會還不結束，老金又要蘑菇了，我得走了，家裡還有不少事。」「我也走。」萬啓跟著老蒲走出會場。他們剛出了大門，聽得後面一陣喧嘩，人們湧了出來。一個年紀很輕，個子也很小的小同學快步追了上來：「老師，你講的真好。」老蒲說：「他不是老師，和你一樣，他也是學生。」

寢室裡很熱鬧，大家聚在了一起議論著，見萬啓進來，於有恆把一本厚厚的雜誌遞了過來：「是你的。」萬啓一看封面，是《中國社會科學》便說：「我沒訂它呀。」「看看裡面就知道了。」萬

337

啓翻開第一頁，在目錄裡發現自己的名字赫然在列，再一細看，原來是自己寫的對雜誌中一篇文章的意見被登了出來。「這可是中國最頂級的學術雜誌，不得了。」洗寬江讚歎道。「這不算啥，僅僅幾百字，也只是引用了恩格斯的話，我也是一時心血來潮，隨手寫了，眞的沒想到會登。」「哪怕登一個字，我這一輩子也滿足了，可惜我沒那能耐。」於有恆說。

「拿來我看看。」黎春岳從上鋪彎下身來說。萬啓把雜誌給了他。黎春岳仔細看了兩遍，把雜誌還給萬啓後說：「實際上恩格斯的話也有問題。」「你說什麼？」洗寬江瞪大了眼睛。「恩格斯一方面說，人能認識絕對眞理，只要人類能無限期地延續下去，另一方又說人類要滅亡，也就是說人類的存在不是無限的。這不是矛盾的嗎？」黎春岳沒有理會洗寬江，繼續說道。「你不要信口開河，對經典著作也評頭論足起來，這很危險的。」洗寬江警告道。但黎春岳還是振振有詞：「誰說的，我愛我師，但我更愛眞理。」洗寬江立即反駁道：「那你說的就是眞理了，也太狂妄點了吧。」

十一

國慶長假，同學們都紛紛打道回家，萬啓是回不去的，一個人仍然坐在教室裡做他的事。他特別喜歡假日，在大家離去之後，留給他一個空曠寂靜的校園，沒有了喧鬧也沒有紛擾，他喜歡這種環境，這樣他感到充分的自由和安寧。早上，他可以睡一個寶貴的懶覺，不用像平時那樣掙扎著在天沒亮之前趕到教室，為的是維持他

勤奮的形象，也避開應酬。然後從從容容地洗刷、到食堂慢慢用早餐。飯後他就以輕鬆的步伐，左顧右盼，哼哼小調，甚至引吭高歌或來一段樣板戲。走進教室，他伸展手臂做了幾個動作，把所有窗子一一打開，讓新鮮的空氣和明媚的陽光充溢整個教室。他還趴在窗臺上，俯視了一回校園。最後舒舒服服地坐了下來，開始進行他的規劃中的內容。

接近中午時分，走廊裡響起了腳步聲，由遠而近直到盡頭的教室。門一打開，周蘭露著笑臉問：「沒有休息？」一邊徑直走到了萬啓的面前。萬啓卻頭也沒抬地「嗯」了一聲，繼續看他的書。但心裡在期待著周蘭打開話題。但就像周蘭的突然出現使萬啓意外，緊接著的是她一聲不吭地轉身離去也使萬啓愕然。周蘭回到自己的位子，舉起手裡的一本書看了起來。萬啓抬頭偷偷掃了一眼，發現這是一本很舊的書，一半是捲起來的，周蘭正是握著卷起的一半在看另一半。萬啓想這肯定不是教科書，而是課外讀物。更使萬啓沮喪的是隨後發生的一幕。周蘭站了起來，回頭對萬啓說：「不吃飯去？」萬啓回答一句：「走吧。」懶洋洋地合上書，準備動身，沒想到的是周蘭立即邁開了步子自顧自地走了，絲毫沒有等待萬啓的意思。

整個下午，周蘭不再露面。萬啓感覺不妙，再也無心看書，終於熬到天黑，就匆匆回到寢室。他坐在床沿，看到桌上放著的校刊，上面有一篇對他的專訪，還有新出的學報，他的《論相互作用》被登在了首頁。萬啓卻感到一陣失落，這些往日引以爲傲的東西，如今在萬啓眼裡成了無用之物。他歎了一口氣，便仰躺在床上。過了這一天，期望第二天能見到周蘭的身影，但萬啓的希望落

空了。萬啓奉行姜太公願者上鉤的哲學，但常常魚上鉤了，又活生生地被放跑了。一想到這，萬啓的心絞痛著，感到從來沒有的六神無主。他漫無目的地走向後山，躺在松林裡，滾來滾去，最後透過樹梢，仰望著蔚藍的天空，心慢慢平靜下來。「算了，忘掉吧，該集中精力了。」萬啓自言自語道。

　　國慶一過，學校又恢復了往日的活力，教室裡自習的人也多了起來，但不再有周蘭的身影。萬啓的心也全放在了學業上，一方面備考，一方面仍不停地探索和寫作。隱隱地也把希望寄託在更多的成果上。一天，於有恆神祕地來到萬啓桌旁，低頭對萬啓說：「我發現了新大陸。」「什麼新大陸？」萬啓不解地望著於有恆肥多多的臉。「來，跟我去看看。」萬啓跟著於有恆出了教室，走過樓梯口，於有恆推開了一扇門，這是一間廢棄了的男廁所。進門的左邊是一排小便器，右邊是一間一間的大便間，最裡面有一扇窗。「把它占了怎樣？」於有恆建議道。「這是廁所哎，有什麼用？」「用板子把小便器蓋起來不就得了。」「這倒也是。但哪裡來的木板？」「哈，我早就找好了，在食堂後面有些板子，是裝修後留下的，還沒有處理，搬兩塊過來就是了。」於有恆胸有成竹地回答。「哈哈，原來你早有預謀啊。好，馬上行動。」萬啓興奮道。「不忙，現在人多，太顯眼了，等星期天，人少了搬比較好。盡量悄悄地，嘿嘿。」

　　幾天之後，一切大功告成。一排小便斗被木板蓋得嚴嚴實實，根本看不出來了，就像是一個長長的木櫃。在小便池和大便間之間的過道，也足夠擺上一張大大的舊辦公桌，這也是於有恆發現的。萬啓讓於有恆寫了兩個條幅：「黃沙百戰穿金甲，不破樓蘭誓不

還。」再配上自己的一首五言詩：「仗劍血氣在，啃書思正醉。荒郊獨俳佪，登高向大海。」萬啓又在一間大便間裡塞進了一張小桌和一把椅子，正好擺滿。人要側著身子慢慢擠進去，可以端端正正地坐好。在小桌上方，萬啓又釘了一個迷你書架，可以放上一直隨身的《馬克思恩格斯全集20卷》、《馬克思恩格斯選集》還有《列寧選集》和《哲學筆記》，黑格爾的《小邏輯》。只要萬啓一坐進去，外面的世界彷彿消失了，這裡就成了獨立王國，從而使心緒獲得一份難得的寧靜。這也是萬啓有生以來能有的，也是夢想的屬於自己的天地。學齡前萬啓和全家五口居住在僅九平方的亭子間，他的活動範圍主要是在一張五尺的大床上，常常在床上爬來爬去，和弟弟裝老虎獅子鬥來鬥去，這床也是全家睡覺的地方。再不就是坐在靠窗的圓臺上，看窗外的弄堂。後來總算換了大一點十五平方的單間。孩子都大了，萬啓也上學了，於是從床上搬到了地板上，每天打地鋪。到了初中畢業休學期間，萬啓就整天坐在靠牆的桌旁，看呀、寫呀，這也就成了他的專座。從下鄉開始，萬啓就過起了集體生活。過去，萬啓像許多青少年那樣渴望著集體的熱鬧，但在受夠了這種生活的束縛和無奈，又盼著能有自己獨立的空間。剛下鄉時，男女被安排在一所舊的農舍裡，開始女生發揚風格，主動提議睡外面的大炕，讓男生睡裡面的小間。但第一天就出了問題，因裡間的男生半夜出來小便，在經過女生時，用手電筒亂照。第二天就被分散到老鄉家。後來蓋集體戶後才有兩人一間，在水泥廠宿舍裡，也是兩人一間，由於是自由結合，萬啓與同伴還算能相處。而大學的寢室裡是上下鋪，共有八人在一起，擁擠是不言而喻的。學校有規定，九點熄燈，以及當有漢族學生在場，朝族同學必須說漢語。開始執行的不錯，後來就走樣了。一次熄燈之後，幾個朝族同

學聊天，聊得起勁，又用的是朝語。萬啓起先忍著，後來忍無可忍，就敲了敲床框暗示。有的知趣閉口了，但還有兩個不理會，繼續著。萬啓氣沖腦門，不客氣說：「熄燈了不要講話了。」寢室裡一下靜了下來。不一會，這兩人走出了寢室到教室去了。從此，萬啓把寢室僅僅作為睡覺的地方。當大家還在熟睡時，萬啓就起床離開了，再到熄燈以後回來，這樣不再與人碰面。唯一的例外是黎春岳，他會在熄燈以後，點起蠟燭繼續他的閱讀。

很快萬啓和於有恆占領的廢廁所的消息傳了出去，同學們都紛紛湧來參觀。最先來的是豪斯，還有洗寬江和章立學也來了。豪斯一進門就嚷嚷道：「你倆真能整，一個破廁所還真看不出來了。能不能給我留個位子啊？」「隨你便吧。」萬啓回答。「你就算了吧，也坐不開。」於有恆說。「我是逗逗你們的，我還真不稀罕呢，這裡有點悶，空氣不好。」豪斯一邊說著一邊東張西望的，然後指著牆上貼著的字幅：「這是於有恆寫的吧，字寫的真不錯，那天也給我寫兩張？可惜沒地方掛。這是毛主席的詩詞？」大夥笑了起來。章立學撇了撇嘴說：「你土冒了，這是唐代詩人王昌齡的詩句，對吧，老萬？」豪斯摸了摸後腦勺，臉微微發了紅，又說：「啥意思？樓蘭是個什麼玩意？」章立學解釋道：「這是寫邊塞的，與匈奴作戰，樓蘭指的就是匈奴。」萬啓糾正道：「樓蘭是古西域三十六國中一個強國，在漢和匈奴之間，所以也常常在兩邊倒來倒去。一旦它倒向匈奴了，漢武帝就發兵攻打它。」

洗寬江念道：「不破樓蘭誓不還。很有氣魄。老萬是不是考不上研究生誓不回上海啦，哈。」接著，他又念：「仗劍血氣在，哨書思正醉。荒郊獨俳佪，登高向大海。這是誰的詩來著？」「李

白？杜甫？」豪斯想扳回剛才的無知，搶著答。「你還是歇一邊去吧，這是老萬自己的。」於有恆不客氣地說。「嘿嘿，老萬也會作詩啊，佩服佩服。」豪斯打起哈哈來。這時老蒲也進來了，插話道：「這前三句是說得通的，最後一句好像對不上，這裡看不見大海呀。」「這是虛擬的，不是實景，表示的是一種願景。是吧？」章立學說道。不愧他是業餘詩人。萬啓含笑沒有吭聲。洗寬江對萬啓說：「你還得寫篇陋室銘。」這時鈴聲響了，大夥就一哄而散地奔回教室。

多天很快來了，氣溫一下就降了下來。陋室裡沒有暖氣，萬啓就買了個小電爐放在了便間的椅子下，門一關，小小的便間也能充滿暖氣。萬啓整天坐在裡面，常常也趴在桌上午睡。但有一天不小心把電爐踢翻了，引起了短路，使得整層沒了電。電工在檢修時發現了萬啓的祕密，臉色難看地撿起電爐問：「誰搞的？這不行！」萬啓一臉惶恐地站在一旁，無言以對。正在練書法的於有恆陪著笑說：「這裡沒暖氣太冷了。老萬在這裡用功是準備考研究生。你看他的書都是馬列的。」電工師傅瞟了一眼書架，臉色和緩下來：「為了學習，那就算了。」他把電爐放回原處，「不過要當心。」「多謝師傅。」「謝謝師傅。」兩人忙不迭地道著謝。事情還是傳到了系裡，全主任大為不滿，在辦公室裡來回走著，忿忿地說：「這也太放肆了，他憑什麼占那個房間，這是不允許的，還有沒有校規校紀了。」車老師說：「他也是為了用功，這間原是廁所，也虧他想得出來，不嫌臭？」「這個萬啓，自以為發了幾篇文章就抖起來了，課也不上，想幹什麼就幹什麼的，影響多不好。」「影響倒還可以，大家還是服的。78級的也有人要免修，但我跟他講，免

343

修可以但要考試，通過了才行。哈哈，把他嚇跑了。還有一個小子說，考就考，結果沒考出，只得老老實實上課去了。現在只有黎春岳是個硬疙瘩，自行其事，有點難處理。」「以後不上課一律作曠課處理。不想上就回家去，待在學校幹嘛！」全主任坐下抽起菸來，「你也告訴那個萬啓，讓他搬出來。」車老師搖了搖頭說：「他能聽？我也抹不開說呀，他們是太學生，學生中的貴族嘛，帶著原來的工資，比我的還高。年紀也大我好幾歲，又是第一批考試進來的，而我們都是工農兵學員，能好意思在他們面前擺架子？萬啓更不用說了，人家好歹在國家一級刊物上有文章，這在我們學校還是獨一無二的，連教師都及不上。再說他也是為了趕時間，很拚的，我也不忍心去傷他的心。只要沒人說三道四的，也就睜一眼閉一眼得啦。」最後車老師加了一句，「武書記走時也關照過，對萬啓要多支持，怎麼也是一個人才。」全主任和車老師的對話正好被洗寬江去繳黨費時聽到，回來說給萬啓聽，萬啓沒有說什麼。黎春岳也正好在場，聽後歎了口氣說：「系裡要趕我走了。」洗寬江說：「還是去上課吧，免得今後有麻煩。」

　　沒過幾天，黎春岳對萬啓說：「我要退學，你看呢？」「退學？怎麼突然想退學了？」「沒什麼突然，其實我想了很久了。現在是時候了，等趕你走不如我自己走。」「誰趕你了？」「你沒聽洗寬江說了？」「他說什麼了？」萬啓對此毫無印象。「那天他聽全主任和車老師的話。」「那是說得我，與你沒啥關係。」「哎，聽話都是只聽對自己關聯的，你只聽到了你的情況，而我可聽到了我的消息。」萬啓醒悟過來了：「那是全主任隨口說說的，你別當真。」「不管真不真，我早就不想待在這破地方了。」「哎，忍一

344

忍也就過去了。」「你能忍，我是忍到頭了。就像林黛玉住大觀園一樣，一年360天，都是風刀雪劍。」「你是想多了，沒那麼嚴重。即使這樣，也要能任憑風吹雨打，勝似閒庭信步。就林黛玉來說，心理上也有問題，過於多愁善感，又獨立特行，適應性差。」「不適應就換地方唄，何必折磨自己。我是林黛玉，那你是薛寶釵了，圓滑得很，但我做不到。」「隨便說說，不用爭了，也是人各有志。那退了有什麼打算？」「考研究生唄。」「這倒也是一條出路，可以同等學力報考。不過你要想清楚了，這有點破釜沉舟的味道了。」「天無絕人之路，船到橋頭自會直的。」說到這裡，黎春岳停住了，忸怩了一會說：「你能不能幫個忙？」「什麼忙？」「給我點錢，我現在沒有來源，回家路費什麼的。」「這好說，要多少？」「隨你便吧，我這兒的一個暖瓶還是來時新買的，就留給你吧。」「好吧。」萬啓從錢包裡抽出一張大團結，遞給了黎春岳。

黎春岳是悄悄地走的，送行的僅老玄和萬啓，老林當選校學生會主席後，班長就由老玄接替了。老玄用自行車駄著黎春岳的行李，一直送往車站，萬啓只送到校門口，然後點上菸抽著，默默地看他離去。同學們得知黎春岳退學的事，議論紛紛。豪斯說：「強脾氣還是強脾氣，死也不會改了。」洗寬江說：「太傻了，多少人想進來都進不來，他進來了卻要出去，真莫名其妙，這是自斷前途。」萬啓解釋道：「他是置之死地而後生，有點反潮流精神。燕雀安知鴻鵠之志，說不定將來會有大出息的。」老蒲說：「他年輕有點不知天高地厚，不要太極端，極端了會惹事的，文革中那些造反派就是太極端了，哪個有好下場。還是中庸之道為好。」「好折

騰的人，不是性格偏激，就是譁眾取寵。」不知什麼時候，老林走了過來插話道。萬啓若有所思地望著窗外，深秋的樹葉開始變黃了。

十二

萬啓把信紙扔到桌上，頹然地依靠在椅背上，好一會不知所措，連拿菸的心情都沒有。等恢復過來後，就一個勁地抽菸，整個屋子裡彌漫著嗆人的菸味。於有恆推門進來驚呼道：「要著火了，快把窗打開！」萬啓卻紋絲不動。於有恆走到窗前，打開了窗，煙霧登時向外衝了出去，屋裡明亮了起來。於有恆回身瞅了瞅萬啓問：「咋的啦？出那檔子事了？」萬啓這才開口：「今年考不成了。我姐來信說的，教育部禁止在校生直接考研。」「為的啥？」「保持學校教育秩序的穩定。」「就是嘛，大家都去考研了，誰還有心思去正常上課呀。」他看了看萬啓的臉色，忙把話收住：「但可把你坑了，不過也好慢慢來從容些。」見沒有回音，就說：「這裡菸味太重，我回教室去了。」匆匆走了出去。萬啓也起身跟了出去。走過教室門口時，聽到章立學的聲音：「哈哈，這回是瞎子白點蠟了。」

萬啓來到了後山，時而踱步，時而蹲下，腦子也在不停地轉著。他把姐姐的信又細細地看了一遍，突然在一行字上停了下來：社會上的人仍可以同等學力報考。他想，黎春岳倒是值了，可以報考了，而自己卻給卡住了。但他沒有黎春岳的牛犢子脾氣，然有曲

線的思謀。想好了，就衝下山去，給水泥廠掛了個電話。接電話的是新來的主任，姓李，與萬啓有過交往。他原是金銀子廠的副主任，與主任不和，金銀子是站在他一邊的，在工業局爲他打抱不平。萬啓也曾去他廠找新團員談話時見過李主任，當時受到了熱情的接待，還特地叫食堂炒了兩個菜，拿了一瓶酒，就在他辦公室裡請了客。萬啓對李主任說：「我想回廠，行不行？」「什麼，大學不念了？」李主任大爲驚異。「回廠後再考研究生。」「那就回吧。」萬啓並不是眞要回，而是先打個招呼，爲以後作鋪墊。萬啓去廠裡一次，開了報考研究生的介紹信，就以同等學力報了南京大學的毛澤東哲學思想專業。不久也收到了准考證，考場設在當地的中學裡。這個專業的最大不同是要考中國近代史。萬啓手頭並沒有這類書，只能憑過去的功底了，他也自信對中國的歷史還是了解頗多的，包括小時看得許多歷史小說和評書。如《說岳》、《隋唐演義》、《楊家將》、《東周列國志》等等，特別是在廠時專門細讀了范文瀾的《中國通史》和《中國近代史概要》，還做了筆記。

在考試的前一天，萬啓到收發室去寄一份稿，當他把稿件從窗口遞給校工時，一抬頭，在掛號信的廣告板上看到了周蘭的名字，再一看緊挨著的還有開崇孟的名字。這是萬啓第二次看到了這樣的情況，不由得一怔。小開也是萬啓班上的同學，漢族，高高的個子與黎春岳相仿，但臉比黎春岳白淨，不戴眼鏡，也是班裡最年輕的一批，大家叫他小開。與洗寬江比，從談吐舉止還是穿著愛好，就顯出城鄉之間的差別。他被說是北京人，隨父母來此。平時好談論，雖帶些喉音，但吐詞還是清楚的。剛來時被指定作體育委員，也被同學推崇。慢慢就因某些虛誇的言論，在一些大齡同學中頗有

微詞。他願意與萬啓接近，對考研究生也興趣濃厚，但他偏好的是法律。雖然洗寬江不加掩飾地接近周蘭，小開卻沒有什麼表現，與周蘭幾乎沒有任何表面的接觸。不過憑萬啓的敏感，總覺得有某些蛛絲馬跡可疑。就在前幾天，小開顯得鬱鬱寡歡，也對萬啓說過，他正在等一封信。這封信是不是周蘭的信？萬啓頓時在心裡翻江倒海起來，整整一夜闔不上眼。

　　天矇矇亮時，萬啓悄悄起身，刷洗完背起書包就溜出了寢室。在操場上碰見了正在跑步的郝永樸，郝永樸停下腳步，笑嘻嘻地問：「這麼早去哪？」「回工廠去一次。」「為啥這樣急？」「趕早班車，有點事。」萬啓支吾著抽身就走。在車上迷迷糊糊地到了站，又昏昏沉沉地找到考試地，時間還早連門還未開。萬啓就在牆角，靠著牆打起了盹。直到聽得有人在大聲說話，才睜開了眼，見到考生們正絡繹來到了。萬啓揉了揉眼睛，挺了挺身跟了進去。對著准考證號碼，萬啓在自己的位子上坐定。整個考試過程就像夢遊，題目不難，但要真答下來，萬啓的腦子彷彿被什麼纏住了，轉不開來，只能勉強地寫下來，連他自己都不明白他寫的是什麼。但心裡卻很清楚，這次還不如上次，沒戲。他到廠裡對高衛國說：「通知來了你幫我收好，但不要拆開，也不要對任何人說起。」高衛國現在是廠裡的統計，他拍拍萬啓的肩膀，嘻皮笑臉地說：「你還信不過咱？咱辦事，你放心。咱是你的保險櫃。哈哈。」萬啓卻沒有心情，只是說了聲：「拜託。」就匆匆離去了。

　　回到他的陋室，於有恆在練書法，在兩張拼起的課桌上揮毫，地上丟棄著寫滿了字的紙。見萬啓進來，頭也不抬地問：「回來啦，事都辦完了？」萬啓沒有回答，走過去站在一旁看著。於有恆

這才抬頭望了望萬啓：「你的臉色發灰，走了兩天就有病了？」「有點累，主要是沒睡好。」萬啓把話岔開：「你的字大有進步啊。這是給誰寫的？」「是七八級的老張，他分到了新房，要布置一下。」「你現在可以開業了。」萬啓打趣道。「我這是幫幫忙的，自己也是喜歡。」「真不錯，利人利己。可惜，我沒這兩下，不然也會有個好人緣。」兩人沉默了一會，於有恆把寫好的字放一旁，說：「你也不懶，只是有點直，容易得罪人。聽說你以前不是這樣的。」「你這麼知道的？」「噢，班裡來了兩位插班生，一位是你們老鄉，女的，還當過公社的書記，但不咋的，不好好工作，光談戀愛了，被稱作戀愛書記。還有一位就是從你原來工廠的地方，叫什麼來著，對，是明光公社吧。他也是聽水泥廠裡的人告訴他的，說你圓滑，上下左右都能逢源，和現在可判如兩人哩。他說沒錯吧？」萬啓心裡一驚，那些已塵封的記憶突然被喚醒。好一陣子，他回答道：「是嗎？也許旁觀者清，仔細想想主要還是環境變了，石墨變鑽石了。過去主要是適應環境，克己悅人。我從小就怕孤立，小學時班裡有個大王，很厲害的。他說不理誰，男生中就沒人會跟他說話，女生本來就和男生不搭界的，誰要和生女搭訕，也會受到男生圍攻的。」「什麼大王？」「就是班級裡男生會比摔跤，最後贏的就是大王，就像猴王，大王有極高的權威。小孩比較服強，強的就可以欺負弱的，都是以摔跤定強弱。你們沒有？我本來和大王關係不錯，像個小跟班似的，因我們住的近，上學都要我去等他。有一次晚了一點，沒找到他，以為他先走了，我就直奔學校，結果他後來了，就說我陰絲（陰險），他有一頂帽子，就是陰絲鬼，只要他罵你是陰絲鬼，你就要倒楣了。這樣有好一陣子沒人睬我。還有一次，是乒乓比賽，我是班隊，在二比二的比分下，我

最後出戰，我的對手曾是我的手下敗將，所以沒有在意，以爲勝券在握，結果打成1比1平，最後一局我就開兩個短球，因爲他人矮不好接。但都失誤了。同學幫我起哄，說是天黑了看不清。老師同意明天重賽。第二天，課間對手來邀戰，我風風火火地去了，結果輸了。自然被大王孤立。插隊對我的改變很大，在這種憑拳頭說話的知青群裡，也學會野了，也會亮拳了，這反而使你吃得開，當然還要講義氣。知青，除少數人，都經歷這個過程，從放縱到收斂，爲前途著想了。於是一方面安分了，另一方面也學會了拉關係。除了眞有本事，關係的好壞，尤其是與領導的關係，決定了你的命運。當然了，我也不例外。過去曾想用寫作，一舉成名，比較想靠本事吃飯，也不想因巴結領導而被大夥孤立。反而表現出抗上來贏得群眾好感。但結果是寫作一事無成，在廠裡又不受領導待見。於是開始轉變了，到處討好別人，人緣就出來了，對領導也是如此。這就是所謂的圓滑吧。後來因筆桿子的作用，受到上面重視。這是三方的平衡嘛：群眾、領導和本事的平衡。我知道，光憑本事也是不行的，除非你的本事不可或缺的，關係不好，日子也不會好過的，會受排擠的。這樣的教訓都有了。就像我們廠裡的大學生一樣，雖然化驗缺不了他，但就是不讓他入黨。」

萬啓在椅子上坐下，點了一支菸，繼續道：「不過現在又不一樣了，考研究生得憑成績，關係起不了作用。實際上也能符合自己的本性，憑本事。搞關係很無奈也很累的。」於有恆一直在默默聽著，這時插話道：「關係只要夠硬，還是有用的。哪怕成績都可以作假的。當然，一般性的關係就沒有多大用處了。」「那倒是，我沒什麼硬關係，也只能靠自己拚了，不指望誰能幫忙。在這裡圓滑

就失去意義。沒有關係，文章也照樣可以發，只要夠水準。所以整個心態就不一樣了。」「發文章照樣要關係的，沒有關係是很難的。就像張笑天為了出版他的小說，不知請了多少客，送了多少禮。」不知什麼時候，洗寬江站在了旁邊。「又來了，你能不能不提張笑天，老是把他掛在嘴邊，他是你大爺？」於有恆斜了洗寬江一眼，嗆道。萬啓不理會兩人的插話，繼續道：「說實在，圓滑並不是人的本性，而是人性的扭曲。但率性雖更能反映本性，但會不合群的。率性而為的，又往往有一定底氣的，比如有權，掌握資源，有才或有功等等。一般人要率性，早就碰得頭破血流了，即使那些有底氣的人，最後也沒好的結果的。」「你看得很透啊。」「看得透也沒用的，林彪對毛看的不謂不透，也把『克己復禮』的條幅掛起來告誡自己。在批林批孔時把克己復禮說成是要恢復周禮，太牽強了。實際意思是要循規蹈矩，也是要韜光養晦。但終究忍耐不住。衝勁猛了總會過頭的，是收不住的。也就是陷進去了就不能自拔。」「這裡是不是有個情商問題？」「對，就個人來說確是個情商問題，控制不住自己。感情或情緒常常和預想的不配合。什麼面子、脾氣、害怕、嘔氣等等都會來干擾。脾氣和情感一上來，就不顧一切了，或者像項羽有『婦人之仁』下不了手。再有氣量小，容不得不喜歡的人和事。劉邦的情商是相當高的，你看他的用人，就知道了，只要有利就大大方方地給予重任和重賞，不計較個人好惡。還有在緊急關頭，也很能顯示出情商來，情商底的人總會感情用事，或怒或懼或六神無主。又看劉邦，項羽說要把他父親烹了，一般人早就哭天喊地了，但劉邦竟泰然自如地說，真要這樣就分給他一碗，實在夠絕情的。還有在逃跑時，為了減輕馬車的負擔，又把自己的兒子推下車。這是一種理性的決斷，是最有利的做

法，『劉邦殺功臣』。」於有恆說。「殺功臣，這不只是個人的問題，而是制度性的結果，皇權專制的弊病。打天下時要用人，一旦天下打下了，就要維持皇權的獨尊，而不再是打天下時一個戰壕裡的戰友了。君臣分際是不容挑戰的。同時也害怕那些功臣造反，成了心頭之患，必欲除之而後快。再說那些功臣往往居功自傲，沒能適應新環境，同時還有不法行為，給殺功臣提供了理由。這是不可避免的社會轉型時的產物。有一個例外，那就是宋的趙匡胤，他沒有開殺戒，而是採用贖買的辦法，讓功臣解甲歸田享受富裕生活。打天下和坐天下也是需要不同的人。坐天下需要的是奴才和治世的管理人才。就像乾隆說的，奴才和人才他都需要。奴才哄他開心，人才幫他辦事。這裡有個比例，人才超過奴才就會出現盛世，反之就會有亂世。皇權不牢，必用奴才，奴才忠心。」

「你們有完沒完，開討論會那。老萬，你又可以寫篇處世哲學的論文了。」洗寬江又進來了，手裡提著一個舊鐵罐。「去、去，這裡沒你的事。」於有恆揮了揮手說。「我懶的搭理你。」洗寬江把罐子放到門邊的地上說：「老萬，我把這放這兒，待會來拿。」「這是什麼？」「油漆，小周要漆一漆她的書架，我幫她搞來了，她現在沒在教室，等她來了就給她。」說完轉身就走了。「那個小周？」萬啓問。「還有誰，周蘭唄。緊獻殷勤！像蒼蠅似的老盯著人家。」說著說著，於有恆拿起掃帚，一下就把罐打翻了，罐裡的漆流了一地。萬啓忙用報紙去擦，並若有所思地看了一眼於有恆那因生氣漲紅了的臉。萬啓正努力要把周蘭的影響清除掉，以便能安下心來，所謂眼不見為淨。現在周蘭的影響又顯現在面前了。於有恆幫萬啓清理完地板也離開了，臨走時對萬啓說：「別說是我打翻

的，就說沒看見被踢翻的。」萬啟「嗯」了一聲，沒有多說什麼。小開的信，洗寬江的漆和於有恆的掃把，混在了一起，被攪的心神不寧起來。他在室內來回踱著，不停抽菸，終於下定決心要了斷此事。他坐了下來開始寫信，是給周蘭的，把事情挑明瞭，有一個明確的結論：yes 或 no，對萬啟來說，需要的是確定，即使是 no，也可以心安了。不屬於自己的，萬啟絕不會強求，也不屑與人爭。他沒有工夫也不善於玩捉摸不定的遊戲。萬啟對愛情的理想標準是《林海雪原》中的少劍波和《野火春風鬥古城》中的楊曉冬，革命英雄主義和大男子主義的結合。

　　信是寫好了，但他猶豫了，就把信夾在了《列寧選集》中。幾天過去了，萬啟總沒有勇氣採取行動。直到有一天，郝永樸笑嘻嘻地走了進來，往萬啟的書架看了看，沒說什麼又走了。萬啟立即警覺起來，起身抽出《列寧選集》翻開一看，信還在。他取出信來，不加思索就把它燒了。又過了一會，於有恆進來了，大大方方地對萬啟說，他要查一段列寧語錄，然後就從書架上一本一本地把四卷《列寧選集》都翻了一遍，不自覺地說了一句：「哎，怎麼不見了？」馬上又改口道：「想不起來這段語錄是在那篇文章裡了，算了。」他正要闔上書本，忽然停下，盯著扉頁看了又看說：「這是你刻的？鍥不舍書章，厲害！」然後把書又一本本地放進書架。自始至終萬啟都在埋頭看書沒有說話，但心裡透亮的了。

十三

「老萬，老丁來看你了。」豪斯嚷嚷著把門推開，然後閃在一旁，顯出他身後的一個人來：矮矮的個子，黑黑的臉，很像武大郎，但要胖一些。整個形象並不討人喜歡。豪斯說：「你們聊。」轉身就走了。老丁站在門口躊躇著。喔，這就是新來的插班生，萬啓想著站了起來：「進來吧。」老丁這才走了進來，並四面打量著。萬啓拉過一張椅子來：「坐吧。」「我姓丁，來了沒幾天。」老丁伸出手來，萬啓就和他握了握手。「聽聞你的大名多時了，沒能及時拜訪，多包涵。今天願聽賜教。」萬啓忙說：「你太客氣了，快坐。」

老丁坐下說：「你發表了不少大作，我很想拜讀拜讀，能不能借我一閱。」「當然可以，不過沒什麼可看的，膚淺得很，請指正。」萬啓不由得也文縐縐起來，然後找出有自己文章的刊物和報紙，集中一起遞給老丁。老丁起身弓了弓腰，雙手接了過來說：「我看完就還給你，這就不打擾了。」他把雜誌夾在腋下，晃晃悠悠地走了。萬啓看著他把門帶上，站了好一會才坐下抽起菸來。晚上，萬啓回到寢室，室內還亮著燈，這有點反常。因為通常在萬啓回寢室時都已熄燈，他都是依靠窗外的月色，摸索著上床的。推開門，見豪斯站在寢室中間，手舞足蹈地說著什麼。大家不時發出一陣笑聲。豪斯見萬啓進來打了聲招呼：「怎麼早就回來了？」「早什麼，你看看幾點了。」豪斯抬手看看錶，吐了吐舌頭說：「忘了時間了，熄燈，睡覺。」「這麼高興，在說什麼呢？」「他在取笑

老丁。」洗寬江從上鋪伸出頭來說。「老丁是有點怪，但人不壞的。」萬啓回想起老丁白天的舉止，便這麼說。「老丁好像對你印象不錯，說你沒有架子，很謙虛。」豪斯說。「我還有架子？有什麼架子？我又不是什麼大人物。」「他說，你現在是海大的第一紅人了。」「瞎扯淡。」小開插進來說：「我看，他心理有點毛病，總是神經兮兮的。」「哎，是有點。」郝永樸也坐了起來說，「你們不知道吧，他到系裡告我去了。」「告你什麼呢？你有啥好告的。嘿，有意思。」豪斯說。「他說我挑動班裡同學搞他。」「搞他什麼呀？」「我也莫名其妙，我怎麼搞他了，他對系裡說，我背地裡說他的壞話，要同學們不理他。那天我到系裡去，新來的李書記就問我咋回事，我才知道有這麼回事，好笑不好笑。」

過了幾天，寢室又熱鬧起來，還是在議論老丁，萬啓不覺有點煩：「怎麼還沒說夠呀，人家有點怪僻而已，見怪不怪就得了，何必揪住不放，尋人家的開心。」洗寬江說：「你倒很大度，可人家不計你好呀。」「怎麼啦？」「他也把你告了！」「我？」「是的，就是你。」「我礙他什麼事了？」「他說你是郝永樸的後臺，一切都是你在幕後指揮。」萬啓掉頭問郝永樸：「我指揮你了嗎？指揮你什麼了？」郝永樸只是嘿嘿地笑，沒有回答。「真他媽的見鬼了，我犯得著嗎？」萬啓的火往上竄，脫口而出丟了一句：「有時間還不如玩玩我的小腦袋，跟他扯什麼蛋！」話音一落，室內頓時一片寂靜，大家紛紛上床，不知誰閉了燈，夜幕也籠罩了下來。

第二天中午，萬啓趴在桌上打瞌睡，有人敲門，萬啓挺直了腰，雙手揉了揉眼睛，喊：「進來吧。」進來的是老丁，神態和舉止和上一次迥然不同，大大咧咧地走到萬啓面前，隨手把一疊雜誌

和報紙扔在桌子上。「看完了，有何指教？」這回萬啓顯得恭敬起來。「沒啥新玩意，他們說你提出了什麼新觀點，眞是瞎掰，少見多怪。我咋看不出來呢。不過是把馬恩列斯毛的語錄堆積起來而已，哪有自己的東西在裡面！」「我們是以馬列爲指導思想的，不用馬列語錄就沒有權威性，難道我們能自己提出一套來？這允許嗎？現在我們做的也只能是去更準確地運用馬列，撥亂反正而已。要不你試試，搞出你的主義來？我可沒這水準，更沒這膽子和野心。」

「都在如來佛的掌心裡，哎哎。」老丁放緩了口氣，顯出無奈的神情，回身往外走去，走到門口卻又轉過身來，一手扶著門框，斜眼看著萬啓說：「別再玩你的小腦袋了，多玩要傷身的，也會出事的，不要忘了你是有前科的呀。」然後揚長而去，門也不關。萬啓像被電擊了似的，心一陣顫抖後直往下沉。經過吞雲吐霧的一下午和輾轉反側的一整夜，第二天清晨萬啓急不可耐地去找老丁。他知道老丁每天一早有往山上溜達的習慣，就早早在山上轉悠著。好一會，才見老丁的身影，慢悠悠地沿著小道往山上走來。萬啓立即迎了過去，遠遠地打起招呼來：「早啊。」老丁沒有反應，繼續埋著頭走他的路。萬啓不得不再上前幾步，直接擋在他的前面，再次打招呼：「今天天氣不錯啊。」老丁這才停下腳步仰了仰頭，看了一眼萬啓只是用鼻子哼了一聲，又要邁步，但萬啓直直的站著不動，老丁無奈地開了口：「你這是特意在等我？」「沒有，沒有，我也是每天來這裡，今天正好碰上了。」「呦，是巧遇，太巧了點吧。」「我喜歡在山上轉轉，空氣好，又安靜，特舒服。」「自然是美好的，也是友好的，不會傷人。」「太對了，我也煩人之間互

相勾心鬥角的。」「是嗎？」兩人在這點上引得了共鳴，老丁的神態緩和下來：「你是來和我說事的吧，那就說吧。」老丁瞅了瞅地面，在一個大樹樁上坐了下來。萬啓也搬過一塊石頭來坐下後遞過一支菸去。老丁沒接：「我從不碰這玩意。」萬啓縮回手，放進自己口裡，點上火吸了一口說：「少見，在這裡不抽菸的實在是鳳毛麟角，也難得。我剛下鄉時，同學都說將來逃不了要學會抽菸喝酒，那時還很不以爲然。結果還是頂不住環境的作用，隨俗了。現在是一點也離不開了。」「上癮了。」「是的。還是你有定力。」「無所謂什麼定力，是自然的，因爲我一抽菸就嗓子癢，不得不放棄。」「老天在保護你的健康呀。不過抽菸也有抽菸的作用，一方面是人際關係的潤滑劑。菸來酒往的，關係就建立起來，事也好辦些。個人來說，可以消遣，如等個車什麼的，抽上一支菸，比乾等要好多了。菸還能有鎮靜功效，緩和焦躁。」「少來，你這是在演講啊，老是像在做論文似的。我不愛聽！」「哈哈，眞的，我鑽進概念圈套裡了，像抽菸一樣成癮了。好，說點實在的。」萬啓把菸頭往地上一扔，用腳踩了踩，凝視著遠處一時沒說話。「你倒說呀，我沒空跟你耗。」老丁站了起來，拍拍屁股，擺出要走的樣子。「你到系裡說我是郝永樸的後臺，搞你？」「是的，有錯嗎？」「我爲什麼要搞你？」「我也納悶，我沒有得罪過你呀。不過郝永樸老是黏著你，他做的難道你不知道？」老丁眨了眨細小的眼睛說。「我們都是在討論哲學，他有這方面的興趣。其他我也不知道啦，他當選學生會主席時，要我挺他，就這麼回事。我現在自己都已經焦頭爛額了，哪有閒工夫去管別人的事。」「嘿嘿，難得，你總想鶴立雞群的人，今天是眞謙虛還是要蒙我？」「信不信由你，我是外強中乾了，只有挨打的份，再無回手之力了。我現在

體會到了人怕出名的道理。」「不是人人都想出名嗎？出了名多風
光呀。」「那是風光一時，結果把自己放在爐子上烤了，不能退只
能進，多大的壓力。再說也是被聚光燈照著了，一舉一動都有人盯
住哦，稍有差錯，就夠你風光的了。好的時候，大家認識你，跟你
打招呼，不好的時候，就給你白眼，甚至在你面前吐口水。」萬啓
的矜持消失的一乾二淨，也把壓抑的情緒吐了出來。老丁心有所觸
動，低下頭不知覺地歎了口，然後幽幽地說：「人人都有一本難念
的經。」萬啓指著不遠處的松林繼續道：「我真想躲進那片林子
裡，與世隔絕，一個人安安靜靜地看我的書，寫我的東西，就像馬
克思在大英博物館那樣。馬克思是大隱隱於市，我是小隱隱於林。
哈哈哈」說到這裡，萬啓情不自禁地笑了起來。

　　老丁似乎受到感染，不再一副玩世不恭的神態：「你真信老馬
那一套？」「以後不好說，目前是。實際上我敬仰他的人格，那種
自我犧牲般的對真理的探索。我是在中學時看了梅林寫的《馬克思
傳》，那時對他深奧的理論既不懂也沒多大興趣，但看到他說，為
了他的書，他犧牲了健康、家庭和幸福，特別是他就坐在書桌旁離
世，這種殉道者的精神刻在了心裡。那時是世界觀形成時期，又逢
我病休後尋求激勵的心理狀態，所以特別有感受。」「看來你還有
激情，我可洩氣光了。什麼主義、理想、國家、社會，都去他媽的
了。我只是苟活。我也有過你一樣的激情，但被現實徹底澆滅
了。」「何必那麼悲觀，說不定會有轉機的。人人都會遇到挫折，
這是磨練。我在受不了的時候，就會大聲念孟子的話：天之將降大
任於斯人也，必苦其心志，勞其筋骨，餓其體膚，行拂亂其所為，
所動心忍性，增益其所不能。」「你也太小看人了。你以為我是庸

碌之輩，現在是，但過去我也是很狂的，雖然沒有像你攀到老馬的高枝上。好了，不提它了，都已落花流水去了，沒意思了。」「說來聽聽嘛，你看我都揭了自家蓋子，你卻捂著，不夠意思吧。」「我不在乎什麼意思不意思的。」萬啓默然了，只是抬頭望著遠處的山巒。太陽已高高掛起，風輕輕吹來，樹葉開始發黃了，忽然傳來不知名的鳥叫聲，雖不婉轉卻也動聽。萬啓扭著脖子四處尋找鳥叫的出處。老丁看了看萬啓，猶豫了一下，揀起一塊小石頭，朝樹頭扔去。倏的一下鳥飛走了。「叫得挺好聽的。」「鬧心。」又是一陣沉默。

萬啓坐不住了，挪了挪有點麻木的腿，抬了抬屁股，想起身，但看看老丁卻端坐不動，就又坐下了。「我就跟你說，你不要和別人說。」老丁終於開口了。「我跟誰說去。我不上課，一早離寢室，他們還在呼呼大睡呢，晚上我也要等到熄燈了才回去。說話的機會都沒有。」「我原來在廣東一個小鎮的中學當教師。」「從廣東跑這裡，比我們從上海來還遠一大段路呢。」「我就是要越遠越好。」老丁用樹枝在地上漫無目的地劃著，萬啓也不再插話，靜靜地聽著。「我當時也是鎮上的有頭有臉的人。老鎮長對我很好，挺看重我的。他的講稿都是我寫的，幾乎所有的大批判文章也是我動的筆。我還有畫畫的本事，不但在鎮上，就是在縣裡也是數得著的。有什麼大型的宣傳和文化活動，都要我去幫忙。我教的學生還得過全省語文比賽的二等獎。本來老鎮長有意提拔我當校長，但我沒有黨票，就擱下了。老鎮長後來調走了，新鎮長是個不學無術又自以為是的傢伙。很快我們就掰了，有一次我當眾頂了他，使他下不來臺。從此就處處給我小鞋穿。他又把自己的小舅子弄來當校

長，只有小學程度，土包子一個，卻仗勢顯擺，我能服嗎。他們倆就給我使陰招了。」說到這裡老丁停住了。萬啟注意到他的嘴唇在微微顫抖。好一陣子，他才接著說：「他們搗鼓學生揭發我強姦。鎮派出所還把我關了起來。後來送到縣裡。我死不承認，也有同情我的幫我說話，最後由教育局和公安聯合派出調查組去調查，因當事人也不鬆口，他們就以證據不足結案。人是放出來了，但事並沒有完，他們要按我一個生活作風問題，開除我。幸好我的高考通知下來了，被當地的師範學院錄取了。他們不甘心，又整我黑材料，送到學校去。學校沒有理會。他們毀我前程不著，就要壞我名譽。到處散布這些。我實在無法待下去了，就想盡辦法轉了過來。不過，我也成了《狂人日記》的狂人了，總沒有安全感，總擔心別人的算計。」

　　突然老丁從兜裡掏出皮夾，取一張照片說：「看看，以前我的形象。」萬啟接過一看，不由得驚歎：「哇，這是你嗎？很登樣的，要不是你說，真難相信照片上的人和現在的你，是同一個人。」老丁立刻從拿出照片時的自得轉為沮喪：「自那以後，我徹底垮了，只有吃、吃，睡、才能解脫一些，很快人就走樣了。就這樣了，無力自拔。」「既然，事情解決了，何不振作重新開始。」「這也是看人挑擔不吃力，談何容易。心理的創傷是很難平復的，不是你想的那麼簡單。或許，」老丁頓了頓，意味深長地說：「你就要體會到了，那時，我們就會同病相憐了。」說罷他站了起來，把樹枝一扔說：「今天是中秋，我要趕回去過節。」「你成家了？」「你看我像有家的樣嗎？我有一個遠親，一個孤老太，我得陪陪她，一個人怪冷清的。」萬啟目送他像鴨子般搖下山去，坐著

久久沒動。

　　中秋是當地的大節，甚至超過了春節，學校也放了假，熱鬧的校園一下寂靜了下來。在食堂萬啓遇到了於有恆，驚奇地問：「你沒回家？」於有恆揚了揚手裡的一瓶葡萄酒說：「咱們喝酒慶祝一下。」「慶祝什麼？」於有恆詭異地一笑：「慶中秋唄。」於是萬啓打了菜，兩人回到了寢室，把小桌子放到了中間，萬啓和於有恆分別坐了兩邊的床沿。於有恆在杯子斟滿了酒，然後舉了起來：「乾了。不過我就一杯的量，其餘你全包了，我了解你的酒量，上次在太陽島看你和豪斯拚的夠邪乎的。」說完就一口氣把酒喝乾。萬啓則一邊喝著一邊吃著菜，也不說話。於有恆吃了一筷子菜後滔滔不絕地說開了：「人說愛美之心，人皆有之，一點不假。還有什麼英雄難過美女關。這都是人性，很難抗拒。我有一個表哥，研究生，竟被他的師母迷上了。」「師母？」「就是他導師的老婆。導師夫妻兩是標準的老夫少妻，一個快六十了，一個才四十來歲。他師母長的真不錯，高高的個子有身材。我表哥也是一表人才，還是學生會的副主席。實際上，他師母想把自己的女兒撮合給我表哥。那時剛興起跳舞，他師母就常帶著女兒去參加學生會舉辦的舞會。而我表哥是舞會的組織者，所以每次必到。但我表哥並不會跳，他師母就當起了教練，手把手地教。這樣她兒女反而只有在旁看的分了。導火線……」說到這，於有恆拿起酒瓶給萬啓倒上，自己也倒了一點，喝了一口道：「我再喝點。兩人正跳著，突然停電了，飯廳一片黑暗，人們擠成一堆，是有人推的還是她自己故意的，師母一下子就倒在了我表哥身上了。這都是我表哥跟我講的。兩人都沒動互相緊靠著，直到燈亮了，他師母觸電似分開了，我表哥說當時

他完全懵了，心跳的厲害，站著卻不知所措。師母卻像沒事一樣叫
女兒和我表哥跳，但我表哥已魂不守舍了。散會了，不像以往母女
倆先走，一直等我表哥收拾完會場後一起走。路上我表哥推著自行
車在中間，走著走著，只要走到燈光暗的地方，他師母就會緊挨過
來，甚至把胸貼在了我表哥身上。還喋喋不休地說個沒完。」於有
恆的臉漲得通紅，眼睛也迷了起來：「後面就不用說了，結果事情
壞了，他師母和導師離了婚，我表哥也受處分，差一點被開除。」
於有恆喝了口酒，「我今天肯定喝多了。」說著湊了過來神祕兮兮
地問：「你有沒有什麼故事，也講來聽聽。」「我有啥故事。」
「哎。」於有恆一下倒到床上，喃喃地說：「一失足，千古恨那。
誰說過來著，一旦名譽毀了，就失去了一切了。是吧？老、老萬，
嗯……」接下來就沒有聲音了。萬啟卻顯出了不易察覺微笑，心裡
在說：「多膚淺的名言，名譽，什麼樣的名譽？而所謂的一切都是
身外物，唯有思想和對真理的追求才是自我的真正價值。有這不衰
的信念，人是不會在乎失去所謂的一切。」他想起了馬克思，還有
陳景潤、和在牢中用心寫作的孫冶方。儘管如此，但面對眼前的處
境，萬啟還是感到憂懼和壓抑。

　　萬啟收拾起碗筷，擦了擦桌子，也想躺下，聽到了敲門聲。來
的是萬啟新認識的老鄉，姓舒，數學系的，矮小的個子，一張瘦削
而又白淨的臉，一進門就說：「好心情，喝起酒來了。」「哪有什
麼好心情，簡直糟透了。」「那就是喝酒解愁了。」「我是陪著喝
的」「喔，還有一個醉倒了，你們喝了多少？」「就一瓶葡萄
酒。」「一瓶葡萄酒就把你倆打倒了？」「我還好。」「他不會喝
酒還喝。」「說是要慶祝慶祝，我可一點心情也沒有。」「可能他

有喜事了？」「也許是幸災樂禍。不說他了，坐吧。」小舒坐在萬啓旁邊問：「今年還考嗎？」「現在是箭在弦上，不得不發了。」「還是復旦？」「還未定。」「你也正是，一股道走到黑，換換學校不好嗎？管他什麼，能考上就萬事大吉了，找個好考的，年紀不饒人呀。」「總有點心不甘。」「我不說你不自量力，但輕敵是肯定的。以爲那次50天突擊成績不錯，就以爲有底氣了。實際上，那次有很大的偶然性，再考就不一定那麼運氣了。再說到了一定水準，再提高就難多了，或許就是極限了。還是要靠底子，不要期待用天數來突擊能做到的，你受只爭朝夕的害了，總想急功近利，搞個人的大躍進。我說了你會不高興，但旁觀者會看得清一點。」

萬啓對這些過激言論並沒有多大反應，只是淡淡回答：「你說的不錯。我現在感到力難從心了，有一種在掙扎的感覺。煩心事太多……」「被周蘭弄的？」「咳，眞是個陷阱，一踏進去就身不由己了，要退都退不成。就想離得遠遠的，眼不見爲淨，聽不到心安。而且把人的關係也搞緊張了。」「有人也想插一手？」「還不少，眼前就有一位。」「他？嗤！」小舒撇了撇嘴，「所以有人說，在學校成功的可能性不大，因爲大家擠一堆，都互相盯著，很難。」「是那樣，缺少私人活動的空間。」這時於有恆翻了個身，小舒把手指放在嘴邊，輕輕噓了一聲，然後起身說：「走了，當心身體。」

十四

　　有人通知萬啓，要他到系裡去一次，在上樓時聽到有人在後面叫他，回頭看是同班的金德喜，典型的文弱書生，瘦小、白淨、文質彬彬。他滿臉笑容地緊跟上來，與老萬並肩往樓上走。這使在陰影中受困的萬啓感到一種溫暖，也有點意外，因爲他和金德喜過去並沒有多大接觸，而且兩人的性格也是截然不同，萬啓大大咧咧，金德喜循規蹈矩。實際上，金德喜與其他同學也沒多大關係，因爲是走讀，一上完課就不見人影。他也可算是幹部子弟，爸曾是州文教委書記。雖然他的成績不錯，但並沒有給班級留下什麼影響。課間看到的他僅和前排的一位年紀偏大的普通女同學關係密切。寢室裡還引起過爭議，兩人是否有那麼點意思。但普遍的看法是不太配。在分校時，萬啓倒是經常和他打照面，但僅限於禮貌性的招呼，而且萬啓隱隱感到他的不悅情緒。原因是與他同室的老宣，班裡的老二，一個比萬啓更大大咧咧的人。身材比一般的朝族顯魁梧，是打排球的好手，彈跳高扣球猛，一捶下去對方無人能擋。據說文革時是海蘭響噹噹的造反派頭頭之一，在當地很有人脈。但對學習似乎不太有興趣，是班裡最不認眞的人，甚至是班裡唯一有不及格的人。他和金德喜住一個房間眞有點絕配，絕緣配。萬啓每次去從不見兩人有任何交集，猶如街人。萬啓去，是因爲老宣的邀請去下圍棋。頭兩次金德喜還與萬啓打招呼，後來，一見萬啓來就轉身就走。圍棋是很耗時的，兩個人可以從下午一直下到天黑，這對金德喜是不小的干擾。但老宣毫不在乎別人的感覺，包括萬啓。萬啓雖然愛下棋，但這樣無節制的下法也有不適，畢竟不能耽誤了學

習，況且萬啓還要備考。後來還是老蒲自動出來干預，他的方法是，每當老宣遠遠走來，老蒲就趕忙叫萬啓躲起來，然後對老宣說：「老萬不在。」「去哪兒了？」「不清楚。」老宣只得悻悻而歸。不過老蒲也有點自作主張，也不問萬啓的意願，有時萬啓是樂意去下棋的。在這方面，萬啓是任人擺布的。

老宣的這種性格在家也是如此。老宣是班裡唯一邀請萬啓到他家去的同學，當然是去下棋。棋一下就沒完，媳婦下班回來了，老宣竟不吱一聲，仍埋頭下他的棋。還是他媳婦笑著和萬啓打了招呼，接著張羅著晚飯，然後招呼兩人上桌。飯菜很簡單，稀飯加油條，東北人叫餜子，這應算是不錯的了。老宣遞給萬啓一只小凳，讓萬啓坐在上面。他媳婦說：「看你高高在上的。」萬啓忙說：「那我也和你們一樣。」就要撤凳，老宣媳婦笑了說：「我是和你開玩笑的，你坐你的。」自始至終，老宣只是自顧自的吃。完了，又擺上棋子下了起來。老宣媳婦收拾完了碗筷，見他們沒有停下的意思，臉色突變，虎著臉，拿起笤帚劈里啪啦地掃起炕來。萬啓不安地看看老宣，老宣卻毫不理會。最後老宣媳婦自個兒在炕的一頭，攤鋪和衣而睡了。這時萬啓不得不說：「太晚了，我得走了。」老宣看看鐘說：「留下吧，要不你就睡這兒。」「我還是回去吧。」老宣也沒有留，起身送萬啓到門口：「你認得路吧？」「認得。」萬啓說著，不一會就消失在夜幕中。

金德喜問萬啓：「你還報復旦？」萬啓答：「還沒最後定。」「我報名崔老師的研究生了。」「崔老師也帶研究生了？」萬啓有點意外。「是的，日本哲學。」「那你一定很有把握了。」「不一定，首先日語要過關。」走到二樓，萬啓問：「你也到系裡去？」

「沒有。我去外語教研室，想借幾本日語書，不知有沒有。」「學校有開日語課的嗎？」「現在沒有，以前有開過。你去系裡，那我上去了。」金德喜說著就朝樓上去了。萬啓望著金德喜的背影，站了一會後右拐走向系辦公室。辦公室的門開著，但裡面沒有人。萬啓待了會，轉身要離開，系祕書走了進來：「小萬來了。」「是你找我？」「上面有指標，上海知青符合條件的可以回上海。我想你一心要回上海，所以叫你來填個表報上去，成不成也是個機會嘛。」萬啓說：「我那有一心回上海呀。」「你不是老要考復旦，不是想回上海？」萬啓無語。祕書拉開抽屜，從中取出一張表格放在桌上說：「你就在這兒填吧。我還要去開會。填完了就放桌上。」說完匆匆離去。萬啓就坐下，根據表上的要求，一項項地填著。忽然頭上傳來了一個渾厚的聲音：「幹嘛呢？」萬啓抬頭看，是武書記。「武書記。」萬啓應了一聲要起身，武書記說：「坐著忙你的吧。」探頭看了看錶，加重語氣說：「別回去了，扎根吧！扎根吧！」萬啓窘窘的，不知如何回答。恰好有人來找武書記，把他拉到走廊裡去說話。萬啓急忙把表填完抽身就走。在樓梯口又碰到了祕書，萬啓說：「我填完了，在你桌上。」「好。」萬啓剛走下樓梯，又被祕書叫住了：「我忘了一件事，你是小金的介紹人是吧，現在有需要外調，你就和我一起去吧。你和小金還是一個縣，比較熟悉路。明天早上六點在校門口碰頭，趕頭班車。」

第二天一早，萬啓在刷牙，聽見走廊裡傳來腳步聲，萬啓轉頭看了看，是郝永樸。郝永樸對萬啓揚了揚手說：「我和李老師去了，不用勞駕你了。」萬啓一怔，僵立著看郝永樸走下樓梯，嘴裡的牙膏淌了下來，滴在了胸前，萬啓的敏感神經又緊繃了起來。整

個上午，萬啓都無法集中腦力，吃過午飯，走出街上的小飯館，（萬啓常常在校外用餐，為的是避開校內的人群。）沿著大街毫無目的地一路走去。現在萬啓越來越害怕起熟人來，而越陌生的地方越感到安全。就這麼一直走到了街的盡頭。眼前出現了一片農田，這使萬啓的心情為之一鬆，寬暢了許多。他走上田埂，在田裡繞了一圈，伸開手臂貪婪地呼吸著自由的空氣。於是萬啓又有了新的去處，第二天，他又如法炮製，回來時腳步也輕快多了。萬啓想睡一會，他每天早出晚歸需要補眠，所以常常在上課的時候回寢室，一般這時寢室沒人。但今天老聽到裡面有人在說話，聲音還挺大。萬啓不由得站住了，側耳細聽，裡面的人說：「是我叫李老師去黃芪溝了，要弄清楚老丁的話是不是真的。隊裡還剩一個上海知青，姓熊，他說老萬是和隊裡一個阿志瑪妮有點關係。」聲音好像是小郝的，萬啓就推開門進去了，只聽到有人驚呼：「他來了！」豪斯坐在他的小桌後，郝永樸則站他旁邊，是他們兩人在說著話。萬啓看了他倆一眼，默默走到自己的床邊坐下。郝永樸沒有出聲，只是露出了很怪異的笑容。豪斯開口問：「這兩天沒見你人影，跑哪去了？」「就外面走走。」萬啓走到自己的床上坐下後，望著窗外發呆。

靜默了一陣後，郝永樸說：「這有一個大耗子，給我逮到了。還有耗子藥呢，但沒有使用，怕人自殺。」「是嗎？」豪斯故作驚奇。接著兩人嗤嗤笑了起來。萬啓回過頭來也好奇地問：「我們寢室有耗子？怎麼我沒見過？耗子藥呢？放哪裡了？不要亂放，要出事的。」說完萬啓還低下頭來往床底下四處查看。「瞎扯淡了。好好的寢室會有耗子？我得問問其他人，他們看到了沒有？還有小

郝，你抓到的那隻耗子呢？」這一連串的疑問，使寢室裡飄起了淡淡的火藥味來。郝永樸連忙說：「開個玩笑，開個玩笑而已。好了，我得去教室了。」郝永樸一走，萬啓扔給豪斯一支菸：「有沒有火？」豪斯接過菸看了下：「人參菸那，你哪兒買的？」「在百貨大樓。」豪斯取出打火機，為萬啓點著了，自己也點著深深吸了一口說：「好像是有點人參味。」接著憤憤地說：「都是他媽那個老丁，本來挺好，他一來把班級攪的像啥樣了。」這時老蒲進來了對萬啓說：「你原來在這兒，我去你的學習房，你不在，於有恆在那練字，他說有可能你回寢室了，果真在這。」萬啓遞給老蒲一支人參菸，老蒲看也不看就把他架在耳朵上了。豪斯在旁提醒道：「這是人參菸。」老蒲並不理會，繼續對萬啓說：「老林讓我通知你，明天開支部大會討論彬諧的入黨問題，你是他的介紹人，還是由你在會上作介紹。咋能隨便就換人，這不帶勁。」

　　老蒲和豪斯都走了，萬啓獨自站在窗前沉思著。起風了，窗外樹葉紛紛揚揚地亂飛，天也陰沉下來，似要下雪。不知什麼時候，郝永樸回到寢室，站在了萬啓的旁邊，突然說：「老萬現在心上有把刀。」萬啓仍然一動不動地站著，凝視著窗外。郝永樸又自言自語地說：「冬天要來了，讓暴風雪快點來吧，凍死蒼蠅未作奇啊。」萬啓終於開口了：「冬天來了，春天還會遠嗎？」「不過冬天是很難熬的。」「難熬是難熬，但也得熬，但可動心忍性的。」「你們在說啥，像打啞謎似的。」洗寬江推門進來說到：「馬上要開個班會，都要參加，老萬也參加吧。」「開什麼班會？」郝永樸問。「我也不知道，突然通知的。」「那就走吧，老萬？」萬啓默默地隨他倆從宿舍樓去了教學樓，走進了教室。教室裡人還不多，

稀稀拉拉的，有看書，也有閒聊的。萬啟從報架上取下一份報紙，就近在靠牆的第一排桌子坐下，只管低頭看報，就像鴕鳥埋進沙堆一樣。不一會聽到桌椅聲響，他也不理會。這時從他頭上傳來一個厚厚的聲音：「有什麼新聞，看的這麼認真？」萬啟不得不抬頭了。原來是老宣半個屁股坐在桌子上笑嘻嘻地看著萬啟。離開分校後，除了那次到他家下過一回棋外，和老宣幾乎就沒有接觸了。「沒啥大新聞，我是好多天沒看報了。」這時郝永樸和於有恆也湊了過來。「是不是報上又有緋聞出來了？哎，一搞男女關係名聲就臭了。」郝永樸說。章立學也嘻嘻地說：「就像焦大說的，大觀園裡只有那對石獅子是乾淨的。」老宣扭動了一下身子，桌子發出一陣吱吱格格的聲響，滿不在乎地說：「沒結過婚的沒啥關係。」

「大家都坐好了，開會了。」副班長洪雪莉大聲喊道，於是大家都回到自己的座位上去了，萬啟則自始至終在看報，對教室裡的一切充耳不聞。

十五

畢業分配方案確定了，作為師範性質的大學，大部分同學都被分配到了當地中學，又作為政治系的，一些同學被分配到黨政機關，如耿創宇去州政府，洗寬江到州團委。老大哥們則全部留校，只有兩人遠走，恰恰是萬啟和周蘭，萬啟是吉林的水電學院，周蘭是長春師範學院。萬啟曾試探性地問：「我能不能也去長春。」負責分配的李老師笑著說：「小周的名額是自己弄來的。」接著他又

安慰說：「以後你可找方老師讓他把你調過去，他也是我們海蘭的人，現在長春社科院。」萬啓沒說什麼。

畢業晚會開始了，先由武書記致詞，無非是一些場面話，好在他不多囉嗦。接著是同學代表發言，這由洪雪莉擔綱，表示了對領導和老師的感謝，以及對同學的期望，大家都是知根知底的，所以也不必多說，她也看到了豪斯讓她快結束的手勢。然後是自由發言，郝永樸打頭陣，他的發言長了些，但比較具體。特別是他提到了萬啓和於有恆：「在這三年多來，給我印象最深的是老萬和於有恆。老萬的刻苦精神都是有目共睹的，不用說了。現在都什麼時候了，大家的心思早就不在學習上了。只有老萬仍如以往那樣孜孜不倦，他在讀《小邏輯》。還有於有恆，他的樂於助人精神也是無人能及的。只要誰有要求，他都有求必應。他爲同學，不論是本班的，還是其他班的寫了多少字幅，數都數不清了。」這時小舒悄悄走到萬啓身後，拍了怕他的肩膀，等萬啓回頭後就朝外指了指。萬啓會意，兩人弓著腰走出教室。小舒問：「分哪了？」「吉林電力學院。」「在吉林市內？」「聽說是。」「也行，中等城市，高校，只是工科學校，你學政治的不太對口。」「馬列教研室。」「哎，沒人要聽的課。也只能這樣了。那考研究生的結果呢？」「又沒戲了。」「哪能搞的？」「倒楣透了。不說了。」「說來聽聽吧，不是很有把握的嗎？」萬啓低頭不語。「走，到外面去，好好說說。」

萬啓跟著小舒出了教學樓，在操場一邊的一張凳子上坐下。萬啓摸出菸來點上，深深吐了一口，說：「本來是很有把握的，我姐來信說今年復旦哲學系的畢業生品質不如去年，有機會爭一爭的。

我姐的鄰居正好是哲學系黨總支的副書記，與姐夫關係不錯，我姐夫曾幫他修過電視。他甚至說幫我打聽考題。」「這也太邪乎了吧。」「是啊，後來說出題的被隔離起來了，探不到消息。」「我倒不在乎他能不能偷題，本來就不可能。他竟會這樣說，也是怪事。後來我想了解考原著包不包括列寧的《哲學筆記》，一般是不考的，不知復旦怎樣。他做出了肯定的回答。這樣我就沒有準備。結果考題下來，就像當頭挨了一棍，心徹底涼了。」萬啟又點上一支菸，小舒說：「有這一道題？」「有這道題也就罷了，總共才兩道題，這是其中一道。以前從沒碰到只有兩道題的。兩道題，一道就丟了半壁江山，你還考什麼？」「真是一劍封喉啊。這麼巧，我疑心你中了圈套。」「圈套也罷，運氣也罷，還是實力不夠，只能認了。」「那以後怎麼打算？」「聽說半年以後還有一次，再考了。」「真佩服你的一股道走到黑。」「時間間隔短的話，對複習有利些。」

等萬啟回到教室時，發言已經結束，有人在唱歌。萬啟剛坐回自己的位子，於有恆喊：「該老萬了，老萬唱一個。」「好！」章立學鼓掌呼應。萬啟猶猶豫豫地站了起來說：「我不會唱。」「隨便來一個吧。」洗寬江說。萬啟想了想說：「我還是背誦一首李白的詩吧。」沒等別人反應，萬啟就朗誦開了：「金樽清酒斗十千，玉盤珍饈值萬錢。停杯投箸不能食，拔劍四顧心茫然。欲渡黃河冰塞川，將登太行雪滿山。閒來垂釣碧溪上，忽復乘舟夢日邊。行路難，行路難，多歧路，今安在。乘風破浪會有時，直掛雲帆濟滄海。」靜默了一會，章立學喊：「好詩。但唱還是要唱。別人都唱了，你不能特殊。」「對，唱！唱！」於有恆也手舞足蹈地說。萬

啓無奈地說：「唱什麼呢？」「就唱《學習雷鋒好榜樣》，會唱吧。」「好吧。」萬啓眼望著窗外，唱了起來：「學習雷鋒好榜樣，忠於人民忠於黨。願作革命的螺絲釘，立場堅定鬥志昂。立場堅定鬥志昂。」這曾是家喻戶曉，到處傳唱的歌，所以沒有難度。一唱完，章立學和於有恆都嬉笑顏開地鼓起掌來。坐在不遠的金德喜嘀咕了一句：「還真唱了。」

　　這時耿創宇站了起來說：「我唱一首《送戰友》。」他調整了一下姿勢，就放開了歌喉：「送戰友，踏征程，默默無語兩眼淚，耳邊想起駝鈴聲……戰友啊，戰友，親愛的兄弟，當心夜半北風寒，一路多保重……」渾厚深情的歌聲蕩漾在萬啓的心頭，但面上仍然一副木然的神情。耿創宇拉的一手好二胡，是個文藝愛好者。他也是知青，卻和萬啓的體驗很是不同。在剛進校不久，在寢室裡曾爆發了一場關於集體戶的爭論。耿創宇根據他所在的集體戶情況，堅持集體戶是可以辦好的，豪斯認為集體戶根本就沒有辦好的基礎，能辦好的是極少數，不具普遍性。萬啓是堅定站在豪斯一邊的。老蒲雖然持中立立場，但或多或少偏向豪斯和萬啓。洗寬江沒有參戰，但在偶爾的插話中更偏向耿創宇。結果，誰也沒有說服誰，最後的火藥味，破壞了情緒，從此在寢室很少看到耿創宇的身影。這是一個較正經保守的人。萬啓和耿創宇也不怎麼對路，所以也很少接觸。一次偶然的機會，使得兩人接近起來。在一次黨史輔助課的考試中，萬啓雖然沒有聽課，但78級前一學期就考過了，所以萬啓就從78級學生中借來筆記，用半天時間猛背下來。考試時，萬啓一口氣答完交卷，僅用了20分鐘。等萬啓出了教室在外面遇到了姍姍來遲的耿創宇。萬啓就把題目告訴了他。耿創宇就根據題目

迅速補習了一下。後來如何，萬啓也不得而知。在去中學實習時，耿創宇是萬啓一組的，他特地邀請萬啓到他帶的班級講學習方法。僅此而已，兩人並不親密。而此時唱這樣的歌是否有什麼歌外之意，就只有耿創宇知道了。

耿創宇的歌聲還未完全收音，老蒲就迫不及待地說：「太傷感了，我來唱個歡樂的吧。」老蒲起身站好，微笑了一下就唱道：「人們說你就要離開村莊，我們將懷念你的微笑。你的眼睛比太陽更明亮，照耀在我們心上。走過來坐在我的身旁，不要離別的這樣匆忙，要記住紅河谷你的故鄉，還有熱愛你的姑娘。呃，呃，就唱到這裡爲止吧。」老蒲揮了揮手說。但大家都沒有反應過來。老蒲剛坐下，洪雪莉馬上接了過來：「我也唱老蒲唱的這首。」但她把歌唱完整了：「……你可會想到你的故鄉，多麼寂寞多麼淒涼。想一想你走後我的痛苦，想一想留給我的悲傷。」洪雪莉個子特別的矮，但微胖而勻稱。一張圓圓白嫩的臉，彎彎像月亮的眼睛，似乎總帶著微笑，加上兩個小酒窩，顯得很可愛。不過她已經不小了，在女生中是老大姐級的了。萬啓第一次見她是在分校的寢室裡，萬啓的到來，引起了大家的歡迎，其他寢室的男生紛紛過來了，把寢室擠得滿滿的。但洪雪莉卻視如無睹，正專心地和耿創宇在討論文藝表演的事，耿創宇手裡拿著一把二胡。萬啓特地留意了一下，自始至終睹沒見他倆旁顧左右一下。第一學期考試結束了，大家等著開班會。萬啓獨自坐在最後一排，第一排前圍著不少同學在議論著。洪雪莉走了進來，對這些人說：「我班英語考90以上的有四個，老蒲一個，還有老……」她停下了朝萬啓瞟了一眼，就不說了。萬啓卻知道自己英語的成績了。班會結束，就開始放假了，萬

啓早已身著行裝，便可直奔車站。洪雪莉卻走到了萬啓面前，遞過一個書包說：「給你用吧。」一邊幫萬啓把書本裝進書包。又說：「到上海後看看有沒有深海魚油，替我買兩瓶。」老宣在旁邊偷偷笑，說道：「好關心哦。」但事情沒有辦成，回來後萬啓只是還了書包沒提魚油。沒有幾天，洪雪莉沒來上課，有人說她病了。一個星期後，她來了，帶著大口罩。原來她得了邪風病，嘴歪了，這對一個還未出嫁的姑娘，該是多大的打擊。用她自己的話來說，她已經豁出去了。後來好了，不仔細看是看不出什麼痕跡來的，她也恢復了過去的活潑。在運動會時，萬啓參加了籃球賽，中場休息和終場時，洪雪莉打來洗臉水給萬啓洗。萬啓組織哲學課外小組時，她來要求參加，但萬啓告訴她，爲了迎考自己不管這事了，讓她去找郝永樸。此後就沒有任何接觸。

「這不是比耿創宇唱的更難過嗎，今天都怎麼啦？高興的日子，給你們唱衰了，眞的。」老林搖了搖頭說。豪斯更是大聲嚷道：「別唱了，喝酒去、喝酒去！」沒等班長宣布，大家就蜂擁而出，直奔金德喜家。今天金德喜結婚，於是喜宴和畢業聚餐合二爲一了。李老師對萬啓說：「你就別去了吧。」萬啓明白老師的意思，是想和自己喝一杯，或許要說些什麼。就說：「好的。」正好女同學徐月明走過，萬啓就對她說：「你跟金德喜說一聲，我有事不能去了。」「那是不行的。」萬啓望了望李老師，李老師就說：「那就去吧。」接著又說：「你等一會走。」徐明月先走了，直到她走出樓，李老師從窗口望著她的背影說：「她還沒有結婚，著急了。」然後對萬啓說：「你可以走了。」

金德喜家早已坐滿了人，正要開席。萬啓進門後低頭脫鞋，準

備上炕，豪斯見了又嚷了起來：「老萬，過來，坐這兒。咱們來一次最後的戰鬥。」旁邊的老蒲拉了萬啓一把：「別理他，喝多了不好看，這是在人家家裡。」萬啓點點頭，對豪斯擺擺手，就擠倒隔壁一桌金彬諧旁邊。豪斯很失望，嘟嚷了一句：「熊了。」同學們開始互相敬酒，萬啓感到意外的是，老丁走了過來，舉了舉酒杯，對萬啓說：「恕我多言，給你添了麻煩，平時我不喝酒，今天這一杯酒表示我的歉意，」說完把酒杯放到嘴邊，小心翼翼地一口一口地啜，啜完後把酒杯一亮，一面咳著，一面說：「這是我的誠意，你如也有，就把你那杯也乾了。」萬啓看著老丁黑裡泛紅的臉，沒說話就把杯裡的酒一口喝乾了。老丁笑笑，轉身回到自己的位子上。散席了，同學紛紛離去，萬啓卻仍呆呆地坐著沒動，有人過來在桌的另一邊也坐下，湊近萬啓訥訥地說：「你在我們班級無人能比，你是我們班裡的列寧。」萬啓無所反應，現在他對別人的評價無論褒貶都已經麻木了。這時程豔過來擦桌子，這是她第二次來了，第一次是來收拾碗筷。

十六

這是在校的最後一天，大家開始忙著打點行李，餘下的時間就是閒聊了。小開似乎有些坐立不安，一會兒進一會而出的。突然他對萬啓說：「金英姬對你不錯，每年都給你拆洗被褥什麼的，就要分別了你不應該有所表示？」萬啓有點愕然了：「怎麼表示？」「這是你的事，我只是提醒你一下。」「對，應該表示表示，難道

她給你白洗了？」豪斯贊同小開的建議。「要不送點什麼禮物？」萬啓以詢問的口氣說。正在寫東西的鄭景林抬起頭來說：「送個日記本吧。」小開又自告奮勇地說：「我給你跑腿。」萬啓拿出10元給小開，小開接過錢就飛快地出了門。不一會拿了一個紅皮的大本子回來，他把餘錢還給萬啓，卻仍拿著本子說：「好事做到底，我再給你送去。」說完又走了，但到了門口又退了回來說：「不對呀，這樣送去就不明不白了，到底是誰送的呢？你還要寫點什麼吧。」「是要寫的。」豪斯說。「寫什麼呢？」萬啓一面自言自語道，一面尋思著打開本子，提筆寫了起來。小開和豪斯都伸過頭來看。萬啓寫道：「感謝你的幫助，學習你助人爲樂的精神。」然後把本子重新給小開。小開失望地脫口而出：「這，怎麼這樣寫呢，不夠意思了。」「那要怎樣寫？你說說。」小開動了動嘴，但沒有說出來。鄭景林說：「應該寫我永遠懷念你。」說完自己就哈哈笑了起來。萬啓催小開說：「快去呀。」這回小開失去了熱乎勁，慢騰騰地去了。豪斯說：「小開這是演哪門子的戲啊。剛才那麼賣力，一會又洩了氣。」「哎，是有點怪。」鄭景林也如有所思地接荏，「金英姬和周蘭該不是一個寢室吧？」「哈，這就有文章了。」豪斯說。「這可是一個一箭雙鵰的買賣。」一直沒吭聲的章立學突然拍了拍桌子說。

　　「什麼一箭雙鵰？」小開回來了，走到門口好奇地問。「沒啥，隨便說說。」章立學打起哈哈來。小開似乎恢復了勁頭說：「待著沒事，咱們不如看電影去吧，聽說現在正放映《馬陵道》，很好看的。」「講什麼的？」豪斯問。「是孫臏復仇的故事，歷史片。」「那就走吧，走。」寢室裡的人一擁而出。小開見萬啓沒

動，就去拉了他一把：「你也去吧，難得輕鬆輕鬆。」萬啓也就跟在了後頭。從男宿舍樓出來，看見對面女生宿舍樓裡也有一幫人出來。走在前面的卻是一個男生，肩頭扛著旅行袋。走近了才看清原來是郝永樸。他嘻嘻露出笑容說：「是301寢室的也來了，小周要走了，你們也來送。」301寢室的人不知如何回答，小開含糊地「嗯」了一聲。萬啓忽然有所醒悟，聯想到去年在樓梯上碰到郝永樸背著周蘭去醫護室的情景，以及以後一連串的事，表明郝永樸對周蘭的用心。而以前萬啓萬萬不會把郝永樸與周蘭聯繫起來。

　　兩撥人合一起朝車站走去，萬啓一直磨磨蹭蹭地拉在後面。前面的人都進了候車室，萬啓卻走向路邊乘車的車牌。車牌下有一人站在那裡，是本班的一位女同學，見萬啓走來，就喊道：「他們已進屋了，你也進去吧，外面很冷。」萬啓不情願地轉身走進屋去。屋裡的人都圍在火爐周圍，萬啓悄悄地在後面靠牆站著。但被豪斯發現了，喊道：「老萬，過來烤烤火呀。」眾人聞聲回頭看，然後讓出一個空位子來。豪斯把萬啓推到爐子邊。萬啓摘下手套，伸手烤了烤。他感覺到周蘭的存在，但就這麼僵立著，頭都不敢轉動一下。不一會，萬啓感覺到人們在靜靜地離開，自己周圍已沒有人了，但目光的微微斜視，看到一副女式的皮手套在輕輕晃動，他斷定這是周蘭無疑。其他女同學不會戴這樣的手套。他更不敢輕舉妄動了。這時有一個別班的小同學插了進來，萬啓這才稍稍放鬆一些，為了打破自己的窘迫，他對身邊的陌生人開了口：「這火一烤就暖和多了。」但對方並不搭腔。靜默，又是難忍的靜默。還好，外面傳來了豪斯的喊聲：「車來了，車來了。」萬啓這才如釋重負地出了門。「我們乘的是這趟車。大家上吧。」小開說。於是301寢

室的同學就一股勁地擠了上去。上車後萬啓一直往裡面鑽，就像鴕鳥往沙堆裡鑽一樣。在心裡還暗暗感到一絲安慰，讓周蘭知道301寢室的人並不是來送她的。

　　看完電影回來，寢室裡熱鬧得很，大家起勁地對電影發表觀感，還出現了一些爭論。鄭景林說：「孫臏就是孫子兵法的作者。」立即遭到了章立學的反駁：「你土冒了，孫臏是孫臏，孫子兵法是孫子兵法。」「那你說，孫子兵法是誰寫的？」「是，」章立學猝不及防，打了個楞，想了會就說：「是孫武。嗨嗨，孫武，怎樣？」「不過孫臏也有兵法，稱孫臏兵法。」萬啓為鄭景林解圍。「你說說看，孫子是屬啥的？」豪斯向章立學發起挑戰。「你這是存心找碴，我不和你抬槓。」「不知道了吧。」「你知道，那你說說。」洗寬江也來替老鄉幫腔。「我告訴你們，根據我的考證，」豪斯從床上起來，站在寢室中間來回走幾步，揮了揮手說：「他屬牛！」「你有什麼依據。」「你說《孫子兵法》牛不牛？牛，所以孫武屬牛，只有屬牛的人才能寫出這樣牛的東西。你屬雞，他屬狗，所以只能是雞鳴狗盜之輩。我說的對不對。」他的話，引起了大家的一陣大笑。「你自己屬啥？」「馬，千里馬。」「去他媽的，你是馬屁精！」又引起一片笑聲。

　　「那個鬼谷子挺厲害的，是孫臏和龐涓的老師，以前都沒聽說過，誰知道鬼谷子何許人也？」習寬江轉移了話題。大家面面相覷無人回答。這時正好從寢室門口走過一個人，於有恆立即衝了出去喊道：「老許，老許，你過來一下。」不一會，於有恆帶進一個人來向大家介紹道：「這位是歷史系的老許，請他來說說鬼谷子。」老許是一個戴著深色眼眶眼鏡，皮膚黝黑的人，很有點學究的派

頭。他見大家都用期待的目光盯著他，有些局促，摘下眼鏡擦了擦再戴上，這才開口：「你們學馬列的，怎麼對鬼谷子有興趣了？」「都是《馬陵道》引起的唄。」洗寬江說。「哈，《馬陵道》給你們上歷史課了。鬼谷子嘛，可是個鼎鼎有名的人物。他是個奇人，兵家尊他為聖人，縱橫家拜他為始祖。算命占卜的稱他為祖師爺，謀略家推崇他為謀聖，還有名家奉他為始祖。」「我的媽呀，真有這樣的人嗎？」豪斯驚訝道。「他還是道教的王禪老祖那。」「這不太可能吧，一個人精力有限，哪能有這麼多成就？還不是吹出來的。」豪斯不信。「在古代還是有可能的，因為那時知識還不多，分類也不細，所以一個人往往可以橫跨幾個領域。而且誰先占了，就是老大了。就像一片荒地，誰先開了就成他的了。」老許解釋道。「不過吹，任何時候都是免不了的。」豪斯說。「你說的也有道理，後人為了樹立自己的門派，也總要拉大旗作虎皮的，找個人來做廣告，就像現在的商品要找名人做代言人一樣。」老許推了推下滑的眼鏡平靜地說。「鬼谷子到底是誰，鬼谷子是他的真名嗎？好難聽的。」小開提出了新問題。老許說：「鬼谷子確有其人，但真名是誰，還搞不清楚，有的說就是張儀、蘇秦的化名，也又說他是神仙，但比較一致的看法是王詡，又名王禪、王利，春秋戰國時的楚國人。他隱居在一個叫鬼谷的地方，所以被稱為鬼谷先生，子是後人對有成就人的尊稱，如孔子、老子等等。從哲學觀上，他是屬於老子一派的，據說他是老子的學生。最主要還是被稱為縱橫家，但其中也涵蓋了兵法、權謀等。從現在角度來看，他是一個心理學家，研究怎樣了解對方的心理，然後進行遊說。也可以說是最早的公關學。」

　　「那一定很有用了，能不能教給我們幾招？」豪斯來了興趣。「對，這對如何拍馬屁最有用了，學好了，你馬屁精就能成馬屁仙了。」章立學來了個見縫插針。「去，回你的老林去，你就是個烏鴉精，這裡不是你呱呱叫的地方。」豪斯立即進行了反擊。「別吵了，盡吵些沒用的，還是聽老許說下去，老許你說，別理他倆。」小開興趣打開。老許想了想說：「鬼谷子我簡單說說他的『摩』，就是投其所好，誘其心情。如對方廉潔，如說以剛正，這個人就一定喜歡，一喜就會吐真情；以此類推，對方貪婪，就結以財物；對方好色就誘以美色等等。善於摩的人，就像釣魚，只要魚餌得當，魚必上鉤。」「這有啥新鮮的，就是見人說人話，見鬼說鬼話唄。」章立學說。「我看林彪對此也很有研究的，他就是靠這一套來投毛主席的好。」鄭景林像發現新大陸似的，一本正經地說。

　　「那為啥鬼谷子被埋沒到現在？」小開對鬼谷子的東西沒啥興趣，只是好奇以前沒人知道他。「這個嘛，」老許也許站累了，就靠在門框上說：「主要是意識形態關係，鬼谷子推崇的是權謀策略和言談辯論的技巧，與儒家講的仁義道德大相徑庭。因此，歷來學者對《鬼谷子》一書讚的很少，譏詆者極多。」老許走了，章立學怪聲怪調地問豪斯：「你再說說，鬼谷子該屬啥子了吆？」豪斯遭到突然襲擊也懵了，眨巴眨巴眼睛了好一會沒有回答。洗寬江嘻嘻一笑說：「該屬虎了吧，虎比牛厲害多了。」「不行，虎和牛走不到一起的。虎做了牛的老師，早吧它莫格莫格了。」小開也嬉笑地搭腔。「好了都別磨嘴皮子了，該睡覺了。」鄭景林說。正當大家回自己的床位時，豪斯發聲了：「據我考證，鬼谷子屬耗子。」「耗子？」出乎大家的意料了。「你看那，鬼谷子是孫臏的老師，

就是說他比孫臏要高出一頭不是，那什麼比牛高出一頭？不就是耗子嗎，耗子站在了牛的頭上，所以耗子排了第一。由此推論，鬼谷子必屬耗子無疑。「真會瞎掰，就算屬耗子，咱們這裡誰屬耗子了？」小開已經躺下了，又抬起了頭問。鄭景林馬上答道：「老萬應該是吧，是老萬，他48年出生的。」「哈哈，我一點沒有說錯，豪斯是馬屁精，他在拍老萬的馬屁呢。嗤。」章立學撇了撇嘴說。大家又笑了起來。「哎，老萬怎麼沒有聲音？」大家朝老萬那邊看去，老萬卻早已進入他的夢境裡去了。「別吵了，都睡覺吧。」鄭景林說。但章立學有了新發現：「我說，怎麼郝永樸不見了，你們誰見啦？」「他送周蘭去了，有人見他和周蘭一起上的車。」「嘿嘿，有意思，是千里送京娘啊，能打動人家的心？就一個猴崽子的樣。」「他是順道回家，不要亂嚷嚷。」豪斯為郝永樸辯解。「豈不是司馬昭之心？」章立學冷笑道。

第二天天還未亮，萬啓悄悄起床，睡在上鋪的金彬諧探下頭來問：「這就走？」「趕頭班車，待這裡沒啥意思了。」「我跟你一起走，同路。」說著下了床。「你都準備好了？」「早好了，比你還早。」兩人一起盥洗完，扛起行李就走。在操場上遇到了武書記，他在做操。「這麼早就走了，是不是和學校有仇，一分鐘都不想多待了？」「沒有，沒有，早點去早踏實，還有是要準備……」「我說小萬那，你有毅力和專心是好的，但不要那麼死勁，為什麼非要考研不成？你已經考幾年了，考試嘛就是死背硬記而已，把那麼多精力放在考試上，真的浪費很大。你的年紀也不小了，非要范進中舉不可？不讀研究生，照樣可以出成績的。或者做做行政工作也不錯嘛，或許更有前途。你看江德彰，現在是副校長了，今後還

會再上去的。我是想留你的，但你可能看不上我們的學校。人各有志，也勉強不得。」「不是。還是把名額留給海蘭的同學爲好。我們走了，謝謝武書記的關照。」武書記與萬啓倆握了握手，走了，萬啓望著他的背影對彬諧說：「多虧還有武書記的支持，不然會，」萬啓沒有說下去，轉身加快了步子：「快走，怕要晚了。」「趕趟。」彬諧看了看錶說。

　　到了車站候車室，因早室內人不多，找了個位子，兩人卸下肩上的行李。彬諧說：「你坐著吧，我去買票。」萬啓剛坐下，見老林和老宣出現在門口，萬啓站了起來招了招手。老林氣喘吁吁地說：「走了也不打個招呼，早上聽說你走了，我就約了老宣趕來了。還好，還沒走。」萬啓掏出一包留下的牡丹菸，原想給武書記但猶豫了沒有拿出來，這時就來招待老林和老宣。老林說：「老蒲還沒起床，他說待會兒趕來，我看趕不上。」這時彬諧回來了手上拿著兩張票說：「開始檢票了。」萬啓把行李扛上肩，與老宣和老林握手告別說：「走了，謝謝來送行。」「一路順風。」老林說。

　　進入車廂按票找到位子後，萬啓正在把行李往行李架上放，透過車窗看到了金英姬急匆匆地奔了過來，站在月臺上四處張望著。萬啓朝她招招手，她沒看到。萬啓急忙把行李推進行李架後朝車門走去。此時火車長鳴一聲，車廂便慢慢移動起來。萬啓站住了，看著金英姬那沮喪的神情，也不免黯然。火車加快了速度駛出車站，向下一個站奔去。

第四章　輾轉新途，背水之搏

一

　　萬啓從學院食堂吃完餃子，走出校門，在街上漫步。這時天上開始下雪，先是零星飄來，灑在臉上，涼涼的，並不覺得寒。慢慢越下越大，舉目望去整個街上一片白茫茫的，只有兩邊的樓裡閃爍著無數燈光。大街上靜悄悄的，空無一人，也沒有車輛駛過。今天是除夕，家家都在團聚，只有燈光給這雪夜帶來了溫暖。萬啓依稀想起小時候看過一部小說，或許是一部劇，描述過這萬家燈火的情景，那是解放前的一個悲劇故事，主人公就是在這時自殺了。與此相比，萬啓並沒有絲毫的感傷，他怡然自得地欣賞著這般景色，反而產生出一種莫名的自豪感：為自己的獨特而自豪。他不禁念誦起不知從哪兒看來的句子：別回頭，身後萬家燈火，沒有一盞為你而亮。你要一直走下去，走到燈火通明，那裡才是你的歸宿。他毫無顧忌，發出渾厚的聲音，在這空曠的街上迴盪，然後被黑暗和飛雪吞沒。不知不覺，走到了江邊。江面還沒有結冰，江水在靜靜的流。萬啓又記起了白居易的詩句：「燈火萬家城四畔，星河一道水中央。」

　　回到學院招待所，也是一片寂靜，除了看門的師傅，就他一人。他拍了拍身上的雪，上炕剛坐下，聽的有敲門聲。來的是一位五十來歲的婦女，看上去很普通，有著一張粗糙的臉和胖胖的身材。一進門她就自我介紹道：「我姓徐，人事處的，校領導讓我來看看你。你是第一個來報到的。」她在椅子上坐下，面對著萬啓又問：「怎麼不回家過年？」萬啓笑笑沒立刻回答。她又接著說：

「是不是有什麼困難？」萬啓忙著：「沒啥。」「是不是缺錢？院裡可以提供幫助。」萬啓這才解釋是因爲要準備考研。

「這麼大歲數了還考研究生？不願待在我們這裡？哎，你們是恢復高考後第一批畢業生，學校把你們當寶貝的。好好幹，大有前途的，我們老了，要靠你們接班的。」萬啓只得笑笑，無言回答。沉默了片刻，萬啓問：「我到哪個教研室啊？」「嗯，我們打算把你安排在動力系當輔導員。」「做學生工作？我，我想教課。」「哎，教課有什麼好的，你看那些教師，一個個像什麼似的。」萬啓有點沮喪。老徐緩和道：「先做一年看看嘛。」後來萬啓知道，來的是人事處的副處長，她是她老公，院辦公室主任差遣來的。

幾天後，招待所裡增加了新的住客，一位是來自大連工學院的畢業生小董，一個十分陽光的年輕人，高身材，白淨臉，總是笑嘻嘻，和萬啓很是親熱。另一位是吉林大學數學系的，姓劉，看上去有點年紀了，所以叫他老劉。老劉矮個，戴眼鏡，不多說話，臉上沒有表情，看人時眼睛會在鏡片內不斷轉動，使人摸不透他的心思。說到考研，他說：「聽說院裡規定，剛來的畢業生不能考。」「爲什麼呀？」小董睜大了眼睛。「一來就要走，他們不願意的。」老劉平靜地說。「這也沒有辦法了，可惜這次機會了。」萬啓歎了口氣說。於是一陣沉默。還是老劉又開口道：「我們是不是去找陳院長求情。」「找院長，有用嗎？」萬啓搖了搖頭，這種事萬啓是勉爲其難的。「試試嘛，說不定陳院長開恩了呢。」老劉鼓勵道。「對。死馬也要當活馬醫。」小董附和道。萬啓還在猶豫中，看到老劉轉動的眼睛在盯著自己，只得同意了，但又說：「現在都放假了，院長也不上班。」「他就住在院裡，我知道他的

385

家。」看來老劉對學院情況還是很了解的。

　　晚飯後，三人就去了院長家。開門的是院長夫人，很是熱情，笑容滿面地讓他們進屋，並把院長從裡屋叫了出來。院長個子不高，胖胖的，看上去很威嚴的樣子。坐下後，老劉捅了捅萬啓的腰，萬啓硬著頭皮說明了來意。陳院長的臉色難看起來，說：「自己剛開完刀，在家休息，不管事，你們還是去院裡說吧。」萬啓望了同伴一眼，說：「打擾了您休息了。」就起身要走。陳院長卻問道：「你們都姓什麼？」於是三個人依次報了自己的姓。萬啓隨後也問：「今年不行，那明年行不行？」「可以。」院長答得很乾脆。「謝謝院長。」萬啓像得了令箭似的，轉身告辭了。院長夫人把他們送出門，但表情很是冷淡。小董再回去的路上直說：「應該跟他好好說說的。」萬啓自我安慰道：「說啥都沒用的了。還好他答應明年可以了，就熬一年吧，也可以準備充分點。」老劉沒有說話，只是轉動了幾下眼睛。

　　開學了，萬啓到人事處辦完手續，到動力系報到。接待他的是專管學生工作的系總支副書記黃修文，一個中年男子，一張稍長的臉上鬍子拉碴的。他瞇著眼看著萬啓，滿心喜歡地說：「來了生力軍了。」然後帶著萬啓去「德育教研室」。走在路上，一直在說：「不要看不起輔導員，學生工作是很有意思的，整天和年輕人打交道，會使自己年輕起來。我老了，以後就靠你來接班了。」萬啓只是聽著，沒有吭聲。但覺得黃書記還是比較親和，心情放鬆了不少。教研室在大樓的頂端一層，有一大一小兩間，窗戶外面是一個很大的平臺，打開窗就可以跨到平臺上，俯視整個校園。

　　所謂校園也只是兩棟石頭樓之間的不大的水泥空地，後面則是一座工之形的兩層磚樓，是學生和教職工的宿舍。比起海蘭大學要小得多了。教研室有兩位副組長，一位叫張詠春，中等個，雖然瘦卻很結實，面容粗糙，動作也很風風火火的，說話中氣很足，但話不多。他是主持工作的副組長，一副實幹家的模樣。另一位叫汪文稟，比張詠春矮一些，也胖一些，但臉色白而泛紅，也比較端正，說話慢悠悠的，好發評論和牢騷。還未開學，沒啥事，其他人都不知去向，只有萬啓坐在自己的桌子邊目不斜視地看報，就像鴕鳥埋在沙堆裡。一天教研室的女同事李老師進來，走到萬啓身邊笑嘻嘻地問：「你還沒有女朋友吧？要沒有，我們的劉副院長說，他有個熟人，是部隊的政委，他有個女兒，今年二十八歲還沒有對象，託他在新畢業的大學生中找。你們七七屆熱門了，好多人都盯著那。」李老師個子不高，胖胖的，一張渾圓的臉，五官搭配勻稱，看上去很友善，說話普普通通，沒帶一點文謅謅的教師腔。

　　萬啓心裡很想，又不好意思說，仍然看著報紙。李老師只得喃喃地說：「你還想回上海啊。」「別想了，回不去的，還是在這裡安家好好幹吧。」不知什麼時候黃書記進來了。萬啓這才說：「我不是想回上海，是要考研究生。」「這麼大歲數了還考？院裡會不會批，還不知道呢。把你們盼來了，還能放走？」這時氣氛有點悶，黃書記停了會問李老師問：「剛才你們在談什麼？」李老師說：「劉副院長幫人找對象。」「盯上萬啓了？哎，我倒有一個。」「誰？」李老師問。「對面的小方。」對面就是對面大樓的電力系。「她呀。」李老師眨了眨眼。黃書記卻津津樂道起來：「她今年被提拔系總支副書記了。挺能幹的。」萬啓不好拒絕，就

說讓我看看再說。黃書記說：「我帶你去他們系裡看吧。」「不明著看，以後你偷偷指給我看就是了。」「嗨嗨，還不好意思。」李老師笑了。

開學後，輔導員都要和學生一起出操，黃書記把萬啓拉到一邊，指了指了操場另一邊的學生隊伍說：「就是那個高個子。」萬啓看過去，暗暗叫苦。這是一個像大媽似的人。但不能說不行，就推說等考完研究生再說。黃書記臉色難看起來，冷冷地說：「你是不是不喜歡我們這裡？老想走！好歹這是個中等城市，又是在高校，應該知足了。如果你不安心的話，就不會讓你考的。」萬啓惶恐起來：「不是這個意思，我已經準備了很長時間了，爲此放棄了正常人的生活。這也是我最後一次的機會了。實際上我不一定能考上，只是還個心願。不考心裡總是不甘心的。硬把人卡住，也只會身在曹營心在漢。如果給了我這次機會，我會很感激，考不上就一切聽從安排，死心塌地在這裡了。」黃書記的臉陰轉晴了：「好吧，看你也挺不容易的，我會爲你爭取的。」然後他又指了指前面的學生隊伍說：「你看，你的兩個班級的隊伍稀稀拉拉的，一百多號人才來了二、三十人，像話嗎？院裡決定要好好抓抓學生的早操，你馬上召開班級開會做個動員。」

萬啓立刻叫班長通知全班開班會。萬啓站在講臺上，望著教室裡坐滿了的學生，一開口就說：「我們班級出操的人數實在太少了，大家可能不喜歡，這可以討論，只有明白了意義，就能自覺了。」

這時坐在教室最後一排的黃書記站了起來說：「這是院黨委的

決定，不可以討論的，必須嚴格執行。系裡也決定對不出操的同學進行通報批評，屢教不改的還要記入檔案，影響畢業。」

散會後，萬啓和黃書記離開教室回教研室，一路上誰也沒有說話，萬啓感到了黃書記明顯的不快。到了教研室，黃書記立刻開會，指令每位教師要負責督促學生出操。汪老師卻說了：「怎麼督促？這些學生就是不肯起床，你不能把他們拖起來？」黃書記說：「對，就去拖。」張老師就布置道：「明天開始，早操前半小時，大家都去寢室揭被子。」說完不由地笑了起來。李老師則說：「我也去男生宿舍？這能行嗎？」張老師收起笑容說：「你負責女生，男生我來吧。」

第二天，萬啓都不得不早起，趕到學生宿舍，到他負責的班級寢室，一邊喊：「出操了，出操了。一邊把還賴在床上的學生被子一把扯開。」這使萬啓想起了插隊時老李來催出工的情形來，不免好笑。但幾天下來，不要說學生有怨言，萬啓也是有苦難言，每天不得不早起，做這些吃力不討好的工作。

但是強擰的瓜總不會甜的，一個星期後長龍又變成了兔子尾巴。教師們也都歎起苦來。李老師柔聲弱氣地說：「我已有幾天沒好好做早飯了，我家裡都不高興了。」汪老師跟著說：「這好像是在爲難我們了。」黃書記也沒有了熱情，只是問：「怎麼辦？」汪老師說：「給點顏色吧。找幾個最調皮的，給個通報！」張老師說：「就從萬啓的班級開刀，萬啓你提名吧。」開會時萬啓總是似看未看，似聽未聽地埋頭在報紙上，聽到提起自己名字，抬起頭來不置可否地望著張老師。黃書記看了看萬啓，說：「萬啓剛來還不

熟悉，詠春，這兩個班本是你帶的，你決定就行了。」張老師眨了眨眼，說：「好，那我去定，來個殺雞儆猴。」「不要說的那麼難聽，就是起警示作用。」黃書記緩緩地糾正道。

正要散會時，黃書記想起了什麼說：「還有一件事，有同學反映，有人在寢室賭博。」「什麼，賭起搏來了，真有這事？一定要好好查，嚴肅處理。這些學生太不像話了。那個班級？」汪老師已經起身要走，又坐了下來說。「萬啟你知道不知道？是你的班級學生呀。」黃書記對萬啟說。萬啟又是一陣茫然，搖了搖頭：「沒聽說。」心裡頓時湧起一股對越級告密的學生的恨意。黃書記說：「那你去調查一下，把情況弄清楚了來彙報。」李老師插話道：「這兩個班就是亂，老出問題。張老師在時怕他，安分一些，現在看換了新輔導員就少了顧忌。這也難為了萬啟。張老師你也不能完全撒手不管呀。」「借這件事，正好給你一個立威的機會。」黃書記囑咐道。

會後萬啟就去班上找了幾個學生問：「有人向黃書記報告說，你們這裡有人在賭博，有這回事嗎？」但得到的回答都是：「我不知道。」萬啟面露不快地問：「班長呢？」一個小個子學生用不確定的口氣回答：「可能在寢室吧。」「去把他叫來。」小個子去了，萬啟就在第一排的空位上坐下等。但好長時間不見班長來，萬啟耐不住了，起身要走，小個子進來了，身後跟著一個人，但不是班長，是團支書，一個瘦瘦高高的男生，瘦削的臉上掛著微笑，站到萬啟面前問：「萬老師你有事？」小個子則在旁解釋：「班長不知去哪了，我就把他找來了。」

萬啓又坐下，對團支書說：「你坐，你知道不知道賭博的事？」「賭博？」團支書扶了扶眼鏡，帶著困惑望著萬啓，沒立刻回答。「你也是不知道？」萬啓的口氣，使團支書忙分辯道：「我真不知道，我怕吵，一般都在操場看書。」然後回頭問坐在附近的同學：「有人賭博？」但沒有人接嘴。教室裡一片寂靜。萬啓穩了穩情緒說：「還很講義氣啊，沒關係，既然有人反映，總會查清楚的，我想，」他原來想說：「坦白從寬，抗拒從嚴，」但馬上改口道：「如果誰做了，把事情說清楚，我保證不再追究。」團支書接著說：「萬老師發話了，你們就快說吧。」又是一陣靜默。萬啓又不耐煩了：「既然大家都不說，那就算了。不打擾你們自習了。」但就在萬啓走到門口時，有人開口了：「就是好玩，賭賭細糧票。」

「是嗎？」萬啓又轉身回來。「是這樣。」「你把名字告訴我。」「我賭了。」其他人呢？你一個人能玩嗎？說吧，說了就沒事了。」終於，又有人承認了，萬啓這才鬆了口氣，滿意的離開了教室。

二

第二天教研室裡開會，張老師在布置大掃除的事情，黃書記站在門口向萬啓招了招手，說：「去董書記那裡。」萬啓隨著黃書記來到了系總支書記辦公室，董書記看到他們只是淡淡地說了一句「來啦。」黃書記則招呼萬啓坐下。這是第一次看到了這位系一把

手，胖胖的身材，圓圓的臉，膚色晦暗，帶著眼鏡。黃書記坐在董書記對面，對董書記說：「這是萬啓，賭博就是他的班級，我讓他去調查了。」然後轉向萬啓，「你就向董書記彙報一下調查結果。」

萬啓望了一眼董書記，就低著頭說：「昨天我去班級問了，可是誰也不承認。」黃書記插話道：「沒去問班長？」「沒找到。」「定是躲起來，這小子不想做惡人，我知道他比較世故，是班裡年紀最大的，在社會上也待過。」「後來團支書來了，但他不了解情況。」「這有可能，他是不太和別人湊近乎的，和你一樣，一門心思要考研究生。」

「結果呢？」董書記不耐地問。「後來我說了，只要講出來就沒事，才承認了。不過也沒啥，只是好玩，賭的也不是錢。」「賭什麼？」黃書記好奇地問。「是細糧票。」「哈哈，虧他們想得出。」黃書記樂了。「不管賭什麼，都要嚴肅處理。還有那些不肯出操的一起處理……黨委會上我們被點了名了，全院最亂的班級就在我們系裡。」董書記憤憤地說。「怎麼處理？」黃書記請示道。「那是教研室的事，讓他們提出意見來。」

「董書記定調了，不能再馬虎了。」在回教研室的路上，黃書記叮囑萬啓道。「我和他們說了不追究的。」「哎，你不要書生氣太足了。看看詠春怎麼說。」到了教研室黃書記對張老師說：「董書記要你嚴肅處理，你有什麼招？」「我有什麼招，通報批評唄。」張老師笑了笑說。「我說，怎麼捅到系裡了，多大一點事呀。」汪老師拿起茶杯去倒水，不以為然地說。「不要扯皮了，現

在全院都盯上我們了，不管怎樣都要有個交代。」「那就定哪幾個人？萬啓，你報吧。」張老師對萬啓說。

「我向他們保證了，說出來了就沒事，現在要追究，這不是說話不算話了，以後我怎麼工作？！」萬啓氣呼呼地說。「你就不該打這樣的包票，還是沒經驗……」張老師說。「不這麼說，他們不肯承認的。」萬啓回道。張老師望著黃書記：「怎麼辦？還是你說了算。」黃書記輕輕說：「還是按董書記的意思辦吧。」

「你們一定要通報，我就不幹了！」萬啓漲紅了臉，把手裡的報紙往桌上一扔，走了。黃書記嘿嘿了兩聲說：「脾氣還不小。」汪老師不痛不癢地說：「畢竟剛出校門，對學生下不了手。我看這就過了吧，董書記那裡就說萬啓撂挑子了，事情也不好辦。董書記本來也不是多事的人。」黃書記皺了皺眉頭，無奈地說：「只能這樣了，也得照顧教師情緒，不然都不安心了。董書記那我去對付，最多挨幾句罵，什麼『護犢子』之類。但不出操不能放過，那個叫什麼的學生，一定要批。」

萬啓回到宿舍，氣鼓鼓地躺在床上，等平靜下來，也擔心起來，自己把話說到這個份上怎麼收場？真的要辭職？這麼想心裡煩操起來，再也躺不下去了，翻身下床，走出宿舍，漫無目的地在院裡溜達。整個學院靜悄悄的，學生不是在上課就在自習。他圍著大樓饒了一圈，走到前門時看到有一個女生慢慢走過來，矮小的個子，樣子卻有點像老金媳婦，不由得站住腳多看了幾眼才進了樓。寢室的桌上放著一包東西。室友告訴他剛才張老師來過了，這是他帶來給你的。「什麼東西？」「打開來看不就知道了，我覺得像是

393

魚，有股腥味。」萬啓解開繩子一看，果然是一條魚。「我不吃魚的。」萬啓一邊說，一邊又重新包好。立刻去張老師家。張老師的家在院外，是新搬過去的，搬家時萬啓還幫了忙，所以認得他家。張老師不在，他愛人說出去還沒有回來。萬啓把魚遞過去說：「這是張老師送來的魚，可我不吃魚的。」張老師愛人，中等身材，胖胖的，臉色黝黑，還有不少雀斑，但不難看。有點驚奇：「哪有上海人不吃魚的？」萬啓解釋道：「的確少有的，別人還不相信。我從小就不吃，不知什麼原因。大概我是鯉魚投胎的。」「不吃魚，就拿點蔬菜吧」「這好。」張老師愛人放好魚就進了儲藏室，搬出一盆大白菜和馬鈴薯，又取了一個塑膠袋，往裡裝。這時張老師回來了。愛人說：「萬啓說不吃魚，我就讓他帶點菜回去。」張老師也免不了奇怪一下，裝完菜，萬啓要走，張老師說：「不忙，坐會。」

　　萬啓知道他有話要說，就坐下了。張老師說：「我們商量好了，賭博一事就算了。你也不要再什麼了。」萬啓沒吱聲。張老師笑了笑問：「你真要不幹了，去哪裡？」「我也是氣話，還沒想好。不過總有去的地方，實習時，那個中學校長就要留下，還保證為我解決個人問題。還可以回原來的廠，再考研究生。」「哎，對了，我愛人提起過這事，她們學校分配來一個大學生，就是你們學校的，挺好的，要不就見個面。說不定你們還認識。」「什麼名字？」張老師伸頭朝在廚房的愛人問：「你說的那個她，叫什麼來著？」他愛人走進來說：「劉麗菊，個子高高的。」萬啓搖了搖頭：「不認識。」「中文系的，她可知道你。說你是學校的風雲人物。見見吧，就算會會校友。」「也行吧。」「說定了啊，我來安

排。」

從張老師家出來，路過一排低矮的用土坯築成的民房，雖然已
是初春的天氣，但還是有一股寒氣。路上的冰卻在慢慢變脆，走上
去發出卡擦卡擦的聲響。每家的窗都是禁閉的，但其中有一家卻窗
戶打開，萬啓轉頭望屋內瞄了一眼，只見一個瘦小的人正躬著腰在
打掃。仔細一看，是一起去院長家的老劉，想過去打個招呼，但又
打消了念頭，埋起頭走了過去。沒走幾步聽到了老劉的喊聲：「萬
啓，去哪了？」

萬啓不得不收住腳，站停了，回答道：「去一個老師家，你在
幹嘛？不住宿舍了？」「嗨嗨，我要結婚了。」「是嗎？這麼
快。」「不小了，不能拖了。」萬啓走過去，扶住窗框瞅了瞅裡面
說：「這麼小，學校沒給你分配房子。」「要等下學期，我等不及
了，先租這個房湊合一下。」萬啓想說，這麼猴急呀，但說出口的
是：「得恭喜你了。」轉身要離開，又被叫住了：「哎，你考慮的
怎樣了？」「考慮什麼？」「裝糊塗了，上次跟你說的事唄。」
「嗷嗷」萬啓明白過來：「這，這。」「不要再推了，雖然人說不
上漂亮，他父親是市政府的副祕書長，明年退休後回老家揚州，你
不是也一直想回南方嗎，多好的機會，跟著一起過去。」萬啓還是
支支吾吾的。老劉又說：「先見見再說嘛，我已經答應人家了，成
不成是你們的事，只要見了我也好交差了。」萬啓笑了：「你是拿
我做擋箭牌呀。」「不，我也真的是好意。」老劉忙辯白道。「好
吧，給你一個面子。」萬啓鬆口了，心裡也沒有欠人情的負擔了。

回到學校時已到晚飯時候了，萬啓去食堂吃完飯後走出食堂，

遇到班長，班長告訴他一個同學病了。萬啟就去學生宿舍樓，敲了敲那個學生住的寢室門就推門進去。學生們都在，大多躺在床上，有看書的，也有在睡覺的。一個學生看到了萬啟，喊了一聲：「萬老師。」頓時全寢室的學生都從床上起來，而且都站著。這使萬啟感到奇怪，以前從來沒有這樣過，早上叫出操時，不少人還會只當沒見，賴在床上就是不起來。萬啟在一張空床邊坐下，招呼道：「不用站著了，都坐下吧。」但學生似乎沒聽見似的，沒動。有兩個學生彎了彎腰想坐下，看看其他人又都站直了。「怎麼啦？」萬啟問。這時那個小個子學生吞吞吐吐地開口問：「老師，你，你要走了？」萬啟說：「誰說的？」「班長說的。」「他怎麼知道的？」「你們在開會時，班長去你們辦公室時聽來了，他聽到你說你要辭職，是這樣嗎？」

「好個班長，偷聽了還來傳播。沒事了，我也不辭了。」「真的沒事了。」幾個同學幾乎同時問。「哎，我才從張老師那兒來，他親口說的。黃書記也說這事過去了，系裡追究他會承擔的。」「好啊。」學生這才紛紛坐下，寢室裡的空氣一下活躍起來。一個參加賭博的學生長長吐了口氣，說：「今天我可以好好睡了。」另一個學生說：「張老師他們就知道不是訓，就是通報批評，別的都不會。」

萬啟問：「誰生病了？」有學生指了指最裡面的一張床說：「是小胖子。」萬啟走到那張床邊，小胖子要坐起來，萬啟把他按了下去，誰：「躺著吧，哪裡不舒服？去醫務室看過了嗎？」小胖子還是坐了起來，說：「剛看過，吃藥後好多了。老毛病了，慢性胃潰瘍。」「吃壞了？」「是嚇壞了。」一個學生笑著說，「小胖

子是雙料對象，賭博，不出操都有份，你們是不是要拿他開刀？」「又是班長透露的消息吧。沒有那麼嚴重。」萬啓還想說，「通報了又怎樣？」但想到自己身分，沒說出口。心想這學生膽子也小了點。接著拍了拍他的肩膀又說：「放心吧，沒事的。」小胖子卻哽咽起來：「老師，給你添麻煩了。」萬啓也被感染了，心頭發熱，也動起了感情，說：「沒關係，你要好好休息。」

萬啓離開時，學生都起來送到門口。其他寢室的學生看到了，問：「出什麼事了？」

小個子說：「萬老師夠意思，能爲我們說話。」萬啓不覺好笑，自己也曾是個不太守規矩的學生，現在卻一本正經管起人來了。出了宿舍樓，萬啓就去了教研室，每天晚上，他都在那裡備考，主要還是學英語，練習托福和 GRE，直到響起大樓的熄燈鈴聲，就跟在學生的人流後面出樓。每次下來，總會看到一個嬌小的身形搶先從二樓的教室衝出來，奔下樓去。萬啓認出就是那次在院子裡看到那個女生。

第二天一早，萬啓去學生宿舍督促學生出操，意外的是，寢室裡靜悄悄的，推開虛掩的房門，裡面竟空無一人，連走了幾個寢室都是如此。他走出宿舍樓來到操場，一個奇特的現象出現在他眼前，有兩排隊伍已經整齊的站在了那裡。由於人數眾多，隊伍也就十分醒目。這正是自己的兩個班級，原來的兔子尾巴變成了兩排長龍，萬啓不由得心裡暖暖的。他走進隊伍高聲說：「好樣的！」黃書記走了過來笑嘻嘻地對萬啓說：「你的學生今天出彩了。」張老師也滿面笑容說：「通報批評一招還真有效。」黃書記提醒道：

「在學生面前，注意說話的分寸，」這時，隊伍中有一個學生回道：「我們是給萬老師長臉！」「你看，你看，這也是對你們的批評，你們的做法是粗糙了些。萬啓的方法還是有效的。」黃書記對張老師說道。「這是意外，我也沒有想到，只是一種慣性，學生處境的感覺。不過，從管理來說無非是三種方法，一是堵，二是導，三是無爲。三種方法，應該說都有作用，就看在什麼情況下使用，以及運用時把握的度，就是要有分寸。具體怎麼做，我也沒有經驗，這還是要靠經驗，像張老師他們是經驗豐富，我要向他們學習的。」萬啓一時興起發揮起來，但也不忘討好一下，以免招來嫉恨。

「好一套理論，陳院長說過，院裡搞政工的沒有一個像樣的，畢竟我們都是半路出家的，原來都是學工的。以後就看萬啓他們的新鮮血液了。」黃書記感慨起來。忽然又想起來說：「四月分在廈門要開一個全國高校學生管理的研討會，正好，萬啓，我們倆合寫一篇論文怎樣？」他又對張老師說：「你們也都考慮考慮。」萬啓推託道：「我沒有一點實際經驗，頭腦空空的，怕不行。」黃書記想了想說：「要不我們自己先開個討論會，大家說說自己的體會，然後萬啓再加加工。詠春，你安排一下，」張老師說：「可以，這一會事情不多，就明天吧。」

事後萬啓個院刊寫了一篇報導，表揚了學生，既是鼓勵也是對學生的一種回報。黃書記特地把報紙帶到班級，說道：「現在你們在全院出名了，但一定要保持，不要曇花一現啊。」

三

第二天上午，黃書記就讓萬啓先講。萬啓說：「我實在講不出什麼來，做學生工作半年還不到。」「那把昨天說的幾種方法再詳細說說唄，什麼堵啊疏的。」「我是隨便說說的。」「沒關係，我們也不是正兒八經研討會。」黃書記鼓勵道。「好吧，那就繼續隨便說說。先說堵和疏，是大禹和他爸的不同治水方法，他爸用堵的方法，但沒堵住。大禹就改用疏的方法，成功了。管理和治水是一個道理。堵的管理，就是靠禁止，使問題不發生，有了問題也壓下去。強調紀律，採用嚴厲的懲罰手段等等。但千堵萬堵不能堵嘴。中國歷史上周朝的第十任國王用高壓對付不滿的貴族，一時很有效，國內一片升平，再也沒有人反對國王，也聽不到批評聲了。國王大喜。但他的大臣召公說，這只是堵別人的嘴而已，並沒解決問題。結果政變發生。唐太宗之所以成為中國史上第一明君，除了能任人唯賢，就是還能納諫。主席也說過，讓人講話，天不會塌下來。還說『言者無罪，聞者足戒』但晚年卻變了。」說到這裡，萬啓停了一會，又繼續道：「要是他能聽聽彭老總的意見，或者彭老總換一種方式，像春秋戰國時的觸龍那樣說服趙太后，廬山會議就能按原來意圖開了。或許文革也不會發生。」

「啥？啥？觸龍是誰？」汪老師插話問。「觸龍是趙國的一個大臣，當時秦國要打趙國，趙國向齊國求救，但齊國要趙太后的兒子作人質，趙太后不同意。趙國的大臣紛紛勸趙太后，都被趙太后怒罵。這時觸龍就去見太后，開始並不說這事，只是說說自己的身

體不行了，然後向趙太后爲自己的十五歲的兒子求個差事，趙太后沒了怒氣，反而奇怪男人也愛戀兒子。觸龍說是爲兒子的將來著想，進一步說如果不讓他們爲國建功，以後就難以立足。如果能讓你兒子去齊國，就能救了趙國，就有了資本將來繼位。趙太后被說服了。」「歷史是不能假設的。」張老師也插話道。萬啓說：「怎麼不能假設。歷史不是宿命的，也有偶然性，會有多種選擇。總的趨勢不變，但過程和細節會有不同。有假設還可以深究歷史的脈絡，爲今後借鑒。」張老師沒有吱聲，黃書記則說：「不要扯太遠了。」「好，就說學校管理，國外的名牌大學，也是整個教育體系，幾乎是放的。學分制，自由選課，所以沒有班級，也沒有什麼班主任、輔導員之類，但效果不是很好？」「我們不能學資本主義那一套。」張老師抓到理了。「現在改革開放，和國際接軌，也應該不管白貓黑貓，能抓老鼠就是好貓，是不是？」這時汪老師笑著說：「萬啓一套套的，肚子裡還是有貨呀。」

萬啓繼續他的發揮：「再說疏呢就是引導，把事情引向正面。把人的消極情緒和不當行爲，轉變過來。如做思想工作，這是我黨的傳統，說服教育，表揚和豎立正面典型。轉移目標焦點也是一種疏。中國古代對待知識分子就是從秦始皇的『焚書坑儒』的堵轉向科舉制的疏。唐太宗看到士人湧向科舉，高興極了，說道天下英才都進了他的圈套。清朝的康熙也是讓讀書人去編寫『四庫全書』把讀書人的注意力和精力疏散過去。要做到疏，多元化是好的基礎，可以有選擇。就像水流可以有較多的管道。給人們發洩的空間也是一種疏的方法。據說在日本有些企業專門準備了一間屋子，裡面放有老闆的像，員工可以到那裡痛罵老闆，甚至打老闆的像。發洩以

400

後情緒就輕鬆了。」「但是紀律還是要的，不能什麼都靠說服教育。」張老師不以為然道：「學校要有學校的秩序，學生也要也有學生的樣子，不能自由散漫，無拘無束。許多事情磨破嘴皮不頂用，你一狠了，他就老實了。這次出操還不是說要通報批評了，才怕了。我主張軍訓，對加強紀律性很有好處。」

「當然，堵和疏都是必要的，也都有利弊，要看具體情況。對於學生的早操，不一定非要硬性規定，局限一種形式。也可以用疏的方法，如開展各種體育比賽活動，組織一些業餘體育愛好的社團組織，如球類、棋牌、體操等等，吸引學生的興趣。總之目的都是一個，增強學生的健康。還有對學生也不能要求過高，『水至清無魚，人至察則無徒』」「什麼意思？」汪老師打斷道。「水太清了就沒有魚了。」「水清不好嗎？」李老師發問了。「水清了就沒有微生物了，魚沒有東西吃了。」「後面一句呢？什麼圖？」汪老師繼續問道。「對人看得太仔細了，容不得一點缺陷，你就沒有跟隨和相處的人了。因為沒有人是完美的。金無足赤，人無完人嘛。所以不能求全責備。有些無傷大雅的雞毛蒜皮的事，像上次學生賭飯票的事，就沒有必要興師動眾的。當然堵能起立竿見影的效果，對緊急事件是必須的。弊端是壓抑人的主動性，問題也會暫時被掩蓋，時間長了就積重難返。疏能使人心情舒暢，激發自覺性，但收效慢，不適合需要迅速行動的情況和突發事件。堵是底線，疏是上限。」

「還有一種方法就是『放』，也就是無為。」「撒手不管，放羊？」汪老師發疑問了。「就是無為而治，是老子的哲學。他說，我無為而民自化，我好靜而民自正，我無事而民自富，我無欲而民

自樸。」萬啓解釋道。「好啊，這樣我們就輕鬆了。」李老師高興地說。「這都是瞎扯，什麼都不管，不就要亂套嗎？種地不管就要荒了。真要什麼都不管，還要我們做什麼？老子，老子是誰，他的話也能聽。」張老師有點激動，聲調高了起來。萬啓心裡說，管學生本來就是多餘的，但這不能說出來的，於是說：「老子哲學很有用的，中國歷史上新的朝代都是採用黃老學，與民休息，才恢復和繁榮起來的。連美國總統雷根都很相信老子一套，在他的辦公室裡就放著老子的話作爲座右銘，他也被稱爲逍遙總統。正是在雷根當政下，美國實力大增。無爲不是說不做事，而是不多干預，讓下面發揮更多的主動性。管多了不僅招人怨，也會把事搞砸。歷史上朝代的衰亡，不少是在大有作爲後垮掉的。如隋朝的隋煬帝大興土木，開運河，征高麗等等，結果把家底敗光了。漢武帝雄才大略，打敗了匈奴，但也耗盡國力，從此走了下坡路。唐朝也一樣，唐玄宗使國家達到鼎盛，隨即就垮了。老子還有一句名言，就是治大國如烹小鮮。」「什麼意思？」汪老師好奇問。「就是說治理一個大的國家，要像煎小魚，不能亂翻動，翻多了就會碎了，李老師是不是這樣？」「嘿嘿嘿，老子還會炒菜？」李老師樂了。

　　「你說的是治理國家，和我們管理學生不一樣的。」張老師還是不以爲然，「我們都經過文化大革命，開始也不是放，『踢開黨委鬧革命』組織紅衛兵和造反組織，後來不是把學校搞散了，打派仗，最後還不是派工宣隊來收場。成龍說的一點不錯，中國人是要靠管的。」「中國幾千年管下來，使民眾喪失了自治能力，所以一旦放了就會亂，大家會各行其是，互相不買帳，所以需要權威。但也不是單靠管。任何管理都離不開這三種方法，也都是三者並舉

的，有堵有疏也有放，關鍵在於堵什麼，疏什麼和放什麼。以及以哪一種為主而已。法紀就是最基本的堵，不然就是一片混亂。如法紀過嚴就是過頭了，秦就是這樣而亡的。實際上秦也是三者並用的，它的獎勵耕戰就是一種疏的做法，把精力引導到努力種地和打仗上，在統一戰爭中發揮了主要作用。但一旦戰爭結束後，酷法還在，疏沒有了，導致民變。所以不在用哪種方法，而在於根據具體情況做出合適的配套，該堵就堵，該疏就疏，該放就放。在成都的武侯祠裡有一副對聯，後兩句是『不審勢即寬嚴皆誤，後來治蜀要深思。』我覺得這是在反省諸葛亮的治理。可以說成也諸葛亮，敗也諸葛亮。諸葛亮過於嚴了，種下蜀國滅亡的種子。而每一種方法，也要掌握它的度。度就是適用範圍，達不到底限就不起作用也不可無限濫用，超出了定限，就會適得其反。」

辦公室裡一片寂靜，萬啓看看大家，張老師看著窗外，汪老師在低頭看報，李老師和新分配來的老師竊竊私語，只有黃書記望著萬啓，但表情有點困惑。好一會，開了口：「講完了？」萬啓點了點頭，心裡忐忑起來，後悔過於信口開河了。黃書記環顧了一下大夥說：「萬啓發了一大篇的高論，其他人有什麼看法，詠春，該你了。」還沒等張老師開口，汪老師笑著說：「人家是學政治和哲學的高材生，詠春你還是省點吧。」張老師尷尬地笑笑回道：「我沒有萬啓的那套理論功底，只是根據我們工作的經驗出發，學生一定要管的。剛才我也說過了最好搞軍訓。」「其他人呢？」黃書記要點名了。

這時校醫，一位矮小精幹的中年婦女走了進來，望著黃書記壓低了聲音說：「你們系有一個同學很危險。」「出什麼事了？」黃

書記一驚。「我估計會是癌。」「什麼癌？」「昨天有學生來找我，說脖子上有腫塊。我一摸就覺得不妙。」「會不會是淋巴結腫大？」汪老師說。「淋巴結腫大一般都是軟軟的，可他的摸上去很硬。」「得讓他去醫院查查。」黃書記急急地說。「是的，最好你們派一個人陪著。」「叫什麼名字？」汪老師問。「叫柳什麼，奧，柳春生。」「是你班的班長，你去吧。」汪老師吩咐萬啓道。「詠春呢？讓他去吧。」黃書記說。「走了。」李老師說。「剛才還在，這回就溜了，該是準備論文去了吧。」黃書記說，「他很上心啊，萬啓你也快去準備，還是我去吧。」黃書記說完就跟著校醫走了。

過了一個星期，校醫帶來了驚人的消息：「那個學生被確診，已住院了。」「是癌？」汪老師緊張起來。他摸著自己的脖子說：「我的脖子上也有一個腫塊，該也是癌吧？」校醫走過去說：「來，我看看。」汪老師伸起脖子，校醫用手摸了摸，汪老師像觸電一樣躲開了，直喊痛。校醫笑了，說：「沒事，痛就好，可能是淋巴發炎。」黃書記問：「與淋巴癌有什麼區別？」「好，我來給你們科普一下，癌是不痛的，塊硬。另外還有發熱、盜汗和消瘦的全身症狀。」汪老師長舒了口氣說：「差點把我嚇死。」「這淋巴癌能活多久？」李老師問。「這要看個人的情況，一般來說，五年到十年。」「還可以啊，比其他癌要好些。」「是的，最壞的要算胰臟癌和肺癌，所以淋巴癌被稱作幸福癌。」「生了癌倒楣死了，還幸福個屁。」張老師脫口而出。「詠春，不要粗話，學生聽了不好。」黃書記看了看門外提醒道。「嘿嘿嘿，」張老師咧嘴笑了笑，「我們自己人說說。」「那個學生這麼年輕怎麼會得癌，真是

的。」汪老師感慨道。「原因很多，有遺傳，也有環境影響，如化學物質等，個人的話，免疫力低，壓力大。」「他想考研究生。」張老師說。「你要注意了，萬啓。」黃書記望著萬啓警告道。「是啊，萬啓不要太那個了，搞壞身體不值的。」汪老師勸導起來。萬啓微微一笑，沒有作答，心裡真是慶幸，過去三年的拚熬，身體沒有垮掉。同時也感到生命的脆弱，真是天有不測風雲，人有旦夕禍福。

　　黃書記吩咐萬啓道：「你得去看看他，安慰安慰。」「好，我這就去。醫院地址？」「噢，詠春，你寫給他。」張老師一邊寫地址一邊說：「在江北，不太好找。」「乾脆我叫學校派車吧，免得你迷路。」黃書記給院長辦公室打了個電話：「吳主任，這麼回事，我系一個學生得了癌住院了，我們要去看看，能不能派個車啊？好、好，謝謝。」放下電話，黃書記對萬啓說，你到校門口等吧。萬啓站在校門口，不一會一輛淡黃色的老舊小車緩緩開了過來，司機開窗問：「是去江北的？」「對，腫瘤醫院。」「上車吧。」

　　醫院一片肅靜，偶爾有醫護人員走過，顯得陰絲絲的。萬啓找到柳春生的病房，推門進去，房間不大，只有兩張病床，一張病床邊坐著一位老人，頭髮花白，萬啓走過去問：「這是柳春生嗎？」老人抬頭看看萬啓說：「你是？」「我是他老師，你是他母親吧。」「老師，你坐，」老人讓出椅子，又輕輕拍了拍躺在床上柳春生的頭：「老師來看你了。」萬啓阻止道：「讓他睡。」但柳春生已經睜開了眼，看是萬啓，掙扎著要坐起來，萬啓忙按住了他：「躺下，躺下。」柳春生拉住萬啓的手，沒說話卻淚流滿面。萬啓

說：「不要緊的，會好的。我問過醫生了，這種，」萬啓把癌字吞了下去，改說：「這種病能治癒的。」「眞的？」「眞的。你知道彭加木嗎？」柳春生點了點頭。「還有高行健，被診斷出肺癌，你知道他什麼反應？他就一個人悄悄地出去旅遊了。爲此寫出小說《靈山》，還得了諾貝爾文學獎，是中國人第一個得獎。更離奇得是，等他回來複查，竟查不出來了。」「好了？」「誰知道，我懷疑是否診斷錯了。」「會診斷錯嗎？」萬啓看到柳春生的眼睛閃過一道光來。「怎麼不會！」萬啓加重語氣說。柳春生一下子坐了起來：「我會不會也是誤診？」萬啓遲疑了一下說：「也有可能，所以你千萬不要悲觀，要振作，這對恢復很重要。」就像打了強心針，柳春生就像換了個人，活躍起來：「那我還得抓緊複習，不能錯過這次考試。」「對，這個想法很好，人的精神力量很重要，一旦有了目標，就會有生命力。彭加木就是這樣，他首先想到的不是病，而是他的事業。這是他寫的詩。」萬啓把抄好的紙遞給柳春生。柳春生接過後低聲念了起來：「『昂藏七尺志長多，改造戈壁竟若何。虎出山林威失持，豈甘俯首讓沉屙。』這沉屙指的什麼？」「就是大病。我在初中畢業時被查出肺結核時，打擊很大，就是這首詩給了我鼓舞。」柳春生露出了笑容說：「萬老師，我覺得我沒有病了。」「眞的？」「眞的！」「好，畢馬龍會救你。」「誰？」「是美國一位有名的心理學家，他提出了畢馬龍效應，也就是期待效應：說你行，你就行，不行也行；說你不行，你就不行，行也不行。你期待什麼就會得到什麼，只要充滿自信的期待，事情就會按你的期待順利發展。你從現在開始，每天對自己說，我沒有病，奇蹟就會出現。」

在回去的路上，萬啟突然湧起一股激情來，不由得默默喊道：「生活啊是多麼美好！」不斷挫折而籠罩在心裡的陰霾消散了。萬啟自己也感到奇怪，這或許是在潛意識中積聚的生命陽光開始衝破一直籠罩在心裡的陰霾了。

四

今天是星期六，萬啟走進職工食堂，看到裡面很是熱鬧，其中還有不少學生。萬啟找了一個空位剛坐下，聽到有人在叫他：「萬老師，萬老師。」萬啟循著聲音看去，原來是自己的學生在向他招手，要他過去。萬啟搖了搖手。不一會，這幾個學生過來了，把飯菜和啤酒擺在桌上，然後圍著萬啟坐下。萬啟問：「你們也可以來這裡吃飯？」「學校規定周末可以的。」一個學生回答。「來，喝啤酒。」另一個學生倒了一碗啤酒遞到萬啟面前。萬啟推辭道：「你們喝。我們聊聊就行了。」但一個高個子學生，是副班長，叫史鑫的站了起來端是酒碗說：「我們敬你，來一起乾了！」其他幾個學生也都站了起來一起喊：「乾了！」萬啟不得不也端起酒碗，勉強道：「都坐下，乾吧。」

乾完酒，一個學生說：「萬老師，柳春生不在了，誰來當班長？」馬上有人跟上說：「聽說要讓馬力強當？」萬啟說：「還沒考慮呢，我怎麼不知道，你聽誰說的？」這個學生含糊地回答：「許多人在傳。」「是馬力強自己說的，他說系裡領導定的。」另一個學生說。「是嗎？你們覺得馬力強行嗎？」「不行。」幾乎異

口同聲地回答。「爲什麼？」「他學習不好，想用當班幹部來彌補，畢業分配可以好一些。」「對，動機不純。」有人附和。「他和同學關係也不太好。看不起農村來的。」萬啓的印象中，馬力強是一個能說會道的人，中等個子，稍胖，大眼白臉，一看就知道是城市青年，他是哈爾濱的。他曾在萬啓面前誇誇其談，賣弄他的見識，和作爲哈爾濱人的優越感。

「那你們看誰比較合適？」馬上有人指了指坐在旁邊的史鑫說：「他行。本來就是副班長了，升格很正常。」又有同學補充：「他學習成績在班裡是數一數二的，和大家也合得來。如果選舉的話，史鑫是板上釘釘的。」萬啓看了史鑫一眼，他和馬力強的反差很大。他不但高大，而且長得也粗獷，寬闊的臉，黝黑的皮膚，眼睛不大，但眉毛很濃。他顯得靦腆地說：「喝酒，喝酒。」

星期一，黃書記直接問萬啓：「你考慮好了班長人選了？」萬啓說：「還沒考慮好，不過聽同學反映，希望讓史鑫轉正。」黃書記笑笑：「是前天在職工食堂聽得？」萬啓一時尷尬起來，心想又是誰在打小報告了。馬上改口道：「也有人提起馬力強，還說是系裡已經定了？」黃書記不置可否，接著問：「你的看法？」「我嘛，」萬啓突然靈機一動，「還是讓他們倆競選看看。」「競選？你又要搞花樣了。」張老師剛進門聽說了，就驚訝道。「試試吧。」萬啓看了看黃書記一眼說。「不要出什麼事來。」黃書記說。「這會出什麼事？」黃書記卻起身說：「董書記找我有事，我走了，詠春你主持吧。」

「到底你們同意不同意啊？」萬啓催問道。「嘿嘿，」張老師

笑笑，黃書記說了算。汪老師接過說：「還用問，這是默許，不擔責任，出了事是你倒楣。就看你了。」萬啓說：「那我去做了。」走到門口又重複道：「這也會出什麼事呢？」

　　搞選舉萬啓還是有經驗的，當初成立縣工交團委時，選舉團委就是萬啓組織的。不同的是，團委的候選人是指定的，沒有意外，投票就是走走形式。現在的班長的競選，就多了一個競字，班級的任何人都可以參選，還多了一道競選者的演說。除了史鑫和馬力強外，還有幾個學生也上臺競選，不過他們有點搞笑，引起一陣陣笑聲，使氣氛活躍起來。投票結果史鑫勝出。

　　第二天，萬啓把選舉結果告訴了黃書記。黃書記說：「先不要宣布，我還得向董書記彙報。」汪老師說：「董書記怎麼也管起我們的事了。」按分工，董書記負責教職工，黃書記分管學生工作。「他是一把手嘛，他想管就能管。」黃書記一走，汪老師對萬啓說：「這事有點懸。」果然，黃書記回來說：「董書記說不能這樣搞，這是資本主義國家的那一套。」「那不算數？」「按老規矩，由系裡指定。」「這又不是什麼大事，還要系裡決定，以前不都是由輔導員決定的嗎？」「這次不一樣了。」「有什麼不一樣？」「我跟你講，」黃書記坐下後慢慢說道：「董書記已經答應了人家了，不能失信，不然他的臉面就難看了。」張老師告訴萬啓：「馬力強的一個親戚和董書記認識，所以事先通了氣。」萬啓明白了過來，抬頭看著窗外，沒有說話，好一會才說：「應該早點通知我，我也不會多事了。」「這事是有點突然，你也太急了點。」黃書記說。「那現在怎麼處理，宣布選舉作廢？我的面子沒有董書記的大，但學生又會怎麼想呢？這反映了學生的意願。就這麼隨便推翻

了？」黃書記撓了撓頭，說：「是有點麻煩。」汪老師建議說：「我看先擱下，就當什麼也沒有發生，過一段再看。沒有班長，讓團書記代一陣。有沒有班長也不礙事。」「也好。」黃書記同意道。

事情就這樣過去了，大家幾乎要忘了。考研的日子臨近，萬啓加緊了準備。但突然又被翻了出來，一天，黃書記說：「董書記又提起了班長的事情，責問為什麼不落實，看來不能再蒙混過去了。」他對張老師說：「詠春，你和萬啓換一下班級吧，你還是回原來的，把現在的班級給萬啓。這樣你可以出面把事情擺平了。」他又對萬啓說：「張老師現在帶的兩個班級比較聽話，不會多事，你也可以有時間複習。」汪老師說：「董書記快退休了，還這麼頂真，要不是得了人家好處了。黃書記的辦法也是兩全其美呀，給萬啓一個臺階下，換班對萬啓也好。詠春嘛。就能者多勞了，本來這兩個班級也是你管的，物歸原主了。嗨嗨。」

張老師沒說什麼，對萬啓說：「那走吧，我們去辦交接。」萬啓也沒說什麼，就跟張老師走。在門口卻撞上了一個人，不由得驚呼起來：「你，你怎麼來了？」來的竟是柳春生，他滿面笑容地說：「我出院了。」「好了？」「畢馬龍救了我。」這時黃書記等都圍了過來，大家嘖嘖稱奇。李老師歡呼道：「好了，不用忙了，回歸正常。」張老師問黃書記：「我們還換嗎？」黃書記說：「還換，給萬啓一個照顧吧。」

然而對萬啓來說，過了一關，又遇到了更要命的一關。他的考研申請遲遲沒批。他問黃書記，黃書記皺了皺眉頭說：「卡在董書

記手裡了。系裡規定考研只能考本校。」「這，這，」萬啓頓時急得滿頭大汗。黃書記看到萬啓這個樣子，安慰道：「至少沒說死，我會給你爭取的。」汪老師說：「董老頭報復你了，我先前說倒楣的是你應驗了不是。」「還不至於吧。」黃書記說。

萬啓眞有點懵，心直直往下沉。但無論如何也不能束手，機不可失，時不再來。記得在農村招工久久沒有通知時，也是感到前途渺茫，覺得有一輩子留在這山溝裡了。因爲那也是招工的最後機會。但實際上，事情並不是如此的。待到經世久了，才會知道機會是永遠存在的。而且，往往也是塞翁失馬焉知非福的。就像溺水的人去抓住任何一根稻草似的，他突然想起了老劉，他要給他介紹的對象的爸爸是市政府的副祕書長，或許通過他去院裡說情。這時他也顧不得面子了，去找了老劉。這時離上次老劉跟他說起時已有月餘了。老劉只是看了萬啓一眼，然後摘下眼鏡，用嘴在上面哈了口氣，慢慢擦拭著說：「你現在才想起來，」再把眼鏡戴上，「行吧，我去聯繫一下，明天給你消息。」第二天，萬啓再到他家，得到的回音是：「他們全家度假去了。」

萬啓爽然若失地走出老劉家，漫無目的信步而走，不知不覺來到了松花江邊。突然眼前開闊起來，江水靜靜地流，岸邊柳樹依依，陽光燦爛。沒有車，也不見行人，一切顯得那麼平靜和清新。那次來到江邊是四周的萬家燈火，今天才一睹這江城的風采。這也一洗心中的鬱悶。萬啓揮舞手臂深深地呼吸著帶著魚腥味的空氣，他四顧周圍沒人，扯開嗓子朗誦了起來：「獨立寒秋，湘江北去，」馬上又收住了，他看到遠處有人過來。走近了，他轉過頭去望向對岸。但聽到了那人在喊他：「萬老師！」回頭細看，才看清

走過來的是柳春生。他問：「你也來溜達了？」「我從醫院回來。」柳春生答。「又犯病了？」「沒有，我去開個證明，說明我能考研。」「奧，你還要考？」「是啊，萬老師你呢？」這使萬啓的心情又由晴轉陰了，他無奈地說：「系裡不讓。」「為什麼呀？」柳春生感到驚訝。「說是只能考本校。」「你是文科，本校是工科，不對路的，怎麼考！」「嘿嘿，就是不讓考嘛。」兩人沉默了一會，柳春生說：「去求求院長，或許能網開一面。」「是啊，找院長去。」這提醒了萬啓，記起剛來時在院長家，院長答應的話。他不由的拍了拍柳春生的肩說：「這回你救了我了，哈哈哈。」笑聲在空曠的江岸迴盪。

　　幾天後，黃書記對萬啓說：「院長發話了，給你特批了，快去報名吧。」萬啓知道自己寫給院長的信生效了。這時已到了報名的最後期限了，萬啓立刻填表，但在志願一欄卡住了，選復旦還是另一所在蘇州的東吳大學間糾結。這是最後的機會了，東吳顯然比復旦容易，但心又有所不甘。最後決定抓鬮。他在四張小方塊的紙上各寫上復旦和東吳，折起後往桌上一扔，隨手撿起一張，打開一看，是東吳。這或許是天意，萬啓想。因為萬啓曾經用打開半導體來預測自己的未來，看看是什麼節目，結果響起的正是蘇州評彈。於是他填上了東吳大學，立刻去系裡找系主任批。這還是第一次和系主任打交道，因為萬啓隸屬於的是政工系統。系主任五十多歲的年紀，矮個但很結實，膚色黝黑，他看了萬啓的表格，說：「你考的是東吳啊，那是我的母校。」「是嗎？」萬啓驚喜問：「學校怎樣？」「原來很有名氣的，是教會學校，美國人辦的。解放後改成師範學校，現在又變成東吳了。校園很漂亮的，很洋氣。」萬啓又

問：「你還認識學校的人嗎？」「這麼多年了，還有誰認識。」

　　回到教研室，黃書記還在，問：「手續辦好了？」「好了。」萬啓回答。「鄭主任沒說什麼？」「他說他在我要考的學校讀過書。」「那樣不會難為你了。那天我和他說起你要考，他還埋怨說，以後不要再問他要人。」

　　換了班級，萬啓就輕鬆多了。這兩個班級的專業是熱自動（電器自動工程），人數較少，而且女生多一些，大家都專注學業所以一向無事。除了每上午碰碰頭外，大部分時間就是用來備考，直到考試那天。第一場是專業，這對萬啓來說已是炒過多遍的冷飯，一看題目，信心大振，提筆急書。做完了，審視一遍後，一看時間還有餘，但他沒有耐心坐下去，起身交了卷。回到學校後，遇到他的學生，都對他說：「萬老師你考得很輕鬆啊。」萬啓問：「你們怎麼知道？」柳春生說的，你是考場唯一一個提前交卷的。原來雖然專業不同，但都在同一考場。第二天考的是英語，這是萬啓的軟肋，所以花了大部分時間準備，力爭過線。這次還算順利，把所有的題都做了，但沒有多餘的時間檢驗一遍，不過自己感覺還是不錯的。走出教室時，遇到了柳春生，兩人一邊走一邊對起題了。當萬啓說出一道題的答案時，柳春生叫了起來：「不對了，應該是選B。」「是嗎？」萬啓一驚。柳春生很有把握的肯定：「這道題我以前見到過，正確答案是B」，柳春生還解釋了其中的道理。這無疑像一盆冰水劈頭澆來，使剛才的心情頓時來了個突變。他無心細聽柳春生的講解，連連說道：「糟了，這下完了。」這一夜，萬啓輾轉難以入眠，只覺得心被紮了似的一陣陣的痛。模模糊糊地熬過一夜，一早起來，頭還昏昏沉沉的。今天還有一場考試，於是萬啓泡

了一碗人參湯，一口氣喝了下去，又到街上一家麵食店稀裡糊塗地吃了一碗麵，就直奔考場。時間還早，萬啓是第一個來到的。他在自己的位子上坐下後，才有考生陸續進來。他也看到柳春生走到自己面前關心道：「萬老師，你的眼睛有點紅，昨天沒睡好？」萬啓苦笑說：「就這樣了。」這時鈴聲響了，「老師加油！」柳春生向萬啓舉了舉拳頭，回到自己座位上。考卷發了下來，萬啓一看，心安了不少。這次考的是經典作家的原著，無非就是這幾本，考了幾次已很熟悉了，幾乎能把重點背下來了。考完回到宿舍，萬啓倒頭便睡，連衣服都沒脫。

隔天上班，免不了被問起考試情況，萬啓歎了口氣說：「完了，英語沒考好。」黃書記拍了拍萬啓的肩膀說：「那就安心工作吧，接下來你和詠春開始學生的畢業分配工作。」他又對張老師說：「今天開始，你和萬啓搬到隔壁的小屋，那裡已空出來了。」兩人於是去了隔壁，張老師交給萬啓一個本子，說：「我們先開始摸摸底，找每個同學談話，了解他們的想法和要求，記下來作為分配時的參考。」

五

還未等萬啓開始逐一談話，就有人主動找上來了，第一個是柳春生。他進來時顯得有點局促，站著沒說話，只是叫了一聲「萬老師。」萬啓讓他坐下，問：「身體怎樣？」柳春生回答：「挺好的。」然後小心地看了看四周，輕聲問：「張老師沒來？」「可能

去家訪了，你有事？」這時柳春生恢復常態說：「我心裡沒底，想和你談談，」「畢業分配？」柳春生微微一笑：「昨天張老師和我說，院長在畢業動員大會上要求團員和班幹部都要無條件服從分配，讓我在班上表態。」「你表態了？」「還沒有，我怕表了態就沒有退路了，所以想聽聽你的意見。」「是來探個底吧？」柳春生只是笑笑，沒回答。

萬啓說：「我的看法是，不要太考慮退路，年輕人還是應該多想往前衝的事。我跟你說說我的經歷吧。你知道我們在中學畢業時就是一條路，下鄉，但有六個去處，南方的江西、雲南和貴州，北方的有吉林、黑龍江和內蒙。逃避下鄉是很難得，除了極少一部分用身體有病爲由留在上海外，一鍋端。這樣只能在地方上打主意。江西是最熱門的，因爲近，而內蒙是最怕的，不但遠，條件還差。再一個就是農場和軍墾也受歡迎。我是第一個拉了幾個同學在毛主席發出上山下鄉號召當晚貼出大字報表態：毛主席揮手，我前進。其他同學只是應應景，而我眞心的。但結果被班主任報復，我們是兩派的，就安排到內蒙。本來我們幾個的志願是一起去黑龍江軍墾的。」「後來呢？」柳春生好奇地問。「後來其他人都去老師那裡疏通，換了地方，就剩我一個。」「沒去內蒙？」「我倒是還有點勇氣的，但別人都打了退堂鼓，我也慌了，就採取躲的辦法，不接通知。但班主任在晚上來個突然襲擊，把通知送到家了。」「你去了？」「沒有。不理它。最後換到了吉林。一個只有十三戶人家的山溝裡。不但環境差，更是怎麼和同伴相處。我們十一人組成集體戶，我是戶長，大家來自不同學校，情況各異，還有些是很有流氓氣的人。開始我一籌莫展，每天提心吊膽的。儘管如此，後來還是

適應了，並盡量尋找出路。後來招工，我又遇到挫折，別人都走了，我卻遲遲沒來通知，煎熬了整整半年，後來有大學招生機會，卻來了通知是一個縣辦的水泥廠，一個土法上馬的不像樣的廠。開始免不了情緒低落，但把希望放在自學和寫作上，想從這裡突破，後來一個偶然的機會，被借調到縣工交系統，成了領導欣賞的筆桿子，入了黨，就等著提幹。機會又來了：恢復高考了。當時報了北大，結果又是落到最低的海蘭大學。不過機會總是層出不窮的，還可考研究生。又是像曾國藩那樣屢戰屢敗，屢敗屢戰至今。」說到這裡，萬啓停頓了一下，若有所思地繼續道：「這次不知是個什麼結果，但信念不變：隨時準備著，抓住機會。而機會總還是有的。」「萬老師經歷真是傳奇，我們單純極了，我們只想順順利利的。或許你們一代是理想主義的，我們是完全世俗的。」「我們是在毛澤東思想哺育下過來的，你們是在鄧小平理論滋養下長大的，時代不同。」「好，聽萬老師一席話，真是勝讀十年書啊。我走了。」萬啓把柳春生送到門口，拍了拍他的肩膀說：「放心，表態是你的事，但我們也會全面考慮，給予適當安排的。」

　　第二個來訪的是馬力強，他笑呵呵地進來，沒等萬啓開口就大大咧咧地坐下了。萬啓問：「是為分配來的吧？」馬力強把頭一偏，回答：「現在還有什麼事，這是頭等大事了。」「說吧，有什麼要求？」「還是萬老師，痛快。就一個要求，回家。」「回哈爾濱？」「of cause!（當然）」馬力強來了一句英語。又補充道：「就像你們上海人死也要回上海一樣。」一絲不快從萬啓心中掠過：「哈爾濱名額有限，也不一定哈爾濱來的就能回哈爾濱的，一切需要綜合考慮。」「那我家裡有特殊困難。」馬力強有點急了。萬啓

身子往後一靠，慢悠悠地問：「什麼困難？」「我父母有病需要照顧，我祖父參加過抗聯，我爸為解放哈爾濱出過力，難道不應該照顧？」又有點咄咄逼人。「具體情況我們不清楚，即使有也不能作為要理所當然的理由。」萬啟挺了挺身子，「我會反映你的情況的。還有什麼事？」馬力強站了起來，又坐下，聲音軟多了：「萬老師，幫幫忙吧，我們全家會感謝你的。」萬啟的態度也平和地說：「感謝不必了。我們希望大家都能如願，但粥少僧多，要擺平不容易。」馬力強起身要離開，萬啟不經意地說了句：「哈爾濱不錯，比上海洋氣。」馬力強又坐下了：「哈爾濱有『東方莫斯科和東方小巴黎』之稱嘛。」口氣中顯些許自豪。「是嗎？」「哈爾濱和上海可是相同出身，原來都是小漁村，最早是金和清的龍興之地，後來被外國人開發出來的，哈爾濱靠的是俄羅斯。俄羅斯修建中東鐵路改變了哈爾濱命運，隨後按照莫斯科參考巴黎建成的。」「是啊，許多建築都有俄羅斯風格，特別是女的冬天還穿裙子，人長得也有點像俄羅斯人，又不少混血吧。只是太冷傲，大學畢業時組織去太陽島，在市裡大商店買東西，一個小姑娘營業員沒好氣，我那幾個同學蔫了，我可不客氣，訓了那姑娘一頓，為同學出出氣。」馬力強笑了：「上海人一樣也看不起外地人。把別人都看成鄉下人。不過吉林就是一個大屯，土得很。」這引起了萬啟的共鳴「的確，給我的感覺甚至比延吉都土，無論是城市還是人。不過江邊還不錯。」「那比哈爾濱差老了。」「哈爾濱有多少混血？」萬啟問。「少不了，幾十萬有吧。這裡把俄羅斯叫老毛子，混血的叫二毛子。19世紀末20世紀初，俄羅斯的金廠僱了大量中國勞工，都是單身，大多娶了俄國女子，西伯利亞大鐵路的華工也一樣，俄羅斯男多女少嘛。還有俄國女子與河北、山東闖關東的中國人結婚。

十月革命後跑來不少白俄。」「上海也有，小時候看到他們用踩的砂輪磨刀。哎，你是不是也是二毛子？我看你有點像。」萬啓突然問道，隨後發出一陣笑聲。馬力強回答：「我是正兒八經的中國人，不過我親戚當中有一些。」「你們一定很親俄吧。」「不一定，許多人特別是老一輩的仇俄。」「爲什麼？」「他們亂搞，搶劫、強姦，甚至把松江軍區的副司令員打死了。據說後毛主席向史達林反映，史達林才下令槍斃了一批，情況才好了。蘇軍中不少是犯人放出來的，所以本性難改。」

「你知道不知道哈爾濱差點被定爲首都？」萬啓突然問道。「是嗎？沒聽說。」馬力強露出驚異的神情。這回輪到萬啓來擺乎了。「45年蘇聯紅軍和東北抗聯消滅了日本關東軍，解放了東北，哈爾濱成了第一個被解放的大城市，當時就考慮在此定都，主要是中共在東北的實力，又靠近蘇聯，可以得到蘇聯的支援。47年時簽署了《哈爾濱協定》，蘇聯派50架飛機幫助中國，還將繳獲的日軍武器裝備以及蘇軍自己在東北的軍用品全部交給了我們。48年又簽訂《莫斯科協定》，中蘇建立共同的空軍。又提供幾個師的現代武器。一旦局勢有變，中共軍隊可以取道朝鮮退入蘇聯。此外，哈爾濱也有較發達齊全的工業系統，可以轉化爲軍工生產，這都是日本人打下的基礎。」「後來怎麼放棄了？」馬力強的興趣上來了。「後來老蔣大量調兵至東北，占據了交通要道，這是一個威脅。最終定都北京。實際上，當時還有十個城市候選。」「是哪些？」「你猜猜？」「那我瞎猜猜看，那些古都，西安、洛陽、開封等。」「是的對這些古都也考慮過，但都已經衰落了，經濟上不行。西安是十三朝古都，位置太偏。秦時是爲了防禦匈奴。洛陽、

開封還有黃河水患延安作為當時的中央所在地，同樣落後。還有廣州離其他城市太遠，重慶多山，易守難攻，抗戰時蔣介石就躲在那裡，但運輸困難。」「南京呢？」「南京在政治上不適合，是國民黨的老巢，而且從風水來說有王氣，但建都那裡的朝代都很短命，杭州一樣。」「沒考慮上海？」「上海靠海容易受外來攻擊，不安全。這樣權衡下來還是北京最佳。地理位置連接東北和中原，可以指揮全國，及時調動兵力。北京的歷史底蘊深厚，有諸多古蹟。北京發生過五四運動，有極好的群眾基礎。處於沿海地帶，利於經濟發展。又有遼寧、山東兩個半島守護渤海。這些是王稼祥提的建議，得到毛的贊同。所以採取和平解放的方式，保護城市。」

「建都哈爾濱的事我不知道，但最近聽有人說北京不適合了要遷都，有沒有這回事？」「你的消息還真靈通啊。」萬啟讚了一句，然後說：「遷都之論，早已有之。80年時，首都經貿大學的教授，叫王平的首先提議遷往南京。06年3月，479名全國人大代表聯名向人大常委會提案，也是將首都遷往南京。07年商務部國際貿易經濟合作研究院有個研究員，叫什麼名字記不得了，在英國《金融時報》中文網撰文表示同樣建議。」「什麼原因呢？」「情況變了嘛，要與時俱進。一是經濟中心的轉移，長三角和珠三角才是中國當之無愧的雙子星。振興東北喊了十幾年，效果不大。京津冀的經濟圈，也只有北京在唱獨角戲。所謂江山代有人才出，各領風騷數百年，新陳代謝是客觀規律，要恢復過去往往是白費力氣的。而北京本身的缺陷也日益明顯。如缺水，過度抽水已造成部分地區每年都在塌陷11公分。南水北調很可能像隋煬帝開運河一樣，勞民傷財。環境也是一大難題，北方的沙漠化和霧霾。再說北京越來越

419

大，城市擁擠不堪，首都變成首堵了。他們列舉的這些，缺漏了更重要的，就是觀念和行爲的差異，北方相對保守，南方開放和務實些，這也是沿海地區發展得快的原因之一。」「但爲什麼不做呢？」「反對的意見也不少，如認爲北京現存的問題，遷了就不存在了嗎？這個很牽強，換一個地方重新布局，說老問題還會存在，不如說會產生新問題。又說搬遷成本，這倒是需要認眞計算的。不能搞得勞民傷財，得不償失。反對遷都的另一個理由是政治中心在北方，經濟中心在南方，可以起平衡作用。但忽略了中國是個政治掛帥的體制，往往是政經矛盾制約了國家的發展，除非堅持經濟當道，政治退居二線，首都功能轉化，精兵簡政，才有可能。總的來說，除了認知問題還有個利益問題，會影響既得利益者，如明朝永樂遷都就遭到了許多大臣激烈反對，朱棣不得不靠強力壓制來實施。所以遷都還是只在紙上談兵而已。我想，只有中國有一個巨大變革，才會有一定可能。」

　　馬力強看看手錶，說：「聽萬老師一席議論，眞是勝讀十年書。已經打擾你很多時間了我得走了，我的要求希望能多多考慮。」這時萬啓對馬力強的態度有了很大改觀，順口答：「會考慮的。」心理學家認爲取悅人的一個訣竅，就是洗耳恭聽。相反，對人誇誇其談或者對自己的事喋喋不休，就會遭人煩。馬力強走到門口站住回頭道：「萬老師來哈爾濱玩吧，我來導遊，去太陽島，奧，這你去過了，極地館沒去過吧，看白鯨表演，還有永泰世界主題樂園、普羅旺斯薰衣草莊園，要在冬季，可以看冰雕，去亞布力滑雪旅遊度假區滑雪。反正我帶你玩個遍。」「你要賄賂我呀。」萬啓打趣道。「沒有，沒有，對老師是應該的，即使你不幫忙，我

照樣熱情接待。」

馬力強剛走，汪老師手裡拿著報紙和信，走進萬啓辦公室，抽出其中一封信遞給萬啓說：「來通知了，快拆了看看。」萬啓頓時緊張起來，手微微有點抖地接了過來。決定命運的時刻來了。信很薄，根據以往經驗，這是不祥的徵兆。他默默停了片刻，慢慢撕開。取出信紙一看，卻不動聲色。汪老師倒急了：「怎樣？」萬啓沒說話，把信紙給汪老師看。「妥啦！得恭喜你了！」萬啓這時反而平靜下來，還帶著憂慮說：「還是玄。」「讓你去面試，還玄什麼？」「面試不一定錄取。」「至少有希望了，好，好。什麼時候去？」「過幾天就走，正好有探親假。」

面試前一天，萬啓住進了東吳大學的招待所裡。招待所在學校的東南角，緊鄰河邊，開窗就能看到河裡航行的貨船，很多是用柴油機的，發出啪啪的聲響。靠岸的是一排排的圓木，漂浮在河面上，萬啓好奇地踩著來回走了一圈。往裡是校園內的窄窄的小河，蜿蜒繞過校園，彷彿是一條護城河，也給校園增添了情趣。江南水鄉，離不開的河呀。萬啓不禁念起晚唐詩人韋莊的詞來：「人人盡說江南好，遊人只合江南老，春水碧於天，畫船聽雨眠。壚邊人似月，皓腕凝霜雪。未老莫還鄉，還鄉須斷腸。」韋老夫子也是一個奇人，一生屢考不第，直到五十九歲才中進士。卻在近七十歲時當了五代時前蜀的宰相。但萬啓習慣了東北的遼闊粗獷，這裡的小橋流水，吳儂暖語覺得有點小家子氣。

傍晚，萬啓躺在床上看書，有人敲門，來的是一個壯實的年輕人，身材偏高，有一張微胖的橢圓臉，皮膚白皙，醒目的是那一對

特大的眼睛，和光脫的前額。他微笑著問：「你是來面試的吧？」
萬啓趕忙起身答：「是的。」「嘿嘿！」他發出尖銳的笑聲說：
「我也是，我們倆有緣。」握過手後他在椅子上坐下，繼續道：
「我聽說這次面試的就我們倆。」「不是只招兩名嗎？」「是啊，
這樣有包票了。這次報考的有六十多人呢，大多是本校的，但都被
刷了，我倆是前兩名，你是第一啊。」「有這麼多人考？」但萬啓
想說的是烏合之眾，但沒有說出來。「他們實際要招的是一位系裡
的教師，但因英語不過關，沒辦法了。」兩人聊得十分熱絡，直到
深夜。

　　面試在一間小辦公室裡舉行，由於是陰天，室內光線較暗，再
加上一點緊張，所以看不清面考老師的摸樣，氣氛有點壓抑。其中
包括系主任、書記和辦公主任，圍坐一圈。主考的是姓徐的老師，
五十不到，瘦高個，他是實際帶研究生的，剛評上副教授。掛名導
師是位老教授，但已退休，也沒有來。上午口試問了一些問題，下
午則是筆試，沒有監考，辦公室祕書把紙和題目放在桌上就走了，
只留下萬啓和那位已熟悉的齊崇文的考生，題目是：為什麼說科技
是第一生產力？萬啓並沒有在這方面有所準備，只得臨時發揮，湊
成一篇。結束後，兩人結伴去觀前街轉了一圈，買了些蘇州名點，
就打道回家了。

六

　　返回學院，就靜靜等待通知。但一周過去了，毫無動靜，二

周，三周，一個月了，仍無聲息。萬啓不由得忐忑起來。室友意味深長地說：「真正的考驗來了。」黃書記也問：「來通知了？」萬啓搖了搖頭。「我們招收的都發出通知好幾天了。你那裡怎麼搞的！去問問唄。」萬啓左思右想還是寫了封信。信剛發出，在校園遇到了人事科長，一個矮小結實的中年男子，他見了萬啓連連打招呼：「蘇州又來函催你的檔案，上次我已吩咐小姚去辦了，想不到他把檔案拉在抽屜裡，忘了寄了，你看這事整的。現在我自個給你寄了，放心好了。」萬啓心想，這就是自己的命，總是一波三折，也許是自己的性格，所謂性格就是命運，也許是老天故意來磨練自己的意志。錄取通知終於來了，黃書記笑著說：「上你的當了，以為你考不上的，就做個順水人情，白白讓你給飛了。人事處還怪我替你說情，沒有卡住你。好了，現在該輕裝上陣了，下禮拜，你和詠春還有我，要隔離起來，全校的分配工作，在一個別人找不到的地方進行，避免干擾。」

幾天後，學校的大巴拉著全院畢業分配工作的教職工去了松花湖畔的一個偏僻小縣城，住進縣賓館。松花湖是中國第一個水力發電廠小豐滿水力發電廠大壩，截松花江水形成的河流型湖泊。站在湖邊一眼望去，湖的窄處兩岸青山聳立，阿娜多姿。寬闊處則是煙波浩淼，萬頃一碧，林木蔥蘢。萬啓頓覺心曠神怡。一同去的院刊編輯老王介紹說：「詩人賀敬之曾為湖寫了一首詩呢。」接著就朗誦起來：「水明三峽少，林秀西子無。此行傲范蠡，輸我松花湖。」「確實不錯，勝過西湖。」萬啓歎道。「傳說這裡還有湖怪，有13到14米長，全身黑色，是形影不離的一對。」「聽說長白山也有水怪，是不是同類？」「這倒不知道，背不住是吧。」

423

　　萬啓和黃書記、張老師住在一個房間，除了三頓飯，就是窩在一起討論分配方案。其實大致的方案萬啓已擬定，這次不過是最後的確定，但在一些好的名額上常常會發生變動，無論是黃書記還是張老師都有自己受託的名單，這樣就免不了有爭論。而且牽一發動全身，一個名額的變動，會引起較大的調整。黃書記和張老師兩人調來調去的忙的不亦樂乎，萬啓則只是陪襯，本人也不感興趣，所以覺得無聊。有時搞到深夜，萬啓撐不住了就打瞌睡。在朦朦朧朧中聽到幾個名字時也會醒一醒。一次他聽到了馬力強的名字，就豎起了耳朵，只聽黃書記說：「如果把你的人放到哈爾濱去，只有把馬力強拿掉了。」萬啓猛地醒過來問：「那馬力強去哪裡？」黃書記看了看萬啓說：「你醒啦，馬力強的去處還在考慮。」萬啓不樂意了：「已經定了，怎麼還改！」黃書記就對張老師說：「你看萬啓不讓了。」張老師沉默了一會，說：「那就這樣吧，給萬啓一個面子。」

　　就在隔離的第三天，黃書記從院長那裡回來，衝著萬啓說：「是你的學生吧？跑這裡來了，陳院長生氣了，說誰來就處理誰。還要追究洩漏地址的人。」萬啓也感到難堪，忙說：「是嗎？人在哪？我去看看。」「在賓館大堂，快去。」萬啓奔下樓，看到賓館門口站著一個人，正是自己班級的小胖子。他過去把小胖子拉到賓館外的一個偏僻角落，急急地埋怨道：「你怎麼可以跑這裡來！院長剛說了，誰私自跑來，就要取消分配資格的。」小胖子慌了：「怎麼辦？」萬啓說：「快離開這裡。注意別讓人看見。」小胖子說：「好，我這就走。」望著小胖子的背影，萬啓長疏了口氣。回到賓館向黃書記彙報：「他走了。」萬啓問：「他的分配方案變

了？」「他說身體不好要照顧，但這個理由不充分，有更需要的人呢。」萬啓也不再堅持了，從而體會到老實人在關鍵時刻總要吃虧的。

　　一個星期後，方案敲定，也公布了，一切塵埃落定。學生都忙著打包離校，萬啓也開始整理行李。黃書記吩咐張老師道：「你幫萬啓買些捆行李的草繩，他不知道地方。」這使萬啓輕鬆許多。萬啓宿舍看了一下，大家都在忙碌。馬力強就走了過來，笑著對萬啓說：「黃書記說，想不到你幫了我一把，真要謝謝你了。」「哈哈，沒什麼，只是覺得亂變動不妥。」萬啓答道。馬力強又問：「你的行李都整好了？要不要幫忙？」「不用了，張老師會幫忙的。」「那我忙去了。」馬力強剛轉過身，又轉回來說：「你打算什麼時候動身？」「看看吧，不急。」「那好，我們幾個約好去松霧島，你和我們一起去吧，也是我們特意為你送行的。」「松霧島？」「你不知道吧，這是拍松霧的最佳地點。」「霧淞島在哪？我從來沒聽說過。」「一般人是不太知道，只有攝影發燒友們熟悉。」「那你也是屬於發燒友一幫的。」「沒有，我只是喜歡但不發燒。要走了，怎麼也得留點紀念嘛，除了東北三寶，霧淞就是吉林的名片了，你不知道吧，除了桂林山水、雲南石林和長江三峽，吉林霧淞也是中國的四大奇觀啊。」

　　馬力強無意中帶些許自豪。萬啓微微一笑說：「吉林不是大屯嗎？」「嘿嘿，我指的是城市面貌，吉林是土了，至少和哈爾濱比，比你們上海也土吧。但在自然風光上還是有不少吸引人的地方，和我們哈爾濱可以比拚比拚。這方面你們上海就貧了。你們上海除了外灘、南京路，還有什麼旅遊景點？這些也都是人工的，沒

山沒湖的，更沒有啥奇觀了。」想不到馬力強變得咄咄逼人了。實際這就是馬力強的性格，不讓人，也是不太討人喜歡的原因。不過已了解了他的脾性，萬啓也見怪不怪了，只是問：「霧淞島在哪？」「告訴你，你也不知道，跟著我們就是了，我們是最好的導遊，保證你玩的痛快。」「好，好。」「我們約定在後天下午出發，不能再晚了，霧淞過了二月就沒了。準備在島上住一天，第二天下午回來。」「要玩整一天？」「你又不明白了，這裡的說法是，夜看霧，晨看掛，待到近午賞落花。還有多穿衣服，那裡冷。」萬啓不再問了，馬力強的口氣令他不舒服。

到了那天，馬力強集合了幾乎班上所有的男生，帶著萬啓去了霧淞島，在一家民宿住下。晚上十點，馬力強吆喝道：「走了，走了，看霧去。」大家紛紛跟著馬力強到了江邊。萬啓拉在最後，和柳春生邊走邊談著。柳春生對萬啓問：「你回上海時要經過長春的吧，到我家來，你不是要君子蘭嗎？我家有。」那時中國刮起了一股君子蘭的熱風，君子蘭成了中上層人士的爭搶的稀缺品。這股風是由日本人刮起的，他們來中國大量購買君子蘭，使本來不予重視的君子蘭，即刻身價暴漲。柳春生介紹道：「君子蘭原產於南非，後由德國傳教士帶到青島，日本扶持滿洲國，在開國大典上，把君子蘭作爲禮物送給溥儀。梅、蘭、竹、菊，被稱爲花中四君子。君子蘭花朵豔麗，深綠色的葉子細長厚實，對稱展開，顯得典雅高尙，寓意吉祥富貴，可以修身養性，陶冶性情。但君子蘭並不屬於蘭科，而是石蒜科。君子蘭可以活幾十年，又被稱長壽蘭。」「現在君子蘭很珍貴了，難得你家有多餘的。」「在我們那裡還好，幾乎家家種，君子蘭是長春的市花呀。」「原來如此。」

「快走呀，起霧了。」馬力強向萬啓招手喊道。果然，乳白色的霧從山谷中溢出，大團大團的沿江面滾滾而來，向兩岸漂流。接著又散成一片輕柔的薄紗，飄飄浮浮地籠罩了整個小島，人在其中就像騰雲駕霧似的。有人喊：「我們上天了，哈哈哈。」帶著手電的同學，打開了手電筒，於是幾道光束衝開了包裹著他們的霧，引著他們在嘻嘻哈哈中回到宿地。

第二天早晨，黑森森的樹木一夜之間變成一片銀色，棵棵楊柳宛如玉枝垂掛，簇簇松針恰似銀菊怒放，晶瑩剔透，多姿多態。馬力強架起三腳架，安上相機，然後又一番吆喝：「來，都過來，排好。」大家在一棵巨大的樹掛下站好。「靠近一些，好。」然後又選了幾個地點，照了好幾張。這時柳春生過來說：「萬老師，咱倆來一張。」接著是史鑫和小胖子，最後馬力強跑了過來，喊了一聲：「誰給我們照一張。」柳春生說：「我來吧。」就走到相機旁。馬力強挨著萬啓說：「怎樣？夠夢幻吧。」望著這一片童話般的世界，脫口而出：「忽如一夜寒風來，千樹萬樹冰花開。」近午時分，樹掛開始一片一片地脫落，成串成串地砸向地面。又被風吹起在空中飛舞，在陽光的映照下形成五顏六色的霧簾。馬力強說：「這就是賞落花了。」

島上回來，萬啓就忙著安排搬運學生的行李。院裡派了一輛卡車，萬啓坐在車裡領著司機到宿舍門口。這時有人也跳上車，站在踏板上，萬啓一看是那位天天見面但從未打過交道，酷似老金媳婦的女生。她問：「萬老師，你要去蘇州？你真是上海人？」在得到肯定後，她又說：「我豁出去也考研去蘇州。」萬啓覺得有點突兀，但也能體會其中的含義。就在幾天前，班上的一位男生說起這

427

位女生，他不明白班上的另一位男生怎麼能看上她。這位男生倒是一個英俊小夥，身材高大，面貌秀氣，皮膚也白。說：「這位男生傻了。她這樣矮小的女生也喜歡。」當時萬啓也是有點奇怪，爲什麼無緣無故說這種事，但又隱隱想是否是一種暗示。萬啓沒有搭理，也不好說什麼。

　　送走了學生，萬啓自己也就動身了。黃書記和張老師特地來送行。正好看到院裡的一輛小車開過，黃書記攔住了問：「你們去哪？」車上的一位老師開車門回答：「去火車站。」黃書記指了指萬啓說：「把他帶上吧，他也去火車站。」車上的人搖了搖頭說：「不行。」關上了車門。張老師嘀咕道：「這麼橫啊。」車門又開了，那人問：「幹什麼去？」黃書記答：「考上研究生去報到。」「奧，那上來吧。」在車上那位老師打招呼道：「我不知道你考上研究生了，回上海了？」「沒有，在蘇州。」「一樣，到家門口了。」汪老師沒來，但他前天請萬啓去家裡吃飯了。汪老師連連說著：「是個好人。」萬啓不明白自己好在那。吃飯時，汪老師愛人卻一個勁地和萬啓聊，問了許多問題，汪老師竟插不上嘴。他想支開愛人，但愛人沒理他。汪老師就走進裡屋去了，不一會傳出了嬰兒的哭聲。於是汪老師愛人急急去了裡屋，汪老師則慢悠悠地出來和萬啓說話。萬啓在心裡暗暗好笑，佩服汪老師手法的聰明。萬啓把探親時帶來的兩盒糖，留著沒有，就送去給了李老師和最早見到的人事處的處長，算是告別。處長還以爲是喜糖，驚訝地問：「你結婚了？」

　　由於君子蘭的誘惑，萬啓還是在長春下了車。柳春生見到萬啓很是欣喜，忙著張羅招待。不一會小胖子也來了，請萬啓去家吃

飯，為此還和柳春生發生了爭論。柳春生說：「我和萬老師早就約好了，不信你問萬老師。」萬啟只得打圓場，說：「是的，在霧淞島上就說好了的。」又拍拍小胖子的肩膀說：「真謝謝你的好意，實在不好意思了。」在柳春生家吃過飯，柳春生捧出一個小花盆來，盆中是一顆君子蘭幼苗。對萬啟說：「君子蘭喜歡陰涼，還要多澆水。」萬啟小心接過後告辭，趕往大連坐船。沒料到的是船票格外緊張，只有五等艙的散席。萬啟沒在意，以為就是在船的統艙裡的地鋪，比坐火車要舒服多了，不但可以伸開身體睡，還可以到甲板上溜達。結果慘了，散席是沒有位置的，只發了一條蓆子，得自己找地方。於是萬啟拖著蓆子，到處轉悠，樓梯旁，甲板和船艙走道，但都已被人占領了。這使萬啟發起愁來。難道這偌大的輪船竟無自己的一席之地，只得站著過夜？船開出不久，海上就刮起了九級大風。這是中國最早得萬噸輪長征號，卻被拋上拋下的不斷搖晃，萬啟只感到頭暈噁心，望一眼大海，見到劇烈起伏的海水，立刻翻腸倒胃地猛吐起來。船上早已準備了許多桶，到處放著，就是讓客人吐的。萬啟吐了一陣又一陣，直到把腸胃清空為止，這時頭又撕裂般的痛。萬啟捧著那盆君子蘭，跌跌撞撞地繼續尋找安身之處，終於在一個不引人主義的轉彎角落，看到了一塊空地，如獲至寶。他把蓆子鋪下，把君子蘭摟在懷裡，立刻躺下。就這樣忍著頭痛，昏昏沉沉地睡到上海。

當他看到船緩緩靠岸，萬啟已是筋疲力竭，也像歷盡劫難，沒有了一點興致。三年半的農村，四年的工廠和三年半的大學還有一年的教師生涯，在東北熬過了青春年華。如今重返故鄉，萬啟並沒有春風得意，反而隱隱感到一絲憂慮，這海上風浪是否是對未來的

警示？老子說禍福相倚，塞翁得馬也焉知非福？

國家圖書館出版品預行編目資料

激情和荒唐／（美）洗陽升著. –初版.–臺中
市：白象文化事業有限公司，2024.08
　　面；　公分
ISBN 978-626-364-371-0（平裝）

857.7　　　　　　　　　　　113007564

激情和荒唐

作　　者　（美）洗陽升
發 行 人　張輝潭
出版發行　白象文化事業有限公司
　　　　　412台中市大里區科技路1號8樓之2（台中軟體園區）
　　　　　出版專線：（04）2496-5995　　傳眞：（04）2496-9901
　　　　　401台中市東區和平街228巷44號（經銷部）
　　　　　購書專線：（04）2220-8589　　傳眞：（04）2220-8505
出版編印　林榮威、陳逸儒、黃麗穎、水邊、陳婷婷、李婕、林金郎
設計創意　張禮南、何佳諠
經紀企劃　張輝潭、徐錦淳、林尉儒
經銷推廣　李莉吟、莊博亞、劉育姍、林政泓
行銷宣傳　黃姿虹、沈若瑜
營運管理　曾千熏、羅禎琳
印　　刷　百通科技股份有限公司
初版一刷　2024 年 08 月
定　　價　450 元

白象文化　印書小舖 PressStore　出版・經銷・宣傳・設計
www·ElephantWhite·com·tw　　自費出版的領導者　購書 白象文化生活館